一个人的风

《健民短语》

增订版

杨健民 / 著

中国社会科学出版社

图书在版编目（CIP）数据

一个人的风：《健民短语》增订版 / 杨健民著. — 北京：中国社会科学出版社，2020.4
ISBN 978-7-5203-5698-5

Ⅰ.①一… Ⅱ.①杨… Ⅲ.①随笔－作品集－中国－当代 Ⅳ.①I267.1

中国版本图书馆CIP数据核字（2019）第271606号

出 版 人	赵剑英
责任编辑	陈　彪
特约编辑	杜淑英
责任校对	李　剑
责任印制	张雪娇

出　　版	中国社会科学出版社
社　　址	北京鼓楼西大街甲 158 号
邮　　编	100720
网　　址	http：//www.csspw.cn
发 行 部	010—84083685
门 市 部	010—84029450
经　　销	新华书店及其他书店
印刷装订	北京君升印刷有限公司
版　　次	2020 年 4 月第 1 版
印　　次	2020 年 4 月第 1 次印刷
开　　本	710×1000　1 / 16
印　　张	34
插　　页	2
字　　数	425 千字
定　　价	118.00 元

凡购买中国社会科学出版社图书，如有质量问题请与本社营销中心联系调换
电话：010—84083683
版权所有　侵权必究

《健民短语》增订版序

杨扬

老爸的短语又要出新书啦。四年前，老爸的短语出版，初为人母的我为他写了个序。一转眼，我的第二个宝宝即将出世，老爸的短语增订版也即将出版，我想为他再写几个字，记录下这几年读他短语的新感受。

老爸这些年依然从未停止创作新的短语，或是他刹那的领悟，或是随着阅历渐深对世事的独到见解，每一则依然饱含他独有的思想魅力。这些短语从不标榜所谓的"心灵鸡汤"，更不旨在治愈读者的迷惘纠结，更多的是纯粹地表达着语言的美感和力量。我是个从文科家庭中突生的理科女，对于哲学、对于生活有着既辩证又感性的理解，恰恰从老爸的短语的字里行间，我能找到一种莫名的令人动容的契合。他的短语并不是把精致优雅的语言技巧性地堆砌以达到阅读的美感，短语吸引大家追捧传阅的魅力在于，他用他成熟深厚的语言功底，把哲理与文学、理性与感性、现实与远方，和谐地融合在一起，给阅读的人打开了一片豁然开朗的内心世界。

我知道不少人喜欢老爸的短语，预祝这本新的增订版能够得到更多人的喜爱。

2019 年 9 月 3 日于墨尔本

老爸和他的短语
——《健民短语》序

杨扬

在我刚刚体会到为人母的喜悦和不易的时候，一通越洋电话给本就忙碌的生活平添了一笔慌乱。

是老爸的一堆短语要出书了，他让我写个序。老爸显然有些兴奋，我却已经很困了。

印象中老爸是个学究，都是写长篇大论，连专著都是体系性的那种。在我很小的时候，他就在那副"酒瓶底"后面幽幽释放出"艺术感觉论"来。其实，他对我的养育整个的就是"杨家有女'粗'长成"，哪有什么"艺术感觉"？记得我上幼儿园那阵，妈妈出差，是他为我扎了一条在耳际一条在头顶看起来很"艺术"的小辫子，弄得老师和小伙伴们一直冲我笑。

这些年来，老爸突然就写了一堆短语，有些显然还很心血来潮的样子。其实他并不放浪形骸，也不晦暗。也许是血缘的关系，我隐隐感觉到他体内有一种激情随时都在迸发，虽然他早已过了那种纯粹的诗的年龄。

我能为老爸做些什么呢？

顶着初为人母熬出来的一双熊猫眼，抱起怀孕以后就不怎么敢用的笔记本，赶紧恶补了一遍老爸写下的数量惊人的短语。我甚至觉得这样消费他的短语可能有些奢侈，并且以为这许久不用的笔头和汉语就要卡在我头脑的瓶颈中了，却没想到竟然感触良多。认真想了下，这其实也不是什么天大的秘密，因为要写的是我最最亲爱的老爸。

"父爱如山"这个词，从来不只是我对自己成长路上一直义无反顾护佑着我的浓浓父爱的描述。于我而言，老爸的爱总是宠溺的、细致的、包容的，有时甚至有些任性，带着文科男特有的文艺范，却又那样纯净和恳切，一如他写下的那么多短语，饱含着对人生的体悟以及对生活的哲思。都说女儿是父亲最好的作品，作为女儿，便如同他所有的短语一样，思想品行、为人处世，乃至写作的字里行间，无不显示着"健民制造"。

已经记不太清楚，老爸这数量可观的短语是从什么时候开始写的，大约是有了手机短信就开始吧。老爸一直是个挺新潮的人，新科技新产品的忠实拥趸，放到今天绝对是各种公司寻找用户体验的第一人选。可就是这样一个"时髦"的人，一直很纯粹地写着，从文艺青年写成了文艺中年；从论文写到了短语；从短信写到博客又写到了微信；从幽默的小段子、生活中的小感触，写出了诗、写出了画、写出了生活的种种感悟。他的每一则短语都是一个鲜活的存在，都是一个别具的文本，或细腻精粹或气势磅礴，有时带着悟道、带着感怀、带着忧郁，带着人生的点点滴滴。本来，这些短语就是闲来无事地发发朋友圈，没想到却有人关注、有人点赞，甚至有人期待。

如何会有这众多粉丝呢？应该说老爸的短语思想是敏锐的，文字也有点好玩。不过，仅仅文笔好似乎是不够的，他的短语带着"思想的快乐"。我想起读中学时最喜欢的一本小书——菲利普·德莱姆的《第一口啤酒》，这不过是一本口袋大小的书，却被我翻阅了无数遍。我不仅仅是被那些细腻传神的文笔打动了，更重要的是，它让我深深体味到"快乐就在细微之处"。老爸的这些短语便是如此，如同人生的一面镜子，你总能在其中找到自己的影子，不曾消失也不会穿越，从而引起心灵的共鸣。

经过这么些年的创作，老爸有了将这些短语出一本书的想法。我相信，这一定是一本好看而又有趣的书，它不会被淹没。也许你不会每一则都喜欢，也许你觉得短语写的不过是生活中一些微不足道的小事，也许有些文字你还会觉得艰涩……但你总能于不经意间，在某则短语中品味出细微的快乐，找到那一刻最真实的意识流动，直至唤醒你对人生中无处不在的细小感触的领悟。我现在跟他远隔重洋，没有太多可以互相厮磨的时光了，但我依然可以从他的文字里寻找到哲学与诗，寻找到生命与爱，寻找到他思念女儿的那种心灵煎熬，因为有些短语本来就是为我而写的。

这可以算作序么？

2015 年 6 月 24 日于墨尔本

目录

《健民短语》增订版序 1

老爸和他的短语
　　——《健民短语》序 2

等等灵魂

门外谈酒 3

斗茶 5

超脱与缺憾 7

精致和极致 9

等等灵魂 11

人心念语 12

影子 14

血色残阳 16

历史和艺术 17

花草物语 19

佛性 21

凝视卢梭 23

自以为灯 25

什么是抵达 27

一根骨头 29

醒来 31

水仙 33

牵引 35

仕女图 37

牧羊的小孩 39

哲学的批判 41

暂此 43

今晚喝茶了吗 45

执笔 47

讲究 49

爱情 51

邂逅 52

"永远"到底有多远 54

天上大风 56

观背影 58

女人如茶 60

顶上功夫 62

斜阳系缆 64

道法自然 66

活在当下 68

颜值 69

翻浆 71

抛掷人生 73

傅园慧的性感 75

论"匪气" 77

论"小目标" 79

体露金风 81

李师师什么"范儿" 83

论"元无知" 85

还有"疯狂" 87

饮茶者说 89

说说"老爱情" 91

什么是"无趣的部分"？ 94

美女扎堆的地方 96

"契约"的前世今生 99

城南花已开 102

哪一根稻草压垮了骆驼 105

毕业季 108

别处的阅读

论祖宗 113

读书与"用" 115

经典是什么 118

有多少好书可以重来 120

每个人内心都有一匹狼 123

妖娆罪 124

乡村哲学 125

心航 126

长假之思 128

风流 130

名字 132

往事 134

如昨 135

背影 137

红色 139

感动 141

人凭什么活着 142

张爱玲 144

胡兰成 146

边缘的《阿姐鼓》148

一束孤独的阳光 150

简单 152

传说 154

一篇读罢 156

心灵的指引 158

寂寞张爱玲 160

女人的玫瑰 162

民间故事 164

警惕读书 166

柏拉图在谷歌总部 168

乳房的隐喻 170

炮制短语 172

小巷 174

百年孤独 176

萨特的《死无葬身之地》177

文人政治 179

孩子心态 181

用脚趾思想 183

孤意在眉 185

哲学家的拨火棍 187

乡愁 189

奇葩 191

阅读咖啡 193

阅读鲁迅 195

语词 197

静气 199

黑洞 201

再说乡愁 203

江湖 205

数字"3" 208

为什么长大 210

心是通的 212

思想的边界 214

小谈阔论 216

《思想的边界》后记 219

答案在风中飘荡 221

为什么是"朗读者" 224

老根"立字" 227

写作的"能见度" 230

写撩汉的作家 233

没有声音的虚无 236

"别处"的阅读 239

你别有选择 242

可萌绿，亦可枯黄 245

欲望之劫 247

金庸之道 250

好给人勘带 253

说"扯" 256

时间的拐弯处

当下 261

秋雨 263

光棍节 265

年轻没错 267

无题江南 269

梦想的意义 271

错过的风景 273

论文答辩 275

44号 277

"我"和"我们" 279

叫你说英文 281

将来阔 283

"咔嗒"一声 285

母亲节 286

小柳村 288

说"福" 290

情人节絮语 292

节日 294

音乐的神性 296

美女 298

"尼伯特"玄想 300

时间的拐弯处 302

论"葛优躺" 304

谁在抱"仙人掌" 306

本真与"绑架" 308

只是穿过 310

我的村庄 312

回首那一年 314

"乡愁"的精神分析 317

"立春"的审美 320

情人节不相信玫瑰 323

老气横"春" 325

记忆中的仪式感 328

"分享"的祛魅 331

人间草木 333

你的儿女 335

去找一个贺涵吧 336

"00后"的话语权 339

一言不合 342

说说18岁 345

谁在"席地而坐" 347

7601，春天的邀约 350

"奇点"在前 353

汶川，十年 356

远看你比近看更好看 359

回望西餐厅 361

贤谋画石 364

拉古迪亚拷问 368

论花甲 371

猪年祝词 374

为了相遇的告别 376

说说"找人" 379

有趣的王小波 382

水流元在海 385

巴黎烧了吗？ 388

轻轻摔碎 391

有梦的家乡 394

走过来走过去

私奔 399

夜里戴草帽的人 400

落日 402

为什么远行 404

女人漂亮 406

莆仙方言 408

在澳洲过端午节 410

我的墨尔本 412

我的十二门徒 414

我的歌剧院 416

我的大洋路 418

我的悉尼塔 420

这一个家庭 423

平遥之殇 425

乔家之气 428

一任阶前 431

炼狱的废墟 433

海滩的"乡愁" 436

走过来走过去 438

想起了朱光潜 441

力量感与双排扣 444

守诗如玉

风景与人 449

21世纪独白 451

等待澄明和虚静 453

一个世界疼痛的收获 456

蓝色 457

成熟 459

草根诗人 460

伤口 462

毒舌功夫 464

诗若安好，便是存在 466

一抹绿色 468

和自己说话 470

寂寞而伟大 472

天凉 474

我有一壶酒 476

再说南夫 478

关于"莆系诗歌" 481

由麦芒《二位》想到的 484

立春的人 487

现代汉诗的精神取向（三题）489

风未止

父亲者说 495

听外孙女弹钢琴 498

什么是明白？501

日光灯下的草帽 504

女人四十 507

你脱轨了么？510

我的十二时辰 513

那个年代的纯粹 516

"可怕"的文化 519

附录

微信写作：另一种文学样式——评《健民短语》522

《健民短语》后记 528

《健民短语》增订版后记 530

补记 532

等等灵魂

门外谈酒

1992.01.05

偶尔举觞小试,也只是为了友人常拿"古训"教我:"文人不饮酒,才学何处有?"我无可奈何,自知才疏学浅,究其"劣根",这大概也算是其中之一。

既不会饮,就压根儿没醉过。常常看到有人在文章里描述醉酒的那般境界,我的心也曾蠢蠢动过,但终究还是下不了决心。我有一位朋友,在酩酊大醉之后给我写了封信,满纸皆是醉酒后的感受,似乎一下子使他长大了许多,顿悟了不少,这又给我平添了几分神秘之感。本来,这篇文章不该由我这"酒外之徒"来做,然而转念一想,我虽没有酒量却有"酒的情感",不妨站在门外,做一回"旁观者清"吧。

"醉"里乾坤大。酒在中国历史上所产生的那些看似微妙实则不可估量的影响,史家们并没有忘掉。夏朝的最后一个皇帝夏桀和商朝的最后一个皇帝商纣,两个人都造了装酒的大池,整日沉溺于"酒池肉林",最后都把自己的国家给喝丢了。这正应了夏禹在戒酒之后说的一句话:"后世必有以酒亡其国者。"这就是酒在中国历史上最早闯下的大祸。因为酒而惹出麻烦,甚至闹出战争来,也不是没有的。楚国当时以大国自居,有一次竟向各国要酒,相当于我们今天的"摊派"。结果赵国偏不给酒,楚国就把赵国的京城给包围了。由此,中国历史上曾不断有劝人戒酒的文献出现,《尚书》中的"酒诰"便是最著名的一篇。

尽管把饮酒的后果看得再严重，却丝毫没有减弱中国酒风之盛的习气。畅饮狂饮痛饮酣饮闹饮乃至滥饮暴饮，饮酒的感受毕竟被人类历史所积淀下来，成为了国人的一种身心体验。晋朝的刘伶骑着马，一边饮酒一边对身后扛着锄头的人说："死便埋我。"唐代的傅奕居然要人把自己的墓志铭写成："以醉死。"这两个豪气干云的"醉死派"，仅仅是中国古代众多醉鬼中的一种。"天垂酒星之曜，地列酒泉之郡"，孔融的这一篇"酒之为德，久矣"，把酒的伟大看成能够从中得到真理和存在，这未免夸大了酒的作用。

然而，酒还是酒。飞觞醉月也好，觥筹交错也罢，既然是一种民族性的心理积淀，也是一种文化现象，酒大概是不会被湮没的。不然，为什么会有人去研究中国酒文化？又为什么会有各种各样的品酒博览会？饮酒有饮酒的风度，有所节制便好。《菜根谭》里有句话："花看半开，酒饮微醺。"我想这可能是一种陶然的境界、一种美妙的乐趣。辛弃疾在醉眼蒙眬中，看见了松树："只疑松动要来扶，以手推松曰：去"，便颇有一种状态的美。"何以解忧，唯有杜康"，这也是一句老话了。酒确乎能够起到暂时的心理平衡作用，能够产生一种介于事实与幻想之间的思想创造力或艺术创造力。李白不是"斗酒诗百篇"嘛。酒在现代社会交际中，还能起到某些意想不到的作用。别的不说，就说时人把"烟酒"等同于"研究"，该不只是新的文字通假吧。

现代社会由于传播媒介的作用，人们认识酒的眼界不断地被开拓。不久前，一位在电视台工作的朋友告诉我，现在的电视广告是"一酒二药三化妆"。当你坐在电视机前等待下一个节目时，那劈头而来接踵而至的酒的广告，直轰炸得你非得到云里雾里去走一遭不可。那情形，想起来颇像不知是哪一则广告词里讲的："酒不沾唇人自醉。"呜呼！

斗茶

2013.09.04

斗茶是男人的本事，女性一般不斗茶。见过几次斗茶，基本上是男人。斗茶的玩法就是对比，有对比才有区别，才能斗出个胜负。然而，斗茶是按照同一茶叶种类来斗的，岩茶不跟铁观音斗，红茶不跟绿茶斗。见过几次斗铁观音，清香型、浓香型和陈香型各自上阵。

某日下午，几位好饮者想起来斗岩茶，有陈年铁罗汉、乾隆老茶、五星和六星曦瓜版大红袍、牛栏坑肉桂（简称牛肉），还有老枞水仙等。岩茶种类多，比较丰富多彩，斗得也就有趣味，也算长了一些见识。岩茶底蕴深厚，饱满沉着，有一种被称为"岩韵"的意味在其中。

岩茶一直是我近年来的最爱，无论是它们其中的哪一种，只要你凑嘴抿上一口，咂出味来，便完全没有那种草本的微涩，只觉得岩韵里空间幽深，曲巷繁密，忽然就有了一种徜徉、探寻的余地。那个下午，数巡过后，一泡号称乾隆老茶被撕开了，一团黑乎乎的茶块被抖了出来，放到鼻子底下闻一闻，没有什么香气。泡在茶盅里，有浅棕色渐渐漾出，随后很快便荡出了深黄色。凑上闻香杯一闻，整个像普洱的味道，还有些药香；喝上一小口，竟然是木头的香味；等过了喉头，便有一种岩韵慢慢释出了。几通过去，口感逐渐细腻，越喝越甜，然而不腻。老茶在腹中蠕动，胸间顿时通畅，舌下生津。这是什么老茶呀？一看茶盏里的茶渣，都已碳化碎裂，没有了那种粗枝大叶的形状。如此陈酽、透润的老茶，大家还是第一次品到的，于是欣喜莫名，惊呼这才是今天斗茶的"终极版"。收藏者说，其实它不过是20世纪50年代的佛手。佛手不是铁观音么？怎么也拿来跟岩茶斗呢？待喝够一大把了，众人才醒悟，即便是几十年前的什么茶，到这个时候骨子里的那种"老"的味道，释放出来的一定就是三分甘草、三分沉香、二分药香、二分草野霸气。这就是老茶的"茶格"。斗茶到如此境地，就不知如何来安顿自己的感觉了。

过去的文人常以"好茶至淡""真茶无味"等句子来形容好茶，其实这是一种感觉的失落。不管怎么说，老茶是有"大味"的。有人说，老茶是老男人的茶。也许，只有男人、特别是老男人才真正知道老茶的韵味。老茶的深厚，没有了绿茶的鲜活清芬，却把香气藏在里面，让喝的人觉得年岁陡长。在陈酽、透润的基调下，老茶变幻无穷，从药香、木香、虫味进入普洱味，最后是甘甜，每一种重要的变换，都带来新的感觉和记忆，就像一个老男人一生所经历过的历程。

超脱与缺憾

2013.09.29

数年前听过一次演讲,主旨是"以儒处事,以道养心,以佛养身"。说的是人的脸上本来就写了个"苦"字:眉宇是"艹",鼻梁是"十",嘴巴就是"口"了。人一生下来就会"哭",注定人是要进入"苦海"的。这种解释令我震撼不已,那里面的确带着某些神秘的期许。我不由得想起了顾随,他对佛的见解往往具有禅外的哲思,能够看到其内在的清寂与冲淡。他说:"大疑,大悟;小疑,小悟。学佛要信;参禅须疑。"可谓悟道之语。

张中行与杨沫婚姻失败后写了篇《度苦》,述说他在绝境里与佛学的一次意外相逢,读了《心经》,从此理解了"度一切苦厄",打破烦恼障。他由此提出"顺生",意即知其无可奈何而安之若命,保持一种自然的心态,从容设计自己,清醒地顺着人生的路走。

二十多年前,在一场人生的逆难之后,我写了篇文章《超脱》,谈到弘一法师。弘一在享尽人间该享受到的快乐之后,那一尊醅波的"浓酒"终究淡了,终于悟入"别来沧海事,语罢暮天钟"的另一番境界,从此斩断世情尘缘,青鞋布衲,拖钵空门。他从瑜亮一时的风流才子,到一心系佛的云水高僧,这一极具戏剧性的转换,当然不仅仅是说人生的消极或积极,大抵是一样的意思。问题在于李叔同之所以为弘一,正由于他有着与别种消极完全不同的"看透",索性求个彻底。"往生之我"的蹉跎、业障、无明、烦恼、劣根，全在自我的究诘中被怀疑、被遗弃，从而获得了超脱。

其实，真正意义上的超脱，无非是一种超验，一种由一而多、由多而一的心理轮回；然而它实际上是一种指向内在超越的人生定位，一种追求真实生命和终极意义的情怀。超脱需要静默，只要不执着于掌声，一切都将是美丽的。记得有人说过："真正的美除了静默之外，不可能有别的效果……每当你看到落日的灿烂景色时，你可曾想到过鼓掌？"

人生难免有缺憾。活到现在，我算是稍稍明白有缺憾的人生才是享受的人生、真实的人生。龚自珍有诗云："万事都从缺憾好。"我想这种"缺憾"，大概是要支配我的一生的。

精致和极致

2013.10.06

一位作家在她的博客里说:这世界怎能没有我的诱惑。不免戚戚然焉。人可以自信,但不可以有过于沉迷的自恋;人可以感觉,但不可以有走不出的感性。由此,我想到"精致"和"极致"这两个词。人生可以活得精致,但不可能活到极致。世间任何事物达到了极点就极易走向反面。所以,人生过程中那些不适意的段落都属于一种暂时的"中断"。

每当我一个人静静地聆听巴赫时,我都会感到巴赫的音乐从来不一泄到底,而是如水流遇到礁石那样,稍有奔腾之意便立即碎开。这就是巴赫的诗意的"中断"。有人说巴赫的音乐是茶杯里的风暴,它让人想起"花怒"二字。其实,花的怒放就是一种美丽的中断和适时的碎开。这是心理的一种节制、一种节奏。没有节制的张扬是可怕的,而没有节奏的人生也是缺少趣味的。做人有时比做事难,在于做人需要节奏,需要一种心理的调适和"望断"。余秋雨为陈逸飞写的墓志铭的最后一句是:"他以中国的美丽,感动过世界。"陈逸飞试图用他的作品,表达一种生命的节奏。他的《浔阳遗韵》在画面的刹那惊艳中,描绘了旧上海的风情。轻重适度,浓淡相宜,亦新亦旧,这就是历经四十年艺术生涯的陈逸飞的节奏,不疾不徐、不衫不履地被美的光芒照耀着。节奏的完美,是作品的极致。而作为生命的极致,只能去追求,是不可能企及的。

一位女孩这样说:"果然我是个认真的人,连失眠这件事都干得这么漂亮!"这是她所向往的"极致",其实她照样是要失眠的。同样,陈逸飞太追求极致了,追求极致的人却留下一个极致的遗憾。因为他可以在艺术中追求极致,但他不可能在生命中追求那样的极致。有遗憾的人生,才是真实的人生。一代风流才子,尽管他已经成为这个世界上不能没有的诱惑,然而他终究也只能是精致地活过了这一生。

等等灵魂

2013.10.09

看到这样一句话："人生如寄，多忧何为？"便一直在琢磨自己究竟寄在了哪里？我还能不能搬回我自己？想来想去，终于明白：人是搬不动自己的，即使你能搬动自己，却永远搬不动自己的影子。"独秀"，是我时常想到的一个词，它让我认识到：人生不过是个谁打错的电话，往往是你还没接起对方就挂断了，就像窗帘动了一下复归于平静。人活着其实也没有什么理由，生命不过是灵魂租来的一间房子，身体不过是生命借来的一件衣裳。人能活多远，影子就会留多远。许多时候，我希望抬起头来只看到一个词：天空。然后站在那座码头上，对自己说："属于你自己的波纹终归是你的。"然而，生活和心灵的相望，有时就隔着一层纸的距离，即便是再简单的生活，也是值得品味、回味乃至敬畏的。生活就在那里，只要安详自在，就会巧妙地达到正好，或者即将正好。

说实在的，我不太喜欢快节奏的生活，我一直以为，世间任何自在都来自适度的"慢"。一生骑着牛慢慢走的是老子，他在慢中领悟了那么多的人生哲理。慢，不只是一种信仰，更是一种生活能力。快，往往奴役了现代人的灵魂。俄国作家契诃夫有一次在西伯利亚遇到一位中国人，看见他一小口一小口地抿着酒，便感叹中国人懂得礼也懂得生活。生活如流，我们虽然不能像浮士德有魔鬼帮助那样，要什么就有什么，但我们完全可以有一种慢生活，让肉体慢点走，等等灵魂……

人心念语

2013.10.11

　　昨天上午，一位出过几本书法集的退休老教授来访，对我办公室里挂着的那幅青年书法家蔡清德书写的欧阳修"西湖念语"表示赞赏。我突然对着心里未圆的那个残梦怅然不已。年轻时我学过一点书法，后来不知何故就放弃了。我知道那个残梦最后是不可能色彩斑斓地返回，然而对于书法作品的喜爱一直盘桓在我心里。我清楚地记得当年在厦门大学上一年级时，某个夜晚我披着一身月光信步踱到一位老师宿舍里，进门就看到因明学教授虞愚手书送给他的一副对联。虞愚先生的字骨架平稳，却在笔画的内里藏着许多曲折变化。大学毕业若干年以后，我又见到了弘一法师的字，尤其是那幅临终绝笔："悲欣交集"，干枯冷寂，敛尽了人间烟火。生而何欣，去有何悲？尘埃落定，悲欣交集。记得在一个学术会议上，一位先生评价这几个字堪称"小祭侄稿"，我恍恍然顿悟。等到人生经历多了，我才意识到人应该怎样才能做到不骄矜、不张狂，就像宋人描绘的那轮明月："素月分辉，明河共影，表里俱澄澈。"多少年了，弘一的字一直在告诉我，人要活得自如、自在和自为，并且从容不迫，在随意之中有几丝活气泛出。人如果能够活得奇峭，当然也是一种活法，犹如书法中若续若断的枯墨。

　　世事攘攘，我喜欢自由自在地活着，并且带点可能的优雅和几分趣味。其实，人活得精致不精致并不重要，重要的是活得自然。自然本质上是一种内心之学,为了内心的生长,我们往往需要寂寞,甚至需要独处。奥地利诗人里尔克说:"你要爱你的寂寞。"寂寞能让人发现内心那些看不见的东西。陈寅恪说:"不采苹花即自由。"一个"不"字,就是像梵高、克尔凯郭尔、梁漱溟和顾准那样,"成功地做了他自己"。这些人在那个年代都是寂寞的。鲁迅当年在厦门大学也是寂寞的,但是他袒露了生命中最柔软的心性。我们内心世界的丰满和充盈,我们抵抗一切苦难的力量,都需要我们在寂寞中审视内心。此时此刻,我不禁在心底浮起邵康节的一首诗:"天听寂无音,苍苍何处寻;非高亦非远,都只在人心。"

影子

2013.11.01

　　早晨的影子长了，你就沾沾自喜？中午的影子短了，你就耿耿于怀？那么，没有影子的夜晚，你该怎么过？几年前，90多岁的钱伟长就说，岁月留给他不会有太多的日子，死了，就算是一次完成吧。开始时，我对这句话感到震惊，后来认真一想，既然命是有定数的，即所谓的"命定"，那么就是人对生命的一种完成。辛弃疾唱道："惜春常怕花开早。"为什么要怕呢？不是还有句话："花开自有花落时。"上帝总是让人一截一截地成熟，然后一截一截地老去。也许你会问：上帝这样做公平么？

　　2003年圣诞节，美国加州塞西尔孤儿院里的孤儿汤姆给上帝写了封信，说上帝太不公平了，竟然没有送给他父亲和母亲。这封信被转到《基督教科学箴言报》负责替上帝回信的特约编辑邦尼博士手里，他给汤姆回了封信："上帝永远是公平的。我想告诉你，我的公平在于免费向人类提供三样东西：生命、信念和目标。到目前为止，我没有让任何一个人在生前为他的生命支付过一分钱。"这封信发表后，成为上帝最著名的公平独白，同时也使得许多人第一次真正认识了上帝。我由此想到，生命、信念和目标，作为上帝恩赐给人类的礼物，不仅是上帝的最大智慧，而且是我们认识人生、认识世界的最高境界。上帝有两只手，一只手可以让你在年轻时就赢得世界，而另一只手则要慢慢琢磨你的心智，同时让你感到有一些甜。

　　人生获得某种解脱也许并不难，难的是心智的完全释放。诺贝尔奖对于人的心量有时就是一个严峻的考验，把百万美金递给一些再也花不动钱的老人，也许就在于这种缓慢的奖赏本身是一种心智的历练。我想，这就是上帝的两只手赋予人的两种可能性。接下来的，才有真正属于你自己的选择。

血色残阳

2013.11.15

过去读历史，常常读出一堆糊涂账。比如南明的历史，几个小朝廷旋起旋落，时而金戈铁马，英雄自夸击断；时而银笙玉笛，丽人空怀国恨。这些，从明清笔记小说和《上下五千年》中只能略窥一斑。唯顾诚先生所著《南明史》，以其丰富翔实的史料和严谨细致的考证开阔了学人的眼界。对这段历史，有一个词概括得极为恰当：血色残阳。

明末秦淮八艳之一的柳如是，写过"垂杨小院绣帘东，莺阁残枝未相逢。大抵西泠寒食路，桃花得气美人中"的诗句。这不禁令人想到自古以来，桃花在文人墨客的笔下多象征风尘轻薄。"癫狂柳絮随风去，轻薄桃花逐水流"，老杜对桃花也是没有什么好感的。

当年远嫁鲁国的文姜唱着"桃有英，烨烨其灵。今兹不折，讵无来春？叮咛兮复叮咛"，向她的老哥齐襄公暗送秋波。后来两人日臻情好，使得齐襄公竟设计杀了自己的妹夫鲁桓公。看来由桃花引出来的意象，大都是一场血色残阳。唯独柳如是信手挥洒，以花托人竟浑如天成，既是怜花，亦是自况自恋，傲气一时无两。她嫁给钱谦益后，老才子又赠她河东君的雅号。钱氏所喻，乃引《玉台新咏》中"河东之水向东流，洛阳女儿名莫愁"之意，以莫愁比如是，又暗喻柳姓的郡正好望着河东，实乃用心良苦。没想到后来钱谦益大节有亏，被柳如是所瞧不起，河东君雅号，竟然一语成谶了。

历史和艺术

2013.11.25

读张鸣的《历史的底稿》，读到其中一段晚清军队"不瞄准就乱放枪"的史实，不禁惊骇。晚清年间的洋枪队，从买来第一杆洋枪到一板一眼地练习瞄准射击，竟然延宕了60年。从庚子年攻打使馆区，到甲午年中日对阵，再到驱逐张勋的辫子军，都是"天空中弹飞如雨，阵前弹孔全无"。士兵们样子摆足，争先恐后地放枪，子弹打完了，便撒腿就跑。于是，历史书留下了"每战必败"的耻辱。一位在场的美国记者曾戏言：建议中国军队恢复使用弓箭，朝天射击可以作为造势的仪仗。晚清中国军队的笑话，按时间顺序演绎了60年，中国军队也根本不可能去恢复使用弓箭，因为历史是不可能颠倒的。然而艺术却可以倒过来"做"。

克里斯托弗·诺兰执导的影片《记忆碎片》，开头的一段镜头，一张立拍的照片随着手的甩动，变得越来越模糊：人先死了才拔出枪。一组倒放的镜头，以及接下来按照通常时间顺序相反的方向进行的情节，把人们带进了一种记忆追溯之旅。

历史就是历史，历史还原出来的应该是真相。艺术则可以做逆向的叙述，从而帮助我们随着碎片记忆，去寻找我们需要寻找的过去，或许是生活，或许是生命，或许是更多未知的东西。这种情形正如博尔赫斯在《循环的夜》里说的："我不知道我们会不会在第二次循环中回来,就像循环小数那样重复;可我知道一个毕达哥拉斯的黑暗轮回,一夜一夜地把我们留在世界的一个什么地方。"因此,历史和艺术,一个是镜子之外的真实,一个是镜子之内的"真实"。

花草物语

2013.11.26

家里是花草的世界，天台、露台、阳台上皆是。客厅种了棵富贵树，叶子绿得流油。常有朋友来访，惊叹室内的树居然长得如此之好。一位画家朋友坐在客厅端详了许久，还以为是一棵假树。数年前，妻子在我书桌上一个空茶壶里用清水养了一丛金钱莲，长得绰约可人，竟从壶嘴里探出一枝，令我不时忍不住偏过头去，望它一眼。

我并不是一个很会侍弄花草的人，只是一种喜欢。过去读《幽梦影》，里面有这样的句子：梅令人高，兰令人幽，菊令人野，莲令人淡，春海棠令人艳，牡丹令人豪，蕉与竹令人韵，秋海棠令人媚……古人的花语，竟是如此多彩。

过去看吕克·贝松主演的那部著名电影《这个杀手不太冷》时，杀手莱昂在城市里把一个家搬来搬去，不管搬到哪里，他手里总是捧着一盆花。当时我心里就敬佩导演刻画人物性格的手法，只这一盆花儿，就足以把杀手的冷血给温暖了。

前年在巴黎与法国电影导演协会一群电影人交谈时谈到杀手莱昂，他们也对这部电影深有同感。后来，我又看了也是描绘杀手的韩国电影《雏菊》，同样被那个爱花的杀手所感动。那里面的郁金香被用作杀人信号，不仅点燃了潜藏在人灵魂深处的爱和恨，而且成为艺术的一个极好的反讽。

其实花草是无所谓美丑贵贱的,哪怕路边一棵不起眼的野草花,也是大自然给予人类的馈赠。在许多个寂静的夜晚,我喝着很慢很慢的茶等待着花开,静静地倾听花语,倾听花事的呢喃,心想那一定是生命的花瓣所开启的天籁之音。

佛性

2013.11.27

突然想起来谈佛。其实，我对佛经、佛法、佛理几无钻研，只不过是对佛怀有一种敬仰。当年陈晓旭剃度出家，成了一大新闻。在许多人看来，"林妹妹"的妩媚与才情，并非归于寂灭，她也没有满心的不舍。她的举动倒是应了日本宗教哲学家矶部忠正的解释：在日常身边的一切事态和自然现象中，人都能感受到神秘的生命以及宗教的存在。

东方的民族被称作有佛性的民族，任何一个东方人，只要会心领略，必能开显佛性。在那样的凝神静虑中，坐看蝶来花开，静听云飞风吟，你可以听到内心的声音。所以在日本，常常会有女性花80美元到京都龙源寺去做一日尼姑，身披袈裟，借冥思坐禅以平息内心。或许是一念已逝，世缘渐去；或许是万虑未生，天机涵养，这些选择无论是出于自觉还是力量耗尽后的放弃，都被看作一种有缘的接引。人世间劫难常有，累为柔肠，究竟有什么东西能够对人的精神归宿有所承诺？又有哪种修炼能够让人重拾内心的平静？有人这样描述：福冈的一位老太婆费力地从路边捡起一片红叶谛视许久，如此懵懂多年，方始憬悟，也许在那一刻，她要珍藏的，只是抚弄落叶时所体悟到的禅意而已。

佛意说："十丈软红，哪里不是积福处？"

"林妹妹"挥别花月世界，为自己内心留一泓静穆，她自有契心之处。看似无情,却成就了一种解脱。最终,"林妹妹"还是背弃这个世界怅然而去。想到这里,不禁令人想起"忍看"二字。

呜呼!大地皆是蒲团,作为人,拥有一份佛性和一种敬仰就行,为什么一定要如此拘执呢?

凝视卢梭

2013.11.29

2005年秋天的一个上午，在日内瓦，我久久地凝视着卢梭的雕像。来之前我正好重读了他的《忏悔录》。我记得过去曾经有评论说：作为18世纪四大启蒙大师之一的平民思想家，卢梭的阅历不及伏尔泰，才具不及狄德罗，见解不及孟德斯鸠。而且，他一生经常混迹在女人堆里，有不太好的名声。然而，一本《忏悔录》，卢梭敢于把自己那些见不得人的事赤裸裸地跃然于纸上，为众多的思想家所瞩目。其实，卢梭对18世纪的世界是存有芥蒂的，他觉得什么都不顺心。

在那个民主制度并没有完全放开的小小的日内瓦，卢梭总是把眼球移到脑后，企图回到蛮荒时代的自然状态，至少，他想回到希腊城邦时代。卢梭的这些不切合实际的理想促使他写出了《社会契约论》，试图为小国寡民设计出一种政治蓝图。然而不管怎样，卢梭还是卢梭。他的感情是复杂的，他的理论也是复杂的。他有着属于他自己的精神"底色"和理论"起点"，这就是思想的真实和自由，以及个人的真实和自由。正因为有了这种真实和自由，才有了他的闻名于世的《忏悔录》。

当我在卢梭雕像面前盘桓了许久之后，一直想释放心里的一个企图：我们还能不能把卢梭放回他所处的时代？因为对于思想史来说，卢梭是重要的；然而卢梭的复杂性又让人们意识到：上帝造人，给了人们一双眼睛看清外部世界,也给了人们一颗心审视内在灵魂。蒙田的散文和卢梭的《忏悔录》都是耐读的,读蒙田使人安详闲适,读卢梭则使人悲天悯人,所以曾经有英国学者称卢梭为思想界的希特勒。对于这样一位很不幸的复杂的思想家,我们该怎样面对他的精神遗产呢?

自以为灯

2013.12.06

一位20岁的姑娘在短暂的恋爱失败后，记起小时候被妈妈逼着苦练钢琴。妈妈这样教育她："学好一技之长，将来老公不要你了，你还可以教钢琴养活自己。""老公为什么不要我呢？"妈妈说："那不重要。"

一位30岁的刚离过婚的女人给追求她的男人发了短信："如果每个人都有死穴，我的死穴就是爱情吧。"一位40岁的离婚女人对她的新恋人说："爱情是我最不勇敢的事，我可以暗恋一个人很久很久就是不告诉他，还会不停地琢磨：他是好人吗？"一位50岁的女人离婚了，在酒吧里听陈升唱"把我的悲伤留给自己，你的美丽让你带走"。另一位陪伴着她的男人动情地问道："听这首歌会不会觉得伤感？"她说："我已经没有时间伤感了，我只觉得他唱得很好。活到现在，正是活得最自然的年纪，懂得什么叫退一步海阔天空，明白太固执未必是件好事。"一个女人，从20岁活到50岁，红颜渐去，青春不再，就越觉得自己能够把握的东西越来越少。其实爱情不只是一些女人的死穴，它几乎是所有女人的死穴。失去一个男人，有人就选择另一个男人来填补；但男人是否就是女人的最后归宿呢？

劳伦斯说：虹有两只脚，一只是男人的心，一只是女人的心，它们永远并不到一起。爱情没有什么永恒的，永恒的不是两个异性永世绑在一起，而是生长着的生命之焰，是一种相遇。所谓爱情，只能是那条两只脚的虹，只有相遇，而没有绝对意义上的撞击。所以，女人还有一个属于自己的"天理"——靠自己生存，为自己的天理而活。自以为灯，自以为靠，懂得这个"天理"的女人才是一个自知、自为而后自足的女人。这个世界的确有着太多无法掌握的梦，因为不是所有的终点，都有人守候；不是所有的距离，都能够丈量爱的深远。

什么是抵达

2013.12.08

我一直认为"抵达"是一个艰难的词语。人生总像一座迷宫,有时候绕来绕去就是找不到出口。即便你来到一片光亮之地,却发现那完全不是你想抵达的地方。格非的小说《隐身衣》描写一位玩电子管音响的家伙,觉得社会上没有人意识到他的存在,他只好过着自得其乐的隐身人生活,结果为情所迫,不明就里地和一个被利刃毁容的女人生活在一起。小说结尾提出了这样一个问题:"事若求全何所乐?"隐藏在故事背后的精神黑洞似乎在诱惑我们走进去,去寻找那一个抵达。然而,我们身处的世界永远是个深不可测的谜底,抵达终究是艰难的。记得徐星有本小说叫《剩下的都属于你》,我对这个书名一直产生一种莫名的好奇。事物的确是不能求全的,该抵达的抵达了,没有抵达的就是剩下的。那么,剩下的又都是些什么呢?我们内心的冲突,往往是抵达和未能抵达的冲突。我们向往抵达的目标究竟在哪里呢?也许就在我们脚下的每一个缝隙里;也许就在人的生前和身后,在心灵的皱褶里,在面容的镂痕里。

人的一生其实只有两样东西:一是"无",一是"有"。因为"无",人才会去追求;因为"有",人才懂得舍弃。人生的烦恼不外乎"求不得"与"舍不得",穷人与富人,一是"求不得",一是"舍不得",所以都脱不出"烦恼"二字。人总是笑自己"觉悟"得太迟,一旦觉悟了，就如普陀山法雨寺那副对联所写的那样："有感即应，如一月丽天，影现众水；无机不被，尤万卉敷荣，化育长春。"有位作家在游览了普陀山之后，悟出了三个字："茶会凉"。"茶会凉"三个字，实际上就是我们已经或者正在承担的人生自觉，它携带着一种翻越的甘苦。所以，我们只能告诉自己，这个世界没有什么不可以被我们审视，即使有些目标不能够抵达，但存在的这一切一定是合理的，因为走过来走过去，剩下的都属于你自己。

一根骨头

2013.12.10

几天前，我的朋友徐杰兄在微信中写了一句这样的评论："不读鲁迅，一样能写文章，但是肯定会少一根骨头。"此语一针见血，深得我心。我们这一代人，多多少少都在课堂和书本上与鲁迅相遇过，无论是鲁迅控，还是惊鸿一瞥，我们都是在茫茫书海中邂逅了一种精神。尽管，鲁迅式的"铁屋中的呐喊"早已打破黑夜的沉寂，并已穿透了"无声的中国"，然而，当今天四处在追逐着"中国好声音"时，我们是不是完全听不见鲁迅当年所说的"真的恶声"么？在我们读过或未读到的许许多多文章里，究竟还有几根徐杰兄所说的"骨头"呢？

1974年，我还在乡下一所中学读书时，批林批孔的声浪，让我机缘巧合地读了一批鲁迅的杂文。那个时候与鲁迅相遇，心里渐渐地由寂静而至骚动，我于是想要出去，想要做点什么。可是，年轻时狮子般的雄心，却没能找到对话和喷发的机会。我隐隐感到身内有几根骨头在嘎嘎作响，终于还是不能响到我那些年轻而幼稚的文章里去。这情形现在想起来，就像鲁迅所形容的那样：好像被刀刮过了的鱼鳞，有些还留在身体上，有些是掉在水里了，将水一搅，有几片还会翻腾、闪烁，然而中间混着血丝。我终于明白，有骨头的鲁迅才真正是一个旷代的全智者。正是那几根硬骨，让他敲碎了铁屋里的隐秘与幽微：你永远无法叫醒一个装睡的人。所以，他选择了倔强地反抗，反抗绝望。

我们今天这个时代所需要的"正能量",倘若没有几根骨头横在我们的文章里,倘若不能像鲁迅所说的,要敢说、敢笑、敢哭、敢怒、敢骂、敢打,在这可诅咒的地方,击退可诅咒的"小时代",怕是真的要沉沦下去的。当然,所有这些都需要付出代价,这同样是鲁迅所指出的:"一认真,便容易趋于激烈,发扬则送掉自己的命,沉静着又啮碎自己的心。"想到这里,我似乎觉得身内的激情渐渐退了去,没有了焦躁。我甚至只看到屋里唯有窗帘在微微颤动着,我原本想插入文章里的那一根骨头,究竟哪里去了呢?呜呼!

醒来

2013.12.11

一首《醒来》，这些天一直在触碰着我的心灵。终于忍不住，又读了一遍这首歌的歌词：

> 从生到死有多远，呼吸之间；
> 从迷到悟有多远，一念之间；
> 从爱到恨有多远，无常之间；
> 从古到今有多远，谈笑之间；
> 从你到我有多远，善解之间；
> 从心到心有多远，天地之间。
> 当欢场变成荒台，
> 当新欢笑着旧爱，
> 当记忆飘落尘埃，
> 当一切是不可得的空白，
> 人生是多么无常的醒来，
> 人生是无常的醒来。

这首歌词让我目击了"醒来"二字。都说人生无常，却没有想到这种无常原来就是一场"醒来"。生死之间、迷悟之间、爱恨之间、古今之间、你我之间、心与心之间,究竟相隔着多远的距离呢?只有醒来,才是依旧人间;一梦钧天,不过惘然而已。

有时我也会扪心自问:你醒来了么?虽然不是我执,亦非妄念,但是仍然在期待"次第春风到草庐"。我知道"心之忧矣,如匪浣衣",我们的整个生命都嵌在一个框子里,框子之外没有世界也没有人生。那么,我们又能走多远呢?多年前的一个初冬,我在一条没有干枯的河边坐着,眼前晃过石头和流水。石头是空间的象征,流水是时间的隐喻。因为草,水慢了下来;因为石头,风慢了下来。它们难道就不是一种"醒来"?

圣经里所说的"火湖"已经在前,人总是活在存在的时间里,甚至是宿命般地陷于现世的泥淖。然而呼吸之间、一念之间、谈笑之间、善解之间,都是一个苦心孤诣的过程,无论怎样颠覆、怎样静止,都可以让无常化作一场意味深长的"醒来"。

水仙

2014.01.09

弟子从漳州寄来几粒雕刻好的水仙，我把它养在水里。可能是干燥了几天的缘故，一入水，它们竟然发出嗤嗤的声响。我好奇地盯着水在冒出一圈一圈的细泡，觉得有些神秘。这些水养的仙子，它们凌波的姿势总不会是凝固的。水仙需要水，其实更需要的是静气。数年前，我办公室里的一盆水仙，在开放20多天后突然倒伏了。倒伏的原因并不在其自身，而是一位好心的女同事发现水有些浑了，把它端到水龙头下从头到脚冲洗了一遍。结果摇摇欲坠的花朵经不起折腾，全垂下高贵的头颅。同事很内疚，我也有点沮丧。

贾平凹说过："女人不说话就成了花，花一说话就成了女人。"水仙本无语，只是静静地、默默地开放着，直到慢慢变老。有些美是不能惊动的，你一旦惊动了它，它就倒了。水仙是淡雅而宁静的，无语的花是下自成蹊的静美，但是它一开口便成了女人，这时还会有静美么？由此，我才感觉到贾平凹那句话的真正分量。

又是一年春来到，又将是一年一岁。变老是必然的，有些离开，是可以顺其自然的，就像我们告别了过去的一年。所谓告别，不过是目光的一次出走，一切都可以静止在生命走过来的甬道上。还记得那一杯喝得很慢很慢的玫瑰花茶么？坐在时光的风中，往事被一滴滴稀释，烦事也一片片凋零。这个时候你还会想到什么呢？俄罗斯象征主义诗人勃留索夫有句诗："他爱所有的大海，所有的码头，从无半点偏心。"我们也许不能做到巴赫无伴奏合唱曲那样的纯粹，但这句诗总是让我感动。李白当年游峨眉山时，曾在山上的万年寺毗卢殿听广浚和尚弹琴，下山后他写了首《听蜀僧浚弹琴》，其中有句："客心洗流水，余响如霜钟。"说的是人要有"洗流水"那样的静气，有了静气就会有"如霜钟"般的力量。斯人往矣，境界犹在；静气若兰，力量在心。

　　人生中总需要有生命的温度，就像水仙需要水，也需要一定的温度。然而人也和水仙一样，更需要一种平和与静气，才会自如地开放，直到自如地结束。

牵引

2014.01.10

　　一个人的英气是从骨子里透出来的，它因此让人膜拜一生——这是章含之对乔冠华的感觉。爱是不能代替的，对于苦难的人生，即使是一块糖，给人带来的安慰是不容低估的——这是廖静文对徐悲鸿的感觉，因为她在悲鸿临终的口袋里摸到了还来不及送给自己的那块糖。我们听到过太多相似的爱情故事，但这个世界绝没有相同的爱。影片《东邪西毒》里有句台词："当你不能够再拥有的时候，你唯一可以做的就是令自己不要忘记。"廖氏和章氏都成了遗孀，并且都不是丈夫的原配，却能把爱看得如同生活不能替代一样，她们的生命永远美丽。即使她们在人间单翅飞翔，也要把曾经有过的那种惊世骇俗的爱延续下去，恒久地享有春天。爱情的感觉随着时间的推移也许会有所褪色，但爱情的深度美丽会长留人心，直到生命老去的那一刻。

　　老，其实是一个长长的牵引。一个学者"与书俱老"，一位新郎"与子偕老"，他们都在释放出生命的全部力量。在目标、理想和爱情的牵引下，如果人心不是那么易变，如果世事不是那么无常，如果诱惑不是那么多样，我们的确是能够慢慢变老的。一个女人的幸福，在于知道自己曾经有过的感觉在哪里，因为那是她们人生一个美丽的牵引。就像章含之之于乔冠华，廖静文之于徐悲鸿，即使她们后来都是单翅飞翔，也仍然记住生命中那一个美丽的牵引。一个女人的幸运，在于寻找到自己的梦想之地,因为那是她们生命和情感的寄托。对于女人来说,梦想之地是她们的绝美之地、浪漫之地和知性之地。

女人的一生,一半活在现实里,一半活在梦想中。活在现实时,她们被生活所牵引;活在梦想时,她们被情感所牵引。午后慵懒的阳光,常常是女人梦萦前生记忆的守望。女人是需要牵引的,需要情感和梦想的牵引,也需要道德和良心的牵引。但是牵引不只是牵挂和牵累,牵挂只是一种惦记,牵累只是一种依赖。女人需要的牵引是英气的一段凝视,是目光的一个抵达,是寻梦的一次远行。

仕女图

2014.02.13

我曾经为一本诗配画的《千古名媛》作过序。那么多历代名媛一下子聚拢过来，置身于美人的矩阵，我有些目不暇接。翻开那些画面，一切都在云谲波诡中如同影子般轻盈地飘过。于是，我知道了什么叫作跃然纸上。微尘无垠，诗与画的奔驰和宣泄，让我想起苏东坡所说的："自乐于一时，聊寓其心。"

我对神必清古、姱丽之容的仕女图并不陌生，那些画面为什么打动了我？——因为它们敲击了一个有趣的文化之谜：这些名媛在偌大的中国历史舞台上，扮演了多少明和暗的角色。然而，艺术的浪漫终将使得历史久久不肯退入黑暗，由此认定对女性美的追求是永恒而古老的话题。在这样一个意义的区域里，我听到了历史的回声。

作为中国传统绘画的分支之一，仕女画有着古老而绵长的历史。除南朝顾恺之的《女史箴图》外，北魏司马金龙墓出土的《烈女图》，唐代周昉的《簪花仕女图》和张萱的《捣练图》等，都以工笔重彩的形式，以线条结构为基础的造型与空间处理，讲求笔墨技法，其浓淡、干湿、粗细转折的变化在人物造型画面营造中，显示出人类精神衍化的物象意义。雍容华贵、天姿卓绝，娥眉凤眼、樱桃小口，高髻的簪花配饰，华丽而薄如蝉翼的纱衣，以及寂寞缱绻的神情，淡漠闲散的步态，采花、赏花、绣花、漫步抑或端坐，大概就是历代仕女的基本生活形态。的确，仕女图没有太多的象征和隐喻，不能试图从那里面找出什么微言大义。我只能说，仕女图既是视觉的，也是诗的。那些昨夜星辰扯出的昨夜风韵，明媚如水，犹如翻过一页页历史。

　　我曾经在一篇文章里写道："历史永远是历史学家的历史，历史消融在艺术之中，便成为诗人的一声深情的感怀，抑或一声深沉的叹息。"仕女图正是把历史对象化为一种神采，一种自由的翱翔，一种浪漫主义的奔突。德国诗人里尔克说："真正的艺术家必须接住命运女神抛出的东西。"欣赏仕女图，从心所欲，默契而自洽，无疑是一种"冰上的月光从河床溢出"的浪漫境界。

牧羊的小孩

2014.03.26

看到一张照片：一个四五岁的光身小孩站在山坡上，放牧一群羊。小孩的形象在人们眼里是高大还是渺小呢？其实，任何的高大和渺小都只是相对的。对于一座城市的感觉也是如此。

福州多山，我时常站在这座城市的某个角落，打量着一座座山峦，想象着它们的蠕动起伏。这座城市的规模已经被山所限定，是山在探头垂顾城市，还是城市在享用山呢？"相看两不厌"——山的庞大身躯可以被人的双眼强行吞噬，乃至它们的每一个神秘和深邃的局部。但福州本质上并不是一座野性十足的城市，她不嚣张和狂妄，就像三山那样静静地匍匐在那里。山的形象往往决定了一座城市的品格，所以福州不够"狼"，福州人也不够"狼"。在我的感觉里，很"狼"的山在北方，很"狼"的城市也几乎是在北方。那么，你能据此认为福州很渺小吗？由此，我想到了人。一个人的高大不在于他所处的位置，而在于他的人格、胸襟和修养。

有一位著名画家画了一座山峰，画面上，山顶有个人往下看，山下有个人也往上看，两个人大小是一样的。这位画家年轻时曾经提了自己的作品到城市请一位自己敬仰的画家指点，那画家连年轻人的画作都没打开，就推托说自己有事让年轻人离开。年轻人走到门口，转过身对画家说："老师，你现在站在山顶，往下看我这个无名小卒，把我看得很渺小；其实你应该知道，我在山下往上看你，你也同样渺小。"这话让那位画家惊了一下。年轻人后来通过自己的努力，终于成长为一位著名画家。由于年轻时的那一次经历，他对慕名登门求教的青年画家总是极其耐心地指点。

我们不能想象一座城市没有山，因为山对城市人来说就是一个目送；同样，我们也不能想象一个人没有人格，因为人格对人来说就是一种正能量。一位女博士在微信里怀念她的母亲："小时候要妈妈抱，已忘记因为什么妈妈那时不能抱。妈妈说，妈妈不能弯腰，你站在凳子上，妈妈就能抱你了。至今想起来都泪流满面。"站在凳子上的小女孩看着艰难地抱起自己的妈妈，她能想象眼前站着的就是一座高山么？而妈妈也并没有把自己看成多么伟大，除了母爱，她的胸襟里还要装进什么呢？所以，有时候认真一想，就做一个牧羊的小孩，其实挺好！

哲学的批判

2014.04.03

复旦大学教授张汝伦最近在上海有个演讲:"哲学的意义和批判的价值",谈到哲学的批判让我们始终保持一种反思意识。哲学究竟有没有用?张教授说得很直接:"哲学没有用。"为什么呢?哲学不过是为人提供了一种批判性。不要把哲学看得过于神秘,现在就连小区的保安都可能问你一个看起来很哲学的问题:"你是谁?你从哪儿来?你到哪里去?"这三个问题是从古到今、从东方到西方的所有哲学家都要回答的问题。要回答"我是谁",就要先回答一下我希望什么。一位女生说自己的希望是得到高薪和名车。但是,她把希望和希望的对象混淆了。希望是人对自己的期许,你可以获得,也可以放弃。法国哲学家萨特获得了诺贝尔奖却拒绝领受,说自己拒绝一切官方奖励。他说人和裁纸刀不一样,人可以改变自己,裁纸刀不可。所以张汝伦教授说:"人就是一种可能性。"我同意这个说法。人如果没有了可能性,就不可能去改变自己,就会被某种枷锁牢牢拴住。因为现实生活的诱惑力依然强大。

尼采二十几岁当了正教授,觉得自己不适合大学的体制,三十几岁就辞掉了。他后悔么?后悔。因为现实生活的困窘最终还是逼迫了他。然而,他无疑是真实的。最近,著名历史学家、华中师范大学老校长章开沅主动请辞"资深教授"头衔,在国内学界和教育界引起了震动。他说："不当这个资深教授，更多的是希望对打破学术头衔终身制有点推动作用，否则大学没有希望。"章老校长真正发挥了自己最大的可能性：请辞了，而且没有任何后悔。这也就是他的真实。他以自身的真实性批判了当代所谓的大学价值观念，保持了自己的反思意识。一位历史学家所具有的哲学气度，是许多所谓的哲学家所没有的。

20世纪80年代，张汝伦教授在德国访学时，看到一位老太太挂着双拐到学校听哲学课，她并不是为了评职称、拿学位，而是为了追求真理。这同样是一个人的真实的可能性。中国和德国的物质差距也许20年可以解决，但这样的精神差距没有200年时间是解决不了的。所以，懂点哲学的批判性，对于我们今天发挥人的可能性是有意义的。

暂此

2014.04.08

突然想起"暂此"这个词。这是个普通的词，曾经不自觉地用过。唐代马戴有首诗《山中寄姚合员外》，其中有一句："敢招仙署客，暂此拂朝衣。"这个词也入了诗，便颇觉有趣。认真一想，人生往往会有一些停顿，或可称为逗号。暂此，就是一个逗号，既不表示终结，也不止于沸腾。

多年前，一位年轻记者为追求一位漂亮的空姐，不惜时机地等候她的航班，一个月里搭乘了多趟她的航班。最后，空姐给他的短信只有两个字："暂此"。他跑到我家里大哭一场。我告诉他五个字："暂此，不覆辙。"他一时没背过气去，因为我当时确实想不出什么语言安慰他。抚慰人家情感方面的事，历来非我之所长。我只是觉得，不要妄想你的痴情能够猜透一个人，能够让对方感动。人心其实是最没有底线，也是最深不可测的，你可以矫情，可以生气，可以狂水狂我，但失意后的惊魂，如果不能静、不能止、不能自已，那就是身如漏、心如焚，即便有云月流水往来，也会觉得心有隙，处处沧海不是水，一切都变得太沉太重。尘世间实在是有着太多的不老劫，让你如履薄冰，踏入幻梦。这种情形，就像一位诗人所写的："你在来的路上，我在死的途中。"落幕无论是措手不及还是错过太多，都将成为命中所定，无可弥合。

《康熙王朝》里，噶尔丹的妻子蓝齐儿在丈夫和皇阿玛恶战后的战场上，再次见到了十几年前在福建省亲时就一见倾心的李光地。蓝齐儿淡淡地道出一句问候："光地，你好吗？""回蓝齐儿格格，臣很好。"在蓝齐儿心目中，李光地依然是自己的所爱。这一对同样属兔的有情人终不能成为眷属，于是，在得知自己即将远嫁噶尔丹和亲时，蓝齐儿亲手摔碎了心爱的玉兔。电视剧的描述有一定的想象空间，然而不管怎样，蓝齐儿是一位为爱情而遗憾的女人。作为皇帝的女儿，在爱情上不会有什么较之凡人更大的自由，对她来说，有情人终成眷属不过是一种虚幻的愿望；即便是地老天荒、沧海桑田的铮铮誓言，也只是一种传说的幻影。爱海能够无休止地滔滔么？江湖能够永远地相忘么？生命中不可避免的哀伤，就是"错过"二字。

张爱玲说她的"错过"是"因为懂得"，正是如此，才有她的那些寂寞身后事的感慨，也才有她的《半生缘》里世钧和曼桢的阴差阳错。错过就错过了，让情感"暂此"一下，也许会看得更透彻些。什么叫作"一声叹息"？说到底就是那种擦肩而过而又充满酸涩的疼痛的遭遇。情爱如此，识人亦是如此。

今晚喝茶了吗

2014.04.14

1985年1月,法国文学研究专家郭宏安在巴黎拜访了75岁的法国作家于连·格拉克,格拉克对他说的一句话一直让他记忆犹新:"当今的法国作家见面不再谈作品了,而是问'昨晚的电视看了吗?'"不谈作品,那谈什么呢?这对于我们,似乎也是个问题。昨晚正一边泡茶一边想着,一朋友电话来了:"今晚喝茶了吗?"于是就恍然大悟起来:原来这就是当下我们要谈论的话题。说实在的,如今有关喝茶的话题的确很多了,但我更关注的是与喝茶的无关的任何宏大的叙事。

我曾经看到一位儿科大夫在微信里描述品茶的细节,忍不住要援引几句:"一泡高火水仙,火气锁喉,三两水作罢。""再一泡足火水仙,枞味鲜滋,顿觉清明而振振,只是味蕾的涩觉却也无法尽除。""茶活起来,叶底略略回青,一息清甜在,一丝焦火之气亦在;饶是有岁月的茶却也化不开舌上的粗糙,终归是外山茶,除却清甜可取,别无茶韵可究?"说的是岩茶,字里行间无不缭绕着深有意味的岩韵。我一直觉得,时人喝茶,倘不是牛饮,便多多少少会在"品"中泛出一丝丝"活"起来的感觉。无论是"火气锁喉",还是"顿觉清明而振振",都是一种跃动的语言能量,它们和茶一起释放,尤其在某个深沉的暗夜,语言的狂欢一下子就能让思想的时空显得敞亮。每每在夜晚品茶,我都会觉得茶色与夜色的相间,无疑是在推开一扇自我的精神暗夜之门。

这种感觉让我想起了阎连科的作品。他的语言习惯不是悬壶高冲，一注长泄，而是大量运用短句，限制修辞的滥用，如同"茶活起来"，但不随意飘浮，不让纸面堆满闲语。他的小说《四书》迎面就是这样一句："大地和脚，回来了。"精练得令人无法撕裂。接下来写道："秋天之后，旷得很，地野铺平，混荡着，人在地上渺小。"作家的语言挣扎让我感到了一种无词的言语，恍若岩茶的茶汤，有彻骨的岩韵在其间挣扎的浓浓痕迹，而且不停地闪烁着。

执笔

2014.04.15

在不久前的一次博士生面试之后，我把桌上的水笔都收入囊中，其他老师感到很诧异：现在还要那么多笔干什么？说实在的，我使用电脑也有18个年头了，但是始终没有把笔扔掉，无论做会议记录，还是平常的生活笔记，我都离不开笔。"好记性不如烂笔头"，多少年来我一直记住这句话。笔，是我一生中最重要的物件之一。虽然我现在并非"纯手工写作"，但是对于笔的这份坚守，肯定是我的一种必要的生命状态。

上小学时，爷爷带我去报名之后，为我买了第一支钢笔。从此，我就觉得自己的一生注定要和笔杆子结下不解之缘。迄今为止，我不知道自己用了多少支笔，用笔写下了多少万文字。那年写《艺术感觉论》时，因为脚受伤，只能坐在床上动笔。笔在纸上轻轻划过的"笔触"的感觉，以及写满一页稿纸翻过去的响动，都让我产生一种不可名状的满足感。 那时正值夏天，没有空调，才两周岁多的女儿不时递一条湿毛巾为我擦汗，还帮我给钢笔吸墨水。这是我至今没有忘却的感动。

女儿长大后，我让她每天临摹描红本一百个字，结果没有坚持下来。有一次看到她的作文，字迹潦草，我形容她的字歪歪扭扭得像北方旱地里的蝗虫。她说：以后用电脑就不用写字了。我有些失落。其实我是在为笔感到失落。我是个握笔之人，我不能忘情我的笔杆。为什么稀罕笔呢？因为笔总是在我的书桌上，它不会消失。笔是极其守信的，它没有对我失约过。即便整个世界都在键盘的滴嗒声中沉入词语，笔依然静静地躺在那里，或者握在我的手中。我从此体会到了"执笔"一词的分量。尽管当今电脑写作进入一个空前的时代，"执笔者"这个词也还没有被"键盘手"或"执键盘者"所取代。"执笔"对我来说不只是释放快感，而且是我寻找使我心灵荡漾的舟楫。闲的时候，我会抓一支笔在纸上随意写下几个字，那种书写时的灵气常常像如水的气韵那样腾地涌了上来，自如、从容而不凝滞。什么是行云流水？我想这就是。在时空的穿越中，以笔为杖，随缘忘机，无所羁绊。当我在电脑稿子或者在赠给朋友的书的扉页上，用笔郑重地签上我的名字的时候，我顿时感到自身的魂魄具有了生命的分量。

讲究

2014.04.16

一个人通常会有一些讲究之处。我这个人大概除了自己的文章外，是不太会讲究什么的。甚至连喝茶这一讲究繁文缛节的茶道，虽然不是牛饮，有时却也喝得极其潦草。讲究肯定包含了种种的细心和周到，而且需要一定的时间去经营。人生扰扰，还有什么是不需要讲究的？时下许多电视剧里，进入豪宅的人基本上是不脱鞋子的，不知道这些豪宅的主人为什么就不会去讲究这些。

20世纪80年代，家里是水泥地，一进家门穿着鞋子就长驱直入。后来刷上了水泥漆，开始脱鞋子进屋，老家来了亲戚，就有些不习惯换鞋。再后来是铺上了水泥砖、缸砖，直至木地板，进门必须换鞋便成为必要的讲究。讲究的心态是复杂的，即便是穷讲究，也得摆出些谱儿或范儿。当然，也有什么都"不讲究"的。有位记者的妻子某日发现丈夫的秋裤有两个洞，催他换一条，他懒得换，说是外边有裤子罩着，别人看不见。妻子急了，那样去别人家串门不好。他笑了，放心，去串门有让换拖鞋的，没有让我进门就换裤子的。看来不讲究还有"不讲究"的"理由"。曾经看到某售楼部有句醒目的广告语：能更好就别凑合。不凑合就是讲究，就必须在你大脑的某一个皱褶里，把生活细细敲击出一种崭新的秩序来。真正意义上的讲究是一种不慕虚荣的追求，它可能就是一种规矩，然而规矩多了就可能成为束缚，甚至导致某些"癖"。

我的朋友陈震写过一篇随笔《说"嗜欲"》，颇为有趣："一些怪癖嗜欲，只要不强施于他人，不伤风化，倒不失为繁华的点缀。有时候，我们还能从他人的癖欲中获得某种利益。我的一位亲戚有洁癖，某次不慎，我误穿了她的拖鞋，她就把拖鞋送给我了。后来我发现，凡被人啜过的茶具，她必得千洗万刷，最后用酒精消毒。我曾经边嚼花生米，边轮番吻她的茶杯，她果然像妙玉，把'肮脏'的茶杯连托盘都送我了。我从此恨她没有一方好砚，如果有，我一定要边夸好砚，边迅速地吐唾沫磨墨，好让她像倒霉的米芾，白白让我把砚骗走。这种行径，大约可以叫作乘人之'欲'罢。"乍一看，这颇有些恶作剧之举，实际上这种笔触对于某些过度"讲究"的心态的剖析极具神采。生活其实并不都是"坚硬的稀粥"，适度的讲究是必要的，而过度的讲究就只能是"讲究"了，因为它让我想起了"花拳绣腿"四个字。

爱情

2014.05.14

有一天，柏拉图问老师苏格拉底什么是爱情？老师让他到麦田里去摘一棵最大的麦穗，只能摘一次，只能向前走，不能回头。柏拉图按照老师说的去做了，结果两手空空回来了。老师问他为什么摘不到？他说：因为只能摘一次，又不能走回头路，见到过大的，但不知前面是否还有更大的，所以没有摘；走到后面时，又觉得总不如之前见到的好，原来最大的麦穗早已错过了，于是什么也没摘到。老师说：这就是"爱情"。

又有一天，柏拉图问他的老师什么是婚姻？老师让他到树林里砍下一棵最适合放在家里做圣诞树的树，同样只能砍一次，只能向前走，不能回头。柏拉图照着老师说的又去做了。这一次，他只带回一棵很一般的树。老师问这是为什么？他说：有了上一次的经验，我走到半路时发现还两手空空，看到这棵树不算太差，便砍了下来，免得错过后又什么也没有了。老师说：这就是"婚姻"。

关于爱情与婚姻，没有什么比这两个例子更能说明问题了，因为理论常常是苍白的。人生，也许就如同穿越麦田和树林，只能走一次而不能回头。要找到属于自己的麦穗和树，有时就应该像泰戈尔老人说的，如果我们错过了太阳，就不要再错过月亮和星辰。

邂逅

2015.01.15

年少时，不识"邂逅"二字。后来认识了，就一直心生好奇。及至在大学时，才在《诗经·国风·郑风·野有蔓草》里找到它的出处："野有蔓草，零露漙兮。有美一人，清扬婉兮。邂逅相遇，适我愿兮。野有蔓草，零露瀼瀼。有美一人，婉如清扬。邂逅相遇，与子偕臧。""邂逅相遇"，原来就是一种"暗里回眸深属意"的感觉。不期而遇之后，虽然留下的是一种伤感、落寞和眷恋，但在许多人眼里，邂逅的感觉是如此的美丽。

卞之琳在20世纪30年代翻译过英国散文家马丁《道旁的智慧》一书，其中有一段文字引用了所罗门的一句箴言："好比照水，面对面影，人应人心。"马丁说："第一个说这箴言的一定是仆仆风尘的倦行人，傍着一个邂逅的旅伴，休息在一块雄岩的荫下，在饱饮了一顿被炎日所忘掉而不曾被晒干的潭水后，因为到这种意外，恬适的难得的境界，人就会对陌生人托出真心，说出心底里的思想。"在马丁眼里，"邂逅"就是一种心与心的暗自默契和交流，也是一种萍水相逢的人生境遇。无论是偶然性、短暂性还是一次性，邂逅要么令人返身眷顾，要么令人黯然神伤。东山魁夷在《一片树叶》里写道："无论何时，偶遇美景只会有一次。……如果樱花常开，我们的生命常在，那么两相邂逅就不会动人情怀了。"其实哪怕是一丝淡淡的怅惘，都是邂逅带给我们的一种诗性美感，是一种远行人的迷思。

  数年前，我在巴黎一家香水商店为太太挑选香水，看着满墙梦露的"CHANEL 5"（香奈儿五号）广告，便蠢蠢欲动。这时，有位在商店打工的中国女留学生告诉我：香奈儿五号气味太重，不适合亚洲人。她向我推荐了同样是香奈儿品牌的"邂逅"，说这种淡淡的花香更适合中国女性。我这才知道，原来香奈儿还有这么一个系列，它的广告语就是："浪漫邂逅，不期而遇。"提着"邂逅"出来，行走在夜巴黎的大街上，灯光耀眼而迷离，心里在寻思着这时会不会有一场远行人美好的迷思在等着我，无论是邂逅，还是不期而遇。

"永远"到底有多远

2015.03.24

　　无意中读到一段文字：他的门前有两棵桐树，刚要开花时，他出远门了。当他回来时，正是起风季节，一阵冷风袭来，被寒夜冻伤的桐子花，一朵一朵寂寞地随风飘落。一地白色，行行重行行，只是迷乱。他泡了一壶茶，坐在树下，望着漫漫西沉的落日。迟了，似乎什么都迟了。轻轻地呷一口茶，对自己说，错过了美丽，不能再错过生活。眼前是铺天盖地的白色，铺天盖地的美，然而她们都零落了。

　　读了这段文字，我想，落英不是花的过错，而是人的错过。过错是心的迷失，错过是心的迟暮。当一切都太迟了的时候，也许才明白什么都没有绝对的永远。静静地泡上一壶茶，坐在那里，想想自己不过是一枚迟早要飘落的桐花。花是地上成长起来的树的精灵，一朵一朵地回到了地上；就像天上下来的雨，终究是要回到天上去的。一切原来可以那么安静、那么坦然。这时，即便有一丝凄美掠过，也会觉得内心有了一种高洁、一种淡远。所以，世间的一切都是相对论，不可能有什么绝对的"永恒"或"永远"。

　　"永远"到底有多远？曾经有一弟子问他的师父："如何理解永远？"师父答道："人人都觉得永远会很远，其实它可能短暂得你都看不见。"前几日，在某电视剧里听到一句台词："你觉得有些事八竿子挨不着你，可能它一竿子就会把你打死。"这就是相对论。

写到这里，想起几天前美国总统奥巴马的夫人米歇尔来到北京，在彭丽媛陪同下，与北京师大二附中的同学一起临摹汉字"永"，引起了一大堆的猜测。其实在此之前，前总统布什的夫人劳拉随丈夫访华时，学的同样是"永"字。于是，对"永"字的解释就更是众说纷纭。不管怎样，"永"依然是"永远""永久""永恒"的意思。就像桐花不可能开得永远，错过就是错过了。世间有些事看起来八竿子永远挨不着你，也许就有那么一竿子随时悬在你的头顶。

天上大风

2015.03.25

　　日本有个名叫良宽的高僧，他的字与弘一法师极相似又有变化。他的书法我见过不多，但是有一幅"天上大风"让我感到惊奇。说实在的，我也是慢慢地才读懂良宽的字的。在我的感觉里，良宽的字同样没有烟火气，任性而不累赘。这四个字在他写来，轻松到只是一杖一钵，像云游四方、什么心事也没有似的。我想，倘若我也会书法，则是无论如何学不来这种字的，因为一介俗人如我者，如此一效颦，便俗了。走过了千山万水，经历了脂粉浮华，我们还能有这般散淡和从容么？良宽就是良宽，他脱俗到连文化的负担都没有了，只是看看天、看看云、看看天上大风，我们能做到么？所以，我只能说，我的确是像喜欢弘一那样喜欢良宽的。

　　可能有许多人觉得良宽的字一点都不好，还不如中国一位小学生的字。对此我也曾踌躇过。直到有一天我在一份报纸上再次看到"天上大风"这四个字时，我整整读了一个下午，才意识到那是一种真正的返璞归真，是一种超越常规的审美，它天真无邪，任性却有气度。并且，我由此喜欢上"天上大风"这四个字的意象。天上大风，自由来去，来无影去无踪，不畏浮云，不惧苍茫。它直白，却是旷达无边；它辽阔，却诠释不尽。从"天上大风"，我联想到了"地上尘土"。

　　昨晚，家里来了几位不速之客，其中有从外省引进本地一所大学的一对教授夫妻。我给他们泡武夷岩茶，他们觉得这茶汤里除了能汲到水的质感外，还能品到潜藏着的尘土的涩味。我感到骇异。等他们离开以后，我端坐在那里，细细一品，那红褐色的茶汤里，甘甜醇厚之下还真的有一股沁人的涩味。这难道就是尘土之味？至此我才明白，这就是茶的味道，是那个制茶的茶人家的味道。这种味道对我来说究竟是初遇还是重逢，我已经分不清了。

"地上尘土"原来就如同"天上大风"一样，是我们生命和生活中不可以被漏掉的部分。可以肯定，生活中一定会有那么一些东西，每次出现在你面前时，都是一样的存在，都会让你感到熟视无睹，但是它们每一次都在提醒你：生活就在这里，生活其实没有改变。天上依旧是"天上大风"，地上依旧是"地上尘土"。天气和地气，就是我们向往过一万遍，到头来还得不断向往下去的东西。它们，才是我们真正的长长的"乡愁"。

观背影

2015.03.26

在一张照片上看到两个背影：一个生于1972年（43岁），一个生于1968年（47岁），分别是西班牙王妃和法国前第一夫人。她们以优雅而出尘的风度，点染了人间最美丽的一道风景，这岂止是所谓"背影杀手"的简单品断能够带来的自信？有人对此评论道："一切的美好，都是从管理自己的形象开始的。"由此，我想起了林宥嘉《背影》歌词里的头三句："三公分阳光三公分空气，堵在眼前像一面玻璃，挡住了你表情，剩下只有脚印。"有阳光就有背影，就像一棵树安静的气质，它是删除不掉的。背影，其实还意味着远去或谢幕。人的一生，是注定要被浓缩在最后的背影里，从而被定格在世人的心目中。在圣赫勒拿岛的狂风暴雨中，至今依然回荡着那个矮小的巨人背影发出的呐喊："我的法兰西！"在叙拉古斯城里罗马人的刺刀下，阿基米德用最后倒在血泊里的背影，留下了他对科学、对真理的最终的呼喊："你们夺走了我的生命，可我将带走我的心。"

古往今来，多少创造历史的伟大人物，他们或坚强定格或匆匆离去的背影，都意味着其所代表的时代的远去。从任何一种宏大叙事角度看，无论文学描述，还是历史记录，背影的波长，都取决于对一个时代或一段历史的充分把握。余秋雨可以从康熙看到"一个王朝的背影"，南帆可以从"戊戌年的铡刀"看到一个时代的背影，这就是背影所赋予我们的历史意义。而从一个人生片断来说，背影则表达了对于情感和生命的一种望断，一种灵魂的行走。扬州安乐巷朱自清故居的卧室里，挂着作家柯蓝夫妇赠送的条幅："匆匆远去，背影长留。"耐人寻味的联句和故居都沉浸在一片静朴氛围中。多年前，我沉迷于朱自清的《荷塘月色》，却似乎更醉心他的《背影》。冯雪峰说过："鲁迅先生死后，一直到现在，动不动就浮上我的脑子来的，除出他平日谈话时的笑容和笑声外，还有他走路时的姿势和背影。"所以说，背影是人的精神写照，是灵魂的最安静的居所，它体现了一个人实现自我价值的执着和梦想。一位失恋的男孩会说："看着模糊的镜片，依旧有你的身影，但是已经不属于我。"一位失恋的女孩会说："我喜欢的那个背影，在人群中忽明忽暗。"

　　从人类情感意义上说，背影不是一个离你很遥远的天涯，而是一颗带着温度、会跳动甚至有活力去挣扎的心。至此，我们确乎可以再回到林宥嘉的《背影》歌词里："感谢我不可以住进你的眼睛，所以才能拥抱你的背影，有再多的遗憾，用来牢牢记住不完美的所有美丽；感谢我不可以拥抱你的背影，所以才能变成你的背影，躲在安静角落，不用你回头看，不用在意。"

女人如茶

2015.04.03

有不少文章都在说"女人如茶",大概皆源于苏东坡的"戏作小诗君一笑,从来佳茗似佳人"。也许,如茶的女人不一定非常漂亮,但一定是眉清目秀,清爽宜人;如茶的女人不一定特别美丽,但一定是身姿娇美,体态婀娜。

早就有人把不同年龄段的女人比作早茶、下午茶和晚茶;还有人按照茶的种类比如乌龙茶、红茶、绿茶来比喻不同层次的女人……说得似乎不无道理,比喻得也似乎不无恰当。然而,如果我们换一个角度,换一种思维方式,还会觉得女人就一定如茶么?茶,自古以来就是万木之心,可观可泡可饮可啜可收藏。女人如果是一杯茶,被泡了喝吧,就成了残茶;倘若不被泡了喝吧,就成了陈茶。女人无论如西湖龙井,清香袅袅,像西施般款款走来;还是如铁观音馥郁奇香,温馨高雅,都只是一种外在的状态。甚至,乌龙茶可以是古色古香、高贵典雅的女人的写照,普洱茶可以是饱经风霜的熟女的缩影,云雾茶可以是眼神迷离的慵懒女人的形象,茉莉花茶可以是福州女人的姿态,如此等等,女人与茶就一定是这样的各自对应的关系么?说得貌似都有一定的道理。

倘若换一种思维方式,或者从某种意义上说,我觉得女人更像是酒,男人才是茶。如酒的女人需要时间的发酵,需要日子的沉淀。就像女人的爱一样,会随着时间的绵长而越来越浓厚,越来越自然,越来越欲罢不能。这其实就是音乐中常见的奏鸣曲式——呈示部、展开部、再现部、尾声部,声音的意象随着乐曲的展开而不断侵入灵魂,达到一种真正"聆听"的境界。而如茶的男人在热气腾腾的时候可以观茶色、闻茶香,然而在得到女人之后,那一杯茶往往也就凉了。一会儿狂热,一会儿骤冷,这就如同音乐的复调形式——两个或多个声部(旋律)同时展开,表面上是交融的,却保留各自的独立性。男人茶的热气腾腾与欣赏女人的态度看起来是一致的,实际上在这种"共鸣"的背后,呈现出来的状态是相互独立、而不相互交缠,因为旋律随着时间的流逝而走向二声部。所以男人茶是很容易走神的。

酒越陈越香,茶是越泡越凉的;闻香识女人,品茶,也许可以管窥一下男人的某些习性。

顶上功夫

2015.04.16

几十年了，头发由黑到白，由多到少。该怎么整理头顶这些乱发呢？不管黑白与多少，每个月总要去料理一回。经不住朋友的再三怂恿，进了一家美发厅。甫入座，便有一小伙子过来问道："是来理发吗？有没有熟悉的理发师？""我是第一次进美发厅，哪有什么熟悉的？""那你想剪什么价位的？我们这里有38元和88元的。""有什么不一样？"我问。他答："38元的是由普通理发师剪的，88元是由总监剪的。"我想我顶上就这么稀稀拉拉的"无几根"，还要什么总监料理。"38元吧。"我大声应了一下，整个店里顿时静了下来。我暗暗窃喜自己的明智。其实，即便是满头浓密的黑发，总监还能给你打理出什么"花头"来？便坐在那里边任理发师折腾，心里猛然想到，自己主编一家学术刊物，每天要看一大堆论文。难道一般编辑编的文章就只能是38元，编审编辑的就得88元了？我有时候对责任编辑说："除了审查文章的观点、论据和论证水平外，你若能够挤出文章的水分，就说明你的编辑功夫已经到家了。"

编辑就像理发师，把多余的头发剃去，剪出一个漂亮的发型。殊不知现在的文章掺水太多，做编辑的也觉得头疼。当年陈垣评价清人笔记时说了一句话："清人笔记像奶粉一样，现代人拿水一冲冲出一大碗，就是一篇论文。"何其透彻！有人说过，精读《莎士比亚全集》得准备 10000 个词；精读《圣经》得准备 6000 个词；精读《堂吉诃德》得准备 4000 个词；精读《金刚经》得准备 1000 个词。而精读苏斯博士的童话故事《绿鸡蛋和火腿》只要 50 个词就够了。50 个词就构筑了一座知识迷宫，这种逼近无限可能性的阅读门槛，还有谁跨不进去呢？所以，好的东西一定是少而精的，甚至是独特的一个。有个儿子问他妈妈："什么是女朋友？"妈妈："如果你长大后是个好男孩，你就会得到一个。"儿子："如果我不是好男孩呢？"妈妈："你会得到很多个。"

世间做任何事情，精炼肯定是重要的功夫。回到理发，它说起来就是一种"顶上功夫"。那么，总监的"剪"就一定会比一般理发师的"剪"值钱么？老实说，我就常常犯了一些不如责任编辑的低级错误。看来，不少人是信任或注重所谓的"名声"的。《诗经》曰："文王有声，遹骏有声。"这就在提醒人们：人，的确是有名声的。一个好名声，可以抬你一辈子；一个坏名声，可以砸你一辈子。都说名声无价，其实名声是可以卖钱的，比如 38 元与 88 元的区别等。然而，有一个熟悉的说法依然时时在洞穿着我们：盛名之下，其实难负 —— 它们其实无所不在。

斜阳系缆

2015.04.17

　　一个日子在不断地逼近我，我似乎有些惶惑。就像写书，写着写着，不经意就进入了最后一章。这本书很薄，我却写得很重。二十多年前，我在心里记住了一个词："斜阳系缆"，我想这个词一定会在我人生的某个时刻，分担一些生命的内容。人到中年，是心灵最为丰富的阶段，这个时候，人开始"关怀自身"，开始"灵魂转向"。"人间花草太匆匆，春未残时花已空"，苏曼殊的这句诗，自觉从容然而不够决绝，乃是尘缘未消。曼殊一时激愤遁入佛门，却又贪恋红尘，灵魂并未真正"转向"。

　　在这一点上，李叔同就比曼殊看透了许多。叔同一入空山，便彻底断了尘缘。挚友夏丏尊某日见到弘一时，脱口就喊："叔同"，弘一平静而认真地回答："请叫我弘一。"显然，"李叔同"已经成为前尘中的另外一个人。

　　人生角色转换是常有的事，但有时就不会那么自觉，甚至被现实安排了也不甚明了。有一胖子去按摩，换了几位按摩师都不满意，最后终于遇到了让他满意的一位。他说："还是你的手艺好，不知师承何处？"按摩师答道："我以前是在厨房揉面的。"这种情形，难道就不会出现在我的日子里？"斜阳系缆"是靠岸还是继续前行，都是属于我自己的选择。世间所有的选择，到最后其实就是五个字——你想要什么？

女儿十二三岁时曾经问我："人为什么要活着？"我一时语塞，她很失望。后来我一直在想，这么小的孩子，居然问了这么大的一个问题，她的痛苦和忧伤可能也就来了。我说你怎么就不能保留住6岁时写过那首诗的心情。这首诗题为《迷路》："如果有一天／我迷路了／走出这个地球／我会不会／变成一颗星？"这种感觉当时让我惊异不已。幼小的心灵原来如此纯真无邪！孩子不能过早具有和大人一般的"问题意识"，提前进入复杂的人生并不见得有什么好处。当然，我是回不去那个年轻时代了，但是我们这一双尘世之上的眼睛，到底还是让我们看清了自己的生活。所以，在记住"斜阳系缆"这个词的同时，我还记住了"瞥见无限"这四个字。人无论活多久走多远，内心深处有一种阳光是无限的。这就是"静谧的激情"。"瞥见无限"才能走入永远，才能在任何一个历史的角落甚至暗角，在你自己的内心王国，保留住对那些过往的人和事的回忆，保留住你不敢触碰而最终忍不住触碰了的人间的一草一木。因为它们都是你内心的"瞥见"，都是贝多芬所说过："它来自心灵，也将抵达心灵。"

道法自然

2015.06.15

人这一辈子，要想活得自然、活得洒脱、活得明明白白，并不是一件容易的事。别的不说，就说"道法自然"四个字，许多人穷尽一生都难以抵达。什么是"道法自然"？它没有文物标本，没有观念记忆，而只有鲜活的、充满生命力的思想。古代读书人有"不敢当"的文化传统，那是谦谦君子的自谦之意。王国维对于学生所提的问题，常用三句话回答："弗晓得""弗的确""不见得"，这其实就是"不敢当"的意思。启功对此感慨道："凡肯说或敢说自己有'不清楚''没懂得''待研究'的人，必定是一位伟大的鉴定家。"

吴宓在西南联大时，以讲授《红楼梦》闻名，甚至有学生送他一个"妙玉"的绰号，他只是笑了笑："不敢当，不敢当。"钱锺书上大学时曾口出狂言，说清华大学没人能教得了他："叶公超太懒，吴宓太笨，陈福田太俗。"此话传入吴宓的耳朵，吴也只是淡淡地说："Mr. Qian 的狂，并非孔雀亮屏般的个体炫耀，只是文人骨子里的一种高尚的傲慢，这没啥。"足见吴宓的胸怀。某君某日与一群博士吃饭，有一博士当场说了几句此君的好话，此君连连挥手："没有，没有。"边上一女博士却对他说："这里应该说谢谢、谢谢！"这究竟是让此君"敢当"还是"不敢当"呢？谦虚一直被视为中华民族的传统美德，然而不是还流传着一句话"过度谦虚就是骄傲"么？所以，做人难，往往就难在这些细枝末节上，难在如何知进退、知分寸和知妥帖上。

《东坡志林》里记载着一个关于南朝刘凝之和沈麟士的故事：刘被人指认穿错了鞋，就把自己的鞋子给了那人。那人后来找回丢失的鞋子，把刘的鞋子送回来，刘却再也不肯要了。而沈同样被邻居指认穿错了鞋，沈毫不犹豫地把鞋给了邻居。邻居后来也找回自己的鞋子，就把沈的鞋子送了回来。沈笑着收下。苏东坡对此评论道："此非小事，然处世当如麟士，不当如凝之也。"沈既没有去指责邻居会如此误会他，也没有像刘那样嫌邻居穿过的鞋子不干净，他的"处事淡然"和"得失不计"，才是真正的"道法自然"，是一种明明白白地活着。

人，不仅要懂得与社会相处、与自然相处，更重要的还要懂得与自己的内心相处。这才是人的真正的存在方式。做到这一点，我们确乎就能够理解《老子》第二十五章里所说的："人法地，地法天，天法道，道法自然。"

活在当下

2015.10.21

岁岁重阳，今又重阳。重阳节其实是一个让人多少有点揪心的节日。岁不我与，想想这辈子还有多少属于你自己的日子？泡了一杯茶，咂了半天，觉得自己还活着，而且就活在当下。记得电视剧《心术》里有句台词："人是活在当下的，没发生的事就别去想。"活在当下，其实就是禅宗说的"吃饭时吃饭，睡觉时睡觉"，就是截断"过去"和"未来"，一心一境地做事。

看到过一个故事：一对古稀老人打开电视，出现了选美直播，老头转身进屋，老太太笑他封建。一会儿老头出来了，端坐在那里，脸上多了副老花镜。老太太说：老不死的。老头笑了：当下没死。我一直觉得这位老头一定有一种活得奇峭的活法，他认真却又不乏诙谐，他滑稽却又不落油滑。这使我想起不知在哪里看到寺院里弟子与师父的一席对话。弟子问师父："您能谈谈人类的奇怪之处吗？"师父答道："他们急于成长，又哀叹失去的童年；他们以健康换取金钱，不久又想用金钱恢复健康；他们对未来焦虑不已，却又无视现在的幸福。因此，他们既不活在当下，也不活在未来。他们活着仿佛从来不会死亡；临死前又仿佛他们从未活过。"师父的话是彻底的悟道。人生在世，不是忙活就是忙死，这是谁都知道的。然而我们更需要明白的，就是不管怎样，只要是活，只要活在当下就好。

颜值

2015.12.11

一直想对"颜值"这个新词说点什么？恕我愚钝，很迟才知道它。有句网络语言："明明可以靠脸吃饭，却非要去拼才华。"顾名思义，"颜值"应该指容颜的价值。前些日子，为了出国签证需要，去单位附近一家很简陋的数码照相馆拍了一张标准像，明明是戴着眼镜的，却被要求"脱镜"，于是想起了"出镜"这个词。为了"出境"，只好"出镜"。结果照出来颇具匪气，不免心有戚戚焉，一同事说我对自己颜值要求很高。天呀，我还有什么"颜值"！

次日出差某地，下车伊始，第一件事就询问照相馆在哪里，朋友带我直奔过去，拍完立即洗印出来，觉得差强人意。我不知道"颜值"是否可以兑换为谋生的资本，在我这里无非就是一张"准入证"。相貌肯定是有美学的，但它的美学价格究竟是多少呢？无论男人还是女人，拥有一副天生的好眉眼，总是要被众多目光消费的。过去人们谈论最多的是女色消费，随着宁泽涛获得自由泳一百米世界冠军，人们尤其是女性们期待的男色消费终于浮出了水面。亚洲第一"小鲜肉"的颜值，据说五年之内可以挣到五个亿。一位帅气的诗人在一位女博士写的诗歌评论中，被描述为"过于英俊"，结果诗集再版时，被改成了"好相貌"，令她对此耿耿于怀。其实，"颜值"就是一种"被看"的文化，那么，谁有"刀锋一般的眼神"呢？广告中的女性形象时常被女权主义者当作"被看"的物体,比起女性来,男性对电影的性感镜头可能具有更强烈的视觉欲望。一位电影学女博士的博士论文题目居然是《论电影性爱场面的观看》,令不少男性导师刮目相看。

  1987年,我应命带领一批刚走出校门的大学生到某贫困县扶贫支教,寒假回到省城过春节。节后回到山沟沟,我问他们有什么感受?得到的回答竟然是:省城美女太多了,街上走一遭,脖子都摇酸了。显然,他们已在"看"了。"看"与"被看",就是这样一个有趣的问题。"你看我干吗?"——这往往是公交车上的一场恶语相向。拒绝"被看",是拒绝对于"颜值"的认可么?写到这里,看到诗人正中兄发来他的诗歌新作《广而告之》:"十字路口／一块广告牌居高临下／它高大又炫目／……／架在了人群头上／它独占街头／像是要落下某些风影／穿过斑马线,掀开裙裾与秀发"。我似乎在那里面找到了一种别样的"颜值",它究竟是什么,我一下子又觉得无法说清楚。

翻浆

2016.04.26

读到一个词:"大地翻浆"——这个景象曾经为我所熟稔。这么多年了,耕牛和犁耙似乎一直没有从我的视线消失。小时候在乡下,我总会盯着那些扛着犁耙、牵着耕牛的牛把式的背影,带着一种沧桑感从村头渐行渐远,直到望断。"日出而作、日落而息",久远先民的生活气息,留下的是数千年的背影。那时,一个生产队的牛把式只有几位,却是村里最神气活现的角色。随着"啪"的一声甩出鞭子,一具犁刀扎下去,泥土顺势就翻了个身,泥浆翻卷上来,一条深褐色的长龙渐渐卧在了田间。这个场面让我羡慕,却始终轮不到我一试身手。上大学那年,正好是春季开学。临行前一天,我特地到田间走了走,遇到了一位牛把式。完全出乎我的意料,他竟然拉住我:"去犁几下吧,别忘了这片土地。"我清楚地记得,当我有点受宠若惊地跟在大黄牛背后扶稳犁头,把犁刀重重地扎到土里时,地就开醒了。我感到有些心酸。尽管那犁道磕磕碰碰地弯曲蛇行,却让我终于明白"开犁"一词在村庄的分量。

土地是有力量的,泥浆随着犁刀翻卷,翻出来的是一种心境还是一丛无法忘却的往事?我意识到,上了大学就是人生的一次磅礴的翻浆,虽然这场翻浆有点决绝,然而毕竟是一种新格局的开始。翻浆意味着翻身,一只行囊,浪迹天涯,我把身上这一挂犁挺进了人生和世界的纵深。如今活到了这把年龄，大概可以把先前的那些小磨难省察一遍。

　　一个人的生命是有限的，任何的时间性都不会把人生翻浆的那些距离感消除掉。即便生活已经在别处，思想也有可能在外面，这些都已经不是什么"严重的时刻"了。人活一世，翻浆的经历肯定会有许多次。无论是做一个扶犁的把式，还是一头默默无语的牛，都是要迎着烈日或寒风前行的。平生第一次犁田，却成为乡村生活的终结，人生翻浆，这个命运的转折本身竟然带着某种宿命的意味。曾经的那些经验对于我们，不过是一些段落，或者是几道犁痕，只有那些翻浆出来的真实的大地，才是既留在当年也留给现在的写作心境。说实在的，这一则短语很轻，但我写得很重。因为有一挂还在深耕的犁，就扎在我的"灵魂相望"的土地上。

抛掷人生

2016.08.03

至今不会打麻将，说起来也是人生一大缺憾。曾经有人教我可以在电脑上玩玩，我试了下，愣是学不会。罢了罢了。某日整理书房，居然捡到了一粒骰子，想来想去不知它从何而来。把它放在手心里，摩挲半天，竟捏出一把微汗。心想这个六面玲珑的玩意儿，怎么就能把一干人搅得茶饭不思、天地寒彻？

无意中翻到一本书，其中引用了明人张岱《快园道古》里记载之一事："正德间有妓女，失其名，于客所分咏，以骰子为题，有句曰：'一片寒微骨，翻成面面心。自从遭点污，抛掷到如今。'座客惊叹。"这位弱弱的风尘女子，以骰子喻示自己的人生，都几百年了，今天读来依然令人扼腕。女子有才，然命运不济，如此之才偏偏是如此之命，似乎可以用张岱描述一位绍兴戏女伶来形容，叫作"深情在睫""孤意在眉"。

一直在想，倘若真的会玩麻将，怕是坐在那里，就会想起几百年前那位风尘女子，手中的骰子该如何抛掷下去？古代的骰子是用牛骨制成的，这个"骰"字大概就出自其意。骰子是用来投的，"骰"与"投"同音。汉代班固在《弈旨》中云："博悬于投，不专在行。"这种"悬于投"的特点，也就成为中国古代"博"与"弈"之间一个重要的分界线。由骰子想起了豆腐，这个东西在日本被叫作"冷奴"，——因为冷，所以寂寞成奴；因为是奴，所以冷。同样，因为"悬于投"，所以才是"骰子"。

突然就感叹起人生了。我们每个人何尝不是老天爷手里的一只骰子呢？抛掷在尘世，一直抛掷到如今。活在人世，每个人都躲不过被抛掷的命运，而且是掷一回就要叹一回的。神圣总是为俗世所累，神圣与俗世的边界，就是易卜生说的那扇门。1952年7月一个清凉的早晨，张爱玲脂粉不施，很易卜生地通过了一扇门，经港赴美，离家去国。她被命运抛掷到一个她追寻的地方，此生就再也没有回来。

用"孤意在眉"来形容张爱玲是贴切的，这个词就是命运抛掷给她的一只"骰子"。"骰子"是张爱玲的"前理解"，与那些所谓"临水照花人""苍凉的手势"的"后理解"相比，的确要深刻了许多。人生太匆匆，"全有或全无"式的生活几乎是不可能的，因为那只是一种乌托邦式的超凡入圣。无论人生是从"楼下"走到"楼上"，还是从"楼上"走到"楼下"，都不过是一只"骰子"的运动。水天辽阔，我们无法免俗，也无法离世，"骰子"的任何一次动作，都是磕磕碰碰的一生中的一出小戏而已。更何况，我们每个人进入这个世界的方式都不可能一样，乾坤朗朗，时间无涯，最后就只能看我们自身的造化了。

傅园慧的性感

2016.08.11

傅园慧火了！一夜之间爆红，像从德云社或刘老根大舞台直接空降到奥运赛场，那种在公开场合无所顾忌的逗比属性的集中爆发，尺度也许略大，但无可争辩地写满了两个字：稀缺。

在一个颜值即正义的流行社会里，是有多数人认为有趣者才最性感，才是意义领袖。硅谷曾经流行过一句话："聪明是新的性感。"而按照当代喜剧的说法，一个表演者是否赚到笑声，有趣一定是新的性感。傅园慧带来的就是这种性感。几天来，网络都被她刷屏了。这位"洪荒少女"的表情可以有一万个真实，而她的另一种性感无疑就是最后一块女性尚未平权之地。傅园慧的魅力就在于，她尽管不是普适意义上的女性，但她的瞬间辉煌，一下子显示出她"打破主流社会边界"的难得程度。她肯定是这方面的意义领袖。

突然想起了一则笑话：大街上走来一个穿黄色 T 恤的性感中年女人，T 恤胸前写了几个字："我是处女！"路人都好奇地停下了脚步，那女人微笑地从他们面前飘过。稍后，众人哄的一声散开了，原来，她背上还有一行字："那是很久以前的事。"这一类性感不过是有意为之罢了。傅园慧的难得之处，在于她的真实感是那样妥帖，那样无拘无束地吸附在她的灵魂深处，一旦出窍就必火无疑。有时候我们会扪心自问，为什么稍稍有点笑容就变得如此窘迫？如果每一次笑声都要以神情的枯萎为代价，那么这个笑声还会是真实的么？深邃和性感难道一定是无缘的？真实和游戏难道总是对立的？傅园慧的表情或许说不上什么深邃，但她骨子里那种精气神足以表达"聊发少年狂"的趣味。苏东坡37岁时，"左牵黄，右擎苍"，一任马蹄纵情驰骋，他在这个时候就把少年、中年和老年一起享受了。前途尽管蔓草掩路，然而他依然可以把日子过得颠颠倒倒又有滋有味。今天我们能够做到么？

性感是什么？性感就是身体美学。希腊名妓弗里娜有闭月羞花之貌，因丑闻被告到法庭，辩护律师是雄辩家希佩里德斯。就在法庭即将审判己方败诉之际，希佩里德斯急忙走到漂亮的弗里娜跟前，一把扯下她的胸衣，让她迷人的酥胸袒露在众人面前。法官看到这一幕立马就愣住了，哪里忍心判处其死刑，遂下结论：她是虔诚的。这是古往今来的一个奇判。希腊人肯定是爱美的，弗里娜以虔诚的性感感动了法官，不愿意鸩杀她。这不仅仅是造物主的美意，更重要的是表达了一个民族崇尚美的文化性格。话说回来，傅园慧的性感不在于身体，而在于她的有趣和真实。这在当代社会是极其难得的，它的"稀缺"，恰好印证了斯宾格勒在《西方的没落》里对这种人格所做的一个描述：这类"浮士德式的生命"具有巨大的能动性，表明了一种"洪荒"式的"不可抑制的冲动"。

"洪荒之力"的傅园慧还会有么？我想引用美国作家约翰·威廉斯在他的小说《屠夫十字镇》里妓女弗朗辛对镇上一位新人安德鲁斯说的那句话："我喜欢你的柔软，趁你现在还柔软的时候……"驱使我们对傅园慧继续感兴趣的，除了性感，还会是别的什么？

论"匪气"

2016.08.21

看完林丹在里约奥运赛场上的表现，许多人不约而同地感觉到他身上十足的"匪气"。"匪气"一直是我不敢触碰的一个词，身上这几根柔骨，怎经得起这个词的揉搓呢？然而终于还是忍不住。思维有时候真是信马由缰，总想穿越一些生命的内容。

有位大学教授说，我们要培养一批带"匪气"的学生。教授解释说，这种"匪气"不是流氓和无赖的代名词，不是依仗权势，而是由内而外散发出来的自信、精干和强势。我相信这个对于"匪气"的解释，我们的思维定式长期被圈在一种无意识的"晦暗"之中，无法面对人性的另外一面。世间某些人一定比另一些人活得更真实。席勒说过，从审美意义上说，一个强盗肯定比小偷伟大，因为强盗更有魄力和强势。所以，匪气不是声高，不是呵斥，也不是一种"贫"，而是坚定的信念、无畏的性格和敢做敢当的气概。

古人云："慈不掌兵，情不立事。"李白的"匪气"就是仗剑走天涯，麦克阿瑟的"匪气"就是老兵不死。"匪气"其实是一种活力，它可以不遵守世俗规则，可以用强权团结一帮人，它拒绝唯唯诺诺地活着，最终表现出来的是不甘心当弱者的"野蛮"。

夏丏尊和李叔同曾经在浙江两级师范学校共事，某次学生宿舍遭劫，怀疑聚焦到某人身上，但查来查去始终得不到证据。身为舍监的夏丏尊去求教图画音乐教员李叔同。李说这事好办，就看你肯不肯自杀？"你若出一张布告，说做贼者速来自首，如三日内无自首者，足见舍监诚信未孚，誓以一死以殉教育。"夏虽战战兢兢，但还是照办了。果然三日未到，偷盗者就自首了。李叔同的能量从何而来？与其如夏丏尊说的来自李一以贯之的认真，不如说是李身上有一种十分像"人"的"匪气"。李的学生丰子恺后来用"温而厉"三个字评价他的老师，这个"厉"就是"匪气"。丰子恺说："我崇仰弘一法师，为了他是十分像'人'的一个人。"

每个人都是这个世界上"生动的在场"，问题是究竟有多少人是为意义而生呢？倘若经验生命的方式是一种认真、真诚和勇敢的"匪气"，那么即使忧伤也是幸福的，即使孤寂也是热烈的，即使赴死也是壮烈的。雷平阳在《彩虹》这篇散文里提到一本口述记事《横江匪事集》，书里有一则故事，讲的是抗战时期，四川宜宾一群妓女乘船逆江而上，探访一个个土匪窝，动员他们有劲别在女人肚皮上施展，是男人就去参加长沙保卫战。多数土匪窝的人取笑她们、强奸她们，但她们并不气馁，穿上衣服，花枝招展地又去了另外的土匪窝。最后在一个土匪窝里，她们豪气干云，与一群土匪喝喜酒、拜天地，发誓夫唱妇随扛起枪杆去跟鬼子拼命。结果却很不幸，他们乘船顺江而下，行至自贡地界，船翻了，只有几个水性好的侥幸逃生。这个故事听起来很悲壮，但一种"义无再辱"的"匪气"俨然存在于斯。在那里，没有谁的去处会更好，只有这种"匪气"才是生命的终极意义。

"匪气"专横。"匪气"其实是深埋在每个人心底里的，无论是剩水残山，还是草木一秋，"匪气"的存在和爆发都有它的深层的合理性，因为它毕竟是一颗在严重的时刻里终将发芽的"种子"——这就是墨西哥那句民间谚语说的："他们试图把我们埋了，但不知道我们其实是种子。"

论"小目标"

2016.08.31

这些天一直受到王健林的励志教育,决定先定个小目标,做个苏东坡,写个《定风波·莫听穿林打叶声》之类的东西。虽野外途中偶遇风雨,却力求也能"一蓑烟雨任平生""回首向来萧瑟处,归去,也无风雨也无晴。"想以道家旷达豪放的精神,表现出超脱的胸襟,寄寓着超凡脱俗的人生理想。不料写着写着就走样了,写成一则不伦不类的短语。只能哀叹命里无才,连这"小小的目标"也如愿不得。

与健林的名字就差一个字,差别咋就那么大呢?左思右想,根源乃在于"目标"不够远大。记得前些年国人热衷于谈"愿景",现在又侈谈"目标",谈来谈去,一个亿的归属还是"健林辈"所有,我辈只能"小目标"侧漏一点点而已。多年前写过一篇小文《将来"阔"》,谈到"将来阔"是一种奇想,就像那部国产电影《活着》里说的,小鸡长大了变成鹅,鹅长大了变成羊,羊长大了变成牛,牛长大了……谁也不知道将来会是什么。反正,乐观的朋友们说将来是要阔的,是要变的,是要在一张白纸上画出最美最美的图案的。这很可能有些"阿Q"。当年阿Q由于家道中落,只能去回顾先前的体面日子,到美好的记忆中去寻找慰藉。"我们先前——比你阔多了",村野匹夫的这样一种以情感的怀旧作为平衡的解嘲方式,表明了一种对于落了架子的生活的怀想。不过,也许正因为这样,对生活的真相会看得更真切些，鲁迅不是说过，有谁从小康之家堕入困顿的么？在这里他可以看到人世的真面目。

我有一位莆田的诗友南夫兄，他所居住的"小神洞"与王健林的莆田万达遥遥相对，当然不能与其相提并论，但他却照样有着他的"小小的目标"：一小瓶二锅头、一碟花生米、一支笔、一页纸，足矣。刷刷刷，几乎每日一首不正不斜的诗作就从那双有些忧郁的眼神里抛出。我很欣赏他的"生命不能承受之轻"的态度：乐观而简单。其实，每个人追求"目标"都有各自的"终南捷径"：一生一死，乃知交情；一贫一富，乃知交态；一贵一贱，乃知交心。

王健林的"一个亿"的"小小的目标"被"网红"写在"手指头"上了，虚拟的东西终究是虚拟的，因为那毕竟是画饼充饥。曾经看过一则故事，有个人对穆拉。纳斯鲁丁说："把你的戒指送给我留个纪念，当我想念你的时候，我就可以看看它。"纳斯鲁丁说："抱歉，我不能给你。不过当你想念我的时候，你可以看看你的手指头，那时你会想起来，我没给你这枚戒指。"这个才是"手指头"的真实，因为所有的手指头其实就是手指头。

英国《每日邮报》曾经指出："女性平均每天自贬八次。"原来，女性最常见的自贬理由无非是：太胖、身材不够好、钱不够花、工作不称心等，而照镜子或外出购物时可能是自贬次数最多的时候。她们的首要"小小的目标"就是：瘦身，把自己瘦成一道闪电。所以，如果一个年轻女性上秤是 100 斤，那么在镜子里看到的自己可能是 90 斤，在朋友圈自拍照里是 85 斤，在证件照、集体照里就是 105 斤，朋友抓拍是 110 斤，在视频录像里是 120 斤。最后，在外婆眼里，她就剩下 70 斤了——这就是当代年轻女性的一个"小小的目标"。

话说回来，目标其实无须远大，合身就行——我想。

体露金风

2016.09.14

秋风乍起，一叶铿然。突然就想起禅宗里的一个词："体露金风"，肌体与自然毫无隔绝，星月雨露带着一种诗意潜入了进来，一切都显得那样"忽若飙尘"。

生于厚土，长于高天，人类对于自然天象有一种本能的大朴大真、大拙大美、大俗大雅的"神态度"，这就是所谓上接天气、下接地气，唯"天地君亲师"。光阴是有脚步的，暑气已然退去，月色清凉如水。眼看着就到了中秋，我们还能够像当年的弘一那样，看到"花枝春满，天心月圆"的景象么？那年，弘一就在中秋过后走到了婆娑世界的尽头，没入永恒。他说他不过是"去去就来"，结果他来了么？没有。他找到一个超升的宗教境界，轻如一声叹息般划过世间，现于残梦。这些年来，每到中秋，我都会想到这些，想到如何在这个嘈杂的世间横渡生死。这多少显得有些消极。只好趁着霏霏细雨，靠在窗前，遥望远山如黛，想起唐人诗句"不雨山常润，无云水自阴"。思之至此，便觉得即使寂寞如一枚冷月，原来也可以独与天地精神相往返矣。

手里正在编选一册论文集《思想的边界》，突然就冒出"自己的样子"这几个字来。自己究竟是什么样子呢？肯定不会是"笑傲江湖"。有时候就想，人要做到"相宜"这两个字其实是很难的，大概只有西湖能够做到，浓妆淡抹终归是"沧海一笑"。人，不过如同美国诗人弗洛斯特所说的那样：在林间的两条路中去选择其一。中秋是时令的一个大格局，含有太多的"祛魅"。再迷人的月色，招来的究竟是一堆影子，还是"先知的诱惑"？台风就要光顾这座城市，月光估计是要走失了。书稿，还在手里一页一页地翻着，我似乎走在一条朝圣的路上。

一本书就是一座大观园。《红楼梦》是，《傲慢与偏见》也是。然而，同样是大观园，前者布满入世的禁忌，后者则充满入世的欢喜。奥斯丁肯定比曹雪芹更没有违和感，所以傲慢们和偏见们才会为一杯进入头等舱的红酒传奇惊悚了十分钟，然而他们却因此流芳了二百年。这就是书的力量。这个中秋前夕，我漫不经心地在《思想的边界》这本书稿里转悠了许久，其实并不为了什么，而是在消遣我的一个"假想敌"。我在自己这一座"大观园"里慢慢溜达，我想我也算是"傲慢"得可以。

根据作家南妮的考察，《傲慢与偏见》里有一段班纳特观赏柯林斯的卖弄而乐不可支的描述："除了偶尔朝着伊丽莎白瞟几眼，他并不需要旁人来分享他的快乐。"这一句出自李继宏的译本。而在王科一的译本里，"瞟"变成了"望"，似乎就少了一些动感。这么细致的解读真是令我钦佩，一个字的变化就可能影响一个人对于世界的理解深度。原来以为无月的中秋一定是扫兴的，现在看来一切随缘就好，就像"无雨亦潇潇"这五个字，它们竟也是那样刚刚好。

"体露金风"——那就让它随风潜入夜吧。

李师师什么"范儿"

2016.09.24

王菲和谢霆锋旧情复燃，李亚鹏发微博说："孩儿她娘，祝你幸福！"有人评论"这三人文艺得不行了"。其实，民国比这文艺多了：上海《民国日报》有一天同时刊登了三则启事：一是沈剑龙与杨之华离婚启事；二是瞿秋白与杨之华结婚启事；三是瞿秋白与沈剑龙结为好友启事。看完这三则启事，都搞不懂他们之间究竟是什么关系，又都是什么"范儿"了。

"范儿"，在这里含有"派"的意思。多年前读到一篇谈论李师师的文章，印象深刻。李是中国历史上一位奇女子，她的一生牵引着三个不同的身影：宋徽宗赵佶、梁山好汉浪子燕青，以及宋朝名词人周邦彦。

赵佶是个无能的统治者，在他二十五年的帝王生活中，风流成性，一度沉溺于李师师的软玉温香。作为下层女子的李师师，不敢对赵有任何微词，只能跟他"同床异梦"。而同样处于下层的燕青，与李师师的交往，倒不是因为他的扬名天下的"扑术"吸引了李师师，这位文武双全的"平民英雄"，实在是为了梁山泊招安，为了"精忠报国"。而李师师与周邦彦的交往，既与赵佶的赤裸裸的肉体交易不同，也与燕青的侠骨柔情有异。周才华横溢，李雪明花艳，两个人一精于词，一工于曲，一写一唱，一唱一和，大有古时司马相如与卓文君的味道。

李师师和她的情人时代，真是把宦官文化、江湖文化和精英文化集于一身了。最后她选择了谁？首先当然不是赵佶。这位前有满朝文武、后有六宫嫔妃的荒淫皇帝，到了国破家亡之际，自然无暇顾及什么李师师，就沦为阶下囚了。其次，也不是周邦彦。他与李师师的交往得罪了赵佶，留下一句"沉思往事，似梦里，泪暗滴"，就被迫离开京华。作为一位城府很深的儒子，他绝不会娶一个妓女为妻。再次，更不是燕青。施耐庵在《水浒传》里一直是以鄙夷的目光去描写他们的交往的，然而燕青在功成之后，"收拾一担金银，竟不知投何处去了"。两个人的故事并没有像时下某些电视剧那样，孤舟箫韵，江湖飘蓬，而是恍惚而过。

最终，北宋的任何一种文化都没有接纳李师师，相反，她倒成了北宋文化的一个归宿，抱着她的琴瑟为其画上一个谁都无可奈何的句号。在这个句号里，赵佶走向了灭亡，燕青走向了江湖，只有周邦彦没有触到这个句号。李师师和北宋一样，短暂而华丽。尽管，她最后只能死在历史的角落里，然而在古往今来的女子中，能同时挽住皇帝、侠客和文人的臂膀的，大概也只有她这一个了。她给了赵佶肉欲的满足，给了燕青一纸赦书，给了周邦彦一杯别离酒。

李师师枕着北宋的京华烟云，孤独地死去。历史只能这样告诉后人：她想要的，其实不是什么皇帝、侠客和文人，而只是"凤凰台上忆吹箫"的"范儿"，是那种"少年身价冠青楼，玉貌花颜世罕有。万乘当时垂睿眷，何忧壮士不低头"的"范儿"。用今天的话说，就是"文艺范儿"。

今天那些所谓的"文艺范儿"，也许可以从李师师那里找到一些"源头"。这种"范儿"其实是最容易被"传承"的。爱国民主人士章乃器之子、历史学家章立凡说过一段往事："某开国将军之女告诉过我，在延安时，我妈妈在台上演出，我爸爸在台下看戏，用手一指说，我要她当老婆，于是我妈就成了他老婆。"这，难道不也是一种"文艺范儿"么？

论"元无知"

2016.11.10

如今"度娘"和"谷哥"都很忙,谁只要一动手指,"百度"一下,瞬间"答案"就出来。获取知识已经被人们认为并不重要了,重要的是你会不会"度",因为我们所有的知识和记忆都"外包"给了"云"——云存储。

"云"如此强大,让我们觉得有些东西的确不需要知道,只要知道去哪里查询就行。比如不了解蜥蜴是水生的除了有些丢脸,好像也没什么别的害处。美国国会每年会增加大约2000万字的新法规,就是通读下去,得花10个月左右时间,律师们也不可能全部记住。这些新法规加上几百年来的旧法规,律师们大致只能明白它们的基本轮廓。但他们必须知道从哪里查找相关案例。

"查询"已经成为当代网民的一大技能。知识与技能,究竟哪个更重要呢?这一直是教育的一个两难困境。"授人以鱼不如授人以渔"——这句经典的中国谚语早就为人所熟知。有些知识需要知道,有些则可以不需要知道。2009年,金斯敦大学新闻学教授布莱恩·卡斯卡特问英国全国校长协会官员大卫·范恩,要不要告诉学生哥伦比亚首都在哪里。范恩说,学生不需要知道各国首都的名字,但必须知道法国、英国首都在哪儿。

美国康奈尔大学心理学教授大卫·邓宁在1996年发现了一条规

律：越是缺乏知识和技巧的人越是意识不到他们缺乏知识和技巧，不知道自己的无知，叫作"元无知"。这个规律后来被称为邓宁—克鲁格效应。"元无知"究竟会给我们带来什么样的危险呢？其实这个指的是人对某个领域的最低限度的知识和经验，就像一个司机必须掌握最起码的开车技术。然而实际的情形是，一些开车技术很差的司机往往以为自己的水平已经很高了，这种"元无知"是很危险的。

美国作家威廉·庞德斯通写过一本书《云中的大脑》，就这个问题提出一个警醒："互联网的问题不在于它使我们知道得更少或获得错误信息，而在于它让我们变得元无知——不知道自己不知道。"如今，似乎我们的脑袋都在云端，只有依靠云存储才能获取知识。这样一来，我们就可能会逐渐地陷入"元无知"。知识和技能都是"元"，然而想象力更为重要。爱因斯坦说："想象力比知识更重要"。知识能够增强想象力，但想象力必须将两个方面的知识关联起来才可能实现。邓宁曾经对他的研究生做过两个笑话测试。一个是问：什么跟一个人一样大但没有重量？答案是影子。另一个是问：雨是从哪里来的？答案是上帝在哭泣；为什么哭泣？你做的什么事情把他惹哭了。上述两个答案都被视为正确的，但第二个问题不仅更有趣，同时也更富有想象力。

知识其实就是人类有机的存储。借助云端固然我们能够得到更多的知识，但"元知识"一定是我们最基本的知识。"度娘"和"谷哥"为我们填补一些知识的不足，但掌握一定数量的事实，有效地扩大自身知识区域的版图，对自己的知识及其不足有一个大致的了解，才能避免不知道自己的无知。

突然记起老加尔布雷斯说过的一句话："当今世界上有两类人，一类人知道自己其实什么都不知道，还有一类人根本不知道自己什么都不知道。"

我们还能继续陷入那种"元无知"么？

还有"疯狂"

2016.12.27

刚买了一张缅甸花梨木小茶桌，置于阳光书房内。友人来品茶，觉得木料还可以。平生喜爱木头，盖因生就一颗榆木脑袋也。有人告诉我"缅花"的特色在于有虎斑纹，我仔细端详一番，果然有。据说缅甸花梨比不上海南花梨，但比巴西花梨要好许多。

不管怎样，茶桌是落户我家了。为什么喜欢木头呢？曾经在小说和影视里见过西伯利亚的小木屋，的确是有些向往。不因为它的神秘，而在于它跟它所处的那片土地是契合的。土地代表一种野性和自然，小木屋看起来结构简单，然而温暖舒适，加上还有伏特加，更是使人内心暖和。傅雷翻译出版奖新人奖得主、法国作家西尔万·泰松，因在贝加尔湖畔一间西伯利亚小木屋居住了半年，写出获奖作品《在西伯利亚森林中》。他说："小屋是一个捕捉自然颤动瞬间的理想观测站"，"6个月，好像一生"。在泰松看来，"木屋是个简化的王国"，"在城市中，每个动作的进程都得牺牲上千个其他行为。森林将城市所分散的集中起来"。他离开了城市的墓穴，把"一匹狼"的自己变成了"一头熊"，他说是"此地的神灵助我驯服了时间"。这是泰松需要的生活。而我，坐在这张茶桌面前，需要的究竟是什么？

我想起了"疯狂"二字。我的故乡是个中国古典家具生产之地，各种红木以各种疯狂的价格爆发式呈现在人们面前。喜爱木头，本来也许是一种信仰,是精神的、情感的和内在的,就像泰松那样。然而一旦疯狂起来,这个消费社会就急剧地导致乡村的朴素伦理出现问题,从而重塑了新的城乡关系。简单的木头已经不简单了,本来沉重的红木越来越变得莫名沉重。作家阿来写了三篇有关自然题材的小说《山珍三部》:《三只虫草》《蘑菇圈》《河上柏影》,写的就是青藏高原的三种植物:虫草、松茸和岷江柏。高寒地带的生态非常脆弱,只有虫草生存下来,这成了人们拼命采集的唯一理由。而松茸的采集据说是广岛原子弹爆炸的时候,在爆炸过的地方什么东西都没长出来,最先长出来的就是松茸,于是就认定它既抗辐射又抗癌。阿来写这些小说,在于告诉人们,这里面有多少伦理学的问题,一直没有人去过问。就以松茸为例,在青藏高原,这东西起码长在海拔3000米上下,广岛是贴在海平面的,但是没人追问过。这不是疯狂又是什么呢?

木头是简单的,小木屋也是简单的,然而往往是简单的东西,在一个畸形的消费社会里变得疯狂乃至荒诞。阿来的《河上柏影》,写的不过是柏木,有香气,大的打造家具,小的做手串、根雕和摆件。扭曲的树根有些奇怪的纹理,就被人连根拔起。据说太行山里有一种崖柏,已彻底绝种,现在只剩下残留在岩缝里的树根,当地农民会冒着生命危险攀到悬崖峭壁,把那点树根刨出来做成手串——这种在畸形消费社会里远远超出物质本身价值的畸形消费行为,导致的是朴素的乡村伦理的沦陷和崩溃。造成这种崩溃的毕竟是城里人,因为定价权在城市,乡村不过是供给侧。这是个严重的经济学问题,在这里似乎是扯不清的。

坐在"缅花"新茶桌前泡茶,如此胡思乱想一气,其实也就是想到"疯狂"二字。从疯狂的石头到疯狂的木头……我们还将"疯狂"什么?我想说的是这样的一句话——难道还要疯狂?可惜只有疯狂!

饮茶者说

2017.02.21

我喝茶有点杂,早先喝铁观音,后来喝红茶、岩茶和白茶,偶尔喝点绿茶和普洱。这一阵,回过头来喝陈年铁观音(俗称"老铁")。无论喝什么、怎么喝,都觉得茶是有"格"的:绿茶如春梦,白茶若夏雨,红茶似秋意,岩茶像冬月。多少个夜晚,我都在茶影流转间度过。所以我唯一信任的还是将茶汤从盖碗杯里倾泻出来的个人经验——因为那里面蕴含着我的一些感性而又显得有点愚蠢的精神奢望。

前些日子,女儿要回澳洲,让我买几罐茉莉花茶,行李装不下,留了一罐给我。抓起一撮扔进杯里,沸水一冲,香气扑鼻而来,倒有些不自在了。呷了几口,身子慢慢朗润了,舌尖却析出一股惊艳的迷惘。在福州生活了几十年,居然喝不惯茉莉花茶,真有点说不过去。认真一想,大概是耐不住那种"浓郁",还有点喋喋不休。

相形之下,绿茶倒是从容了许多,而且坦坦荡荡。绿茶的产地和品种很多,尤其是高山绿茶,像长了脚的云雾,在杯里飘来飘去,不尽腾挪,一切是那样的纤毫毕现。绿茶多被命名为"云雾""龙井""毛峰""毛尖"之类,怎么喝都有一种在烟雨蒙蒙中慢慢诉说的感觉,像是笔端的一抹淡彩。

红茶常常是让人怀旧的,它的淳朴与厚重,说到底就是一抹殷红的"乡愁"。若干年前,金骏眉、正山小种、坦洋工夫等纷纷攘攘,被涂抹了各种各样的故事或传说。我经常是端一个稍大的茶盅来喝，让那里面的山野之气更多地释放出来。其实，每一种茶都有其独特的山野之气，而诠释的方式则大相径庭，看泡手处于什么样的状态。有人将白茶直接入水壶里生煮，水一开，白色的茸毛发飙似地粗沉乱浮，总觉得有些不忍。如此生生地让茶叶"灭"于壶，哪还能有那份澹静？白茶是有气的，是浮在半山腰的那种气，它只能用来氤氲，甚至用来寄托某一片红尘，而不能粗头乱服那般地随意折腾。

一直觉得岩茶火气够旺，陡然就想起弘一法师那些敛尽了火气的字。岩茶品类也很多，随便哪一款，冬日里喝它都能将肌肤里的寒气拂去乃至逼走。岩茶最让人心仪的还是"肉桂"，厚道但霸气，且并不从容，冲水的速度几乎以秒杀计，常让我想起"花怒"二字。肉桂有"牛肉"和"马肉"，甚至还有"猪肉"（朱肉）。据说"牛肉"有一极品称"牛首"，想必乃登峰造极之作。其实，岩茶喝多了，我倒找不到言说的冲动，就像一梦醒来，则难以返回原来的梦境。

喝了多年的铁观音，现在迷上"老铁"。十年乃至数十年过去，老铁的味道依然那样隽永，每每致我打嗝，甚至禁不住涌起一股惆怅的快意。如果说清香型铁观音是一阕宋人小令，浓香型铁观音是一部唐人传奇，那么"老铁"一定就是那一篇魏晋文章了。它除了那些深陷在岁月深渊里的宁静之外，最无可替代的当然还有我们的记忆碎片。

私藏了两块黑茶，至今未品。有人说，喝黑茶需要有点年纪有点阅历，才会到达那种"与秋俱老"的境界，像张岱、袁宏道、蒲松龄、鲁迅、周作人等，他们就适合喝黑茶。我自觉还未到时候，功力不够，眼前一片混沌，仅盯着那一个"黑"字，怕是怎么喝也悟不到"黑团团里天地宽"的意味，老觉得那是一个无尽的精神"黑洞"。究竟这"黑里乾坤"有多大，只能留待今后了。

说说"老爱情"

2017.06.20

看到一则故事：午后，老先生上网，老太太泡茶。老先生叫老太太过来看，一个小青年因为女朋友没化妆，大庭广众之下把花摔给女朋友走了，剩下女朋友在那里哇哇大哭。老太太看了没吱声，放下茶具，解掉围裙，拎包往外走。老先生一把拽住她："去哪儿？"老太太说："买化妆品去，怕你把我甩了。"故事似乎有些矫情，但是这一对"老爱情"却美得像童话。相濡以沫中有小花招、小霸道、小狡黠，看了也觉得温暖。

一早，太太唤我递个法国"花宫娜"香水过来，往身上洒了两滴。我索性抢了过来，一阵猛喷，大概有十几滴吧，熏得我自己鼻子都捏不住了。自然少不了挨骂，这种小调皮几乎玩惯了，但它是不是那种"老爱情"呢？过去听人说，随着年龄的增长，夫妻之间的情感，会由"亲爱"，进入"恩爱"，再步入"怜爱"。到了这把年纪，就觉得享受的其实是一种"同穴窅冥何所望，他生缘会更难期"的相惜。

步入花甲，就连西红柿都不是了。过去时常给人说这么一个段子："二十岁的女人像樱桃，好看但不一定好吃；三十岁的女人像葡萄，好看也好吃；四十岁的女人像菠萝，不好看但可能好吃；五十岁的女人像西红柿，自以为是水果，其实已经是蔬菜了。"一直以为，糟糠不只是指老太太，老头更是的。如今的少女少妇们一玩起自拍，先就大声嚷嚷：用美颜！用美颜相机！于是就有了那么一句被人类学家克里斯特尔·阿比丁博士戏称为"一种亚洲风情的文化扩张"的比喻：自拍是潮流，美颜是刚需。当一幅经过美颜的照片抖落在你面前时，这个时候，我就觉得恋爱和失恋都不可能是女人人生的新篇章，瘦身下来或白皙起来才是。

　　一对五十出头的夫妻自我调侃道：谈爱已老，谈死太早，谈离婚差点勇气，谈幸福差点底气。这话说得多少让人有点唏嘘。可是认真一想，人生那么短暂，过了五十岁就像滑雪般轻易地就滑出了轨道。回头看看，这一生自己究竟做了些什么？又错过了什么？回首向来萧瑟处，这个时候，哪怕是回想起某个"错过"，甚至都可能觉得很美。台湾女作家简媜说过一句话："人生啊，如果尝过一回痛快淋漓的风景，写过一篇杜鹃啼血的文章，与一个赏心悦目的人错肩，也就足够了。"这真的就够了么？

　　人，尤其是进入成熟期的人，往往会因为一些不尽如人意的事而悲悯起自己的人生了，那些因果是耐人寻味的。苏童的小说《罂粟之家》里那个变成刘老侠的地主，性能力异常亢奋，却生不出一个像样的儿子，不是白痴就是缺胳膊少腿，最后他只能说："我对不起祖宗，我没操出个好儿子。"而在他的另一部小说《妻妾成群》里，深宅里几房太太为争夺一具已经衰老的躯体机关算尽，在宠与失宠的锱铢必较中花容失色。这时，就有年轻少爷带来风乍起，吹皱一池春水……旧小说里写够了的桥段，被苏童赋予了许多新意，也借此照见了人生的一些阴影。那个颂莲刚进花园时一身干净，却无比自傲。到了后来，就渐渐在心里浮起各种阴影，使得她"浮在怅然之上，悲哀之下"，最终选择了做妾，却又时时被欲望牵制，"每逢阴雨就会想念床笫之事"。苏童把她的内心写得"很潮湿"，却在最后，她常绕着一口废井一圈圈地徘徊，一遍遍地说"我不跳井"。当张艺谋把这个故事移植到森严的乔家大院时，我们依然能够感受到一股南方温润的细腻，因为那些容颜毕竟还没老去。那么，容颜老去之后，还会是一种美丽吗？在一个南方的雨夜，思考这个问题未免有些怅然。

　　小说毕竟是小说，但文学作品所映射的人生一定是我们的精神样本。回到本文开头，老太太为什么需要化妆，除了那种小调皮，不是还有那种对于人的精神的渴望和期待么？我想，活过了这么大半辈子，哪怕经历了一点虚度，只要不是虚伪、虚假或者虚妄，即使是望断，也依然是美丽的。

什么是"无趣的部分"?

2018.12.25

　　世界权威科学杂志——英国《自然》杂志,每年都会遴选出对科学界产生重大影响的年度人物。2018年公布的名单中,中国"95后"学者、22岁的曹原,以对石墨烯超导研究获得重大发现登上《自然》年度人物榜首。

　　曹原协助发现让石墨烯实现零电阻导电的方法,开创了物理学一个全新的研究领域,能源利用率与运输效率有望大幅提高。曹原的青少年时期异于常人,18岁就从中国科技大学本科毕业,前往美国攻读博士学位,先后发表了两篇关于原子厚度碳片层奇异行为的论文,开启了物理学的一个全新领域。曹原承认自己的情况有别于常人,但他说自己并不特殊,毕竟他还是用了四年时间读完大学本科。不过,他说出了一句令人惊讶的话:"我只是跳过了中学里一些无趣的部分。"

　　什么是他认为的"无趣的部分"呢?

　　曹原对此没有明说。2014年,曹原加入美国麻省理工学院帕布罗·埃雷罗团队,进行将碳片层堆叠和旋转至不同角度的尝试。终于,他发现对石墨烯施加微弱的电场并冷却至绝对零度以上1.7℃时,会让能导电的石墨烯变成绝缘体。随后,只要稍微调整一下电场至1.1°的"魔角"时,扭曲的双层石墨烯就能成为一个超导体,让电子实现零电阻流动。曹原的实验技巧就在于不断试错,不断进行微调校准,以至于他的导师说他本质上是个"动手达人"。

我大概可以猜想到，曹原的所有兴趣在于不断动手，不断"试错"——这也就是他觉得"有趣"的部分。他在工作之余会用自制的照相机和望远镜拍摄夜空，他的办公室里摆满了这些作品。在同事眼里，曹原的坚持不懈体现了他的成熟。

我们现在的中学里那些"无趣的部分"，也许就是曹原认为的无法"试错"、无法去做那些"不确定性"的东西的部分。我们中学生已经活生生地被锁在所谓的"基础知识"或"基础教育"层面上，不允许对既定的"知识"进行质疑或"试错"，不允许改变既有的教学方式，这对于曹原们无疑是一种严重的摧残。

前不久，我到波兰做了一次学术考察，在克拉科夫市看到一群中学生在老皇宫前参观，有人告诉我那是在上历史课。他们不用教材，直接进行现场教学，学生可以现场提问题，老师现场解答。我想，这样的上课方式不就是摒弃了那些"无趣的部分"么？

在应试教育里，我们为什么不能跳过那些"无趣的部分"呢？也许就在于我们的许多同步教育本身培养出来的，还是一群思维固化的"人才"。思维一旦固化，就谈不上创造性，更谈不上审美和审智。就如书法，同步文化教育是培养不出书法家的，而临池苦练也未必能够成为一个有独创精神的脱俗书法家。一个超越法度的大成书法家，只有靠自己对书法的审美冲动和审美灵性才能养成——这，才是当代教育应该做到的"有趣的部分"。

从曹原身上，我们应该是能够得到这方面的某些启示吧。

美女扎堆的地方

2019.01.06

这个题目甫一出,估计会引起一大群人尤其是男性的注意。堂皇一点的,叫作"爱美之心人皆有之"。狗血一点的,就是罗西说过的:"《甄嬛传》告诉我们,在后宫,上床就是上班。"后宫原来那么乱,每个人心里都有一个"你"在垂帘听政。

美女都扎堆哪儿呢?一是高校,二是广电媒体。这大概是毋庸置疑的。高校的音乐学专业、外语专业、传播学专业以及中文专业等,美女童鞋一定是比较多的。一位传播学院的教授朋友某年开学的第一节课,花枝招展坐满了一教室,让他眼花缭乱,只好问了句:"请男生站起来。"结果最后一排齐刷刷地站起了四个男童鞋。我的厦门大学同届校友历史系的陈支平教授写了本随笔《随风摇曳校园间》,写道:"外文系的女同学不仅其数量比例超过其他系,而且亭亭玉立的俏模样也往往是其他系女同学所甘拜下风的。我所在的大学班共有36位同学,其中女同学还不到三分之一。由于都有在农村广阔天地战天斗地的经历,磨炼出一副铁姑娘般的强壮身子骨,下盘扎实,与男同学相去几希矣。而外文系的女同学则不同,常常会给人有'出人意表之外'的惊喜。"

不过,这老兄最终还是话锋一转,立马同情起历史系的女同学来了:"有一天,我在食堂吃饭,听到另外一张饭桌上的几位旁系男女同学正在评点历史系的女同学：'怎么长得活像考古脸！'如今我都已经快进老朽的年龄了，每每想到我们历史系女同学遭此恶谥，心中就不免十分的愤愤不平。"

陈支平教授的"愤愤"不无道理。无论是"下盘扎实"，还是"考古脸"，都不应一应俱全地栽到历史系的女同学头上。当年的大学生，不少是上山下乡过来的，校园里随处可见那些"战天斗地"的脸。如今社会生活发生了巨大的变化，校园里的漂亮女生呼啦啦皆是，用一位男生的话说：在校园里走一遭，脖子都摇酸了。

除了校园，美女扎堆的地方就是广电媒体了。我的一位原先在福建电视台工作的朋友程鹤麟，如今供职凤凰卫视。他自称"程老汉"，写了一篇文章《媒体的美女时代》，把媒体业的娘子军狠狠夸了一通："程老汉在凤凰卫视上班，进到公司的电梯，常常就处在美女的包围之中。"媒体的确比较适合女性生存，有很多比较各色的人或矫情或有性格或内向，往往不易接近，这时派出一个美女去采访，情况就大不一样。对此程老汉说："这与色情无关，与美有关。"

1996年，程老汉跟北京一家报纸的一位美女记者同去青岛访问台湾艺人凌峰先生。那美女向凌峰先生提的问题都颇尖锐，让程老汉总是为凌峰先生捏把汗。程则只提些温和的问题。凌峰先生后来对程说："鹤麟兄，你太早地就有了'狗性'。"意思是程缺乏主动进攻的精神，而凌峰对那美女的评价却很高，说她的提问有水平，让他感受到很有朝气，很有挑战性。他说，他愿意接受挑战，温和平淡的问题不能让他通过回答展现自己的风采。程老汉最后只好说："其实我觉得凌峰是得了便宜还卖乖，如果当时我真的把提问的刀锋磨得锃亮，在他的光头前面挥舞着寒光，他能乐意才怪。"

在越来越自闭的现代人沙漠化的生存空间里，美女一定有一种与生俱来的亲和力。西班牙导演贝德罗·艾穆杜华是个拍女性电影的高手，他总是从女性的角度观照世界。甚至作为一个男人，他对男性内心的探索也往往是透过女性的眼光去实现的。他说："我借着女性可以表现自己。在我看来，男人太没有弹性了，他们命中注定要扮演西班牙式的粗犷角色。"不知道他这话说出来会不会被男人打。

18年前的世纪之交，北京出了一部张杨执导的电影《洗澡》，朱旭、濮存昕等人主演。后来有则小品文如此调侃道："《洗澡》最不适合女观众观看，因为它说的是一群大老爷们儿在澡堂子里的故事；《洗澡》也最不适合男观众观看，因为没有一个女明星出场。"其实，喜欢美女，跟美女说话并不是只有男人才乐意的事，女人也乐意；美女不光受到男性欢迎，女性也一样欢迎。如今是盛产美女的时代，无论是天生丽质，还是后天"捯饬"，你只要站立街头，就可看到美女熙熙攘攘一望无际。

你的脖子摇酸了么？

"契约"的前世今生

2019.01.16

"契约"一词由来已久，但我始终没有对它做过任何研究。多年前读过卢梭的《社会契约论》，不过是囫囵吞枣，不得其要领。一直以为，这个世界的任何意义，都取决于讲述这个世界的方法。对于"契约"这个词，可以作如是观。

跨入2019年，总觉得这个世界既不陈腐也不新鲜，然而有些观念形态，就如同岁月流逝在我们轻柔的生命之中，无始无终。

于是，就由"契约"想到了"可靠"。

前些年，有人发了这么一通议论：看了《命运呼叫转移》之后，发现手机不可靠；看了《苹果》之后，发现老婆不可靠；看了《色戒》之后，发现情人不可靠；看了《投名状》之后，发现兄弟不可靠；看了《集结号》之后，发现组织不可靠。

由此又想到一句俗语：可靠不可靠，只有天知道。

其实认真一想，比如《投名状》还是有它的"可靠"之处。二哥赵二虎被击晕拖走，没晕透，他狂叫："放开我。放开我。放开我。我答应过要让他们活着！"

"我答应过让他们活着"——是那个冷兵器主导的浸满血与土的味道的惨烈战争中，投射出来的一丝人性光芒。《投名状》改编自晚清四大奇案的刺马案，影片运用极度写实的风格，营造了一个悲惨绝望的战争世界。全片只有攻打舒城这一场战争戏，其中子弹爆头、刀刃削肉、骨骼断裂的声音尖锐而清晰。在那种所谓的"兄弟不可靠"的情形下，赵二虎喊出"我答应过要让他们活着"，绝不是一句空话。

从一个更高的指向来说，"可靠"也许是一种对于"契约"的要求，只不过"契约"更具有约定的意义。那么，作为一种精神，"契约"究竟归于什么样的取向呢？

我想到了一个故事。

在美国纽约哈德逊河畔，离第18届总统格兰特陵墓不到100米处，有一座孩子的坟墓。墓旁的一块木牌上记载着这样一个故事：1797年7月15日，一个年仅5岁的孩子不幸坠崖身亡，其父母悲痛欲绝，便在落崖处为孩子修建了一座坟墓。后因家道衰落，孩子的父亲不得不转让这片土地，他对新主人提出了一个特殊要求：把孩子坟墓作为土地的一部分永远保留着。新主人同意了这个条件，并把它写进了契约。100年过去了，这片土地辗转被卖了多次，孩子的坟墓仍然留在那里。

1897年，这块土地被选为总统格兰特将军的陵园，孩子的坟墓依旧被完整地保留了下来，成为格兰特陵墓的邻居。

又一个100年过去了，1997年7月，格兰特将军陵墓建成100周年之际，当时的纽约市长来到这里，在缅怀格兰特将军的同时，重新修整了孩子的坟墓，并亲自撰写了孩子墓地的故事，让它世世代代流传下去。

那份延续了200年的契约揭示了一个简单的道理：承诺了，就一定要做到。

这种契约精神，对于西方人的诚信观念有着巨大的影响。在他们看来，人与人之间与生俱来的天分和财富是不平等的，但是，可以用道德和法律上的平等来规制，从而让最初处于不平等状态的个人，在社会规范和法律权利上拥有完全的平等。

从《投名状》中赵二虎的"我答应"，到美国那个小孩子坟墓事件的"承诺了"，其实都是一种约定，一种"契约"行为。人生匆匆，我们都是这个世界的"影子或镜子"；人生境界也不过是有所作为或有所期许。然而，一个契约，或者一个约定，就可能赢得世界。美国那个小孩子的故事为什么既有世界性的伟大，也有世界性的深刻？就在于那样一种"契约精神"，成了我们生活在这个世界的"范本"。

——因为这种"契约"是向善的，只有善的契约才能在世界普遍存在；同样，只有向善的人心才能被阳光照耀。所以，懂得珍惜契约的人是高贵的。我们每个人有每个人的历史和现实解码，如何对待这些解码呢？重要的还是自己的"生存契约"。巴赫金这样告诉我们："你们可明白了你们在地球上生活吗？你们怎样总结这一生的生活呢？"

有了"生存契约"，也就有了高贵的"契约精神"。这样，无论在下一个路口等你的是谁？是什么？我们都将顺利过关。

城南花已开

2019.04.02

有个得了重病的少年给自己起了个网名："城南花已开"。

他只是喜欢花么？其实，他喜欢春天，喜欢音乐，喜欢以一种孤独的眼神注视着这个世界。不过，他是躺在床上，借助网络瞅着这个世界诱人的热闹。

终于有一天，他鼓足勇气给一位音乐家写信，希望能够写一首《城南花已开》的曲子给他，那位音乐家答应了。

据说这首曲子很动听，每个音符里都藏着对春天的渴望。后来，一个叫"城南花已开"的账号在评论中出现了，这首曲子便越来越流行。少年在化疗中希望来年三月，可以带大家去看城南花开。

第二年春天，花开时节，"城南花已开"在一条音乐评论中发了条消息：逝者安息。众人这才发现，故事里的人已经离开。从第一年的花季到第二年的花季，有38万人默默关注了这位少年，陪着他等待花开。

生命脆弱得如同草芥，却又温暖得如同花开。也许你不知道他，但一定会知道那句"城南花已开"。后来，有人默默写了句："城南花已开，愿你相信爱。"人们从那里读出了一种忧伤的幸福。

春天总是个怀念的时节。三月里，海子走了；四月里，王小波走了。我们在春天里听到了他们心碎的声音。这是春天的宿命，海子没有走出，王小波没有走出，"城南花已开"也没能走出。那一句"愿你相信爱"，其实就是一记迅急的勾拳。海德格尔留下的那四个字"诗意栖居"，却有多少颗诗意的心被世俗击碎，被病魔击倒。

在那个凭一首诗就能把女孩哄上床的年代里，海子绝望了，王小波也绝望了。到了今天，那个叫"城南花已开"的少年至死都不相信他会成为一行"嗒嗒的马蹄"，成为一位悲凉的过客，而不是归人。

镉化的大地上和重霾的天空下，我们敷衍地顽强地活着，就为了让那一枚千年的月光钉在一种信念里。多年以后，所有的人都会变老，甚至会把我们心智里那些成熟和智慧，轻易地甩在生活的千里之外。但我们可以将自己的故事细细回想一遍，发现什么或者没有发现什么，这都不重要，重要的是我们曾经来过，我们曾经活过，我们像一个孩子在滑梯上一次次循环往复"哧"地滑了下来，有了一种属于自己的自足。

当然，并不是所有人都能够相信"城南花已开"的。王朔就是这样。他写了个文章《别叫我大师，那也就一中级职称》，他说："你们也没能力伤害我"，他必须"说话要和气，出入要小声"。其实，王朔是既不和气也不小声的，他"批"当代作家毫不留情。他说马原"英雄气短"；说余华"要不沉下来，就没戏"；说朱伟整个把李陀给"带出毛病来了"；说格非"太像一个知识分子"……最后，他说"没有敌人，我寂寞死了"——这是王朔的活法。他不追求什么"城南花已开"，也不信什么"愿你相信爱"。他只是说："至于爱情，过去在我的小说里，从没有爱，只有少年情怀，但以后我会写爱情，我将把爱的兴趣写到审美甚至传奇的角度。"

王朔只能是王朔，他有可能是历史电影镜头里一个独特的存在；而"城南花已开"则不可能有海子"面朝大海，春暖花开"的符号性标志。《怪作家——从席勒的烂苹果到奥康纳的甜牙》一书的作者西莉亚·布鲁·约翰逊评论狄更斯时说的，"他就像拉链被拉开一样，从悠闲的散步者和步履轻快的行人中穿过"——这一句刚好可以用来作为"城南花已开"的注脚。

　　人的一生总要经受无数次概念的颠簸，但不管怎样，我们都会宽慰地原谅自己。那种时刻竖着神经，以为自己承担了世界多少重量的想法，其实是最不靠谱的。有时想想，只要不故作深沉，即便真的傻一点又能怎样？用一句通俗的话说就是：世态炎凉，你以为你是谁？一则寓言说过，一只骆驼辛辛苦苦穿过了沙漠，一只苍蝇趴在骆驼背上，一点力气也不用，也过来了。苍蝇讥笑说："骆驼，谢谢你辛苦地把我驮过来。再见！"骆驼看了一眼苍蝇说："你在我身上的时候，我根本就不知道，你走了，你也没必要跟我打招呼，你根本就没有什么重量，你别把自己看得太重。"

　　"城南花已开，愿你相信爱"——只要轻松，只要放下，只要等等灵魂，我们就可以在生活中慢慢减速，真正去开始一种松弛的人生。

哪一根稻草压垮了骆驼

2019.05.02

南京一位做销售的小伙子醉酒后,躺在地铁站墙边,站不起来了。为了能签单,不想喝酒也不怎么会喝酒的他,天天陪客户喝得烂醉如泥,一直喝到胃穿孔。即使醉倒了,口里还在喃喃地说:"喝了好多……没办法,真的没办法。"

十几分钟后,妻子匆匆赶来,心疼地抱住小伙子。小伙子哭着说:"老婆,对不起啊,感觉自己真没用。"

人,是不能拒绝苦难的。司汤达在1822年就说过:"如果你拒绝苦难在你身上逗留哪怕是一小时,如果你总是早早地防范可能的痛苦于未然,如果你把苦难与不快当作生存的缺点,那么很清楚,你心中怀有安逸的宗教。"剑未佩妥,出门便已是江湖——这大概是我们常常要遇到的世界,它甚至比人生的某些其他时候更真实。

生活本来就是一地鸡毛。那些经年累月划下的伤痕,仅仅是一块裂纹斑斑、一碰就碎的玻璃么?不是的。它是生活的一种"严重性",是一种让人"弄明白生活的意义"的生存方式。木心有一句话深得我心:"行人匆匆,全不知路上发生过的悲欢离合。"正因为这个"全不知",所以,我们就必须面对,必须在薄情的世界里深情地活着。都说生活能锤炼人,其实所有人的坚强都是苦难长出的茧;正如日出之美,全在脱胎于最深的黑暗。有人这样说:"压垮骆驼的稻草从来不是最后一根，而是负重前行中的每一根。"

我们每个人都是"夜里戴草帽的人"，因为要追赶太阳、追赶希望。在我的感觉里，远行人就是夜行人，他们永远在路上。那位为了销售业绩拼命喝酒导致胃穿孔的小伙子，他的苦难也许是其他人无法比较的，但是就像我们看到鱼身体里有那么多刺，就会想到鱼究竟会不会痛一样，那些像刺那样扎在身体里的，都是我们经历过的或正在经历的。一位外出打工的男孩某一日在陌生城市的出租房里，发了疯似的冲到窗前，对着街道上路过的洒水车，大喊"谢谢"。因为那天洒水车播放的歌是《祝你生日快乐》，那天也是他在外地度过的第一个生日。一首歌就让他得到了满足，说明那些心里有着很多苦的人，其实只要一点点甜就可以填满。

我们每天都在和生活过招，都在尽最大努力活成自己想要的模样。记得十年前跟一位朋友一起坐火车去上海参加一个学术会议，朋友不想乘飞机，我只好一路上让朋友讲故事，讲到我困了为止。故事并不重要，重要的是在夜行的列车上，我看到了"随风潜入夜"的许许多多呼啸而过的影子。我突然意识到人的命运始终是在影子的世界里飘摇着。那么，思想会走出苦难的影子最后的摇曳么？那个晚上，我明白了摇曳一定是思想的一种大美，生命的所有意义，在于能够感受到栖居在思想里那些苦难的灵魂，以及那一片随时都在呼啸摇曳的影子。甘地说得多好：之所以没有成功，是因为我们受的苦难还不够。

等待苦难，也许是每个人都会经历到的。但人生的每一段路各有渡口，也各有归舟。许多年前，《等待戈多》在上海演出时，有一张海报写着："没有正确的等待，只有等待是正确的。"苦难是触碰每个人心灵的最深刻的内容，谁也无法逃离，而只能经历。周宁在《草木人间》一书里引用苏格拉底在雅典法庭上的两句临别赠言：一句是关于生的,"未经省察的人生是没有价值的";另一句是关于死的,"分手的时候到了,我去死,你们去活,谁的去路好,唯有神知道"。这是苏格拉底的"经验生命的方式",对于我们来说,我想只有重复上面提到过的那句话:"压垮骆驼的从来不是最后一根稻草,而是负重前行中的每一根。"

毕业季

2019.06.23

这些天，国内的大学纷纷在举行毕业典礼，也纷纷有校长登台拨穗、致辞，有的还请了有名望的教授代表演讲。我看了十几份的毕业致辞，鼓励、激励、勉励的话语俯拾皆是，似乎自己也被打了一次鸡血。

还想满血复活么？

其实心里充满的除了羡慕，还是羡慕。心想，如果是我，说不定也会去给莘莘学子们灌一壶"心灵鸡汤"。据说现在的"鸡汤"很贵呢。

十三年前，厦门大学中文系主任周宁教授在2006届毕业典礼上致辞，说了这么四句话，振聋发聩——

首先，在大学里，我们教授大家认识知识，而从现在开始，对大家更重要的是认识错误；

其次，在大学里，我们教授大家认识事实，而从现在开始，对大家更重要的是认识环境；

再次，在大学里，我们教授大家认识真理，而从现在开始，对大家更重要的是认识正义；

最后，在大学里，我们教授大家认识确定性，而从现在开始，对大家更重要的是认识不确定性。

末了，周宁教授说："不可能每一个人都成功，但每一个人都应该真诚努力。你对自己最高的评价是：平凡的生活中，活得像个英雄。"

"活得像个英雄"——这是刀锋般的语言，可以直接划开人的内心。小说家毛姆一生都在寻找自我的人生之书，最后他得到的感悟是："就算你是太阳一样完美的正圆形，可是我心里的缺口，或许恰恰是一个歪歪扭扭的锯齿形，你填不了。"大学或研究生毕业，就是对你的人生意义的一场拷问，无论这场拷问多么严酷，你很难不扪心自问：生命究竟是什么？有没有意义？是否只是无常命运中一个悲哀的错误？

毛姆的小说《刀锋》叙述了这样一个故事：一战期间，飞行员拉里结识了一名爱尔兰战友，对方为了掩护他而牺牲。面对战友冰冷的尸体，拉里第一次产生了对人生的怀疑："人在死的时候，真的死得很彻底。"战争结束后，拉里没有像大家期待的那样，进入大学完成学业，毕业后再找一份体面的工作，然后结婚生子。出于对人生的探求，他抛下了一切，从巴黎遍游世界各地，循着无私与弃绝之念走在自我修行的道路上。拉里就"活得像个英雄"。毛姆借助这个故事，试图表达一种理念："个人如果始终都不能按照自己希望的样子去活着，那么这一生何其可悲。"

毕业了，就是一场四散。轰轰烈烈之后就是一场宁静。想想当年恢复高考，那种异样的惊喜和紧张，是20世纪"40后""50后"和"60后"学子们的"中国梦"，他们也"活得像个英雄"。那一年高考不是一下子出全国统一考卷，而是先选个试点。在广西百色，搞了个单独高考。理由是这里地处偏僻，经济文化落后，暴露问题更加彻底，但跟百色起义没有关系。百色的一个镇上，一套初中水平的高考试卷，44名考生数学加起来考了26分，人均不到1分。有考生实在做不出数学题，直接在试卷上写道："本人擅长解放台湾！"——这是不是也"活得像个英雄"？

中国农业大学人文与发展学院院长叶敬忠教授，用"像弱者一样感受世界"为题，对学院的毕业生说："要尽可能把自己看得不重要，要尽可能像弱者或穷人那样感受世界！""正是因为人们其实根本不可能真正体悟到弱者的生活现实和心理世界，因此，我们更加需要保持一种态度，也就是要尝试'像弱者一样感受世界'"。他最后为该院的毕业生留下了一句话："我想对我们人文与发展学院的毕业生说，看到你们的朴实纯真，谁还不鄙视浮躁圆滑；看到你们的高洁志趣，谁还不鄙视精致利己；看到你们对弱者的尊重，谁还不鄙视强者的骄横？"对弱者的尊重，难道不也是"活得像个英雄"？

山东师范大学学报主编李宗刚教授作为教师代表，在2019届毕业生典礼致辞中说的两句话，也是很"英雄气长"的："第一，不要轻易否定别人的梦，更不要放逐自己的梦；第二，不要与别人做对比，而要自己与自己做对比。"人生就是一场赛跑，"只要坚持今日之自我，比昨日之自我更优秀，我们就会成为人生场上的领跑者！"

浙江大学公共管理学院院长郁建兴教授在2019届毕业典礼上的致辞，多少带有浪漫主义色彩："如果此时此刻，你们像徐志摩一样说，悄悄的我走了，正如我悄悄的来；我挥一挥衣袖，不带走一片云彩；那么，我告诉你，你们就是我天边最美的云彩！"

集美大学校长李清彪教授在今年的毕业典礼致辞最后，别具一格地放歌一曲《爱拼才会赢》，鼓励学子们"拼世界赢天下"，全场跟着高唱，欢声雷动，人们打趣说是"彪哥飙歌"。抚今追昔，看着如今这些年轻学子，我不得不承认自己开始慢慢变老了。由此就想起《北京女子图鉴》里的一句话：人生到了下半场，敌人就只剩下自己了。

那么，我能否对着自己这一个"敌人"，也去对人生多一分把握，"活得像个英雄"？

别处的阅读

论祖宗

1992.02.21

读《阿Q正传》时，总觉得赵太爷有点过分，骂起阿Q来，颇有维护氏族尊严的架势："你怎么会姓赵！——你哪里配姓赵！"鲁迅没有写到阿Q的祖宗三代，当然更没有人去为阿Q考证先祖，是赵公元帅的赵，还是宋太祖的赵，尽管阿Q有着一股"先前阔"的自豪。近年来却时有一个比赵太爷似乎还要过分的现象，居然有人"考证"出周扬、周立波两位名人的祖宗就是三国风流人物周瑜，还有人"考证"出包玉刚先生的祖先，乃是青天大老爷包拯。我实在弄不明白，这种挖地三尺的"拉祖配"功夫，究竟于学术文化、于人类社会又有多少用处呢？

祖宗是个什么东西，我没有详细去考究。记得在大学念书时，跟着老师摇头晃脑地念《国语》："商人禘舜而祖契，郊冥而宗汤"；读《礼记》："殷人禘喾而郊冥，祖契而宗汤"。这里面就有"祖宗"二字。听老师一解释，才知道上述两句是时人祭祖时用的祭名。原来"祖"字从"示"、从"且"，"宗"字从"宀"、从"示"，二字都有"示"。根据姜亮夫先生的考证，"示"即"神"。这样，祖宗是作为受人祭祀的"室中之神"而出现的，这就是祖宗的神灵。

按照我们民族的习俗，对祖宗是要尊敬的。每当逢年过节，焚香致飨，"祭尽其敬"，以不忘祖先，其积极意义在于以祖先的功业、成就、道德来激励后人。这本是一件"知古鉴今"的好事，殊不知从什么时候起却被当作一种要么炫耀要么漫骂的工具。说炫耀罢，即使文人雅士也不能免俗。屈原不是夸耀自己是"帝高阳之苗裔兮"，陶潜则为"悠悠我祖，爰自陶唐"而骄傲，李白则干脆自称是"名飞青云上"的飞将军李广的"苗裔"了。说漫骂罢，索性刨祖坟三尺，把祖宗骂成"行同狗彘"，大有此宗不灭我自不快的感觉。袁绍讨曹操，就历数曹操祖父、父亲之恶行劣迹，更有后人骂大北洋军阀曹锟的，便不管曹锟是否曹操之后，把他和曹操联系起来一起骂，以证明奸雄坏之有自。坏人是要骂的，甚至是要消灭的，但如果莫名其妙地去殃及无辜的甚至是毫无关系的祖宗，那就大可不必。借用曹操当时的话说："但罪状孤可也，何乃辱及祖、父耶？"

不管怎么说，祖宗对于我们还是有用的。祖宗毕竟为我们留下了那么多的精神遗产和物质遗产，鄙夷祖宗，割断历史传统，于人类、于社会都是个灾难。我有一位研究明清家族史的朋友，他的学问和精力，大多在于掌握大量的第一手材料，从历史的某个实际问题入手，探索中国社会的变迁。这里面自然就包括查族谱、寻宗谱的那一番气力，这种追及祖宗的功夫我以为还是极有价值的。不过，有一种极无聊的"拉祖配"，令人唾弃。半个多世纪前的旧上海，曾先后开张两家鞋店，先开的一家打出了"皇后鞋室"的招牌，后开的一家则干脆叫作"皇太后鞋室"，便是此中一例。所以，问题不在于祖宗的显赫与否，也不在于你的追寻越远越好，而在于祖宗为我们现代的文明提供了多少实质性的东西。对于血统不可热衷，对于传统则不可不热衷，这是我们以民族文化的眼光去看待祖宗的基本态度。

读书与"用"

1997.01.09

"二战"初期，西方年鉴学派的一代宗师布洛赫在写作《为历史学辩护》一书时，遭到了他的幼子的质问："历史有什么用？"后来，他的一位同事也发出类似的感慨。而作为一位以治史为天职的学者，布洛赫力图在书中回答这个问题。在他看来，"历史的'用途'，不应与严格意义上的历史学的理智合法性混为一谈。"因为，史学的主题正是人类本身及其行为，历史研究的最终目的显然在于增进人类的利益。

布洛赫的回答是理智的。人类几乎是本能地要求历史指导现实行为，因此，一旦历史在这方面无能为力之时，他们就会斥历史为"无用"。的确，历史学无法提供解救燃眉之急的锦囊妙计，何为"有用"，何为"无用"，也不是一个容易说清的问题。但是，历史学为我们提供了这样一种本能，即出于理解生活的欲望而去由古知今或由今知古，这往往成为史学家最基本的素质。有人说，书斋就是历史学的实验室，而治史的灵感有时却偏偏来自现实的启示。举个例子，汤因比自幼便熟读古希腊的史著，直到"一战"爆发，他终于对修昔底德的《伯罗奔尼撒战争史》有了全新的领悟，深感古人先得我心，从而萌发了撰写《历史研究》的志向。对此，布洛赫说了一句令人警醒的话："为了阐明历史，史学家往往得将研究课题与现实挂钩。"

由历史学的研究而反观读书生活，难免会使人发出"读书有什用"的感慨。对于读书来说,"用"始终是一个复杂的问题。近代学者王韬在《征设香海藏书楼序》一文中说:"然藏书而不能读书,则与不藏同,读书而不务有用则与不读同。"现代经济学家陈岱孙则说:"经济学是经世济民的致用之学。"对此,一位主编"财经"丛书的当代学者有一个更为通俗的表达:"仅仅靠个人感觉和体验,生活在纷乱的财经世界里,不免有些玄乎。……为了使我们对周围世界的认识感觉真实些,需要财经世界专家的门诊。"门诊的目的就是开出药方,对症下药,亦即"经世致用"。无疑,这种"用"与现实是紧密地结合在一起了。由此看来,读书之"用",可以有经世致用之"用",可以有务实比照之"用",可以有修身立命之"用",甚至可以有怡情养性之"用"。然而,不管读书有多少种用途,对于读书人来说,都是一种自在的情怀。在更多的情况下,读书所起的作用是潜移默化的,要想让所有的书都能达到经世济民的"致用"之效是不可能的。但是有一点必须承认,读书给人带来自身的精神自由,这一功用是几乎每一位读书人都会有的。这种精神自由往往也会不经意地被"用"到某些逆变的场合。"文化大革命"中,哲学家冯友兰隔三岔五地挨批斗,他后来回忆说:"在批斗时,我心里就默念慧能的偈:菩提本无树,明镜亦非台,本来无一物,何处惹尘埃。"在批斗中仍然拥有这样的精神自由,这可以说是读书人的一种内在的顿悟,一种内在的"用"。这种"用"在人的内心世界里往往构成一场深刻的反省。试想,倘若冯友兰读过慧能的偈而并不知道在批斗中可以巧妙地一"用",那么,他的精神方面的损伤就可想而知,更遑论精神自由了。晚年的陈寅恪倾尽全力撰写《柳如是别传》,在立论上是明显有感情偏颇的。他明知自己是"一管书生无用笔",却依然以一种萦回曲折的笔法,把柳如是的旧梦掩藏在深奥繁复的学术形式之中。因为他的真实意图,是想从柳如是身上

"窥见其孤怀遗恨","表彰我民族独立之精神、自由之思想"。这大概是作为著书人同时又是作为读书人的陈寅恪的"用"之道,是他的道德和良知的发言。

《庄子·山木篇》中有这样一个故事:一棵长得奇形怪状的树,由于它不能成材,因此樵夫没有把它砍掉,而是把它保存了下来。另有一只不会叫的鹅,因为它不会叫,而被主人杀了请庄子师徒吃。于是庄子的弟子问他,那棵树因为没有用而得以保存,这只鹅则因为不会叫(也没有用)却不能被保存下来,那我们该怎么办呢?庄子回答说:我们最好处于才与不才之间,才能保存自己。这个故事说明,一切事物只有相对的意义,没有绝对的意义。那么,对于读书之"用",我以为也应作如是观。书之"用"与"不用",都是根据现实的需要而言的,不可能有绝对的"用",也不可能有绝对的"不用"。说穿了,读书之"用",对于读书人来说,都只是一种文化精神,一种人间情怀,一种人类关怀……

这是一种必要的精神高度。

经典是什么

1999.07.05

命名文学经典其实是十分困难的。对我来说,"经典"二字永远只是一种感觉。假如有本书攫住了我,我可能会说这是一本好书,而不会说读了一部"经典"。因为我至今没明白"经典"二字的真正分量。

经典的意义绝不在那些"排行榜"上。在我看来,排行榜有着"经典指南"之类的效应,但它并不具有绝对的权威价值。黑塞的《玻璃球游戏》算不算经典呢?我不能妄加评论。然而这部作品在精神力度和艺术灵气上赋予我一种智者的感觉,它告诉我,人之所以成为"人"的观念,以及人如何在"没有完成试图建立一种受精神控制的生活的目标"时,恰恰"正是他的胜利,重大的胜利"——这一似乎无法企及的理想,还真的攫住了我的精神。

对许多人来说,普鲁斯特永远是一座幽邃的小屋,而乔伊斯则更像一道猜不透的谜语。《追忆似水年华》里的清晰记忆和《尤利西斯》里的语言智慧,曾一度成为我的阅读游戏,一种没有规则的游戏。我想,倘若真有什么规则的话,这种游戏就会变得没有任何意味了。

《日瓦戈医生》并不是一部新鲜的小说。说句实话,我是在看了以其改编的电影后,才去读这部小说的。我在那里读到了一场心灵的战争,它甚至比实际的战争表现得更加严酷和深刻,因为它表达了人类的一种命运,一种灵魂的力量,从而显得富有诗意和激情。相比之下,

《古拉格群岛》则显得直接和真切，那种全然由鲜血和生命凝结的历史见证，同样令人灵魂颤栗。而《1984》的寓言形式，总是让我无法像读奥威尔的另一部小说《动物庄园》那样感到轻松和诙谐，人类文化的一场罪案在这部小说中以一种难以避免的生硬和片面，表现出对于批判理性的理性批判，及至对于理性批判的某种反作用力。这种寓言式的悖论，不禁使我想起了中国的"文化大革命"。

卡夫卡绝对是20世纪的一位文学天才。他的一生放弃了一切，包括父亲、女人乃至他的作品。这种放弃表达了20世纪的一种荒诞感。这可以在他的《城堡》和《审判》中得到证实，前者在荒诞中残留着些许惆怅的诗意，后者则在荒诞上笼罩着一种恐怖。尽管这两部小说都异乎寻常地表现出卡夫卡式的敏感，然而，我在那里读到了宽容。"可以接受一切既存的事物"，当然，最终的结果是"也可以极端地活在一个几乎是幻象的世界里"。我想，在一个物欲横流和一切无序的世界里，能够做到这一点，实在是不易。

当然，我还要提到中国作家的作品。首先想到的是鲁迅的《阿Q正传》。我一直以为，《阿Q正传》在剖解中国国民的劣根性以及那个人歌人哭、鸟来鸟去的世界中的鬼影上，无疑是极锋利和有力的一刀。那一刀对于今天的中国人来说，仍然是深痛的。对于民族的这种不觉悟，除了"哀其不幸，怒其不争"外，我们今天的文学还能做到其他的什么吗？我由此想到了贾平凹的《废都》，尽管它引起中国当代文坛的一场争讼，但我仍然以为，它所表达的一种情绪——一种在特定的年代里才可能出现的情绪，正是预示了一种丧失了人文精神的历史，悄悄地向人类一步步走来。那么，对于今天的我们来说，应该做些什么呢？难道可以仅仅去读那些该死的"经典"吗？

经典究竟是什么，我们还能为它定位么？

有多少好书可以重来

2006.02.07

五六年之间，搬了两回家。我似乎有点不明白，现在的房子越住越大，书橱却越来越少。目光从书橱匆匆掠过，我惊讶地发现，如今可读之书确乎所剩无几了。心里不由得升腾起一股微微的伤感。

读书人不可一日无书读。每一本书的某些文字深处，总有一些神秘的亮点在持久地闪烁，诱人遐想。我持续地和这些书籍对话，触摸到被博尔赫斯考察过的书籍崇拜的历史。

当代的知识生产以前所未有的速度创造了书籍，创造了一批又一批的"作家"和"写手"。可又有多少书能够让人"开卷有益"呢？神圣的书籍崇拜的历史和传统被一大堆文字垃圾玷污或亵渎了。

有多少好书可以重来呢？

于是，我漫无目的地从书橱里随意抽出了一本书《我的音乐生活》，这是柴可夫斯基与梅克夫人的通信集。梅克夫人比柴可夫斯基年长9岁，在柴氏穷困潦倒的时候，她一直作为"施主"向他"订货"，实际上是在资助他。在那14年间，梅克夫人有意避开了与柴氏面对面接触（虽然有两次在马车上邂逅）。柴氏专门写了编号为"第四"的《我们的交响乐》献给梅克夫人。梅克夫人听了鲁宾斯坦指挥的演奏，给作曲家回了信："在你的音乐中，我听见了我自己，我的气质，我的感情的回声，我的思想，我的悲哀。"这部交响乐成为19世纪70年代俄国知识分子矛盾集合点的写照。我曾经饶有兴味地读了这本书。我甚至认为那里面的某些话语其实就是真理的表述。

出于对古典音乐的喜爱，我曾经向一位朋友借了杨民望著的《世界名曲欣赏》，一共四册。在进入 21 世纪的那次搬家中，我决心卖掉一部分旧书。我担心这套如今再也买不到的书丢失，特意和其他一些重要的书捆绑在一起，置于某个墙角。紧张而混乱的搬家和卖书几乎在同一时间内进行。等到把所有进入新家的书籍摆上书橱时，我竟然一直没有想起《世界名曲欣赏》这套书。过了若干时日，这位朋友来电话，说是在花鸟市场的某个旧书摊买到了这套书，要送给我，并且把他的那套盖了藏书章的要回去。我当然欣喜若狂，随即在书橱里遍寻。一个小时过去，我这下傻眼了，情急之下，一阵惊呆、颤栗涌上心头，心情也从搬家的兴奋一下子坠到了谷底。

书在哪儿啊？

朋友终于"送"书来了。我一看，这不正是盖了藏书章的他的那套么？朋友面带愠色，我似乎什么都明白了。他说某日在旧书摊上逛，无意中发现了这套书，以为可以买回来送我。翻开扉页一看，他顿时愣住了。他想和摊主商量索回，摊主义正词严地说按市场规律办事。结果他花了一百元"赎"回那套本来属于他的书。我思前想后，终于恍然大悟是在搬家时，被收书的顺手牵羊拎走了。那么，还有的那些捆绑在一起的我认为是重要的书呢？

书终于没有找回来，包括那本"文化大革命"后第一次重印的巴金的《家》。那是 1978 年我在厦门大学念书时，在厦港书店跟营业员死磨硬缠买来的限量供应的书。

那段时间的周末，我都往花鸟市场的旧书摊跑，一次又一次的希望落空，使我对书籍由崇拜变成了一种莫名的恐惧。博尔赫斯在《沙之书》里描述那位主人公买到一本像沙子一样无始无终，无法翻到第一页和最后一页的书——这是博尔赫斯的恐惧：书籍既包含了一切，但又可能成为统治人类的某种专制。而我现在的恐惧是：究竟还有多少好书可以重来呢？

可以安慰自己的是，我在旧书摊上淘到了一套三卷本的王亚南和郭大力翻译的《资本论》，1953年版，这是中华人民共和国成立后的第一个版本。有人知道后，想以数倍的价格向我购买，我谢绝了。经典毕竟是经典，当它们承载了多少年甚至多少代的阅读经验之后，仍然是属于我们这个时代的经典，尽管这期间随时都可能经历过一段痛苦的沉默。

当我的目光再次停留在面前的书橱时，我又发现了《我的音乐生活》这本书。在那些文字的深处，的确又有某些神秘的亮点在对我持久地闪烁着。那个在秋天的彼得堡给梅克夫人写信的柴可夫斯基，他的内心深处容纳不了彼得堡。彼得堡太喧闹了，他想回到乡间过一种游牧生活——"那是多么自由的工作，我将会多么快乐啊；我会写很多很好的曲子，我会有宁静的心情，和我先前的生活离得远远的！"是啊，有如此的心境，就有多少好曲子在他的笔下重来。

读书同样需要心境。书常常让我冥想不已，就在于书有一种抚慰心灵的趣味，它们能够让我直面种种坚硬的现实。尽管在我的读书生活中，书可能失而复得，也可能得而复失，然而不变的是我对于好书的坚强的欲望。

有多少好书可以重来？

每个人内心都有一匹狼

2013.09.22

数年前买了本《狼界》，妻子一天就把它读完了。我对狼有一种天生的畏惧，却时常在梦中遇到它。梦往往象征着被神所应允的某种向往或牵挂。狼，怀有野性般绝望无言的美，它几乎是不能被揭示的；就像玉，是可以被人戴活的，但不能被揭示，至多在你的记忆里留下一道美丽的擦痕。

《狼界》告诉我们，每个人的身体里，都应该有一匹狼。其实，从《狼图腾》《藏獒》到《狼界》，狼的影子一直潜藏在我们的生命里。那种充满勇敢、灵活、机智和执着的狼性，那种孤独和骄傲并存的生命图腾，就像那些远走夷方的男人们，百舍重茧，总会默默注视着远在另一方的女人。所以，狼的形象容易被女人盯住，甚至暗恋。狼，会时不时从女人的心灵僻隅中跳出来，牵引着她们。也许，狼表达了一种异质的情感或异乡的力量。它攫住女人的不仅是那种不苟且的刚性，还是那种月光长桨般的柔性。那一曲流传多年的"我是一只来自北方的狼"，对于那些追求精神恋情的女人来说，犹如枕靠在最沉稳的心灵彼岸。大概没有哪个女人，内心里不需要这样一座拥有野性的狼的图腾和狼的城堡。

妖娆罪

2013.09.24

女性是因为美丽而美，还是因为苦难而美呢？数年前，海男写了个小说《妖娆罪》，以忧伤的口吻叙述了一个女孩的肉体忏悔录。这部作品告诉我们，女性本来就是妖娆的一部分，她们所负载的有两种东西：妖娆之绚丽和妖娆之原罪。这个结论是相当深刻的。

女性往往用身体和灵魂呼喊现实，呼喊生活；但无论是呼喊，还是私语，女性的言语最终会出卖思想，甚至可能打开幽秘的情感通道。即使是最疼痛和最隐秘的呼喊，那种苦难也是要彻底地被藏入时间的，因为潜藏在女性故事里的只能是时间；只有时间能够吞咽和改变女性难以言喻并为之挣扎的历史。这大概就是女性最妖娆的部分。到了她们化为灰烬之后，那一袭灵魂依然会在妖娆中飘曳而出，忏悔着生命里的妖娆之原罪。

林徽因是个占尽天地之灵气的女性，被誉为天也生妒的大美之形。然而正是无奈成就了她的美丽。她与徐志摩的"倏忽人间四月天"，与梁思成、金岳霖的爱的"金三角"，是煎熬，是隐忍，还是那种原罪般的无奈？大美之形所承受的大痛之实，使得她熬到了"不难过不在乎"的境界，最后是"没有一句话"。所以，女性的所谓完美，美在对待苦难的态度，美在忍受美的背后那巨大的精神担当。血泪暗洒，落地无声，这就是女性的妖娆之绚丽。只有承受了妖娆之原罪的女性，才是具有真正之大美的女性。

乡村哲学

2013.09.26

刘亮程的散文有一种"乡村哲学"意味。他笔下的世界并非单纯的乡村，它同时记录了关于乡村生存的记忆和焦虑。这种焦虑实际上是村庄的尴尬与艰辛。就像他所注意到的那两片树叶："当时在刮东风，我们家榆树上的一片叶子，和李家杨树上的一片叶子，在空中遇到一起，脸贴脸，背碰背，像一对恋人或兄弟，在风中欢舞着朝远处飞走了。它们不知道我父亲和李家有仇。"

这个震撼人心的细节会是我们曾经注意到的么？我因此常常向朋友们介绍这个细节描写。其实，乡村的苦难正是我经历过的，但在我的记忆里并没有提纯过它们。有人说记忆生存与提纯苦难，是一种被诗化了的"恶声"。在我看来，刘亮程在对乡村记忆和人生意义焦虑的同时，保持了他的从容和优雅。哲学解释到最后，主要的不是关于哲学体系的内容，而是对哲学的态度。哲学在和生活态度相近的时候，生活态度本身也就更能清晰地对哲学做出解释。这就是刘亮程，是对那两片树叶子做出"乡村哲学"解释的刘亮程。

心航

2013.09.30

　　法国女权主义作家贝诺尔特·克鲁尔的小说《心航》，叙述了一个持续了一生的婚外恋故事。一位历史学女教授，把她的钱都花在了机票上，为的就是跟一个水手约会。她每年要飞越数万里行程，这种生活最终形成了习惯。从18岁到65岁，这个女人走过了属于她的完整岁月和生命时光。

　　中国的读者也许看不惯这种东西，也许不熟悉这里的"持续"和"一生"究竟意味着什么。我看了中国的电视连续剧《激情燃烧的岁月》和《金婚》，看到的女人总是那样几近绝望地对着男人吼叫：你毁了我的一生！这个"一生"又是什么呢？说起来，中国女人跟外国女人的确有很大的不同，前者只是有抱怨的能力，后者却具有行动的能力。《心航》里那位历史学女教授，跟她的"国王"——那个粗野而敏锐的水手，他们对彼此的身体保持了一生的迷恋，甚至是毫无理由的迷恋。他们根本就不问将去向何方，只是欣然前往。

　　相比之下，中国的女人就十分怕老，才30岁、40岁往往就心灰意懒，甚至筋疲力尽。尤其是那些单身女人，丈夫缺席，家庭不在场，她们最终要把自己的生命委托给谁呢？她们不清楚。所以就怨恨，所以就后悔，所以就要么不断地点燃自己，要么不断地冷却自己。结果，她们就独自老去，松弛、衰弱，不断拉长像毒蛇一样蔓延的皱纹。这种女人实际上是一个遭遇情感和理智双重讹诈的拉辛式女人，她们的自由清单上，明显地写着传统的价值。

生活从四面八方袭来，女人老在经验层面上徘徊不已，随时检验她们以及男人们的日常经验。所以，有时我在想，女人在某个特定的时候总是在关注男人，严格说来，甚至是在俯瞰男人。那么，在我看来，这种俯瞰绝不可能是神的尺度，而只能是女人的尺度。被这个尺度最终丈量出来的，究竟是女人的自足，还是男人的悲哀呢？

长假之思

2013.10.07

"菲特"台风才过耳，国庆长假忽忽就过去了。盘点七天的日子，下过四次楼，其余时间一直像猪一样宅在家里。外面的世界如何精彩，我大概是不得而知的。人生有许多种体验生命的方式，我想宅家也是一种方式，同样是为意义而生。

这个假期，我读完了汉娜·阿伦特的《黑暗时代的人们》。这是一本"知人论事"的文集，记述了阿伦特的同时代人及朋友的故事，那些故事触碰的是"黑暗时代"的心灵。接着，我又读了《阿伦特与海德格尔——爱和思的故事》。这两本书让我这些天来一直保持着一种"静谧的激情"，反思性的自我意识突然萌醒：人，无论怎样活，无论向生还是向死，无论出世还是入世，都是这个世界的"生动的在场"。出世时想着如何生，入世时想着如何死；生和死，都会给我们一双尘世之上的眼睛，让我们看清生活，也看清自己。阿伦特这样说："即使是在最黑暗的时代中，我们也有权去期待一种启明，这种启明或许并不来自理论和概念，而更多地来自一种不确定的、闪烁而又经常很微弱的光亮。"

当年王尔德身临巨大的痛苦与孤独，领悟出"继续生存"的道理。他对纪德说，他之所以没有自杀，是因为"怜悯"。恰恰相反，我们今天就缺少这样一种"怜悯"，缺少怜悯就会缺少爱，就会缺少让身体和思想回到阳光之中的勇气。列夫·托尔斯泰说，人生在世，最重要的就是"弄明白生活的意义"。承担意义总是要承受负累和负重的——这也许就是我在这个长假里的"有所思"。

在午夜的幽暗中，我的眼前总是浮现出一峰驮着一身忧伤的骆驼在艰难地前行，它让我体会到灵魂相望的感动。我同时也想到，有一种阳光一定是永恒的。生活在继续，夜里，在这个没有黑暗的"黑暗时代"，有一个戴着草帽追赶太阳的人。那就是我。

风流

2013.10.12

什么人可称作风流之人？上个世纪40年代，冯友兰在《南渡集》里说，真风流有四：一曰玄心，二曰洞见，三曰妙赏，四曰深情。按照冯先生的解释，玄心是一种无我的超越感，洞见乃不借推理的直觉，妙赏是对美的深切感觉，深情则为有情而无我。李白当年说孟浩然"风流天下闻""迷花不事君"。实际上老孟到了晚年，备尝甘苦之后，有了顿悟，才有了一点玄心、一点风流。人活在世上，总是在一点一点地领悟和雕塑自己，最后才达到闻一多所说的那种境界："淡到看不见诗"。这才是真风流。

记得年轻时看电影《罗马假日》，觉得那是一种至高境界的风流，却对最后的结局怅惘不已，深怨导演没有让一对有情人终成眷属。一直到了中年以后，确乎才意识到人生之美在于一种领悟，只有悟道之人方可称作风流之人。

已故的散文家郭风曾经在一篇散文里写道，某日他在居所附近的巷口，看见一群孩子在玩一种抢东西的游戏，突然间有位老头子撞了进来参加孩子们的嬉戏，并且居然把抢到的东西直往自己口袋里装。郭风断言这位老人还会活很久，因为他有一种永恒的占有欲。郭风的这个悟道令我惊讶不已，这是一位经过人生历练的老作家的玄心和洞见，是一种真风流。

不要以为有了珍爱或者浪漫就是风流，有的珍爱只能轻抱，比如猫；有的浪漫只能想象，比如私奔。它们都不能说是风流。最风流其实也是最平淡的，平淡到看不见诗，甚至看不见时间。因为时间最终是懦弱的，它只能滴答成河。真风流是一种不沉的声音，就像人生中的某个邂逅，哪怕极其短暂，在烦琐的生命中只占很小的一部分，却是命定的"罗马假日"或命定的风流，足以充实我们的一生。

名字

2013.10.13

每个人的什么东西是会被擦亮的呢？名字。刘亮程在《虚土》里说：人的名字是一块生铁，别人叫一声，就会擦亮一次。其实，名字不仅仅只是名字而已，它常常是被想象的，就像看到苏曼殊这个名字，我就会想起纳兰，想起弘一。

最近一段时间一直在微信上晃悠着，倒是把博客冷落了很长时间。我似乎都忘记了自己在博客上的名字，只好重新打开它，看到"不会是你"这四个字。博客熙熙攘攘，有一堆真实的名字，也有一堆不真实的名字。我用"不会是你"这个名字，其实不过是想告诉大家我就是这个博主。

那时想，博客上久了，说不定哪天就有人把我的真实姓名给忘了。可是现在我意识到，这个博客名字也快要被我遗忘了。无论博客还是微信，它们被擦亮的不只是那些文章，还有名字。

上了博客和微信，我的感觉就像开始了萧剑平生。朋友在上面的留言，有温柔的审美，也有强暴般的审美。但不管怎样，我都喜欢。"不会是你"本来就不是我的什么狂名，即使到了哪一天，我像坐残了一个黄昏那样坐残了这个博客，或者坐残了自己的微信，我也不会像苏曼殊那样看轻自己："破钵芒鞋无人识，踏过樱花第几桥？"

我想，倘若果真那样，人家只记得我的博客上"不会是你"这个名字，我也许就被擦亮了。那时，我可能就像个晚明或魏晋时期的人物，酒杯里写诗，美人背上题字，有一股残忍的孩子气。然后告诉朋友：这名字，破了好，不破也好。

往事

2013.10.17

曾经，我对"往事"这两个字怀有某种程度的迟疑。往事，究竟是可以回首，还是不堪回首呢？正如有太阳当然是好天气，那么刮风下雨是不是好天气？我看到一首诗写道："有太阳是好天气，有风有雨也是好天气"，待我细细读下去，才知道这是一首歌颂母亲的诗，"在母亲眼里，没有什么不是生命"。的确，从母亲的视角出发，什么样的天气都可能是美好的。然而，对待往事是否可以这样呢？许多回忆录都提到往事，但真正美好的回忆又有多少呢？

毛彦文的《往事》记录了当年吴宓追求她，以及她表兄最终抛弃了她的往事，正所谓"情何以堪"。半个世纪以来，毛备受误解。在毛看来，吴宓苦爱着自己的不幸就在于"吴脑中似乎有一幻想的女子"；而毛当时已与表兄朱君毅订立婚约。后来朱移情别恋，使得毛对所有的追求者一概拒绝，其理由是："你我从小相爱，又在同一环境中长大，你尚见异思迁，中途变心，偶然认识的人，何能可靠。"往事如此痛彻心扉，"恍惚而来，不思而至"，究竟是忏悔了一代风流，还是感叹了一种爱的幻想，其实谁也说不清楚。

由此我想，往事一旦触动了人的内心最敏感、最柔软的部分，那就是一片无法被忘却的叹息和心的倒影了。

如昨

2013.10.18

秋天来了，微信上关于秋的话题多了起来。伤春悲秋，几乎是中年女性的唯美心态。北大有一位教授曾经写一篇《哀高丘之无女》，感叹中国的美学哪儿去了？是的，今天那么多曾经唯美并且现在还想唯美的女性哪儿去了？唯美不一定就是虚无。当美成为一种首要选择时，它就是唯美。

唯美之上有大美，大美无言，就像屈原带着不屈服的完美自沉汨罗，留下芳草美行。九十高龄的季羡林那时孤居北大，每逢中秋，则自赏朗润园之荷塘月色。有人问他想不想远在国外的孙子，他笑而摇头："农民就不会这样。"他神清气定，灵魂遨游于文化的大美和恢宏之中，于是进入了一种大满足。

数年前，我读刘再复的《红楼梦悟》一书，觉得他读《红楼梦》，不为别的什么，不过是喜欢而已。读书能有如此心态，就是大美、大满足。如此，你还会无尽地去伤春悲秋么？你还会去追回过去那些已然失去了的东西么？既然失去了，就不要去追回，也不可能追回。受伤不受伤其实不重要，重要的是诗不能受伤，诗性不能受伤。生活在这个世上，每个人都可能没有错，但每个人都可能错过。因为每个人都是文化的载体、灵魂的载体、意义的载体，甚至都是悲剧的载体。有悲剧才有真正的深刻。

海德格尔说得好：人类已经不能与本身相逢，即不能与原初的本真自我相逢。人类的可悲之处就在于不认识自己，在于不懂得有所求就要有所伤。我们有时被卷入世俗的惯性和习性之中，从而导致了对什么都不相信，包括像林黛玉那样不相信爱情，像张爱玲写《倾城之恋》那样，表明了对爱情的不信任。其实，秋天是一定要渐渐老去的，不老的是我们的信念，就像刘再复喜欢读《红楼梦》那样的信念。

秋天的月亮再美，都是一樽被李白煮熟了的乡愁，都会成为一个简单的过去，也都将成为滑过我的童年根部的深深浅浅的记忆，叫作"如昨"。如昨，留下的也许就是我们不沉的沉默。想到这里，我恍惚觉得庄子正伏在身后问我：什么是空气的微笑？我说：川上的那一声子曰……

背影

2013.10.23

一直很欣赏朱自清的《背影》。其实，人没有什么特别之处，秋水伊人不过一种感觉而已。有人说秋天是个怀人的季节，我由此想到水墨画家曾贤谋的那幅《紫薇·小院·怀人》，简洁的画面让人揪心。我有时在那里面读出人的背影，于是就想跟这个背影说说话，仅仅是一个熟悉的背影。背影是人的风景，那里藏的往往是沉默。沉默是风景的语言，就像肖邦的玛祖卡，一串一串地在空气中燃烧，那种弹性的节奏让我感觉很温暖，也很遥远。一瞬或一眼的背影，可能留给人一世的回忆和想象。人，始终是一个大命题。人除了是一根会思想的脆弱的苇草之外，人还生来就具有悲剧性。

两天前的那个晚上，我在泉州和刘再复先生交谈时，他说了一句令人回味无穷的话："生存就是困境。"所以，我们有什么理由不能理解那些日日夜夜承受着生存困境的弱势的人，以及那些愿意独守安宁生活的脆弱的人。在这方面，动物似乎比人要洒脱得多。我的一条爱犬，时常在我聆听蔡琴的《机遇》时，仰起脖子对着天花板嘶喊着，不禁让我唏嘘不已，它似乎也在为人寻找某种《机遇》而呼号着。我想起苏芮唱的《酒干倘卖无》，那条忠诚的老狗在歌词里被这样演绎了：虽然你不能开口说一句话，却更能明白人世间的黑白与真假。是啊，动物是最懂得心理平衡的，平衡的能力就是健康的能力、成熟的能力。

  我有时候想，如果我们也不思索地生活着，只有忠诚，只有信任，只有理解，那该多好！可是，我这种似乎是有点"失态"的想法，是不是过于天真了呢？其实，我最愿意呼吸的，是那些绿树和草坪的原始、坚韧而粗糙的气息；甚至我最愿意欣赏的是人的背影，它会让我感到安心和愉悦。即便是一座安静而沉默的背影，我也会想借着所有的沉默，去面对所有的大道理。

  有一位曾经对外面的世界寄予过美丽幻想的农村孩子，当他来到一座大城市，不得不受着种种欺压和屈辱，他对社会的公平和正义感到深深的困惑。他在日记里写道："究竟是什么原因，让一个对人生充满理想的孩子，逐渐变为庸庸碌碌的成年人？"这个孩子的心态真是让我感到惊讶。有时候我在街上走着走着，当眼前不断浮现出一重又一重的背影时，我甚至想把那位农村孩子的背影寻觅出来，然后告诉我的朋友：成熟的往往不是人的年龄，而是人的经历。

红色

2013.10.24

今天看到我夫人即将出版的《刘敏漆画》的封面画。那种浮雕似的红色简直就是一丛又一丛深深浅浅的漆语，是永远不会屏息的发光的云。在这样一种东方式的绚烂中，我看到了一席漆的风暴从潜渊里迸出幻想和激情。

2006年的诺贝尔文学奖得主、土耳其作家帕慕克的成名作《我的名字叫红》，讲述了波斯的细密画艺术。这是一种采用真主全知观望角度的艺术，所有色彩都具有幻想性，比如小说主人公之一的姨父在被凶手杀害后，灵魂升空，看到的马竟然是蓝色的，而天是绿色的。这使我想起《静静的顿河》里的葛利高里抱着阿克西尼亚的尸体时，看到的太阳是黑色的。

这些年来，我的目光时常在夫人的漆画世界逡巡、徜徉，那种在画作前驻足的愉快，让我感受到一种前所未有的视觉冲击力和幻想性。漆画是被某种神性魔化了的艺术。漆无语，然而漆的色彩不是被画家看见的，而是被感知的；不是被表现的，而是被想象的。正如真正的忏悔并不是用语言来表示的，这种感知的悟性来自先天的赐予。一个画家要获得真主的视角，一定是泯灭了自己肉眼的视觉。只有内心纯粹的画家才具有这样的神性。神性远比描绘更具有震撼力，因为它使人心怀紧张和快乐。这使我想起思想家韦伯，韦伯在33岁那年，某日躺在康斯坦茨湖畔一家医院的病床上，竟从墙纸上的抽象图案看出世界的逻辑。这实际上是思想家内心深处莫名的紧张，与画家为我们所制造的快乐的紧张大概是不能相提并论的。思想家往往是枯萎地进入真理，因为太理性；而画家大多是眩晕般地感觉到"灵魂转向"，因为有神性。

　　我曾经有过读了一夜梵高的经历。梵高的向日葵静止在阳光的夜里，向日葵成为了梵高的代名词。梵高是被灼烫的太阳燃烧出来的，他一共画了10多幅向日葵，用生命撞击出了原始的悲怆。在光耀和绚丽中，梵高不断地渴望光明的灵魂。时间流逝在梵高的画面上，它不曾停留；而被留下来的，是不凋的花瓣。因为画家，时间获得了永恒。所以，每一次看到梵高的向日葵，我总在想：不要惊动了时间。

　　今天，当我用眼神一遍又一遍擦亮《刘敏漆画》这幅封面画时，我觉得自己的幻想视界逐渐被抬高了。有时候想，这样的作品是不能轻易用目光去触碰的，可是我忍不住。忍不住的我只能用文字去分享这种感动，因为有一种神赐予的"红"是永恒的，无始无终。

感动

2013.12.16

冯骥才的《一百个人的十年》，其中写到翻译《静静的顿河》《复活》等作品的翻译家草婴先生。草婴读了以后打电话告诉冯骥才，说被他的文章感动了好几天。冯对这位从未谋面的大翻译家说："我才感动你一两天，可我被你感动了几十年。"这仅仅是敬重么？冯说，在自己敬重的人身上发现新的值得敬重的东西是一种收获，也是一种满足。

当冯后来在上海见到草婴时，万万没有想到这个静静地坐在眼前的南方文人，竟是那样的瘦小，举止的动作幅度也很小。他惊讶这位老头儿那种十分随和的说话口气，无论如何与托尔斯泰的浓重与恢宏，以及肖洛霍夫的野性联系不到一起。然而，就是这个瘦弱的老头，举起了一个时代不能承受之重，以至于冯在跟他道别握手时，竟然觉得他的手突然间变得坚实有力了。由此我想到，什么叫作高处？这就是高处，一个瘦小文人的人格的高处。在这个高处，的确有着许多让世人感动了几十年并且还将继续感动下去的东西。

人凭什么活着

2013.12.18

陈忠实曾经写过一部人生笔记《凭什么活着》，令人扼腕。人究竟凭什么活着？陈忠实说，他一生"没有秘密，没有神话"，他总是一个负重前行的人，面临的是无尽的困顿、艰难和窘迫。那时他都50岁了，写出来的长篇小说却够不上出版资格。文学本来是一件浪漫的事，发生在他这样一个常年吃不饱饭，穿着补丁衣服的人身上，原来是如此的艰辛。他万万没有想到，伟大的转机后来竟出现在他完全崩溃的时候。那一天，他听到了一声火车汽笛的嘶鸣："天哪，这世界上有那么多人坐着火车跑哩，而根本不用双脚走路。"这一触动彻底改变了他的命运。他怀着一种负重坐上火车的信念，苦苦煎熬出了自己的作品。由此我想起了陶渊明。

公元405年，在彭泽通往浔阳的路上，弃官归隐的陶渊明在构思着自己一生最好的文章《归去来兮辞》，那年他41岁。然而，即便是归去，他也没有乐到最后。无法触摸和无法追回的过去，使得他"感吾生之行休""乐夫天命复奚疑？"他深知自己已经无法达到真正的归隐了。

陈忠实和陶渊明，一个后来成功了，一个后来归隐了，其实他们都是真实的，不过前者是从坚硬而至柔软，后者则是从尘网归于安静。这也就是博尔赫斯所说的："我们的命运之所以可怕正因为它是实实在在的现实。……世界的可悲在于它是真实的,我之所以可悲正因为我是博尔赫斯。"

人生的一切,只有痛苦和迷茫是真实的。人究竟凭什么活着呢?也许就凭着痛苦,凭着真实,凭着对人生绝唱的那一种坚忍而虔诚的守候。

张爱玲

2013.12.19

  几年前,一位朋友在我的博客里有这么一句留言:"喜欢张爱玲和她的'因为懂得',因为懂得,所以活在当下。热闹盛宴倒不如寂寞独语。"张爱玲原来如是说:"因为相知,所以懂得;因为懂得,所以慈悲!"她还说:"喜欢一个人,会卑微到尘埃里,然后开出花来。"

  我不是张迷,张爱玲的小说我读得不多,只读了她的《倾城之恋》《金锁记》《十八春》等,而她的散文我也读得很潦草。我觉得她所有的文字透露出来的都是"苍凉"二字:人生的苍凉、岁月的苍凉、人性的苍凉、平淡的苍凉、浮华的苍凉。散发在她的文字的每个角落的苍凉意味,一点一点啃噬着她的生命。张爱玲写那些文字时正值韶华年纪,可是道出来的却是如同暮年的夕阳余晖般的叹息。所以,每一次读张爱玲的小说,就像在黄昏里聆听一把二胡在嘶哑着、纵横着一派忧伤。一种回忆沧桑岁月的调子,浮沉在荒漫惆怅的光阴里。她总是在回忆,在回忆中对笔下人物投下了一片恍惚的阴影。正是映照在这种时光里的反叛抗争,终究成了人生的一片虚无;在一切都已然沉寂之后,留下的只是西风残照、垂暮斜阳。人生如此苍白,岁月如此残破,她有时确实无法把握自己。就像她在散文里写她姑姑说的那句话一样:"生命太短了,费那么些时间和这样的人在一起是太可惜——可能,和她在一起,又使人觉得生命太长了。"人的生命似乎就这样一点一点地被啃噬，最后成为一种凋零的回望。

张爱玲反复吟唱的，多数是那些沉沦在自己的小圈子里，用他们骨子里那点自私去泗渡社会、泗渡人生的人。无怪乎有人说，她的小说不是在叙说她自己，就是在放大某一类人身上的某些特征，在这些特征中让读者感受到了人性的荒凉。

胡兰成

2013.12.20

既然写了张爱玲，也得说说胡兰成。胡兰成说过一句这样的话：张爱玲是"民国世界的临水照花人"。胡兰成之"懂得"张爱玲，不是在文字之外，而是在文字之内。这种"懂得"犹如古文里所说的"倾盖如故"。其实，胡兰成就是胡兰成，他不"懂得"垂老依旧、白发如新，但"懂得"瞬间如故，"懂得"一见钟情。

多少年来，胡兰成一直被视为汉奸，就是这个汉奸成了张爱玲的前夫，最后才被人们看作一个文人。读了胡氏的《今生今世》，我觉得他是一个有些像村上春树似的文人。他有一种并不是所有文人都可能有的本事：吸引女人。甚至连张爱玲都这样说："见了他，她变得很低很低，低到尘埃里，但她心里是欢喜的，从尘埃里开出花来。"

《今生今世》里描述了胡兰成一生中遇到的五位女性，让人惊讶的是，胡兰成看待女性有一种极幽微、极精妙的感觉。他是很懂得怎样去欣赏女人的，无论是原配、还是张爱玲、小周、范秀美或者一枝，他总能努力地去寻找她们独特性的美，并且非常贴切、细致地去捕捉、感受这种美。他说张爱玲是"使人初看她诸般不顺眼，她决不迎合你，你要迎合她更休想。你用一切定型的美恶去看她总看她不透，像佛经里说的不可以三十二相见如来，她的人即是这样的神光离合。"说小周的美"不是诱惑的，而是她的人神清气爽，文定吉祥。"说范秀美是

"在家就烧茶煮饭做针线,堂前应对人客,溪边洗衣汲水,地里种麦收豆拔菜。她在蚕种场,就做技师,同事个个服她,被派到外面去指导养蚕,乡下人家尊她是先生,待她像自己人。"

女人是不好读的,尤其是那些如"临水照花"般的女性,胡兰成却有如此本事,他的确是个很可爱的人,他是比张爱玲"懂得"她自己还要"懂得"女人的。

边缘的《阿姐鼓》

2013.12.23

法号一响，经幡翻飞出遥远的震撼，时而高亢，时而低婉，掠过神秘的雪域一拍紧一拍地向我撞来。世界一会儿被抽成了丝，一会儿被拧出一袭瀑布。我下意识地伸手一抓，竟抓到了满手的音符，然后顺着指缝间流淌。哦，这是一张我不能释怀的唱片——《阿姐鼓》。

我盘腿而坐，点着蜡烛，幽幽的烛光追着《阿姐鼓》，在我眼前晃出一圈又一圈无极的苍凉和美丽，盘桓不尽，也挥之不去。于是我来到了世界的一种边缘。边缘是《阿姐鼓》的整个感觉，在那里，你找不到小桥流水，找不到玉阶白露，也找不到晓风残月，你只能找到边缘的古意和冥想。尽管音乐有一种从整体上概括表现的功能，然而我是从诗的角度体会了《阿姐鼓》。第五首《羚羊过山岗》，一下子把我带到"天苍苍、野茫茫，风吹草低见牛羊"的牧歌式情境里，让我在一片悠扬的竹笛声中，感受到音乐的诗化。

柴可夫斯基有一部音乐诗《雷米尼的弗朗切斯卡》，取但丁《神曲》之一节作为本事，原诗虽然只有一段，却被谱成了半小时长的音乐，隐含着一场中世纪的悲剧。我不能说《羚羊过山岗》是否取材于那首古诗，但我至少可以说，这首歌在诗与音乐的边缘上取得了一种完美的结合，音乐延伸了诗的感性触角。

《阿姐鼓》词很少，对于歌词的悭吝，我想很可能是创作者坦然地把一种灵魂的秘语跳出音符交给了听者。第六首《卓玛的卓玛》几乎没有歌词，只有一群男声伴唱和主唱歌手的反复吟唱。在近乎空泛的吟唱背景之下，我似乎能感觉到在词与曲的边缘有一种不可言说的感动，就这样给这忧而不伤的旋律演绎尽了。

每一次听完《阿姐鼓》，我都会沉默一阵子。纳博科夫说过："我们的存在只是两片黑暗的永恒之间一道短暂的光的缝隙。"其实，这道缝隙就是边缘的位置。《阿姐鼓》的意味，或许就在于它找到了这一道光的缝隙，从而才使得人们在聆听之际，感受到某些生存和生命的秘密。所以，我一直称它为"边缘的《阿姐鼓》"。

一束孤独的阳光

2014.01.07

李零说他读《论语》感受只有两个字：孤独。孔子很孤独，也很无奈。尽管唇焦舌燥，却像一条无家可归的流浪狗。在"《论语》很火，孔子很热"的时候，李零以"丧家狗"的视角来解读《论语》，重新厘定孔子的本来面目和形象，无疑是别具意味的。因为李零把孔子的精神生命真正掏了出来。

历史走到了现在，孔子一直只是个符号，一个孤独的符号。但孔子说："德不孤，必有邻"，有道德的人并不孤立。这也就是孔子修身立世的理由，他孤独，但不孤立。孤独的孔子有三千弟子和七十二贤人，其实是不寂寞的。孔子的孤独在于他漂泊一生，却找不到自己的精神家园，最后还是回到了自己的出生地。这是孔子的宿命。李零说，在孔子身上看到了中国知识分子的宿命。孔子的悲哀其实是时代的悲哀。孔子长叹"凤鸟不至，河不出图，吾已矣夫！"凤鸟不至，即天下不能太平，无法回复礼仪正道。列国皆不能重用孔子，这才使孔子变为"丧家狗"。孔子一生，绝望于自己的国家，周游列国，唇焦舌燥，颠沛流离，却一无所获，其晚年时时伤心，丧子、哀麟，回死由亡，让他哭干了眼泪。如此无所归依，恰如杜甫形容自己的"昔如纵鳘鱼，今如丧家狗"。

孔子的时代是中国历史上经历的一个深刻变化的时代，在这样的时代里，孔子成为丧家狗，乃是大道隐没了。在先秦诸子看来，他们的学说也许不是最好的，但是他们为之痛哭流涕长太息的，却是那已经隐没了的大道。

孔子孤独的灵魂里的确有属于他的光亮，然而，孔子的道德被讲了数千年，越是礼崩乐坏，越在讲道德。结果，孔子的道德就变得很脆弱了。原来，道德不是讲出来的，道德靠的是每个人心里光亮的照耀。我们每个人都是一束阳光，每一束阳光都有照亮的理由。

尽管孔子也只是一束孤独的阳光，然而被他照亮的是一个世界。

简单

2014.01.13

冬夜，下了一阵雨，停了。下雨也许就这么简单。"简单"这个字眼总会让我想起什么？不少人在追求简单的生活，其实真正能够简单生活的人，他的心智并不简单。心智是有张力的，但却容易被世俗的"张力"所刺破。

读金雄白的《汪政权的开场与收场》，才知道抛开政治行为不论，汪精卫确乎是一个有着完美人格的人物，他才真的是过着简单的生活，清教徒的本性终身不改。他和陈璧君几十年如一日的爱情至死未渝，凡见过陈氏照片的人几乎不敢相信，汪氏一生就只有这么一个女人，而且她长得实在太丑了。然而汪却"终身不为物欲所蔽"。以汪当时的身份，抛弃那个黄脸婆是再简单不过的事了，但他没有那样做。喜欢简单生活的汪，他的心智不简单，就在于他一生做人做事，都是"一路走来，始终如一"，就连"汉奸"文人胡兰成也说他"其实是大人的尊严"。所以，简单的生活并不只是窗前的树在春天长出嫩叶，又在秋天飘零那样简单，它是一种蕴蓄着心灵的许多梦想的悄然发生。因为简单，所以简单。在这种简单的生活里，一个人可能在最适当的时候遇到另一个人。然而，他的内心仅仅是"简单"二字能够了得的吗？

蒋韵有个小说《隐秘盛开》，说的是一个人对另一个人的思念、牵系与痛苦，可以永远不为人知，却能够在心底蓄成绵长的爱意，隐秘盛开。这是一种恒久的隐忍与坚持，是一种宗教，它照亮了此世的所有情欲。爱的天才都是被上帝挑中的傻子，他循着一条沉重的暗道不倦地跋涉着，即使一路摸黑走到底，他的心智也不是简单的。

"爱情"这两个字看似简单，其实是一种超越性幻象，它不只是像一个吹着横笛的醉汉，寻不着回家的路，而是对于人的心智的一场磨洗，是一个"未完成时代的爱的自我救赎"。

传说

2014.01.14

对于传说的东西，我一向不以为然，甚至对那些戏说历史和历史人物的东西不屑一顾。狄更斯《双城记》开篇说道："这是最好的时代，也是最坏的时代……人们在直上天堂，人们也在直下地狱。"

历史也是这样，一会儿被抬上天，一会儿被骂入地，褒和贬似乎都在某些说客或演说家的嘴里晃动着、拿捏着。传说其实也是历史，它不需要去证明细节，也不需要用呆板的考据去求证。

有一则关于乾隆的传说，说乾隆下江南时，看到江面上船来船往，不禁好奇："江上熙来攘往者为何？"陪伴一旁的纪晓岚应道："无非为名利二字。"这个传说无从查考，却生生反映了当时社会的一种现实。

我曾经在一篇文章里读到，晚清福州人有个翻译家林纾，他翻译的《巴黎茶花女遗事》轰动一时，曾经深深打动了北京八大胡同的名妓谢蝶仙。谢蝶仙从林纾缠绵悱恻的译笔里想象他一定是个多情的种子，心想要是嫁给这种男人，也不枉来风月场走一遭。于是，她设法买通林纾家的使女，频繁送些小礼物，比如咬了一口的柿饼或者鲥鱼给林纾，借以示好。这样弄得林纾心神不定，他着实认真考虑了一番，最终还是婉言谢绝了。因为林纾此时已是耄耋之年，自觉依红偎翠只能是个遥远的残梦，勉强将这么一个残梦当成现实是要自生其扰的。这当然伤了谢蝶仙的心，一气之下胡乱嫁了个茶商，离开北京远走岭南，不久便郁郁而亡。

尽管我们可以在这个凄艳的传说中挑出许多破绽，不过我的确愿意在这里看到另一个有些温情的林纾，因为他没有退出本来该有的活生生的生活。如果说，历史有许多不为人所知的暗角，那么传说便是盘旋在人们心中的另一种历史。历史无疑是庄严肃穆，矜持而古板的，许多历史人物千百年来都被冻结在历史著作之中，只有在传说中他们才真正活起来，比如他们遇事、遇人、遇情也会感动得花枝乱颤，还会发脾气，争风吃醋，等等。

历史说穿了就是一座巨大的迷宫，谁都可以蚯蚓般在那里面穿行，捡拾一些奇闻轶事之类。然而传说毕竟是传说，从一种宏大叙事来说，它们无论如何是不能与巨大的历史对弈的。

一篇读罢

2014.01.16

20世纪20年代的一个夏天，奥地利心理学家荣格坐在一棵梨树下，怀着对东方哲学的兴趣，按照中国《变化》一书介绍的方法，做了一个神秘的实验。他找不到蓍草，而是砍了一捆芦苇，"向那个谜进攻"。结果，包括对他的精神病患者的实验在内，都屡屡被言中。这是荣格在《人迹罕至的地方》这篇文章里提到的事。荣格引出了《变化》一书的译者威廉，认为是他把"这本东方最深刻的著作第一次以生动可懂的形式介绍到西方来"的。

记得90年代，我在"20世纪巨人随笔"社会科学卷读到荣格的这篇文章时，被弄得一头雾水。荣格请教过中国哲学家胡适，被告知《变化》乃是一本"有年头的巫术魔法书"。于是，一篇读罢，我怀疑《变化》可能就是那本我们已经很熟悉的书。及至数年后，我在某报上读到一篇文章《人迹并非罕至的地方》，才知道《变化》原来就是《易经》。因为《易经》的英文书名被威廉译作《The Book of Changes》，难怪再译为汉语便成了《变化》；并且，书中将八卦的图案也译成"六边形状"了。在今天看来，对于《易经》的研究，确非"人迹并非罕至的地方"。荣格惊讶于《易经》的神奇，写了这篇《人迹罕至的地方》，本无可非议。问题是我们可爱的译者译了半天，也没有弄懂荣格说的是什么，从而真的把我们带到了一个"人迹罕至的地方"。

毛泽东在《贺新郎·读史》中写道:"一篇读罢头飞雪",因读史而白头,何其多情!如今,这篇把《易经》当作《变化》的译文,要不是有那篇《人迹并非罕至的地方》的提醒,我怕真的也要"一篇读罢头飞雪"了。

心灵的指引

2014.02.05

坐在书房里，眼前是一片诱人的热闹。目光从一个个书架梭巡过去，我知道有些书读起来是并不轻松的，比如海德格尔的《存在与时间》，记得当时翻了几页就读不下去，总觉得那面容过于整肃，神情也过于倨傲，只好将它搁在书架上，一搁便是数年。这样的情形出现多了，我便渐渐感觉到自己可能是缺少一种非常重要的品质。后来我才明白，这种品质叫作"心灵的指引"。

心灵的指引其实是一种"灵想"状态，但并非完全像恽南田说的"皆灵想之所独辟，总非人间所有"那样的神秘。灵想多少带有灵性的意思，并且还有些趣味。就像在西湖赏月，存"真赏"而不是"假看"于一种趣味里，待到人散灯稀、万籁俱寂、月磨新镜时，逐渐与心徘徊，往通声气，由"有我"之境进入"无我"之境。读书所要"悬置"的，往往是矫情的刻意、胶柱鼓瑟的咬文嚼字，以及先入为主的观念。倘若先存某种观念，即便你硬着头皮读完了一本书，那也不过是完成了"读"的行为，而不是对于书中世界的诗意倾听和心灵顿悟那样的深度体验。

二十余年前我开始读《周易》时，一心想从那里面读出些文化意思来，结果揣着这个观念咬文嚼字了好长一段时间。书是读完了，眼前剩下的还是一片不知所云的文字符号。及至某个晚上，我随意地又抓起了这本书，想在入睡前读它几行。没想到这回竟一下子坠入一种天人合一的精神宇宙中去，我似乎在冥冥之中倾听到万物万象阴阳平衡的许多玄机。就这样不知不觉地把一本《周易》读到了将近曙明时分，我才觉得自己有点睡意，仿佛进入一种混混沌沌的境界，就像许达然在《芝加哥的毕加索》里所写的那样："微笑着你就再入混沌"。我感到心灵里有某种东西，指引我在《周易》的世界里，静观中国文化的转圜了。所以，我十分赞赏博尔赫斯在他的小说中给予人们的那种暗示："一种命运未必比另一种的好，而人，应当遵从心灵的指引。"

寂寞张爱玲

2014.02.09

2007年中秋节，余秋雨接到国外一家著名华文报纸打来的长途电话："余先生，您知道吗，张爱玲死了。一个人死在美国寓所，好几天了，刚发现在中秋节前夕。我们报纸准备以整版篇幅悼念她，其中安排了对您的电话采访。她的作品是以上海为根基的，因此请不要推托。"余秋雨说："这事来得突然，请让我想一想，半个小时以后回答你。"

就在这半小时里，余秋雨想了很多。他想起北京一批学成归来的文学博士自发评选20世纪中国文学大师，张爱玲的名字排在很前面，引起了不少争议。张爱玲享受着一种超越年岁的热闹，而她还悄悄地活着，与这种热闹隔得很远。他还想到台湾皇冠版《张爱玲全集》衬页上的两段评述："只有张爱玲才可以同时承受灿烂夺目的喧闹及极度的孤寂"，因此"就是最豪华的人在张爱玲面前也会感到威胁，看出自己的寒碜"。于是他的灵感来了，拿起话筒说了这样一段话："她死得很寂寞，就像她活得很寂寞。但文学并不拒绝寂寞，是她告诉历史，20世纪的中国文学还存在着不带多少火焦气的一角。正是在这一角中，一个远年的上海风韵永存。我并不了解她，但敢断定，这些天她的灵魂飘浮太空的时候，第一站必定是上海。上海人应该抬起头来，迎送她。"

这段话令我寻味了许久。我想，不论是过去已经读了张爱玲还是当时正读着张爱玲的余秋雨,他的心灵一定是受到了那个遥远年代的上海风韵的指引,那不仅是张爱玲的上海,更是充满文化人生和文化意味的上海。张爱玲直至垂暮之年,仍有寂寞身后事的感慨,旷世逸才的她在文学上的传奇就像她笔下的那些故事一样,繁华总在一梦中,是那种清醒的惆怅。她的文字与人生繁华全雕刻在那个世界里,从而把那个世界镂刻成岁月的浮影,自己却成了一个"民国世界的临水照花人"(胡兰成语)。

夕阳垂暮,光影隐退,繁华成了余绪,胜景变为回忆,那个黑漆漆的夜一直在迂回着阵阵哀叹;一切都变得幽暗斑驳,只有遥望中的那点苍茫,似乎还昭示着胜景的某些余光——它,就是张爱玲的世界。

女人的玫瑰

2014.02.12

蒋巍曾经在网络发表了个小说《今夜我让你无眠》，出版时更名为《今夜艳如玫瑰》。小说记述了四个年轻女性面对大千世界所做出的选择。记得有家报纸引用该书的一句话："身在江湖，要学会和魔鬼握手，当然首先必须戴上手套。"这颇有意味。

古代一位波斯诗人写道，在创世纪之初，真主把一朵玫瑰、一朵百合、一只鸽子、一条毒蛇、一点蜂蜜、一只苹果和一把黏土混在一起，结果他发现得到的混合物是一个女人。女人与玫瑰，原本就是这样一段无可捻断的宿缘。女人喜欢喝玫瑰花茶，而且可以喝得很慢很慢，在她们眼里，玫瑰能够把日子照亮，把精神照亮。

多年前看过一部国外影片《闻香识女人》，无论浓香还是幽香，都是女人的风景。这大概就连鲁迅也没有想到，世界的后花园里竟然还有一棵枣树，正在发出她的幽香，透明得就像那个夜色酒吧里的玻璃杯。甚至还有一双迷离的目光，在一片暗香浮动中穿越。透明的和迷离的，也许都是女人的渊薮；幽香透明，暗香迷离，人生如此妖娆，一切就像飘逸在阳光的夜里的影子，淡然而悠然。这，就是波斯诗人所形容的女人。

但是，女人往往就迷失在透明和迷离上：一透明，女人就只能看出生命的本真而未能最终走出这本真；一迷离，女人就只能读出男人的痴迷却读不出男人最后的浪漫。在男人的记忆中，无论是闯入梦境的幽香，还是浮动心底的暗香，二者都是不寂寞的。对于血性男人来说，他们同样身在江湖，同样要和魔鬼握手，和女人的玫瑰握手，然而与女人不同的是，他们是绝不戴手套的。

民间故事

2014.02.22

  小时候，曾经被中国四大民间故事——牛郎织女、孟姜女、白蛇传和梁山伯与祝英台所浸染。民间故事情节夸张、充满幻想，并且时常包含着超自然的、异想天开的成分。它们或大隐隐于市，怡然自得，气定神闲；或乱头粗服，烟火气十足，行于所当行。千百年来，民间故事一直逛荡或游弋在寻常百姓的日子里。

  曾经经历过这样一种情形：斜倚在沙发或床头，伸手抓出一本书，居然就是民间故事集。翻了几页，浑浑噩噩之际，渐渐地沉入其中，哪里允许想撤就撤？然后，呷一口茶掩门而去，像民间故事里的某个夜游神，背着手在坚硬的地面上沉沉踱出一种情绪来。这大概就是民间故事给予我们的某种精神俘获。

  在当代，似乎少有人愿意向民间故事投去关注而温情的一瞥。然而，民间故事的生命力并没有如同这座城市里的某条巷子那样突然就消失了。像福州民间故事里林则徐吃冰淇淋、林则徐讲官话、林则徐摆夜壶阵等，依旧成为市井的一种善意的谈资。民间故事与我们当代生活其实并没有猝然截断，向往真实、保护善良、追求美好，仍然是我们今天所需要的精神纵深。民间故事就是纸上的江湖或纸上的说书，它从来不爽约。捧一册这样的书，当然不能说你就捧了一册《葵花宝典》，准备去华山论剑或一剑封喉，那只能是"三杯吐然若，五岳倒为轻"的事。一箪食，一瓢饮，在踏踏实实的日子里，轻轻松松读几则这样的故事，也许你就会受用无穷。

　　古希腊神话是充满智慧的，我们的民间故事同样是充满智慧的。智慧永远掩藏在故事的旧影里，似有涯随无涯，总是让人迎候一种我们需要的新知。一轮明月让我们看够了满目清辉，那么，就回到灯下读一读那些民间故事。故事里有的，也许生活里也有；生活里有的，也许故事里就有。穿行在民间故事和现实生活其间，我觉得就像西方寓言里那头面对着两堆稻草而不知所措的驴子，左顾右盼。我最终将得到什么样的启示呢？海永远比船大，民间故事永远生活在民间。

警惕读书

2014.02.24

　　深夜捧一本书倚在床头，一直是我的乐事。我读书读得非常"野"，可以从《二十四史》读到《第22条军规》，甚至读了童话《小王子》。《二十四史》无疑是让人明智的书，而《第22条军规》则是一部深深刺痛我的灵魂的书。作家马原说，对这本书他"连一个字的胡说八道都不敢"。当然，我也读了一些看起来高贵、实则与作者的心灵状态大相径庭的书，从而惊觉自己的迷失。警惕"读书"这个话题，多半是由它们制造出来的。

　　我曾经不止一次被梭罗的《瓦尔登湖》打动过，使我的某些浮躁的心绪变得宁静与平和。我之所以选择这本梭罗写于100多年前的并非望族的书，在于寻找一种灵魂的清澈。我所关注的是梭罗在两年多的森林、湖畔和小木屋的生活中，对于生活的极简主义态度以及对人生的深刻体验。梭罗从外在世界返回内心世界的过程中，把时间锁在风里，把诗意驻足于眼前的沉静和明朗，穿越尘世的喧嚣，从而洗就一种瓦尔登湖般清澈的目光。这种感觉，一直到我在1996年读了《读书》杂志上程映红的文章，才明白瓦尔登湖原来被某种神话笼罩着。程文以充分的事实表明，由于梭罗在瓦尔登湖畔有了一些不名誉的劣迹，使得瓦尔登湖的神话在我们这一代读者心中破灭了。现在看来，梭罗的"隐居"不过是一个想要隐士的声名却又不想过真正隐士的生活所做出的一种矫情罢了，而不是纯粹为了某种超然的精神目的。像我这样容易患上先验性错误的现代读者，对于梭罗的崇拜以及对那个"隐居"故事的兴趣，使得我缺少一种对于矫情的警惕性。

不过话说回来，《瓦尔登湖》与梭罗的真实心理历程截然相反，这一点也恰恰无意地提醒我们：作为一种文本，《瓦尔登湖》并不因为神话的破灭而影响它对人生清醒的反思；并且，作为一篇杰出的英语散文，梭罗的那句后来一直被人们所记住的话："我来到这片树林是因为想过一种省察的生活，去面对人生最本质的问题。"无疑是一个具有启蒙价值的出发点。所以说，瓦尔登湖是一个神话，一个具有理想意义的神话；梭罗是另一个神话，一个故作姿态的孤独者的神话。无论如何，它们将启示我们在读书中保持一种由书及人的警惕心理。

柏拉图在谷歌总部

2014.04.04

美国小说家和哲学家瑞贝卡·戈德斯坦写了本有趣的书《柏拉图在谷歌总部》，书中虚构了柏拉图出现在谷歌总部的情节。作者借由此书把我们带回到古希腊，试图探讨柏拉图的著作给现代人有关生命意义、知识和事实、头脑和智力等的启发。柏拉图在一个新闻现场接受质询，有人对他说："人家说你是一位哲学大家，但是我对哲学家并不以为然。"柏拉图冷冷回应道："很多人都不以为然。人们对哲学家的反应不一而足，有钦佩的，有戏谑的，也有批评的。有些人认为哲学家毫无价值，但有些人认为哲学家是这世间的一切。哲学家有时给人的印象是他们完全疯了。"

疯了就是疯癫，疯癫就是颠倒。哲学有时候就是"颠倒"。它可以颠倒一个固有的秩序，也可以颠倒一片隐秘的快感。《诗经·国风·东方未明》："东方未明，颠倒衣裳，颠之倒之，自公召之。"这种颠倒的"快感"近乎手舞足蹈。同样是颠倒，孔子临狄水而歌就显得含蓄多了："狄水衍兮风扬波，船楫颠倒更相加。"其实，哲学还是哲学，颠倒意味着自由。一切白云苍狗，都在说明笛卡尔的那一句话："我思故我在"。

2011年底的一个傍晚，我在巴黎塞纳河边游荡。夕阳的余晖在街树的缝隙间挣扎，对岸的埃菲尔铁塔高耸入云，我独自走上诗人保罗·策兰 41 年前跳下去的米拉波桥，觉得有历史的浮尘散落心头。一群荷枪的法国警察突然包围住一群游行示威的黑人，我从他们身边擦肩而过。一位东方女孩迎面走来，用中文对我说：还不赶紧走开！我问：是留学生么？她点了点头。我再问她：那些黑人用法语喊什么？她说：他们在喊"我们"。

"我们"？这是一群伯格曼的幽灵么？伯格曼这位幽灵弥漫的电影大师，他毕生的全部兴趣在于用镜像、木偶和语言创造出"魔灯"似的"颠倒"世界，魅影重重，然而魅力无穷。眼前这一群伯格曼幽灵般的黑人，让"我"的思绪在另一处"颠倒"了。我突然想到，笛卡尔的同时代人帕斯卡曾经把"我思故我在"发挥到了极致，写下一句著名的谶语："人类必然会疯癫到这种地步，即不疯癫也只是另一种形式的疯癫。"三百年后，这句谶语被福柯写在了他的《论疯癫》一书扉页上。

多少年来，我们确信一种"把颠倒的历史再颠倒过来"的革命伦理，但是我们丢失了作为"颠倒"或"疯癫"的隐秘快感。颠倒可以修饰尘心，狂歌可以笑对禅寂。白足行花，黄囊贮酒，无论东方未明还是东方既明，都是一种"觉"和"悟"，就像曙色熹微，金光浩荡，光斑在溪涧跳跃那样的自然贴切。谷歌时代的柏拉图，难道不是我们现在所需要的精神皈依么？

乳房的隐喻

2014.04.10

多年前，曾经叹服于一句广告语的创意："做女人挺好。"真的都挺好么？及至读了毕淑敏的小说《拯救乳房》，发出了一声叹息。后来，又看到西西的小说《哀悼乳房》，便觉得太沉重。一个女人，在游泳池的更衣间，还在思量着什么样的泳衣更能显身材时，就摸到了胸前一个硬块，"只花生米大小而已"，生活进程于是被改变了。

女人身体的麻烦从来都不是小麻烦，疾病往往裹挟着隐忍的心事，从而让许多女人都怕了。西西则不同，她以沉着的笔触，如实描绘了发生在女人身上的这一锐痛。那苦涩的药水味，伴着柳叶刀的寒光，真的能够帮助女性读者消除疾病的隐喻么？小说实际上是在表达生命意义的重生，喻示着身体与精神的自我疗救。惊人的镇定，接着是惊人的疏离，这就是《哀悼乳房》要告诉人们的：疾病是人生的隐喻。作为生命的身体，在更多的时候，女性能够懂得自己是在为生命经历着人生的种种么？失去的锐痛，能够化为人生的体悟么？

西西是一位1938年出生的作家，叙事有一种老派的稳当与老练，以及对于生命的彻悟与明达。她如同陈染曾经描述过的尤瑟纳尔："所有属于女人特有的惊慌忐忑，忧愁迷惘，歇斯底里与非理性，在她那博大深沉、沧桑睿智的胸怀里包容得处乱不惊，滴水不漏。"这，也许就是女人修炼的方向。人类并非从不言败，人类也从不回避失败的行为，做人包括做女人同样如此，无论是自然的还是非自然的。

1986年1月28日，美国"挑战者号"航天飞机升空73秒后爆炸，上海诗人王小龙闻讯写了一首诗《纪念航天飞机挑战者号》，其中写道："天空晴朗以后／天空中闪闪亮亮／布满骨肉碎屑铝片尖锐的声音／没消化完的早餐三明治……（麦考利夫）你迷人的胸罩被炸得粉碎！／……而我要去发起一场巨大的庆典／庆祝人类又一次失败的纪录……"一个中国的诗人，因国外的一场意外灾难而有了一种真实而具超越性的反应，他不仅想到了整个人类，而且想到了宇航员刚吃到胃里的早餐，甚至想到了女教师麦考利夫的乳房。粉碎的乳房于是成为人类失败的隐喻。这种感叹甚至庆祝人类的失败，比起"拯救"和"哀悼"乳房，更让人有一种挽歌式的悲怆。

疾病是人的隐喻，灾难是人类的隐喻，这种无意识的痛苦，无论化为一庭愁雨，还是半树梨花，都是一场永恒的休止。红烛终究会泯灭，罗帷不会掩映悲伤，人以及人类所要面对的，还是那种知命达天的认命的态度。这让人想起北宋周邦彦在秦楼楚馆幽会李师师时撞见皇帝前来狎妓而匿伏床下，遂写下了那阙著名的《少年游》："……城上已三更。马滑霜浓，不如休去，直是少人行。"该发生的自然会发生，躲终究是躲不掉的。

炮制短语

2014.04.24

几个月来写了这么一批短语,大概也有数万字了。回过头来一看,有的读来轻松,有的面容整肃。实际上,这一类随笔性的东西,完全可以写得轻松一点的。无奈愚钝如我者,有时候似乎就放不下做学问的架子,一起承一转合,不知不觉就绕到学术的魔阵里。

学术是累人的,亦如传家也是累人的。同样是累,人家一写起来就让人不觉得累,反而轻松。这就是舒婷写过的那篇《传家之累》,颇具意味并极为传神,娓娓而谈,在闲聊中闪动着浓郁的情趣,令人忍俊不禁:"春卷在厦门,好比恋爱时期,面皮之嫩,如履薄冰;做工之细,犹似揣摩恋人心理;择料之精,丝毫不敢马虎,甜酸香辣莫辨,惊诧忧喜交织其中。到了泉州,进入婚娶阶段,蔬菜类炖烂是主食,虾、蛋、海蛎、鳊鱼等精品却另盘装起,优越条件均陈列桌上,取舍分明,心中有数。流传到福州,已是婚后的惨淡经营,草草收兵,锅盔夹豆芽,粗饱。"这篇作品对于传统散文格式的突破,在于把本应没有格式的散文文体成功地作为人类精神的一种实现形式,在闲聊的笔意之中完成了对文化意义的发现。行文如行云流水,不矜持作态,不刻意雕饰,别有一番情致,在漫不经心的随意性描述中,完成了对于人生的一种极具会心的剖析,其心态是十分自由的。

陈震有一篇随笔《度量衡随想》,对于时下一些真假善恶的"标准"持着这样的怀疑态度："当年鲁迅先生恐怕也遇到这种情况，所以做了篇'估学衡'的文章，既不用尺也不用秤，只是约略一估，并不太精确。太精确反倒不精确。先生以为衡器之类已经太多太烂，不如简单方便的'估'，我们今天才晓得那正是模糊数学的妙用。到了某种境界的人，在处理尺寸轻重这类事儿上一般都不用手，也不是用额下那双眼，而是用内心里那双眼。"这种闲聊式的神采，更多地透出了文化的深层意味，与那些皮相的、泡沫式的精神唠叨和空虚的、浮躁的表白相比，似乎更能显示出文本的风骨和语言的睿智。

  鲁迅说过："散文的体裁，其实是大可随便的，有破绽也不要紧"。那么，我能不能也如此炮制短语呢？想了一下，有点难，是有点难。

小巷

2014.04.25

"撑着油纸伞，独自彷徨在悠长、悠长又寂寥的雨巷……"谁没有低吟过戴望舒这首荡气回肠的《雨巷》？那位"丁香一样地结着愁怨的姑娘"哪里去了？这种煎熬的旋律显然不只是一个关于寻找的话题。我常常在小巷里一边踽踽穿行，一边在问自己：你在寻找什么？其实，我并不寻找什么，我只是徜徉，只是等待着城市人时常会目击到的那一场遭遇。

2007年夏季的一天，我游走在布拉格著名的黄金小巷里，找到一座水蓝色的房子。100多年前，一个英俊而又忧郁的小伙子不堪忍受旧城区的嘈杂，搬进了这座房子。他就是弗兰兹·卡夫卡。在这条童话般的小巷里，卡夫卡逃离了现实，躲进自己的世界，写出了著名的《城堡》。他孤独、漂泊、恐惧、焦虑，这一切都写进了他的字里行间。布拉格是个绝美而神秘的城市，有着众多的小巷，在这里你随时可以看到卡夫卡的脚印和昆德拉笔下的特蕾莎的背影。尽管卡夫卡说，布拉格就是"我的狱所，我的城堡"，尽管他的作品中充满了丑陋和绝望，但是只要在这条黄金小巷里走过，我都相信卡夫卡来到这里是为了寻找美丽、寻找希望的。布拉格的神秘在于它充满童话般的灿烂，灿烂到人们很容易就忽略它的过去。以至于尼采发出如此的赞叹："当我想以另一个字来表达音乐时，我只找到了维也纳；而当我想以另一个字来表达神秘时，我只想到了布拉格。它寂寞而又扰人的美，正如彗星、火苗、蛇信，又如光晕般传达了永恒的幻灭之美。"如此绝美的城市，让我觉得它离卡夫卡小说中所描绘的那些令人不寒而栗的境遇竟然是如此之远。

在黄金小巷里巡游的那个下午，我没有迷失。我在读这一条小巷的历史和哲学。历史是持久而又断续的，哲学是透明而又混沌的。那几天布拉格遭遇几十年来最干热的天气，在四十余度的高温下，我挥着汗雨打量着这里的深街老巷。风嘶哑了，像玻璃杯中的水，归于沉静。那么，什么是不沉静呢？只有迷离，只有恍惚，只有那些难以承载的心理重量。

正是在这个时候，我想起了福州的三坊七巷。其实，福州原来就是淹没在小巷之中的。小巷多少年来一直无声地聆听着城市的呼吸，而现在一个喧嚣的城市就要将它无声地抹去。我似乎听到了小巷的如泣如诉，宛如天鹅的绝唱。然而，小巷依然达观，依然淡泊。谁听过小巷一丝一缕的抱怨呢？不能想象小巷从这座城市撤走，丧失了小巷的缠绵和曲折，福州一定会失去许多的情韵。悠悠的小巷使这座城市有了一种古老和沧桑，从而再现了这座城市的历史。

城市规模的不断扩大，相应地切除了一些小巷。幸好，城内的那些小巷还被保留着。如果不是这些熟悉的小巷为我留下相应的记忆，我真要怀疑我脚下站着的，还是这座城市么？

百年孤独

2014.05.13

一个男孩在日记里写道:"一个人,总是要残忍面对孤独的。""残忍"二字,用得何其残忍!我想起上个月,在墨西哥,一个孤独的人终于讲完了孤独的故事,转身走进神奇与魔幻的梦乡。他谢幕了,不再返场。有人为此吟了一句:"全世界孤独的读者们/孤独的等待/下一个百年后的/孤独的你……"谁都知道,他就是写了《百年孤独》的马尔克斯。马氏的孤独是世界的孤独,然而他残忍了吗?为了不让别人看出他的孤独,他抢先竖起一道魔幻的屏障。可见他并不残忍。

记得在中国,曾经有个女孩送父母上火车。列车远去,她突然觉得长长的铁路像是个孤独的白日梦。白日梦是女孩的结,她哼着歌走出了车站。"自君别后,有谁听我弹箜篌。"谁是谁的时间?谁又是谁的百年孤独?女孩想起小时候的她很天真,如今却要成长,要变老,要懂事,甚至还要孤独。铁路是一种望断,那里有地平线的心和父母亲的缘。缘是一只飞不过沧海的蝴蝶,最终只能把梦嚼碎,把翅膀折断,留下一种泪光盈盈的痛。

所以,还是记住马尔克斯说的:"过去都是假的,回忆是一条没有归途的路……唯有孤独永恒。"

萨特的《死无葬身之地》

2014.06.11

萨特有个话剧《死无葬身之地》，曾经在一个不经意的时间读了这个剧本。剧本描写二战期间，一群抵抗运动的战士不幸被捕，在酷刑凌辱面前何去何从，每个人都面临抉择，一切都在逼近人性的极限。读剧本比较劳神，似乎不如看演出直接。不过，那样也饶有趣味。

记得"文革"期间在乡下，对着昏黄的煤油灯，捧着一张刊登《红灯记》剧本的《福建日报》，一字一句地对照有线广播里播放的演出录音，不知不觉度过了两小时很原始、很质朴、也很粗糙的时光。如果说当年在文化枯竭的情形下读样板戏，是一种孤独的消磨；那么许多年后读到萨特的这个剧本，则让人觉得人们时时要面对的仍然是孤独。萨特这位不断被征引、被颠覆、被解构的存在主义哲学家，他对哲学这座"心灵鸡汤"的攻陷无非就是"孤独"二字。

《死》剧的震撼，在于告诉人们：人生是什么？人生其实就是一场弥天大谎，我们似乎从来就没有做出过什么像样的选择。这也就是萨特说的，一个人从他被扔到这个世界的那一刻起，就注定要对他所做的一切负责任。所以直到现在，我们选择的都还是孤独。孤独是人类永恒的然而不容易被触碰的东西。

《死》剧里有个懦弱的索比埃，他不同于那个受尽凌辱却在最后一刻喊出"我愿活着"的吕茜，也不同于那个被他崇拜过的兄弟，扼死在姐姐怀中的弗朗索瓦。那一夜,他突然跳上窗台,对着阁楼上的战友喊道:"喂,上面听着,我没有说!晚安!"然后纵身跃下。读到这里,我只能紧张地合上书页,顿觉眼前一片缺空。

  人之生命也柔弱,也许命运就是无常的,存在就是荒唐的,死亡就是孤独的。虽然这些都是人们不愿意触碰的,但我们最终会明白:人终归是孤独的,因为每个人都不属于彼此,都不过是个过客。

文人政治

2014.06.20

近日，因为审读一篇关于甲午战争的稿子，读了一些有关这方面的史料和文章。一直觉得时下冒出一堆所谓的"文人政治"，有些好玩，也有些担忧。

托克维尔的《旧制度与大革命》，曾因一位政治要人的点赞而显赫一时。此书描述的"作家干政"现象，引来无数关注。大革命发生之际，法国社会那一群对日常事务全然无知的精英群体，将全部的"文学习惯"搬到政治中去，结果是虚构了一个法国社会。这是法国人政治不成熟的表现。

这让人想起了中日甲午战争。1894年，日本海军联合舰队司令伊东佑亨给清朝北洋水师提督丁汝昌一封劝降书，直陈中国之败，在于那些维新之人用"玩文艺"的手法"玩政治"。这话说得深刻。甲午战事开启之前，中堂大人李鸿章曾计划增兵朝鲜，以防日本入侵，却遭到更大的当家者、军机大臣兼户部尚书翁同龢的否决。翁氏给李鸿章使绊子，并非有意向日本出卖大清；相反，他的主战论调和反日情绪比谁都高涨，道德文章也做得比谁都花哨。然而，由于他对实务的一无所知，加上不听李鸿章的建议，结果便把风雨飘摇中的大清送入了不归路。与此相同的还有一位有名的"清流"张之洞，也是属于"清官"袖手谈心性而不会做事之流。相比之下，倒是李鸿章显得务实，高调做事，宁做"真小人"，不做"伪君子"，自称裱糊匠，力图修修补补，从改进一件件具体事务做起，为大清政权重拾一片生机。他从不满足于嘴上说说，而是真抓实干，真金白银毫不含糊。后来的梁启超高度赞誉了李鸿章，认为他虽非"权臣"，却能尽行其志，"以一人而敌一国"。所以，还是那句话说得好：清谈误国，实干兴邦。

"文人政治"其实是不好玩的，玩不好就误国。甲午战争之于我们今天的启悟，这应该也是其中的一点。

孩子心态

2014.12.30

《当代》有两篇冯八飞写的关于爱因斯坦与女人的文章,一篇《无法解雇的雇员》,另一篇《只有死亡才能解雇的雇员》。文章似乎把爱因斯坦描述成一个没有女人就没有他的相对论的"猎艳手",他一直只对新鲜的女人感兴趣。女人到手之前,他恨不得把女人整个吞下去;一旦到手,他又对女人感到厌烦。而那些女人则把这个男人当作她们个人生活的全部,不允许他对她们冷漠。所以爱因斯坦很厌烦,把她们称作"无法解雇的雇员"。

冯文认为,不能就此认定爱因斯坦喜欢玩弄女人,因为在他的人格因素里,始终是孩子的状态,他唯一专注的还是他的物理学。他需要女人,是因为他需要激情,从而有利于他的物理学研究。对于这些观点我多少有些保留意见,但是文章提到的孩子心态则让我有所领悟。我于是想到了贾宝玉的孩子心态,他也是个长不大的孩子。贾宝玉一直赖在青春期不肯长大,为的是继续集万千宠爱于一身。这块蒙尘的任性而懵懂的顽石,难道仅仅是想做个温柔的情僧么?其实,曹雪芹是很明白老庄的弃圣绝智的哲学,这种强大的文化基因,让不少人渴望回到童年和过去。迷恋青春期,迷恋女人,以至于最终迷恋激情,为的是一种神圣的物理学,这是爱因斯坦的本事。对于贾宝玉来说,他一步步变得通透,也是来自黛玉葬花的诗意的砥砺,来自他最终的自觉自为、向死而生的唤醒。所以，当黛玉唱出："一朝春尽红颜老，花落人亡两不知"的时候，他会恸倒在山坡上。由此我想，抛弃那些所谓猎艳的偏见，孩子的心态也许就是一种纯真的善良的状态。

爱因斯坦需要红颜来点爆激情，完成他的伟业；而贾宝玉也需要大观园那一群女孩们去成就他的通透和超拔。当然，爱因斯坦不像贾宝玉那样整天混在女孩堆里，他的孩子心态中也还有孤独的一面。他有时需要一种孤独去自度，去做他自己该做的事。冯文这样写道："如果爱因斯坦天天点秋香，那只会给我们留下一个德国版的唐伯虎。"而贾宝玉的孩子心态本质上就是一种善良，在那样一个推崇狡智型生存法则的社会里，善良有时候就和天真的孩子心态一样，多少让人们有着某种乡愁般的怀想。

有人说得好：一直善良，就会幸福。回过头来想一想，这种善良的孩子心态之于当今社会，又有什么不好呢？

用脚趾思想

2015.02.09

我的师妹林丹娅教授写过一本不太厚的书《用脚趾思想》，我曾经推荐给一些朋友阅读。

书是有意思的书，书名本身就抓人。脚趾能够思想，不过是个借喻而已。书的内容大概是说，从前的鞋子是为女孩的脚而产的，后来女孩的肢是为鞋子而长的，因此老祖母说观音修行一万年只修成一只男人脚。当女孩穿上为她做好的鞋子，她想还是母亲说得对：鞋子合不合脚，只有脚趾最知道——我们的脚趾。

读了这本书，我意识到为什么就不能让脚趾的功能充分发挥呢？其实人类在享用脚的功能的同时，有时还真的没有亏待过它。20世纪80年代初期，我的一位大学同班同学分到北京工作，很快就和一位驻外使馆官员的女儿结了婚。他家里的电器样样具备，令我辈羡慕不已。他告诉我一件真实的事：盛夏某日下班回家，看到安徽小保姆把一双脚伸进冰箱里，还对他说比电风扇凉快多了。他当时真的有些气急，说浪费些电还不打紧，冰箱压缩机烧掉才麻烦。保姆当然并非要凉快自己的脚，而是借那双脚凉透她全身。这是属于她的"脚趾的思想"。

清代曹辛在《蕉雨书屋书目·序》里记录他自己的一则事情：他嗜书成癖，然因家贫而不能多得，只好努力地把所能购者认真读完。夏夜读书，蚊虫肆虐，他只好在桌下置两只瓮，把双脚插进去。他因此被称为私家藏书异人，算是一怪物也。

上述两个故事都有各自的亮点，其实都是一种各取所需。我不由得想起"立足"二字。人何以立足，既要本事够大，又要运气够好，我想有了这两样，也就够了。无论是冰箱祛暑，还是瓮之别用，都表现出人的本事。大隐隐于市，小隐隐于野，都是物我两忘，自得其乐，正所谓怎么舒服就怎么来。冰箱制冷储物，瓮可以储酒或腌渍食物，却都被派上另外的用场。想起来确乎是有些奇怪，殊不知让亲爱的脚趾有了一种别样的享受。这也算是实用型的"美学"。对于瓮，苏东坡《汲江煎茶》里有一句："大瓢贮月归春瓮"，曾经让人喜欢到不行，不就是一种美学境界么？当然，用脚趾实践对自己身体舒服感的作为，毕竟还不能与"用脚趾思想"相提并论。

我想，等到哪一天我也能够"用脚趾思想"去写我的短语时，大概也可以进入某种境界了。

孤意在眉

2015.03.16

周云龙博士就 1946 和 1947 年的张爱玲写了一本书《孤意在眉》，"孤意在眉"四个字，令人惊艳。这是明人张岱在《陶庵梦忆》中描述一位绍兴戏女伶的词语："色不甚美，虽绝世佳人，无其风韵。楚楚谡谡，其孤意在眉，其深情在睫，其解意在烟视媚行。"

"孤意"和"深情"，原来是如此微妙的一对矛盾，表达了人生既是一场呱呱啼叫，更是一场牵牵绊绊。人生遭际，莫名冷暖，神圣总是为世俗所累。活在这个世上，不受累是几乎不可能的。这正应了张爱玲 1939 年在香港大学写的《天才梦》结尾的一句话："生命是一袭华美的袍，爬满了虱子。"

那年张爱玲刚满 19 岁，居然就有了这份创伤性的人生体验。她后来的人生印证了这个一语成谶。一切就像一个隐喻，在不断遭遇"咬噬性的烦恼"之后，1952 年 7 月的一个早晨，她不施粉黛，很"易卜生"地走出了一扇门，离家去国了。她的神圣最终一点都不神圣，她的"深情在睫"还是被"孤意在眉"所击穿。世事是矛盾的，人也是矛盾的。"影响的焦虑"时时都在左右着一个人的遭际，以及对一个人的评价。

最近读了章诒和《杜月笙的两个故事》，其中写道：1951 年 8 月初，杜知道自己快不行了，他立即叫来大女儿杜美如，取出从香港汇丰银行拿回的一包东西,里面全是借条。跟他借钱最少的是5000美元——那是20世纪40年代的5000美元;借得最多的是500根最重的那种金条,号称"大黄鱼"。借款人全是国民党军政要员。杜月笙一张一张地看,然后一张一张地撕掉。女儿不解。他对女儿说:"我不愿意你们去要钱,不想让你们在我死后去打官司。"这就是杜月笙。他绝对是流氓大亨,但是在他的故事里,有没有值得我们思考的东西呢?所以,看一个人,看他的德行或德性,不能不看其直观可感的形象。神圣和世俗是一对矛盾,就像"孤意在眉"和"深情在睫"也是一对矛盾。人生在世,既有身外冷暖,也有背后文章。

费穆1948年导演的影片《小城之春》里那一句台词,被周云龙博士拿来形容张爱玲,我想也可以拿来作为我们中年危机的情调体验:"一种无可奈何的心情,在这破败空虚的城墙上。"在我刚进入人生一个重要的年龄段时,我似乎为自己找到了这个精神图谱。

哲学家的拨火棍

2015.03.19

许多年前，目睹了两位诗人就诗歌的一个词语进行激烈的争辩，我当时以为这场争辩一定会有个答案，但最终还是没有结果。没有答案的争辩一直徘徊于我的脑际，我始终无法明白为什么不是所有的争辩都是有答案的。于是我找到了一本书，才让我有所了然。

这本书讲了一个故事。1946年10月23日，在剑桥一个房间里，两位大哲学家——维特根斯坦和波普，第一次也是唯一一次相遇了。然而，仅仅过了十分钟，他们就不欢而散。这场喧闹很快就传遍了全世界，据说两位哲学家手持拨火棍大打出手。在这十分钟里究竟发生了什么，一直众说纷纭，迷雾团团。二十年后，波普曾就这一事件写过一个说明，把自己描述成胜利者。这个事件暴露了"问题"和"谜"之间的差异，它究竟告诉了我们什么？在这本《维特根斯坦的拨火棍》里，我看到了历史的返场，看到了两位哲学巨匠的真实。这是一本引人入胜的书，它让人明白，有些信誓旦旦的历史记忆，其实是自己建构出来的，它并不可靠。虽然波普没有撒谎，但这并不意味着他的陈述是正确的，因为整个建构过程都是不自觉进行的。维特根斯坦当时并没有把波普放在眼里，而波普认为，维特根斯坦那种惯常的提前离场是老羞成怒的败绩表现。所以，靠记忆，靠自己的单方面陈述，去解释现象是容易出现偏差的，我们不可能将事件想象得如同下楼梯那样简单。波普的确是太需要他人的认可了，但是这种挑战其实是非常无谓的。

读完这本书，我牢牢记住了波普说的一句话："历史将因我们的发现而改变。"同时，我也明白了在只有两个人的现场，所有的争辩或争吵甚至大打出手，以此去试图证明谁对谁错，无异于跌入一种痛苦。然而这本书告诉我们，痛苦对于哲学家来说，可能就是一种解放。20世纪20年代，维特根斯坦放弃哲学到奥地利的乡村小学去教书，只是因为教学的痛苦克服了他思考哲学的痛苦。所以，有人就狡黠地评论说："维特根斯坦的成功是因为他的痛苦。"

回到前面的话题，两位诗人就诗歌的一个词的争辩，虽然我在现场，但是争辩的没有结果也无异于那两位哲学家的拨火棍。其实，学术和艺术的争辩都可能给人带来某种启示性的东西，真理的拨火棍永远是充满魔力的，尽管这种魔力肯定比纯粹写诗要"痛苦"得多的。

乡愁

2015.03.23

读到微漾兄在微信上的一则关于乡愁的评论。他说，"当国家成为了一个伪命题，即使看得见山望得见水，却仍然守不住乡愁。"他列举了土耳其作家帕慕克和美籍阿富汗裔作家胡赛尼的作品来说明。帕慕克在《伊斯坦布尔——一座城市的记忆》一书中，用一个与乡愁相近的词——"呼愁"，去激活奥斯曼帝国的时间磁场，以及消失了的知识分子身上的荣耀和失意。在微漾兄看来，与帕慕克相比，胡赛尼身上没有前者的文明自信，只有无尽的苦难烙印，从《追风筝的人》到《灿烂千阳》再到《群山回响》，他一直在重复着"失路之人"的悲唱。帕慕克和胡赛尼，完善了乡愁的两种形态：即时间乡愁和空间乡愁。我觉得微漾兄的认识也表达了他的自信。

我没有去过阿富汗，对阿富汗的认识一直停留在胡赛尼的书中，当然，我也仅是读了他的《追风筝的人》。放风筝是阿富汗人为数不多的乐趣，书里所描写的"星期五下午，在帕格曼"，风筝"消失在土墙和土墙之间"的场景，这大概就是我对阿富汗的基本印象了。而我对土耳其的印象就不同。数年前因为要去土耳其访问，去买了一本土耳其作家、2006年诺贝尔文学奖得主帕慕克的《伊斯坦布尔——一座城市的记忆》。伊斯坦布尔是介于两个大洲、两种文化之间的城市，帕慕克说，她是一个"不怎么故乡的故乡"。在那里生活需要分身——倒不是他的那双眼睛看不过来两边的风景，而是因为这座城市的命运充满了岔路，她的天空弥漫着两重性的妖魅。所以，帕慕克说，他同时过着两种生活：一种公开，另一种秘密；一种属于当下，另一种属于历史。古老的奥斯曼建筑虽然带有某种简单的朴素，却也表明了帝国终结的忧伤。读了这本书，我意识到，土耳其人是认命的，"认命的态度滋养了伊斯坦布尔的内视灵魂。"

作为20世纪五六十年代出生的土耳其人，帕慕克并不为她的历史骄傲，也不为她的衰落而奔走呼号。面对城里最后一批宅邸、木屋的彻底焚毁，他觉得自己已经没有能力去继承最后一丝伟大的文明了。在帕慕克的灵魂深处，始终有另一个帕慕克存在着，这个双重自我为他保留着另一种选择，也为他探寻着其他的可能。其实，这就是伊斯坦布尔人一百五十年来的感受："不完全属于这个地方，却也不完全是异乡人。"伊斯坦布尔虽然给了帕慕克一切，但帕慕克只能用一种拔出"土耳其性"的凝视去看待这座城市。对他来说，这种凝视始终是一个永远无法完成的秘密的动作。所以帕慕克对伊斯坦布尔有一种说不出的忧伤。

2006年瑞典文学院对帕慕克的颁奖词就这样说："帕慕克在追求他故乡忧郁的灵魂时，发现了文明之间的冲突和交错的新象征。"今天，我们大谈"乡愁"。至于"乡愁"究竟是什么？我想如果不去厘清这方面的观念，就很可能依然守不住属于我们的"乡愁"了。

奇葩

2015.04.08

午间随意翻开报纸,看到"奇葩"两个字。印象中,这是个褒义词,本意应该指奇特而美丽的花朵,常用来比喻出众的特殊的东西。司马相如《美人赋》:"奇葩逸丽,淑质艳光。"明朱鼎《玉镜台记·庆赏》:"只见万种奇葩呈艳丽,十分春色在枝头。"却不知什么时候,"奇葩"演变成了网络上的搞笑语言,带有调侃甚至取笑、讽刺的意味。国人对于母语的"随心所欲",由此可见一斑。

世间"奇葩"之事何其多也,不胜枚举。据网络曝光,北影艺考曾经出了个这样的题目:番茄炒蛋是先放蛋还是先放番茄?被网友讥为"奇葩考题"。由"爱奇艺"制作的《奇葩说》节目,自2014年11月上线开播以来,视频播放总量已破亿次。蔡康永、高晓松、马东加上十八位"奇葩"辩手,仅凭三寸不烂之舌便吸引了大批拥趸者。其实,也就是那样的口无遮拦,也就是那样的"自黑精神","爱奇艺"同时成为一朵"奇葩"。

那么,"奇葩"还能有什么新的解释呢?今年第4期《上海文学》杂志,发表了81岁的作家王蒙的中篇小说《奇葩奇葩处处哀》。以这位文坛老将的功力,他究竟赋予了"奇葩"怎样一种新的含义呢?小说描写一位主人公老年丧偶,好心人为他介绍了几位女性。于是,形形色色的情感经历轮番上演了,不断冲刷着男主人公的人生体验,折射出各种"奇葩"的人间百态。不过,这回王蒙倒是给"奇葩"打上了悲情化色彩。他在接受记者采访时说:在他看来,小说中性格、背景迥异的六位女性,各有各的苦衷和愿望,没有谁故意要变成某一类"奇葩"。

在这个"奇葩"的词语背后,传递的是人与人之间的隔膜和不理解。所以,所谓的"奇葩",就多少带有遗憾、痛心或打着问号的命运色彩。王蒙说,他写这部中篇时自己也变得"随心所欲"——"语言怎么合适怎么来。感觉内心一下子开放给了世俗,但立意绝不止步于俗。"我想,这应该才是属于王蒙的真正的"奇葩"。

阅读咖啡

2015.04.09

多年前写过一篇《阅读咖啡》，把咖啡读成"思想的一种颗粒"。在我看来，苦与涩是咖啡的本质世界，然而咖啡真正的浓香又是从这苦涩中溢发出来的。我一直觉得，品味咖啡需要感觉和心境，需要有一种提纯生活本质的能力。

2011年冬天，我第二次去法国，在巴黎待了有十多天时间。巴黎有一万两千多家咖啡馆，每年能喝掉18万吨咖啡。巴黎人每天上班前都会先饮一杯咖啡，那样就可以照亮他们一整天的时光。善于思辨并且崇尚理性精神和批判意识的法国人，他们那些庄严的思想多数是在咖啡馆里催生出来的。我读过科塞的《理念人》，这本书描绘了18世纪那一群被咖啡所点染的新人类——"理念人"。他们"几杯咖啡下肚，新鲜刺激、大胆妄为的言论便从嘴边蹦到桌上，又从桌上蹿到地上，随即便兴奋地跳起舞来"。

18世纪的咖啡馆就被这群"理念人"称为一个思想表达的场所，它们以静谧与沉思闻名。卢梭、孟德斯鸠一直是咖啡馆的常客，伏尔泰在咖啡馆里一次可以喝下40杯咖啡。蒙田的"我怀疑"、笛卡尔的"我知道"、帕斯卡尔的"我相信"等，就连近年来很火爆的阿伦特，都是在咖啡馆里"研磨"出他们的思想颗粒。巴黎左岸咖啡馆里的"花神"菜单上，有的还印上萨特的那句话："自由之路经由花神咖啡……"巴黎毕竟是巴黎，仅咖啡馆就可以按照哲学、诗歌、戏剧、电影、音乐甚至天文来划分主题，其中自然以哲学为盛。无怪乎徐志摩当年会说："如果巴黎少了咖啡馆，恐怕会变得一无可爱。"

回到我所居住的这座城市，茶馆、酒吧、咖啡馆说多也不多，我去过的就更少了。一段时间以来，我在一家叫作"在咖啡"的咖啡馆里虚掷了几次，那里有书读，有人聊天，盯着眼前那杯被瓦解的深褐色的颗粒，觉得它似乎就溶化在我的感觉里，于是舌底开始波俏，开始澜翻，目光炯炯，并且已经被撩拨出一种想写点什么的冲动了。

"在咖啡"是一座精神的渊薮，是一个同样带有"煤烟"般苦涩香味的咖啡的名字，当然，我更喜欢的还是那里时不时趸进去的一群诗人，他们纷纷把诗句抵押在那里，然后孵化。从秋天喝到春天，又从冬天喝到夏天，他们谈海子、谈顾城、谈舒婷、谈余秀华，谈诗歌的时间的羽翼，以及诗的去向与归途……这个春天，那个写过《春天，十个海子》的海子，一个都没有复活，但是他身后的那些诗复活了，那些饱胀的诗的生命一句一句被搅活，被沉浮在"在咖啡"的咖啡里，就像海子笔下的《亚洲铜》那样，藏匿着一个诗的燃灯人的痕迹。

"在咖啡"，其实就是诗人的一个存在，一个诗意栖居的场所。我还会来这里，在那种深褐色的浮沉中，寻找我的追问和语言，寻找属于我的"思想的颗粒"。当然，我还会继续寻找或追究咖啡的最初的和最后的故事。

阅读鲁迅

2015.04.15

阅读鲁迅，一直是我汲取思想资源的重要方式。无论从文本出发，还是对其思维与语词关系的思考，我都觉得鲁迅是一个绕不过去的存在。

鲁迅的语词为我们制造了一个又一个语言的漩涡，尤其是《野草》，各种词语在里面挣扎、缠绕、转换甚至扭曲，构成了如"魂之舞"般的语言魔障。有人说那是一种"纠缠如毒蛇、虬劲如老松的语言力量"，由此扩大了思想的空间。任何词语，都可以被色彩和旋律所调动，从而走入形而上的境界。鲁迅《野草》中的语言，大都是灰暗里的独奏，忧伤却有着某种内视的浑厚张力。

鲁迅对于世界的审视，一直带着自己的语言编码方式。比如他说："当我沉默的时候，我觉得充实；我将开口，同时感到空虚。"这种占有语言的方式是迷人的，它持续刺激着我们在他的思想暗处不断地突围。卡夫卡说过，"占有语言必须小心谨慎。"鲁迅却不一定如此，他瞭望秋夜，瞩目过客，还是探头一下百草园，不矫饰，不咏叹，语言的超拔与内心的凝视总是相通的，一切都成了寓意。天意从来高难问，我有时想，鲁迅肯定是不好学的，不说思想，就是他的语言方式，也难以步其后尘。德国诗人策兰那种"避开旧的词汇而找到冷语"的写作方式，"以非人类化的自然之语面对存在"。鲁迅同样是如此。

那么，鲁迅可以模仿么？模仿是别一种"盗"，本来就不值一提。不过，前些年在网络上看到一则模仿鲁迅《从百草园到三味书屋》的短文，讽刺了当代社会的某种现实，但语言一味模仿，显得趣味低俗。

如此去占有鲁迅的语言方式，模仿得再像，也只是模仿而已。它只能说明：鲁迅的语言，为混乱的现实提供一种着迷的忧伤；而如此模仿，不过是借用鲁迅的语言，为混乱的现实提供一种精神的颠倒。如此恶搞，究竟是鲁迅之幸还是鲁迅的悲哀呢？

语词

2015.05.21

曾经写过一则关于"暂此"的短语,有一朋友对此评论道:"在语词的密林中,我偏爱带有偶然性质的一类。比如邂逅、偶遇、擦肩……不是为似是而非的暧昧所吸引,而是对隐藏其中的无限可能的向往与心仪。暂此亦如是。"

的确,我也偏爱这样的一些语词。比如"私奔",这个词可以是很实际的,也可以是超尘脱俗的;可以是狂放不羁的,也可以是心碎一地的。当年张学良与赵一荻相伴了36个春秋之后,才有机会"恩同再造"。那种"相伴"无异于私奔。张爱玲两次在错误的时间选择了错误的人,她唯一做对的一件事就是让胡兰成去私奔,去承受在《今生今世》里都还不清的情债。而萧红的私奔则最为决绝,也最具"私奔"的姿态,然而命运无常,她宿命似的冷冰冰地走完短暂的一生。她曾经在给友人的信里写道:"当我死后,或许我的作品无人去看,但肯定的是,我的绯闻将永远流传。"所以,"私奔"这个词所隐含的无限的可能性,一直是"绝尘"的裂帛之响。它甚至只有一种纯粹的隐喻,那就是远方、真爱和自由。

也许,会有不少人觉得"私奔"是一个充满妖媚的词,是生命"预算"外的节外生枝和累累伤痕。诗人潘维在那首《苏小小墓前》写道:"年过四十／我放下责任／向美做一个交代／算是为灵魂押上韵脚。"有人评论说，这就是风月无边，这就是"私奔"的节奏，因为是以出格的爱"为灵魂押上韵脚"。作为一个语词，可以肯定，"私奔"是许多人究其一生都难以"懂得"、难以消解的。它有"实"处，也有"虚"处。实处就是如何去解决"私奔"后的相依为命和柴米油盐，虚处就是与秋水换色后的所谓"花好月圆"。语词的奥妙，全在于那种"隔"与"不隔"之间，虚实相生，如同泥沙落底，浮物融化。偶遇、邂逅、擦肩、暂此……就像对草木俯首一般，蓦然回首，月迷津渡，湛湛而又朗朗。

　　写到这里，隐隐感觉到"虚"与"实"原来竟也是十分微妙的，于是想起了在一本书里看到的一个对话。问："一直没弄清虚岁和周岁是什么意思？"答："虚岁是从爸爸的身体里出来的时间；周岁是从妈妈身体里出来的时间。"这难道就是对"虚"与"实"的最好的注解么？倘若如此，那么，就借此作为这则短语的"暂此"吧。

静气

2015.07.09

股市大跌，炒股的不炒股的心态各异。有人照样搬出一句：每临大事有静气。能静气得了么？

想想有时是普通的一句话，就可能让人一夜无眠，何况是大把大把的钞票血本无归。静气究竟是什么？我也说不清楚。不过倒是想起了棋语。棋有语言么？比如围棋，它更是一种沉默无言的游戏。《世说新语·巧艺第二十一》中有这样的句子："王中郎以围棋为坐隐，支公以围棋为手谈。"说的都是无语的状态。"坐隐"与"手谈"，皆是因为围棋而忽略了外界的存在，偏于一隅，甚至离群索居，为的是如何将一枚棋子"啪"的一声点落到棋盘上。一切都无须发声，只有拈子落盘。黑子与白子，不断构成又不断破坏，其中隐藏着认知、想象、虚构和创造，所有深邃的人生棋理都潜伏在那里面。我想这便是静气，而且是一种平衡的静气。

提出博弈论"纳什平衡"的诺贝尔奖得主约翰·纳什，就是一位围棋爱好者。多年前看到一部碟片《美丽心灵》，其中就有年轻的纳什下围棋的镜头。围棋给纳什带来了关于博弈论"平衡"的启示，说明静气的围棋的确是一场智慧的博弈。除此之外，我想到还有一种静气，不是不说话，而是怎么平心静气地去说。这往往需要一颗强大而深刻的灵魂，去博弈一种场面。

《红楼梦》里的王熙凤，不是人人都喜欢的。因为过于强势，就让人觉得既可爱又可恨。一次，贾母因为贾赦看上她的贴身丫鬟鸳鸯并想纳其为妾而非常生气，虽然探春过来解了围，气氛依然尴尬。这时凤姐说了：哎呀，老祖宗，这就是你的不是了！谁让你把鸳鸯调理得跟水葱似的。我要是男人，也想要呢！贾母笑了起来：好啊，你就带了去，给琏儿得了。凤姐回道：他可不配，只配我和平儿这一对烧糊了的卷子，和他混吧。这就是凤姐，不唯唯诺诺，也绝不吃亏，她的智商和自信决定了她的底气和静气。这种静气，就这样让她在入主尘世时，"意悬悬半世心"，元气淋漓，能干大事也能干坏事，任性得够可以了。当然，凤姐的静气来自她的聪明和勇敢。这份聪明和勇敢，也成就了她的内在性情。凤姐不识字，却敢于参与众人联诗，居然冒出一句："一夜北风紧"，这句大白话的开头，倒是给后来的联诗者留下想象的余地。

其实，在那种情形下，她竟然没有被击垮，完全出于她和大观园有一种天然的亲近，才会有那样的精神底气。她熟悉大观园的一草一木，熟悉那里的每个人，到了"众人联诗"的大事临头，她毫不胆怯，充满静气，最终成就了她的补天者形象。虽然那一句诗道出了她内心深处的忧虑，但她仍然是大观园的保护神。所以，人的静气要么如同棋语那样的"坐隐"和"手谈"，要么像凤姐那样的沉稳而富有底气。没有这两种功力，任何"静气"都只是虚无缥缈的幻影。

黑洞

2015.07.10

昨日发了一则《静气》的短语，本与炒股无甚关系，没料想股市居然一路飘红。这确乎过于巧合。批判的武器不能代替武器的批判，股市还是股市，逆天的可能性会有么？《国际歌》不是唱道："从来就没有什么救世主"，同样，从来也没有什么"救'市'主"。这些天来，"远离股市"的呼声不绝于耳，被蒸发后的"马后炮"再"轰隆隆"也无济于事。股市究竟是什么东西？这不是我所感兴趣也非我之所长。

前一阵子把霍金的《时间简史》又拿出来翻了一下，似乎有些感触。对于这本销量超过1000万册却被称为"读不懂的畅销书"，我一直怀有敬畏。什么是宇宙？什么是黑洞？我似懂非懂。霍金是一座"轮椅上的图腾"，他只剩下右眼珠还能勉强转动，每分钟只能表达一个字母。这位科学巨人的体内却藏着一个巨大的黑洞，只有那些像逃逸的光子般的零星字母，在向人们揭开黑洞一角的秘密。无疑，黑洞是一口幽深的酷烈无情的井。难道股市真的也是这么一个黑洞么？

为了描述黑洞理论，霍金曾经讲过一个故事：鲍勃和阿莉斯是一对情侣宇航员，在一次太空行走中，两人接近了一个黑洞。突然，阿莉斯的助推器失控了，她被黑洞的巨大吸力所吸引，飞向黑洞的边缘（视界）。越接近视界，时间流逝得越慢。这时，鲍勃看到阿莉斯缓缓转过头朝着他微笑。那笑容又慢慢凝固，定格成一张照片。此刻，阿莉斯又面临着另一番景象——在引力的作用下，她飞向黑洞的速度越来越快，终于被巨大的潮汐力（引力差）撕裂成基本粒子，消失在最深的黑暗中。霍金认为，这就是生死悖论，阿莉斯死了，可在鲍勃眼里，她永远活着。

这个故事其实是很惨烈的，却被霍金说得极其悲壮。话说这一场股市，似乎同样是生死悖论。黑洞里有最深的黑暗，股市里也有；黑洞里有最彻底的绝望，股市里也有。呜呼！究竟是万劫不复，还是死里逃生？今天，我们这些可爱的善良的股民们，还能够像阿莉斯那样，转过头来，用尽气力去微笑么？

再说乡愁

2015.07.28

"乡愁"一词颇具意味但是不容易触碰，因为它深含着生命的许多内容。忍不住寻思下来，发现诗人是最"乡愁"的。郑愁予的乡愁："我哒哒的马蹄是美丽的错误"；余光中那一枚"小小的邮票"，几乎成了"乡愁"的代名词。

而作为小说家的阿城则在《威尼斯日记》里这样写道："所谓思乡，我观察了，基本是由于吃了异乡食物，不好消化，于是开始闹情绪。"阿城从亚利桑那州开车回洛杉矶，路上带了一袋四川榨菜，嚼过一根，家乡的"味道就回来了"。把榨菜腌成了故乡，情感就变成一种荣耀。每一次出国，都有朋友提示多带些榨菜，身在异地，只要榨菜在，那种熟悉的家园的味道就在。所以说，故乡不是别的什么，故乡就是一种味道、记忆和感觉。

莫迪亚诺的小说《夜巡》里有一句对于巴黎的描述，一直触动着我："她是我的故乡。我的地狱。我年迈而脂粉满面的情妇。"思乡的情结无论多么坚韧，都是受雇于一个伟大的记忆。

小时候生活在乡下，一到夏日傍晚，坐在溪边那一丛石崖上，给小伙伴们讲"三侠五义"，讲"水浒"，始于一个故事的谜，结束于另一个谜，总是有一群热切的期待和守候。所有的未知和未明，不断地被更广阔的消逝和疑问所笼罩。离开故乡近四十年了，我时时在拣回那些无法忘却的记忆的碎片。那是属于我的"哒哒的马蹄",是属于我的"美丽的错误"。面对故乡,我有时候想,可能就是一只迷离的鹿,但在我的文字感觉里,又觉得有一只鹰以及无尽的夜色在盘旋着。

家乡对我一直是一种延宕,一种闪烁,无论追忆还是探寻,我都感到人与自然、人与历史正在发生一种巨大的断裂。我曾经为家乡那条变黑的溪流写过一首悼念的诗,那一丛石崖哪里去了?那些游动的鱼哪里去了?这还是我的"美丽的错误"么?它最终成了我的忧伤和我的痛苦。

人到中年,真的只是开始"关怀自身"了么?我不断地跟家乡的土地和草木邂逅,追寻它们的漫漶和斑驳。其实,就像莫迪亚诺在他的另一部小说《暗店街》里所说的,我们都是"海滩人","沙子把我们的脚印只能保留几秒钟"。然而,说白了,我们所有的思乡就是追溯那些脚印。那么,"乡愁"中的历史会重演么?或者说,有多少"乡愁"可以重来么?这就是我的一点可怜的想象。我想起马克·吐温说过的一句话:"历史不会重复自己,但会押着同样的韵脚。"也许,这就够了。

江湖

2015.09.06

朋友潘君买了三本书:《叫魂——1768年中国妖术大恐慌》《中国乞丐史》和《中国流氓史》,第一本是一位女博士推荐的,后两本是我推荐的。三本书也许可以构成中国的一部江湖之书,但不是那种侠客江湖。

在一般的理解中,江湖本来是道家哲学,它跟河流、湖泊其实并无关系,而是指一种生存状态。人是江湖,恩怨是江湖。一把利剑,刻下自己的名字,做一名孤独剑客,侠骨魔心,杀气尘乱,千里不留行,万里任我行,为报仇可以十年面壁,直至最后喋血黄沙,这,就是江湖。虽是人在江湖,身不由己,却也铁马金戈,潇洒负剑,落叶横扫,一任快意恩仇。

潘君的这三本书里,有乞丐,有流氓,还有妖术,它们其实都是这个世界的"生动的在场",我甚至觉得这里面的某些人活着可能就比另一些人更真实、也更勇敢。当潘君在微信里晒出这几本书时,我写了一句评论:妖术不成,就耍流氓,耍流氓不成,只能当乞丐去了。活在这个世上,有人为信仰而生,有人为意义而生,还有更多的人是为生活而生。列夫·托尔斯泰说过,人生在世,最重要的就是"弄明白生活的意义"。但是,那些玩妖术、耍流氓、当乞丐的,他们难道就没有弄明白生活的内容么?他们在彷徨、荒诞乃至绝望之中,难道就没有想过"生活在别处"的去路和归宿么？潘君是大学老师，他想了解的中国的江湖，我想有这三本书也许就够了。

我的朋友于建嵘教授写了一部小说《我的父亲是流氓》，出版时改名为《父亲的江湖》，可见无论真流氓还是假"流氓"，原来都是生存在江湖中的。中国的江湖自古至今都有两种含义，一是侠客江湖，一是流氓江湖。前者多出现在武侠小说里，后者却是一群不文不武之士。这个"士"大多是一群处于"严重的"或"危险的"时刻的灵魂，剩水残山，或仅是埋下内心的隐痛，或只能供其一死。在那里，没有谁的去处会更好，都不过是在守望一种生存的枯萎，然后在枯萎中飘摇着人间最后一根草木。

我的另一位朋友周宁教授写过一本书《人间草木》，其中提到一句痛彻心扉的话："有谁在世间某处哭"？是的，几个妖士、一群流氓、一堆乞丐，他们的灵魂其实是"虽存犹殁"的，他们甚至只有"行动的生命"而没有"沉思的生命"。他们的存在，也许真的会让人怀疑"这个世界会好么"？

20世纪80年代，我就读过《中国乞丐史》，当时觉得那是一例"令人战栗的命运"，由此也对这个世界的另外一种负面的"存在"深感忧虑，并由此萌发写一部"新三言二拍"的想法。"新三言"即："谣言""谎言"和"流言"；"新二拍"即："拍马（屁）""拍卖（灵魂）"。后来因故放弃，改为写《中国梦文化史》了。这本书于1997年由福建教育出版社出版，今年将由社会科学文献出版社修订再版。我想，与潘君的那三本书一样，我的《中国梦文化史》也是一部严肃的学术著作，而并非那种"野狐禅"式的江湖野史。人在江湖，江湖滔滔，无论有多少险恶，总要有人去闯荡、去触碰、去探秘的。那种"相忘于江湖"不过是一句自我放逐的弦外之音罢了。

昨日,在微信里看到一位女博士带着她的爱犬在福州三坊七巷里闲逛,她的观察似乎很亲近,然而有些感觉像是在午夜的幽暗中醒来的。因为那里面可能就有一些过去了的"江湖",它们存在于炽热与阴冷之间,或许只剩下一些飘零的旧影了。她写道:"小巷很窄,爱很长……一堵残墙,当年这里逛庙会、看社戏、游神灯,甚至庙前传说可以治病救人的古藻井如今也踪迹全无。巷中一扇旧门,门上却有郑孝胥字,不大的木刻,很委婉,……巷里人家,或彩灯照户,或蓬门挂草,却难料才俊,一定出自那里!"一股焦虑的情怀跃然而出。我觉得她的内心驮着的一定是旧日的忧伤,体会到的一定是灵魂相望的那种感动。这些,难道不是那个曾经过去的世界留给我们的"江湖"么?

数字"3"

2015.09.17

　　键盘右边是一列数字，随意一敲击，屏幕上跳出了个"3"。仿佛嗅到一种气息，这似乎是预料之中的数字，像一个神秘的光亮，持久地闪烁，让人持续地悬想。

　　数字是什么？——不过一堆符号而已。从 1 到 9，究竟哪个数字会翩然而至呢？结果就是这个"3"。记得当年刚上大学时，宿舍里几位同学自印有"厦门大学"字样的背心，本来想挑个 3 号，结果被室友捷足先登了，只好选了个"5"。其实，没有什么缘由，"3"总是梦幻一般矗立在我的感觉世界里。也许是乱翻书的缘故，对于"3"竟然有如此深刻的印象：刘备三顾茅庐，水浒里"三碗不过冈"，李清照《声声慢》里那一句"三杯两盏淡酒，怎敌他，晚来风急"……还有，"三足鼎立"，说的仅仅是周朝的鼎么？"三部曲"确乎被视为一个比较完整的体系；"三套车"也才显得架势凌厉；"三人行，必有我师"，除了其所隐含的哲学意味外，是否还有更深的文化性格？的确，稍稍放纵一下想象，"3"无疑会被释放出许多种意思来。老子《道德经》里说的："道生一，一生二，二生三，三生万物"，数千年来一直被排列出一个又一个哲学玄机，一不留神还可能触碰到一段烟熏火燎般的人生话语。

　　注意一下日常，不时看到有人递出一根软"中华"，附带说了句

"3字头的",对方立马肃然起敬,仿佛享受的就是"首长特供"。"3"原来是如此的帅气,天地玄黄,洪荒宇宙,说不尽它可以调和出生活里的多少质感!为什么是"三生有幸"呢?生命的铁腕即使再坚硬,也不过是幸与不幸的节奏轮回。利来利往,熙熙攘攘,什么时候我们都需要返回大地,返回内心的每一寸土壤。

某日,我所居住的这座城市去往大学城的一座桥暂时封闭施工,许多大学老师只好迂回出击,各奔东西。一位女教师从三环很顺利地绕到学校,她在微信里表达自己的幸运:"那啥,只几首歌的工夫就快到学校啦!啊,三环你比二环多一环。""三环你比二环多一环"——这句话一直盘桓在我的脑际。为什么偏偏是"三环"呢?它不过就是比二环多了那么一环,这位女教师却可以在语义上做出这样的表达,如同飞鸟出林般的自然。这不禁让我想起鲁迅说过的那句话:"在我的后园,可以看见墙外有两株树,一株是枣树,还有一株也是枣树。"怀素和颜真卿当年谈论"屋漏痕"式的书法技巧,难道不也是如此的贴切?

在我看来,"3"这个数字一定有着某种冥冥之中的奥秘。当我把这位女教师的话细细琢磨了一番之后,觉得它难道还需要时下所说的"重要的事说三遍"那样么?

为什么长大

2016.08.12

　　这其实是个很奇怪的题目。人如果不想长大，那就进入了"巨婴时代"。美国哲学家、2014年斯宾诺莎奖获得者苏珊·泰曼写了本书《为什么长大》，书中举了列夫·托尔斯泰的例子。托氏16岁时，还在过着浑浑噩噩的公子哥生活，直到有一天，他读到康德的著作，一种思想突然"以那么朝气蓬勃的精神启示的力量涌上我的脑际"，自我意识陡然被唤醒，他撕开了生活的一条裂缝，将自己从少年的懵懂迷离中拉拽出来。

　　康德的哪一句话触动了他？康德说，所谓成熟就是"理性将自己从自我招致的不成熟状态中解放出来"。这个"自我解放"就是要克服害怕长大、回避长大的心理。泰曼说，现代人拒绝长大的深层原因就在于"人们普遍认为，成年就意味着放弃自己的希望和梦想"。人是否可以每天都在重复自己呢？罗曼·罗兰在《约翰·克利斯朵夫》里描述了这样一种人：习惯于接受既定的生活限制，屈从于现实，一天天重复自己，在二三十岁上就死了，最终"变成了自己的影子"。

　　很显然，是康德在帮助托尔斯泰长大。人的长大不仅仅在于身体，更重要的是在于心智。从婴儿肥到马甲线，那是自然成长过程，而从天真烂漫成长到精通世故，就是人的心智的历练了。是什么让人成长了呢？康德说过："成长最需要的是勇气而不是知识。"伍尔夫年轻时遇到一个人，为了她，他不仅放弃了事业，而且向众人隐瞒了她的精神病史，并独自承受了种种的不幸。29年里，他们没有争吵过一次。这个人就是伍尔夫的第二任丈夫莱昂纳德。结婚头三年，伍尔夫拒绝与他同房，只习惯躲在房间里写作，她甚至说，"女人要在房间里坐到死"。她并不拒绝长大，但拒绝了心智的开放。结果，在33岁时第一部小说《远航》一面世，她就疯了。应该说，这里真正长大的是莱昂纳德，为了伍尔夫，他放弃了太多做男人的权利，他一直在用一种巨大的勇气去成长自己。以至于有一天他对妻子说："我们拥有这么多。我们唯一没有的就是吵架。"伍尔夫最终先他而去，他没有把妻子的死讯告诉任何人，参加葬礼的只有他一个人。几个月后，伍尔夫的《幕间》出版，扉页上是莱昂纳德留给妻子的一句话："你说过我们要一起死的，你失信了，可我还在陪着你和你的文字。"

这个世界没有欺骗莱昂纳德，他的成长的最根本的标志就在于，他充分认识到了世界本来是怎样（实然）与世界应该是怎样（应然）这两者之间的差距。他没有因为这种差距而心生颓唐，而是努力求得平衡。与其说这是他的宽大为怀，不如说是他的完全开放的心智和来之不易的勇气。某一日，坐在车上遇到塞车，动弹不得，只好耐心等待，结果发现是前面不断在"加塞"。无论如何，生气在所难免。这时，的确是无法拒绝这一条道路，只能去努力寻找一种心智的平衡了。用康德的话说，就是用理性去重新恢复你和这个世界之间的平衡关系。

这一则短语写得很累，不是因为理性，而是因为心智拓展不足。想来，我可能是把孩子那种"未加反思的自信"用来诠释"为什么长大"这个话题了，才导致这个"只有一种合理的世界观"了。既然如此，你就将就着看吧。

心是通的

2016.08.16

这题目有点大,那就"大题小做"吧。因为看到一本讲述"一带一路"的书,叫作《世界是通的》,我的灵感可能就出自这里。

其实,"心是通的"不是什么问题,正如伏尔泰说的"没有人写文章证明人有脸"一样。最近,看到几位原先热衷于建立微信群的朋友主动提出撤群,大概是不堪被群里一大堆"无用"的东西所扰之故。我一直把"群"视为一片不断长草的"茅草地",任由那里面长出什么"草"来。天天在无事忙般燃烧的太阳底下,究竟有多少新鲜玩意?有位诗人写过一句诗:"一万个相似的日子/只是一个日子/一生只需记住全息的一天。"然而不管怎样,我此时想到的就是"心是通的"这几个字。

如果说微信群里的朋友"心是通的",可能过于庞大,或者说过于崇高。每每我把一些远隔数千数万里的人平列一起,我都在想他们的心是不是通的?我甚至会对那些不同的面孔产生某种警觉。因为我看到被稀释在"群"里的某些诡异,他们都是"意见领袖"么?从叙述学意义上说,"群"就是一种汲取和一种释放,任何一个哪怕是些微的"意义",都可能是"群"洒下的阳光,或者是"群"的叙述的目的。

"阳光不是巨大的黑暗"——这句诗看起来几近废话,其实它在于说明,光明得从黑暗的维度去标识。海湾战争后,全胜而归的美军参战司令施瓦茨科普夫没有要求加官晋爵，而是提出退役。他说："我已不适应下一场战争了。"施氏角色的转换是那样惊心动魄，甚至比海湾战争疾风暴雨般的打击还要让人触目惊心。因为他从和平的维度去认真思考了战争。战争史一再证明，战争的胜负完全在战争之外，在战争之前。思想和观念的强大，比任何高精尖的武器装备还更有力量。因此，对于战争，全人类的心一定是相通的。

陀思妥耶夫斯基说过一句话："全世界的幸福都抵不上一个无辜孩子面颊上的一滴泪水。"人心不是艾略特的"荒原"，也不是庞德那绝望的"完蛋"，"心是通的"，——人有时候的确需要以一种近乎悲剧的情绪来面对人生。我很喜欢的一部老电影《北非谍影》，叙述乱世里一对情侣因为一个小误会分开，后来两人在一个偶然的场合重逢，可是这时候女的已经有了新的男朋友。在躲避纳粹追捕的过程中，男的弄到两张通行证，他把这两张救命的证件给了这个女的和他的情敌，让他们远走高飞。这种"悲剧性"有点类似狄更斯《双城记》里那个把情敌从牢里调包出来，自己替情敌死掉的故事。这些都在于提示人们，在一个不公平的规则下跟别人玩，你会不会玩得很英勇、很有尊严？这里，也许是最能体现"心是通的"真谛的。

人心不古，一直被津津乐道。人心不是感觉，感觉是可以熄灭的。人心可以死，但不可以不通。即便远隔多少年，人心依然可以相通。当北岛看到半个世纪前的庞德在那首号称"划时代诗篇"的《毛伯利》中写道："从牙缝里挤出一声'老婊子'。那文明便已完蛋"时，就有了感应："万岁，我他妈只喊了一声，胡子就长了出来。"一个身处20世纪80年代的中国诗人，与二战时期的美国诗人，他们的时空世界肯定是不同的，但在文化价值意义上，他们的"人心"，能说是不通的么？

思想的边界

2016.09.19

《思想的边界》是我的一本集子，收入了一批文论和评论。时间横跨了两个世纪，论题和话题也有比较大的区别。

集子分为上下两卷：文论和评论。上卷第一辑"感觉之阈：一种理论设置"，概述了我在20世纪80年代确立的一个理论设置——艺术感觉论；第二辑"批评之象：视角与谱系"，从"五四"文学批评背景的视角，讨论现代作家论的谱系以及香港早期文学的历史演进；下卷第三辑"解读之惑：敞开了什么"，对刘再复等的文学理论以及当代一些作家、诗人作了评述；第四辑"艺术之光：形式与智慧"，评论了几位书画家的意义世界和感悟世界；第五辑"思想之惘：边界的迷思"，从人文意义上讨论随笔的文体功能，以此对我所在的这座城市展开一种文化解读。

为什么取书名为"思想的边界"呢？时至今日，我一直被"思想"两个字长时间折磨着。进入思想是痛苦的，匆匆几十年过去，我始终徘徊在思想的边缘地带。思想是一种现场，一种"无名的能量"（南帆语）。思想能不能被"陈述"，如何去"陈述"，一定有它的"界面"。思想在这个世界的"界面"无声地划过了无数的话语痕迹，它不是一种简单回到"日常生活"的"返场"，而是始终处于一种"陌生化"状态之中。我一直认为，不具"陌生化"的思想肯定不是活跃的思想。思想总是在救赎某些东西，而不是一般性的解读或阐释。我的知识结构、兴趣指向和表述方式其实是很杂乱的，所谓"打一枪换一个地方"。我们这一代人的学术地图其实是很不完整的，手上抓到什么就去阅读、接受什么，所以我无法用我这些拼凑性的想法（不是思想）去解释一种历史或一个时代，这种"宏大叙事"注定不是我的知识水平所能完成的。思想的视野极其辽阔，我没有办法那么豪气干云。

所以，我只能站在"思想的边界"作一番精神的迷思。说起来连我自己都感到有些意外，2011年12月，我在巴黎第十大学（拉德芳斯大学）完成一个"文化产业"的培训后飞抵上海，在书店看到一册流亡到法国的德语诗人保罗·策兰的诗集。这本书让我沉迷了很久，我从那里汲取了不少思想和艺术的养分。1921年5月，本雅明在慕尼黑购得瑞士画家保尔·克利的一幅画《新天使》，这幅画就成了本雅明此后20年生命中"灵启的源泉"——他在诸多书信和著作中都不断提到这幅画。他在不同时期对于《新天使》具有不同的解读，从而映射着他的人生际遇以及思想观念变动的印痕。据本雅明至交G.肖勒姆观察，本雅明在20世纪30年代初，从这幅画中"认出了历史的天使"。这幅"历史天使"的图景，为本雅明的历史观念——"以滞留的观点来思考运动"（阿多诺语）提供了注释。近来我的一些文章和短语，时常提到策兰，因为策兰的"这个秋天将意味深长"也在为我的一些想法提供了思想的支撑。它对我至少不是一个偶然凑合的结果。

"思想是边界"注定是我的游走之地。在这个"剧场、身份和表演的政治"的"思想现场"里，我只有一盏浅茶，等待着"尘心洗净"。岩下维舟，清溪流水，一路的学域与道器，火花四溅，都在浇铸着我的灵魂和生命。我的"思想"的混沌也许是属于我的一种"陌生化策略"，但我相信，一梦钧天之后，新的"忧心"悄悄开始了。叶芝的话仿佛又在耳边响起："在阳光下抖掉我的枝叶和花朵，现在我可以枯萎而进入真理。"

小谈阔论

2016.10.05

假日，在家里翻看2011年刘再复先生在厦门大学90周年校庆"走近大师"系列讲座中的演讲"《红楼梦》的哲学意义"的视频。刘再复回忆说，当年他在厦大求学时，王亚南校长有个讲述《资本论》的公开讲座，王校长说：《资本论》这么一个大部头大家不要害怕，你读进去就像读伟大的作品《红楼梦》。这句话一直沉淀在他的心灵深处，后来他又读到王校长论述《红楼梦》经济学的文章，觉得王校长原来就是研究《红楼梦》的先锋。

《红楼梦》从初中起我倒是读了几遍。而对于《资本论》一直不敢触碰。十几年前，在花鸟市场的旧书摊上花50大元淘到一套中华人民共和国成立后初版（1953年）的《资本论》，当时提着书从花鸟市场走出来时，偶遇一先生，说他有1955年版的，愿意加个不菲的价格跟我换，我谢绝了。以后一段时间里，我断断续续、囫囵吞枣地翻阅了这套书，却并没有读进去。

《资本论》是史诗性的鸿篇巨制，它所带来的大智慧，不是我们这几代人能够"消费"得了的。一位年轻的女博士告诉我：资本家为了提高剥削的程度和榨取更多的利润，被动地提高生产技术，所以才有几次的工业革命——这是《资本论》的一个基本观点。她接着提示我：马克思政治经济学和西方经济学最主要的区别在于，前者关注社会上人们之间的生产关系包括阶级的关系以及财富的分配，而后者侧重于研究经济增长和经济效率，所以更少关注财富的社会分配。女博士的指点，使我对《资本论》的极其浅显的印象稍有加深。分配与社会关系一定是密切相关的，现在的许多行为与传统政治经济学原理相违背，比如房地产和金融，完全不讲比例关系了。传统政治经济学概括出来的那些基本规律今天是否还适用？

这已经是经济学家的话题了。在一则短语里谈论这个话题的确过于沉重。但无论如何，《资本论》远游了这么多年，苍山依然如海。去年深秋的一天，我和一群朋友到《资本论》研究专家、福建师大原校长李建平教授家里做客，他向我展示了在德国留学期间得到的三卷德文版《资本论》原著。李校长系出哲学之门，研究的是《资本论》的哲学，与刘再复研究《红楼梦》的哲学相比，二者有异曲同工之妙。在我看来，从哲学高度对一个研究对象进行解剖，才是真正的大智慧。

英国历史学家卡莱尔在他的《英雄与英雄崇拜》一书里提到："我们宁可失去印度，也不能失去莎士比亚。"他对此作了解释："印度是我们脚下的土地，而莎士比亚是我们精神的天空。"举世滔滔，"火湖"在前，我们也可以说，《资本论》和《红楼梦》都是我们精神的天空。读这种书，灵魂将在我们自己的生命册里受审。王亚南校长潜心研究《红楼梦》里的经济学，在于这两部巨著在价值论上本属一体，就像博尔赫斯那个名句所说的"水消失在水中"。它们都有一种越界的力量和想象，既属于它们的诞生地，也属于全世界。

我由此明白了"视野"两个字的分量。

刘再复说，《红楼梦》表现的是心灵本体。虽然我对《资本论》知之甚少，甚至有些惶惑，但我可以肯定，这个大部头表现的就是价值本体。任何阅读和研究对象，一旦从本体论意义去看，就会见到我们面前的"火湖",然后沉浸其中,触摸到人类社会的精神血脉。《资本论》和《红楼梦》都是生命之书和灵魂之书,它们的精神价值就是我们头顶的星空。

轻松的假日却承受一个本体论之重,只好将就写下这则"小谈阔论"。

《思想的边界》后记

2016.12.05

写"后记"好像有点烦,寻找记忆不是我所擅长的。我一直很佩服那些革命老同志,总能记起几十年前事情的细枝末节。我过去那些不起眼的痕迹,早就被我抛到九霄云外了。在文字的间隙里,我还能找到一些什么样的蛛丝马迹呢?

这是我的第一本论文集,之前出版的大都是学术专著。这本集子收入过去发表的学术论文和评论文章中的一部分,主要内容是一种理论设置的"艺术感觉论"、一种中国现代文学批评的"视角和谱系",以及一部分作家作品的解读和评论,看起来有些杂,时间跨度也有点大,像野狗耕地、荒江野老。论文集的"布阵"是有玄机的,每一个章节的"摆摊"总要费尽心思,弄不好就得"打包"携归。我却如同收割那般,将其拢为一捆。"闲云一片不成雨","画眉深浅"还能"入时无"么?此时我想到的另一个词就是"敝帚自珍"。

本书中的两个关键词就是"艺术感觉"和"批评之象",一眼望去,丝毫没有什么诱人的热闹,不是面容过于整肃,就是神情过于倨傲。如今学术不吃香了,篷窗孤立,只剩下"我思故我在"了。30多年前年轻气盛,不知学问深浅,一脚踏进去,才明白学术的脚印器器,暗藏的密码何其多也。鲁迅当年在《从百草园到三味书屋》里写到三味书屋的读书,人声嘈嘈,一片鼎沸。待一切都静了下来时,先生还在大声朗读着："铁如意，指挥倜傥，一座皆惊呢……"鲁迅写道："我怀疑这是极好的文章，因为读到这里，他总是微笑起来，而且将头仰起，摇着，向后面拗过去，拗过去。"读书能"入神"到这等境界，我想多少是逼入了灵魂，才能这般有滋有味、陶醉无比。然而，做学问有时还真的不可能像三味书屋的先生那样，"指挥倜傥"而使得"一座皆惊"呢。

写文章被人们俗称为"写东西"，这个"东西"究竟是神马东西呢？按我浅薄的理解，就是在字里行间讨点滋味、讨点生活。既然误入歧途，为了五斗米，那就安心也罢，手持黄卷，偏安一隅，面对蒙蒙细雨，让自己的陋相混迹其间，慢慢地逼近所谓的"学术"。学术其实是很奢侈的，是一种心智的折磨。钱锺书先生说："东海西海，心理攸同；南学北学，道术未裂"，容不得半点的虚假。学界贤哲如恒河沙数，我这一册小书就权当"浮云遮望眼"了。有时候想，或许读一读我的"自序"和"后记"就好，绝对比正文那些"营生"好看。

好吧，不能再这样无休止地"满纸荒唐言，一把辛酸泪"地乱发痴话了。要感谢的人好像有很多，可我一摆起这个长长的名单"地摊"，又得"排座次"了。时文桎梏，"排座次"也很累，干脆就罢了。我想，隐其名而笼统鸣谢，冷热自知，大家懂得。

校对完书稿清样，想想自己是不是该来一次学术"大逃亡"了。时下阅读已经进入碎片化，我也鸟枪换炮一回，写我的"短语"去了。呜呼，既然不能免俗，那么也就不要去打扫凡心了吧。

答案在风中飘荡

2017.03.14

朋友春节期间去欧洲旅游，从荷兰给我带回一册《直面文森特·梵高》。对于梵高虽然并不陌生，但我时时揣摩不透他。我一直认为，这是一个不同凡响甚至是极其奇怪的人，是一个没有"答案"的画家，他一辈子都在内心深藏着隐痛，思想上生长的是死亡的种子。

时至今日，我们能找到他的"答案"么？诺贝尔文学奖得主、美国民谣歌手鲍勃·迪伦有一首歌《答案在风中飘荡》，我想梵高的"答案"，同样是"在风中飘荡"。在被梵高"蒙圈"的过程中，我们会捕捉到什么呢？

梵高的悲剧不在于他生前没有人能够认可他的画，而在于他无法拯救他人，最终也无法拯救自己。他企图用自己的作品唤醒艺术世界，结果始终不能如愿。他钟情的颜色是黄色，就连太阳也画成柠檬黄色的巨大圆盘。黄色给他带来的是乡村草舍的感觉，那里就像鸟巢一样能够带给人隐匿和安全感。所以，他乐于描绘乡间农民"简单朴实"的生活。仅在1884—1885年，他就画了近百幅平民百姓的头像，他们不是一批肖像而是一种归类，"他们使人想起土地，有时甚至使人想象他们是用泥土塑造出来的。"

梵高创作过一幅他自己极为满意的作品《吃土豆的人》，他认为，一幅农民画可以散发着熏肉、烟草和蒸土豆的气息，并且不能带着

"香水味"。这幅有五个人物的巨制，也是他的第一幅大型人物作品。倘若把它看作梵高的"答案"，我想是远远不够的。

在弟弟提奥的支持下，梵高有了自己的画室，并邀请高更到他的画室来创作。两位画家在合作之初颇有收获，后来就因艺术观念不同开始发生摩擦。梵高注重自然，高更偏重于想象力。最终，两人矛盾爆发，导致梵高在精神错乱中割下自己的左耳垂，用报纸包起来，送给了附近花街的一名妓女。梵高不是一位没有想象力的画家，他主张生活和素描是画家的"一切根基"。在梵高那些令人印象深刻的作品中，我只是读到一种"极端的孤独与悲伤"的感觉。而这个，同样是没有读到梵高最后的"答案"。

无疑，梵高是一门"让苦闷的心灵得到慰藉的艺术"，但梵高又是说不清的。梵高生前充满了悲剧，他只能把绘画当作末日审判，并且自找苦吃地强加给了自己。他的惆怅、厌倦和绝望，借用苏曼殊的诗句，就是："纵使有情还有泪，漫从人海说人天。"当然，这也还不是梵高最终的"答案"，他的终极"答案"只能在他的艺术里寻找。梵高一生只活在色彩的感觉里，因此没有忏悔，也没有救赎。

今年中央美术学院本科艺考"艺术设计——造型基础"的一道考题，竟然就是"答案在风中飘荡"，要求绘制一幅表现鲍勃·迪伦这首歌曲意境的造型视觉画面。不少考生一下子就"傻眼"了，他们的第一反应就是：没听过这首歌，怎么画？在背景材料给出的"追逐梦想""奔跑的阿甘"等字眼中，答案怎么在空中飘呢？没有任何的"套路"，考验的就是对于事物的理解力、想象力和创造力。设想一下，如果是梵高来应试，会是怎样的一个画面答案呢？

梵高是一个隐喻，这个隐喻至今没有终极性的"答案"。所以，我与梵高就有不少的距离。曾经在巴黎居住了一些日子，每天去拉德芳斯大学途中，都要经过凯旋门、埃菲尔铁塔和卢浮宫，我这副陌生的眼光却一直无法领略这个意象繁复的都市。这就是我与巴黎的距离。在巴黎"左岸"，匆匆掠过我的视界的，还是那些商店橱窗，我一直没能将巴黎的真正传奇纳入心里。这是"隔"么？

我想是，也可能不是。因为光怪陆离的巴黎的"答案"也是"在风中飘荡"的。以此去看待梵高，我们该怎么去寻求这个"答案"呢？

为什么是"朗读者"

2017.03.22

《朗读者》是德国法律教授、法官本哈德·施林克于1995年写的长篇小说。作品讲述15岁男孩米夏和36岁单身女人汉娜之间的惊世之恋。战后的德国萧条破败,米夏在电车上病倒了,女售票员汉娜帮助了他。米夏在妈妈的吩咐下,去汉娜家里答谢,交往几次后,有了性和爱。在做爱前后,米夏都会向汉娜朗读文学名著中的经典篇章。

在米夏的朗读中,汉娜像个孩子似的时而痛哭,时而大笑。那个夏天,是他们一生中最短暂、最快乐并最终影响了后来岁月的时光。不久后一天,汉娜突然不辞而别。直至8年以后,米夏以实习生的身份在法庭上才再次见到汉娜。此时汉娜已经作为奥斯维辛集中营的女看守接受审判,成了一名站在法庭上的纳粹罪犯。汉娜并没有否认自己的罪行,而是坚定异常地坦诚了自己的一切。在审判席上,汉娜不愿提笔在纸上做笔录,并因此背负罪名。米夏这才知道汉娜原来是个文盲,所以她会不厌其烦地聆听自己的朗读。但汉娜拒绝向任何人袒露自己的缺陷,即使被判终身监禁,也要隐藏她是文盲这个秘密。这个故事深刻表达了德国人对于历史、暴行与原罪的自我鞭笞式的反思。

《朗读者》是一部复杂的小说。历史与个人、情欲与道德、爱与罪,全部被压在小说叙述者、主人公米夏身上,当这些东西无法抛弃、无法剥离、无法逃避时,它带来的感动无疑也是相当沉重的。读这部小说时，也许我们会想到一个词："历史的人质"。小说告诉人们，这个词汇远比我们想象中要复杂得多，因为任何"直面历史"都是艰难甚至残酷的，尤其是这个"历史"跟我们的灵魂和肉体发生关系的时候。我们今天缺少的恰恰是这样一种忏悔、直面和批判的精神。

想起了央视一档极为火爆的节目——《朗读者》，主持人董卿近乎成为一种时髦。的确，相对于那些娱乐选秀、低级趣味的真人秀表演，"朗读者"以传递诗意审美的读书，在这样一个戾气深重的商业社会里，传递出了一种正能量。这类节目在很多时候并不需要深刻和凝重，它提供的是一种"文化按摩"，使人轻松和畅快。

最近看到有人评论"朗读者"，指出在现代中国，我们从来不缺"朗读者"的感性泪水，而最需要的是"赛先生（科学）"的理性精神。我想不管怎样，"朗读者"为我们提供了一种精神的自足。我们为什么就不需要感性呢？我们为什么就不需要米夏那样让人能够"直面历史"的朗读呢？

实际上，在这个社会里，我们每个人也都是"历史的人质"，都在孵化自己或者被孵化。时代在任何时候都在发生变化，不变的是我们在任何时候都可能触碰现实而最终成为历史。所以，在任何一种历史面前，我们都必须储备好"直面的力量"。李安在给《色·戒》作序时提到，张爱玲反复修改这个故事，"像受害者忍不住重现和变异痛苦来获得快感"。这种"自虐"有时候恰恰不需要什么"理性"，而只是某种"感性"或"超感性"就可以让人具有亲和力。我在某一期"朗读者"里，看到柳传志朗读他在儿子柳林的婚礼上的致辞，第一句就是"我荣幸地有机会给柳林当爹有四十几年的历史了"，引得一阵爆笑。这是什么？这就是感性的力量。因为它用了一种"超感性"的语言，表达了一种事实。

莫言有一次在北大西门外遇到在军艺文学院授过课的吴小如教授，说听过吴教授讲庄子的《秋水》《马蹄》，很受启发，写了一篇小说题目叫《秋水》，一篇散文题目叫《马蹄》。还说他在刻蜡纸时，故意将《马蹄》篇中"夫加之以衡扼，齐之以月题"中的"月题"的注释刻成"马的眼镜"。所谓"月题"，本是指马辔头上状如月牙、遮挡在马额头上的佩饰。莫言把它刻成"马的眼镜"，吴教授看了说："给马戴上眼镜，真是天才！"那天，他们在北大西门看到一少妇牵着一只身上穿着鲜艳的毛绒衣的小狗从身边经过，吴教授听了莫言重提"马的眼镜"旧事，突然响亮地说："狗穿毛衣寻常事，马戴眼镜又何妨？"如此"感性"的"朗读"，何尝不是快意万分呢？

老根"立字"

2017.05.25

王立根老师出了本《老根说字》。这是一本有意思的书,我几乎是一捧起就放不下来,只好站立着读,"立"着"立"着就累了,这才歇手。张广敏先生在书的序里提到谢冕教授说过,"凭王立根老师的思想和知识,完全可以登上北大的讲台。"这个评价,让我看到一个属于"老根"的声音正在开放着灿烂的花朵。

老根那张脸其实就是一副灿烂的中国语文的脸,每一条温和的皱褶里都深深埋着汉字之魅。台湾的牟宗三先生曾提出用"心、性、理、才、情、气"六个字,来把握中国历史的不同特点。中国的确有尽心尽性尽理的时代,也有尽才尽情尽气的时代。倘若借用这六个字来概括王立根老师的《老根说字》,未尝不可。究竟有没有一种原初的文化让我们安身立命呢?它就是汉字。我们每天面对着的一个个汉字,就是马一浮先生所形容的"如迷忽觉,如梦忽醒,如仆者之起,如病者之苏"的生命之境。多年前,华东师大施蛰存老先生招考研究生时出了一道题目:"什么是唐诗?"考倒了一干人。老先生说,"唐诗"两个字本身就是个齿颊生香的词语,它"以山水为教堂,以文字为智珠"。说来说去,文字的"字",一定是我们所要追求的那个"魅"。

中国古人提出"三不朽":立言、立功、立德。到了鲁迅时代,又提出了"立人"。无论怎么"立",都是中国精神和中国文化的一种站位。一位读书人，他的文化生命基元，终究得回到汉字上面来，这就是"立字"。对于汉字的解说，见过一些"说文解字"之类的书，但能把汉字说得有意味又有趣味的，我必须推出这本《老根说字》。

"立字"是有使命感的。老根说："一字一世界，一字一浮生。"他在这本书里要告诉我们的，不仅仅是汉字之"谜"，更重要的是汉字之"魅"。老根说字，有些"玩"的意味。玩字本来是很容易掉书袋的，无论是追索文字之源流，还是辨析文字之本义，不把书袋掉足似乎是不过瘾的。汉字并非寒瘦幽冷之物，它是有感情的，——老根一定这么认为。所以，与其说是"老根说字"，不如说是"老根立字"。"字"是他的"物"，只有"立"才是他的"格"。老根的"格物"，就是他的"立字"。

老根"立字"，完全带着一种"静谧的激情"，以静止向着永恒，从不畏惧思想里的烈日抑或寒风。与汉字的对视，他留给人的是灵魂相望的感动。与已有的那些"解字"式的书不同的是，他对于汉字的解读不止于辐辏般地关联在一起，而是把每一个汉字都纳入自身的灵魂，赋予它们以生命的价值和感情的意义。他其实是一尾在汉字的水流中游弋的鱼，就像艾青的《鱼化石》里写的："你绝对静止／对外界毫无反应／看不见天和水／听不见浪花的声音。"实际上，在汉字的湍流里，老根解读的不只是"字"的浪花或深流，而是每一个汉字所标示的生命和情感运动的方向，这就是老根的"立字"。由此，我想起了博尔赫斯的名句："水消失在水中。"

老根对于汉字的解读并没有生硬和迂腐之气。在符号学的世界里，母语免不了要受到内伤，"符号，被解释到崩坏"——策兰的这句诗，也许就是如此地提醒了我们。在老根的"立字"中，我应该算是真正认识了那些亲切而高贵的汉字，它们是充满灵性而又耐人寻味的。在九州共仰的汉字信仰世界里，它们并不孤寂，所有的热烈都隐藏在那些方块般的生命之中。老根的汉字世界，所有的字眼都可能穿越时代与个人的生命通道，以各自的坐标互相辉映。这也就是贝多芬所说的："它来自心灵，也将抵达心灵。"

　　汉字世界是无止境的，老根的"立字"也是无止境的。尽管这本书里解读的只是一百个汉字，然而它的意味深长同时喻示了立根老师对于汉字还将遇到一次次新的精神历险。我相信，他继续打捞的，依然是一网网文字的晶石。我想如果合适，或者可能，"立字"就算作我在另一种时间里对他的一个不甚恰当的评价。

写作的"能见度"

2017.09.08

　　作家的作品是有指尖的——这一直是我的一种感觉。

　　作品的指尖一定会触痛了什么？写作就是一场江湖上的精神流浪，它的搅动不需要太多的理由，也不需要过多的节制，一切如同一场隐秘的逃逸行为，然后向远方遁去。

　　于是问题出现了：写作有没有"能见度"？

　　王安忆援引一位韩国作家的段子，有个强迫症患者，去向精神科医生求诊，他顽固地认为，他的眼睛是一颗煎鸡蛋，而蛋黄随时就要流淌出来。医生对他说，那么你就想象你是一片烤面包，将鸡蛋包裹起来。这位韩国作家说，我的写作就是那片面包，将溃散的心托住。王安忆说，这个段子所说的写作，其实就是寻求某种安全感，写作者大多是居安思危的病态人格。

　　这种安全感同样有"能见度"么？

　　玛丽莲·罗宾逊是一位非常"低产"的美国作家，其处女作《管家》入围1980年普利策决选名单，并荣膺海明威笔会奖。《管家》叙述的是露丝在美国中西部一个鬼气森森的地名——指骨镇上生存的故事。露丝的外祖父死于一场火车脱轨事故，罗宾逊如此写道："车头朝湖冲去，余下的车厢随它一同滑入水中，像鼬鼠爬过岩石一般。"这个比喻把可怕的悲剧轻描淡写为一个太过平常的自然现象，其"能见度"

是显而易见的。

而同样是美国作家，海明威所钟情的是"冰山原则"。在他看来，只要你自己清楚你都省略了什么，那么省略什么都没关系。对于海明威这句话深表赞赏的美国20世纪七八十年代短篇小说圣手雷蒙德·卡佛，也发表过类似的话：与小说中可见部分一样重要的，是那些被省略和被暗示的部分，那些平静表面下的风景——这也就是他认为的"能见度低"的作品。所以，当卡佛那篇《在我们谈论爱情时，我们究竟在谈论什么》问世后，这个让人感到新奇的句式便迅速被传播开来了，因为人们在那里面看到了写作的一种"能见度"。

卡佛的小说的"能见度"的确是不高的，即使是生活里的大悲伤，他也会把其"能见度"尽量压低。在《好事一件》中，那位小儿子因为一场不太严重的车祸受了一点看上去并不致命的小伤，结果最终还是不治身亡，原来是一个十分隐蔽的内出血而导致的。那天正是小儿子的生日，他妈妈为他预定了生日蛋糕。出事后，谁也没想起那个蛋糕，只有面包师不断打电话给其父母，责备他们"是不是把儿子忘了"。当他们赶过去时，面包师明白来由后便让他们坐下品尝刚出炉的面包。面包师说，孤独已经让他不知怎样待人处事了，他每天对着大家为喜庆而订做的蛋糕，自己却感到无处孤单。这些话，他都说得很淡很淡。结果到了天亮，这对父母却还没想到要离开。

故事并没有运用太多浓重的笔墨来描述强烈的情绪，却让人想到很多，觉得有不少话要说，却又说不清楚。这，就是卡佛小说的"低能见度"。就像他在《大教堂》里，借着"手把手在纸上描画来告诉盲人大教堂是什么样子"这个故事，只能是一种"夫子自道"，换句辛稼轩（辛弃疾）的诗，就是"欲说还休。欲说还休，却道天凉好个秋"。

写作的"能见度"无论高还是低，作家笔下所描画的那个世界都在于彼此温暖一下各自的心,是一种各美其美的美。但是现代写作对于内心安宁的追求,早已被闹哄哄的世俗生活斥责为无聊,从而归入另一途。其实现代人曾经的伤疤如影随形,从未被时间抹平。所以,现代人内心更真实的声音或许就是——

我死以后,哪管洪水滔天?

写撩汉的作家

2017.11.26

少时读《水浒传》，觉得那是一座男人的传奇。及至上了大学，再读这部小说，就觉得施耐庵笔下那些正面人物如孙二娘和顾大嫂，都没个女人样，不是母夜叉就是母大虫。而那几位好看的女人，却个个都偷情，从潘金莲、潘巧云到阎婆惜，妖娆不尽，都爱偷汉子，从而都被贴上"淫妇"的标签。当然，她们的下场也是可悲的，潘金莲连五脏六腑都被武松挖出，头也被割掉；而潘巧云和阎婆惜，则分别被杨雄和宋江给正法了。

女人偷情，非偷即撩。施作家写她们撩汉，还真是笔法旖旎，饶有兴味。潘金莲是怎么撩武松的呢？先是跟小叔独酌小酒，接着就借机套问私事，然后轻捏一下小叔肩膀：叔叔穿着这么单薄，不冷吗？最后使出撒手锏：叔叔，你若有意，请喝我半盏残酒。这半盏残酒，一般人是扛不住的，而武松不是一般人，也就没被她给撩了。

潘金莲在《水浒传》里不过是惊鸿一瞥，到了《金瓶梅》里，在兰陵笑笑生笔下，无论是西门庆撩潘金莲，还是潘金莲撩西门庆，这二人的互撩真是销魂蚀骨，达到了极致。当然，到了今天，我们不能用旧时的眼光来看待这些。写《水浒传》的施作家把潘金莲看成专事偷情，而写《金瓶梅》的兰陵笑笑生却看到了风情。《金瓶梅》终究不是审判台，而是人性的世界。在道德的裂缝处，就有一丝人性的活色生香浮出。潘金莲生来聪明漂亮，又会听曲识字，偏偏被卖来卖去，最后嫁给了武大郎，还要她乖顺认命，从一而终。兰陵笑笑生深为潘金莲鸣不平："自古佳人才子相配着的少，买金偏撞不着卖金的"。

潘金莲因为撩汉，在《金瓶梅》和《水浒传》里，只能是必死无疑。当然，兰作家还是忍不住在武松手起刀落之后，喊出一句："武松这汉子端的好狠也"。而施作家终究喊不出来，只是叫了一声：好！兰作家让潘金莲多活了7年，无非是让人看见一个必死之人的性与罪、爱情与愤怒，以及狠毒与堕落。这其实是一种深刻的悲悯。

由此想到莫言《食草家族》里的《红蝗》，这是一篇借"红蝗"写"真力弥满、万象在旁"的雄放乡情的小说。这个"蝗灾"就是雄放，就是性。四老爷喜欢上穿红衣的小媳妇，四老妈却喜欢上铜锅匠；而九老爷既喜欢四老妈，又喜欢小媳妇。莫言把乡村里这种看起来质朴却是深意重重的事情写得异常坦荡，最后揭示出来的是蝇营狗苟的虚伪。他写被休的四老妈是如何撩汉的：在明亮的阳光下，"翘起的奶头几乎戳到九老爷的眼睛上"。写她挂着那两只大鞋，挺胸骑驴穿村而过，鞋就像"光荣的徽章"。莫言还是莫言，就连最后四老妈被子弹击中的场景，都写回到《红高粱》里"我奶奶"的感觉了。

古往今来，写撩汉的作家还可以举出许多。作家们极尽描述那些撩汉女子的风情、聪慧和妖娆，甚至毫不避讳性，让这些撩汉的女人都具有了非同一般的性魅力。但作家们无论怎样于泥淖中把她们写得姿态万千，她们最终都免不了被文字杀死。

西门庆娶了潘金莲后不久，就跑到妓院里包了李桂姐，半个多月不回家。潘金莲受不了，托玳安带了一封信给西门庆，信里原来是一首词："黄昏想，白日思，盼杀人多情不至。因他为他憔悴死，可怜也，绣衾独自。灯将残，人睡也，空留得半窗明月。狠心硬，浑似铁，这凄凉怎捱今夜？"那种李清照般的寂寥、婉约和深情跃然纸上。当然，这首诗的下场是很惨的。桂姐知道后恼羞成怒，西门庆赶紧把信扯烂了，狠踢了玳安两脚，把桂姐抱出来：别生气，我回家打那淫妇一顿好了。自从嫁给西门庆之后，撩西门庆的女人是越来越多，从李桂姐到李瓶儿、宋蕙莲、王六儿……潘金莲自然是越来越焦虑，最后留给她的，只能是这一句诗：我本将心向明月，奈何明月照沟渠。

还是莫言那一句话，就把这些撩汉的女子给概括尽了："他们踩着草地，就像踩着我的胸脯。"人性的原欲与原罪、性与道德的冲突，自古而然。

没有声音的虚无

2018.03.20

一位大一女生写了篇《娱乐至死——探讨灵魂死亡的可能》的随笔，她母亲发给了我。文章从英国作家乔治·奥威尔的政治小说《1984》和日本作家荻原浩的小说《明日的记忆》入手，讨论了"灵魂死亡的可能"。这是一道在黑暗的极微之处翻动出来的光亮："灵魂宗教"。问题有些深奥，它不同于"神话宗教"用天、地、海、夜等形象去解释宇宙，也不同于"哲学宗教"用火、土、水、气等元素去解释宇宙，它提撕出来一种"灵魂宗教"。"灵魂宗教"要解释的是此岸和彼岸的关系，类似于前苏格拉底的"自然神学"，终究是摆脱不了自然的力量的。

"娱乐至死"词出自尼尔·波兹曼1985年出版的《娱乐至死》一书。这是一个颇具偏激的观念，波兹曼似乎是预见了时代的某种危险倾向，但又绕不过"是否应该改变这样的局面"的问题，因为他无法预见历史的最终走向，并且没有足够的力量去做出相应的改变。许多年以后，我们用时间的瞳孔再度回眸这段历史，也许仍然看不到历史发生的任何转向。那么，当下该如何对待这样的娱乐化趋势？在我看来，一切都是未知数。

若干年前我读过奥威尔的《1984》，这本写于1948年的反乌托邦小说，对极权主义做出了深刻的批判，同时热切地呼唤了自由。奥威尔是否就是"自由"的化身呢?《纽约时报》有个十分恰切的说法:多一个人看奥威尔,就多了一份自由的保障。由此我想到索尔仁尼琴说过的一句话:"宇宙间有多少生物,就有多少中心。我们每个人都是宇宙的中心,因此,当一个沙哑的声音向你说你被捕了时,天地就崩塌了。"当我看到温斯顿和茱莉亚在查林顿小屋里被捕时,脑海里一下就闪出索尔仁尼琴的这句话。我相信,每个人读完《1984》,一定都会有一种对于自由的极度向往。

"自由"肯定是每个人都想追逐的本性。"有些鸟注定是不会被关在笼子里的,因为它们的每一片羽毛都闪耀着自由的光辉。"我不止一次看过电影《肖申克的救赎》,那位被诬陷入狱的安迪,用十九年时间挖了个地道,成功越狱。他所向往的自由,更多的是身体的自由。而《1984》中温斯顿所向往的自由,则是身体和思想的双重自由。所以,当我看到这位大一女生如此看重《1984》,对于她所追索的"自由"便有了些许的理解。"老大哥在看着你"——女大学生眼里的"老大哥"是谁呢?

"老大哥"是"自由"的追索者。无论是人为的还是自然的,灵魂的死亡并不是由"娱乐至死"带来的,相反,它是"灵魂宗教"里一种"娱乐至上"的"自由飞行"。借用海德格尔"存在与时间"的观念,就是"娱乐至在",这个"在"牵引了某种"自由"的意识。

然而,"自由"不是纯粹的,不受干扰的自由实际上并不存在。罗兰夫人临刑前说过的:"自由,多少罪恶借此之名而以行!"就是这种充满奴性的伪自由,说白了,这是一种犬儒的自由。《1984》中"老大哥"所鼓吹的"自由即奴役",就是这么一种"自由"。"不采苹花即自由"——世上还有这种极致的"自由"么?如果我们每个人都如同"沉默的羔羊"那样顺从地接受监视和放弃思考,那么,人类最终就只能沦为哈维尔笔下"生物蔬菜水平上的存在"了。

"我们会在没有黑暗的地方见面。"——这是《1984》中奥布兰对温斯顿的承诺。在全书的结尾,奥布兰终于实现了这一承诺。温斯顿在他的改造下成为一个彻头彻尾的"牢笼自由者",享受着井底的自由之光,心中充满感激。这就是《1984》所提示给我们的令人深思的悲剧。

《明日的记忆》我至今没有读过,根据这位大一女生的描述,小说写了一个慢慢丧失记忆的老年痴呆患者。我想,正常人确乎难以想象丧失记忆的人该如何去生存,这部小说能让我们体会到慢慢失忆的可怕,或者更深一层地说,是理智再也不能控制身体的无奈及痛苦。但无论如何,我意识到从《1984》到《明日的记忆》,我们面对的都是"未来"的"灵魂宗教"。

什么是"灵魂死亡"?这也许是一种没有亮光的黑暗,一种没有声音的虚无。从这个意义出发,"灵魂死亡"还能被我们过度阐释和想象么?这位大一女生对于这个问题的探讨,我想更多的是从她所目击的"存在"出发,或者从她的"此在"出发去展开对"灵魂死亡"的想象的,至于接下来她还会想象和思考到什么,同样是我们想去面对"什么是自由"的问题。

这则短语写得很长也很费神,估计读者也会读得费劲。其实,我试图表达的,也就是一个不算复杂的问题:"灵魂死亡"之后,究竟是否进入一种"自由"的境界?

"别处"的阅读

2018.08.21

我的阅读范围随着年龄的增大,似乎是越来越没谱了。大到《资本论》,煞有介事地坐在那里翻了一两个小时,却没灌入脑子里多少东西;小到对毛姆一篇简单的随笔,可以翻来覆去琢磨好几遍。这样的读书常常让我自己都感到莫名其妙,却又若有所思。不过回头一想,"何故乱翻书",即便是别处的阅读,只要有点会心就行。

什么是别处的阅读?其实就是不按照所谓的"套路",挑你喜欢的随意读下去。不知多少人都在倡导"快乐的阅读",却偏偏依旧把读书看作一项灵魂的担负。除非出于工作和专业的需要,我想随意的在别处的阅读,一定会对你心情的放松和眼界的开阔有利。阅读在别处,无论"大文体",还是"闲笔",都有许多的"陌生感"在追逐你、诱惑你。我并不爱好旅行,但时时把阅读当作无数场旅行的起点。那部老电影《罗马假日》里有一句经典台词,震撼了我许多年:"身体和灵魂,总有一个要在路上。"毫不犹豫,我选择了"灵魂"。

我也不太喜欢读游记之类的东西,一直以为那种导览式的文章反而会限制我的视野,甚至阻挡视线。为什么要被别人牵着鼻子去游山玩水呢?人间草木太匆匆,我们每个人心里都住着一个王国,"一个私人的乐园"(泰戈尔语),那些永恒的回忆,那些曾经给我们的生活经历带来的神圣之光,也许不为他人所知,却毕竟是你需要去触碰的

"别处"的灵魂。我的朋友周宁教授的一册并不厚的书《人间草木》，描述了四组人物：马礼逊和柏格理、苏曼殊和李叔同、列夫·托尔斯泰和马克斯·韦伯、梁济和王国维，触碰了他们内心的各种内容。这是一本足以颠覆许多高头讲章式的"大著"，因为它有内容、有深意、有灵魂，是一本写在"别处"也让人读在"别处"的大书。

十多年前我去敦煌，没有带任何的导游手册，虽然只是匆匆掠影，但我始终觉得自己是在历史与现实的地图上行走，发现了令人心醉神迷的图景。我逗留在莫高窟外面许久，突然意识到敦煌是个观念，莫高窟才是日常；敦煌是个传奇，莫高窟才是随笔。为什么一定要把莫高窟看得那么神奇？为什么就不能返回它的曾经的日常？1922年，毛姆从英国乘船到锡兰，再经仰光到曼德勒，骑着骡子走了整整26天，就为了去缅甸东北部的掸邦，看看那里的风光。他在随笔里对此的描述就没有小说里的机锋，反而觉得那里有着"我要细细品味的忧郁"。这就是毛姆要去探究的随笔似的"日常"，也是他的"别处"。

回到阅读层面来，我想任何一本你想阅读的书，都是一种"日常"，也都有它的"别处"。只有与书的"别处"的"灵魂"相望，才会有属于你的"别处"的感动。一本好书，可以寄存在我内心许多年，甚至一辈子——那肯定是我经历过的在"别处"的阅读体验。有时候哪怕一个小段落，都会让我惊喜莫名——那同样是一种在"别处"的书写。我曾经在一本书里看到一个故事：美国一个小镇的报纸，有一位实习记者报道一宗意外爆炸事件，写了几稿都被总编辑打回来，原因是太啰唆。记者急了，发狠写了最后一稿，总编辑只瞄了一眼就通过了。报道如下："约翰划着了一根火柴，想看看汽油桶里还有没有汽油。有。38岁。"这个小故事之所以一直占据了我的心灵，就在于它的描述的视角和姿态，既是日常的，又是"别处"的，它没有天堂似的风暴，却有着对于一个"严重的时刻"描述的那种异常的理智和冷静。

的确，我一直把我所追求的"别处"的阅读，视同那些理智和冷静的描述。"别处"一定是灵魂的"转向"，正如周宁在比较列夫·托尔斯泰与马克斯·韦伯时所描述的：面对死亡的自我忏悔和自我启悟——你无法信仰，因为太理性；你无法信仰他人，因为太自我。周宁的书写，同样是抵达了"行动的生命"与"沉思的生命"的底部，这就是他的"别处"。

你别有选择

2018.08.27

刘索拉的小说《你别无选择》，描写了 20 世纪 80 年代一群音乐学院的大学生，经历了从传统到新时期的时代变革，他们的追求、创新、反叛、苦闷、烦恼的生活状态和内心世界。这是"迷惘的一代"，因为他们"别无选择"。不过，我一直以为，这世上的事物难道都是"别无选择"么？假如反其意而行之，或许可以说一说"别有选择"。

若干年前，利用一次学术研讨会间隙，我在下榻宾馆的一家品牌服装店挑了一件便西服，挂在身上请一位女博士给把一下关。不料女博士看了我一眼，不紧不慢扔出一句："你还可以有更好的选择。"我陡然一惊，她为什么不说"一般了""不咋地"或"不好看"之类句子？这位女博士看来是有点不简单了，转而又想，她的不简单其实也很简单，就是用了别一种语言表达方式，让人听了觉得舒服。

原来，我们还是有"别有选择"的余地的。

就像这位女博士那样，如何选择恰当的语言表达方式，确乎是人的一种智能考验。无论对人还是对己，每个人都可能遇到语言反应或应答的问题，这时只有两种形态：要么机智要么平庸。林志玲有一次出席公开活动后，照片未经修图就被公开，眼角的鱼尾细纹全"露馅"，网友直呼女神也难逃"岁月的摧残"。随后，林志玲在社交网站晒出了一张自拍照，她将三根手指头摆在眼尾，似乎刻意想遮住鱼尾纹，接着噘嘴假装生气的样子："喔……您说……三条线吗？Sorry，藏起来了。"由此将之前被曝光的话题拿出来自嘲一番，如此机智的回应，令粉丝们大赞不已。

一直觉得女性的心理比男性要更加细腻和敏感，反应也更快，表达甚至也可能更为机智。《红楼梦》第二十八回，宝玉被宝钗"雪白的一段酥臂"迷住，呆愣了去。黛玉在一旁看在眼里，并不吱声，只"蹬着门槛子，嘴里咬着手帕子笑"。宝钗不解地问道：你又禁不得风吹，站在那风口干什么？黛玉回道：何曾不在屋里，只听得天上一阵叫唤，出来看看，原来是只呆雁。宝钗赶出来看，哪有什么"呆雁"？只见黛玉将手帕甩向宝玉的脸，嘴里"忒儿"一声，说：我才出来，它就飞了。黛玉用"呆雁"二字，活脱脱把宝玉见了宝钗"酥臂"的呆萌之态，表达得淋漓尽致。黛玉是大观园里出了名的爱哭、好嫉妒和小心眼，但她的冰雪聪明，又别有一番滋味。

过去的清华和抗战时期的西南联大有几位有意思的教授，他们讲课不拘一格，甚至也会耍些小性子。闻一多是新诗人，不擅讲授古文，有一次他给清华的学生讲训诂学，认为"振""娠"互通，有位同学认为他讲得没有根据，闻先生就发了脾气：你说该怎么讲？课上不下去，闻先生就一周没来上课。他的"名士"之风不可避免地影响到他的另外一些讲授方式，比如讲"楚辞"，他点燃烟斗，一打开笔记，就开讲："痛饮酒，熟读《离骚》，乃可以为名士。"这种表达方式，也算是机智的。如果说这也是教授的"选择"，我会觉得这种"选择"是属于他的"别有"，因为他独特。

西南联大教授金岳霖，有一次给学生讲《小说与哲学》，讲了半天，结论却是：小说跟哲学没有关系。学生们正发愣间，他突然话音一转："对不起，我这里有个小动物。"说着把右手伸进后脖颈，捉出了一只跳蚤，得意地捏在手里左看右看。这段"扪虱而谈"，一时间在西南联大传为笑谈。跳蚤跟上课毫无关系，金先生不过借此喻示了小说跟哲学也没有关系，其幽默感和特立独行的名士之风，跃然于眼前。

　　这则短语讲了几个故事，其实别无他意，无非想说明，语言作为人类最基本的表达方式，与每个人的学识、品性、修养和阅历有关。这在文学作品中随处可见，由此可以看出每位作家的语言功力和手段。美国作家霍桑的《红字》，描述了生活在17世纪清教戒律森严的新英格兰，花样年华的海斯特因不贞而受到审判，并被责令将一个鲜红的A字（英文通奸Adultery一词的首字母）佩戴于胸前。霍桑对海斯特的描写表现出的冷峻大于了怜爱："她性格中一切令人赏心悦目的优美枝叶全都枯萎了，只剩下一个光秃秃、干巴巴的粗糙轮廓。即使她还有朋友和伙伴的话，这副模样也会让人退避三舍。"如此别具一格的描述，为海斯特最后的出走做好了"别样"的铺垫，完成了海斯特的一场自我的奥德赛。

　　从文学作品到现实，语言世界如此广阔，我们何尝不能"有更好的选择"呢？

　　因为"你别有选择"。

可萌绿，亦可枯黄

2018.09.14

这个题目出自章诒和追述著名京、昆剧表演艺术家言慧珠的一篇文章。

言慧珠 1919 年生于北京，乃言菊朋之女、梅兰芳之徒、俞振飞之妻，擅演《玉堂春》《游园惊梦》等。言"是个谁瞧上一眼，就能记住一辈子的女人"，但命运不济，一生经历坎坷，虽为梅派第一高徒，却是"多才惹得多愁，多情便有多忧"，从反右到"文革"，她屡屡躺枪，一直活在悸动又悽惶、恐惧且哀伤的气氛里，只能叹口气说一声："做一个女人真苦。"她以炽热与惨淡之心，不断清理沉埋往事，却得不到应有的理解，甚至为了一纸检讨，苦熬俩月，让许多人为她扼腕。"一点芭蕉一点愁，三更归梦三更后。"1966 年 9 月 11 日晚，她终因不堪忍受批斗和殴打，接连写下三封绝命书后自缢身亡。

言慧珠的悲剧是伤春又伤秋的悲剧。在许多人眼里，她照山又照水。对于她，章诒和说："凡有她的地方，就有风光，美，对于别人是用来观赏的；对于她，那就是生活方式了。"其实，我更看重章对言的另一句评价："我崇拜这样的女人：活得美丽，死得漂亮。一片叶，一根草，可以在春天萌绿，亦可在秋季枯黄。前者是生命，后者也是生命。"

由此想起了张爱玲，这位"民国世界的临水照花人"，她的文字始终纵横着"苍凉"二字，但比起言慧珠来，张对世事、对亲友似乎要"懂得"更多。当年二十出头的张见了胡兰成，她说看重胡是"因为懂得"。"因为相知，所以懂得；因为懂得，所以慈悲。"当然，她最后也是因为这个"懂得"，宁可坐回到寂寞之中，不当假花，也不热衷结果，只是以尘埃作底。多年前有位朋友在我的博客里有过这么一句留言："喜欢张爱玲和她的'因为懂得'，因为懂得，所以活在当下。热闹盛宴倒不如寂寞独语。"

我一直以为，像张爱玲那样的女性，在光影隐退、繁华成了余绪之际，便只有遥望中的那点苍茫，似乎还昭示着盛景的某些余光。这让我想起林徽因写过一句诗："菩提树下清荫则是去年"，正是道出了那种深意。

从言慧珠到张爱玲，都属于"昨夜星辰昨夜风"之人，虽是瑶池归梦，碧桃娴静，但终究是难逃寂寞乃至像言慧珠那样遭到毁灭的命运的。历史不忍细看，倒不是有什么属于我们个人的无病呻吟，却实在是那一代文化人在文化毁灭和文化动荡后产生的悲凉心态。然而，有限人生总是要面对无限存在的怆然，历史留下的那些苍凉，无论一片叶还是一根草，都是可以在春天萌绿，亦可在秋季枯黄的。因为在我们后来人眼里，前者是生命，后者也是生命。

章诒和回忆起小时候，父亲章伯钧曾对她说："好的东西都令人不安。如读黑格尔，看歌德，听贝多芬。"但是她勉强读了几页黑格尔与歌德，没觉得不安，连稍稍不安也没有。但是看台上的言慧珠，她却稍稍不安；后来，又听到言的许许多多故事，心里就真的不安起来。

——不安，我想就是一代文化人可萌绿亦可枯黄的心态。于不安之中，或许可以让人对生活的真相看得更真切一些。

欲望之劫

2018.09.16

读到一篇文章：《钟丽缇版〈色戒〉：满足一千个欲望或战胜一个欲望，哪个会更难》，我想作个简单的引述。

大约是 2003 年，我看到这部由印裔法国籍导演宾·纳伦执导的钟丽缇版《色戒》。导演也是一位修行者，以七年的准备，为这部影片讲述了一个深刻的故事：深得师父真传的喇嘛达世，在喜马拉雅高山山洞里完成三年三个月三天的"本尊闭关"之后，遇见了让他魂牵梦萦、欲罢不能的农家少女琶玛，由此展开了一场欲望的搏杀。

这无疑是个致命的诱惑。尽管达世的修行已达六根清净，然而就在伸手可及之处，一个巨大的诱惑扑面而来，对他莞尔一笑。达世该怎么办呢？

达世的修行可谓"超然物外"，不吃不喝，如如不动。当师父和众徒弟用引磬唤醒他，将他蒙上眼睛带出山洞，此时的达世已经忘记了如何行走、如何吃饭。他睁开眼睛，就看见一块石头上写着一句话："一滴水如何永不干涸？"茫然无措。他的师父望着他说：达世，你去得太尽了！

然而，就是这位"去得太尽"的喇嘛在回到寺庙后，潘多拉的盒子打开了，作为一个男人最原始的欲望，犹如电击般触发了。他先是看见一个女人在奶孩子，随后在活佛和师父带他去参加丰收大会的现场，又遇见了美丽大方的芭玛。从此，他魂不守舍、夜不能寐，居然对师父发出了这样的疑问："释迦牟尼在29岁前，仍过着世俗的生活。但我从5岁起，就过着他遁世后的苦行生活。为什么？"这个疑问的潜台词就是：佛祖在出家前，是一个坐拥天下、后宫粉黛三千的太子，他难道不是看尽繁华后才看破红尘？

结果，他为自己下了个定义："我们必须拥有过，才可放弃"。

不曾拥有，又何谈放弃？——这肯定是个赤裸裸的问题。影片导演让达世来到当初那条河边，换下僧衣，穿上了俗衣。达世终于满足了他的第一个欲望——色欲，与芭玛过上了尘世生活。

可是不久，达世遇到了第二个欲望：一位印度女人走进了家门。就在达世盯着这个一丝不挂的女人，进而相拥时，外面响起了芭玛回家的脚步声。尽管芭玛没有质问他什么，但达世开始反思自己的红尘生活。

就在这时，师弟带着师父临终前写的信来了，信中的话瞬间让达世无语戚戚："我知道我的业仍未完，我会再次轮回，我们会再见面。或者届时你能告诉我，什么比较重要，满足一千个欲望，还是战胜一个？"

潘多拉的盒子一旦打开，等待你的难道不是万丈深渊？达世终于醒悟到这一切不过是一场空折腾。他最终还是抛开俗世，再次回到那条河流中，脱下俗衣，换上了僧衣。

其实，芭玛在影片里所展现的，绝对不是"诱惑"和"色相"的形象，她不惜公然挑战宗教禁忌，只为追求心中所爱。她走的是一条不避红尘和欲望、不指望救赎和幻想的修行之道，从一开始遇见达世，就不遮掩不纠结。当发现达世居然为了自己还俗时，她既不逃避也不害怕，勇敢面对父母认为是"丢人现眼"的选择。即便对于达世的偷情，她也是选择了"静静等那个时刻到来"。这种"爱欲"不是什么"可怕的象征"，而是真正的修行。

智慧的琶玛是怎样用她的修行点拨达世呢？她将一根树枝抛进水里，问孩子道："这根树枝会怎样？"孩子的回答是：会沉下，会被石头绊着，会在水里腐烂，会跌入瀑布折碎……但琶玛的答案是："它会流入大海。"是的，人在尘世，或沉没，或摔碎，或折断，或腐烂，或被困，但我们的归宿都只有一个：流入大海！

影片最后，达世再次穿上僧衣离家走向寺庙的途中，琶玛出现了。两个人站着的位置，恰恰是一个转角处：前面是寺庙，是出家；背后是回家，是俗世。达世："琶玛，带我回家。"琶玛："达世，若你渴求佛法，像对我的爱欲一样强烈，你可成佛，在今生，这副躯体。"说完，飘然而去。

琶玛离开后，达世才看到石头背面的另一句话："让它流入大海。"达世痛苦至极，泪流满面，蜷曲在转角的地下。

——这就是欲望之劫。人世嘈嘈，无论出家还是在家，哪条路不需要艰苦卓绝的修行？今天，自始至终在红尘的我们，如何能够不带面具，坚定面对自己的欲望，从容应对每一个"无常"？——这依然是一个在"严重的时刻"里"严重的选择"。

至此，我想引用另一位藏传佛教导演的话来结束这则短语："欲望不是我们的敌人，虚伪才是。"

金庸之道

2018.11.02

金庸去世，引得无数人缅怀。就是这个人，创造了一个想象力无比丰富的江湖世界。"偏多热血偏多骨，不悔深情不悔痴"——他赠给友人的这句话，就是他自己的真实写照。

21年前，香港回归后两个月，《香港文学史》一书在港举行首发式。我们在香港作家潘耀明的带领下，来到位于北角的金庸居所。金庸兴致勃勃，让每个人到他书架上挑选一套书，由他签名。我一步上前，抓了一套《天龙八部》。一边捧着书，一边听金庸说武侠，不禁心生快意。

金庸的书房面临着维多利亚港，站在落地窗前，耳边似乎能听到箫剑长鸣。1987年，我奉命带领一支扶贫支教讲师团赴某个贫困县支教，带去的书里，就有几本金庸小说。当时一直以为这位作家一定会武功。此刻，当我向他问及是否会武功时，他哈哈大笑，摆摆手说不会。

不过转念一想，"莫道临风倍惆怅，欲将书剑学从军"，文人好武的现象自古而然。诸葛亮原本就是个书生；王守仁毕生治学，其实也很会打仗；就连清末的志士谭嗣同，明明一介文人，竟也高声唱道："拔剑欲高歌，有几根侠骨，禁得揉搓。"由此看金庸，一个不会武功之人却会捉笔代刀，于文学天地里舞刀弄剑，叫人如痴如醉。借用《侠客行》

里石破天得武功于文义之外书法之中的隐喻，这也是一种自出机杼的情调体验，即在生命体验中得到无法之法。

于是金庸便能通于琴棋而见于刀斧，便能即俗说雅，便能以抒发原儒情怀为目的，塑造了一批阳侠阴儒的江湖英雄。金庸的洒脱全在于留一点灵犀于琴棋刀斧之间。所以，他在《笑傲江湖》中要设置鸣琴听曲的情节，在《天龙八部》中要以填词为回目，以诗兴笼罩全书。这显然是一种化武功为艺境的"意境"。

金庸笔下的武侠颇有一副道法自然驭风而行的姿态，似武侠而非武侠。有人曾经指出过金庸写的武侠多不合格，倒更像是武士又非武士的"魔侠"堂·吉诃德。确实，除了陈家洛、袁承志之外，他的武侠多是不武之侠或不侠之武。《射雕英雄传》中的大英雄郭靖笨拙而可敬，《侠客行》中的"狗杂种"石破天愚而可爱，《鹿鼎记》中的主角韦小宝无心学武，把皇宫当作妓院。更典型的还是《天龙八部》中的书呆子段誉，不肯学武，不知道自己身上有武功，知道了也不会用，时灵时不灵，与堂·吉诃德可谓殊途同归。金庸大概只有《书剑恩仇录》《碧血剑》符合武侠小说正轨。这种现象不仅是金庸"百花错拳"的特殊风格，而且是中国"武侠的文化"的一个缩影。

我的一位年轻朋友说，一代文人侠客梦，金庸就是这个梦境的服务器。她读了金庸小说之后，写了这样几句诗："文人武侠梦，少年江湖情。课间藏书册，夜半醒魂惊。大侠有郭靖，萧峰豪杰心。玉女杂妖女，娇娇伴传奇。"我觉得颇有意味。金庸论武近乎说艺，妙在不即不离之间，成就了琴棋刀斧之道，这就是他的小说既大俗也大雅，于文人"不隔"的奥秘。

金庸离世，一时被刷屏。其实说白了，这不过是一代武侠小说宗师的终结。"事了拂衣去，深藏身与名"，我以为这才是真正可贵的。有人曾经问金庸："人生应如何度过？"他回答："大闹一场，悄然离去。"金庸的武侠小说的确是一场"大闹天宫"，但悄然离去却未必不是一种境界。金庸的伟大，在于用他的作品唤醒世人对这个世界某些精神的认知，他不在，这些精神并没有随他而去，还有很多人在做这方面的努力。所以，夸大金庸逝世对现代精神的影响，未必是对他和他的作品的尊重。还是董桥在悼念金庸的文字里说得真切：金庸坐在那一句话不说还是金庸，不必任何光环的护持。

西晋郭象说："夫率自然之性，游无迹之途者，放形骸于天地之间，寄精神于八方之表。"——这就是金庸。这位"华山论剑"之父一生放浪形骸之外，俯仰宇宙之间，以近乎说艺论武，于不即不离之间成就他的琴棋刀斧之道，这就是金庸之道，是一种真正以进退自如为人生的境界。

好给人勘带

2019.01.18

读到一篇郑少雄博士评介吴重庆博士的文章《吴重庆："好给人勘带"的人生》，觉得有意思。这两位博士都是莆田人，吴乃莆田"界外"人，不满十七岁就从莆田六中考入中山大学，获得哲学博士，现为中山大学哲学系教授、博士生导师，《开放时代》特约主编。

同样作为"莆田系"，开始时我对这个题目有些茫然。"勘带"何意？直至读完全文，才明白"勘带"乃莆田话，字面上的意思是打招呼、问候。"好给人勘带"意即好给乡里人展示自己的体面。方才恍然大悟。

吴重庆曾经在讲座中提到，他经常问莆田乡党们："你们都已经不在乡里住了，为什么还要盖那么大的房子，这不是太浪费了吗？"有个老板回答说："房子盖在这里，好给人勘带"。

莆田人曾经躺着中枪，大概因了"扣药膏"——最初的"莆田系"民营医院所致，影响波及全国。其实，"扣药膏"跟"勘带"一样，都是莆田话。那些"扣药膏"的暴富之后，回到老家大兴土木，动辄盖了十几层楼，每年春节衣锦还乡，却并不住，都住到城里大酒店去。原来，房子盖在这里，就是为了好给人"勘带"。

这就是"勘带"的人生。当然，吴重庆不是。他是个纯粹的学者，曾经有几度出仕的机会，他都婉拒了。一个广州市社科院，可以把一家纯学术的理论期刊《开放时代》办得风生水起，吴重庆功不可没。都说莆田人是办报刊的料，的确，国内多家报刊的老总，均出自"莆田系"。民营医院老板盖楼房是为了"勘带"，吴重庆不盖楼房，他为了什么？

按吴重庆的话说，叫作"随性而行，风云际会"。这是莆田人的底色，也是属于莆田人的人生意义。他写过一本《孙村的路》，副题是"后革命时代的人鬼神"，而按他父亲说的，就是"乡村社会的小写历史"。孙村是吴重庆的老家，一个以"打金"（金银珠宝）为主业的沿海丘陵地带的村庄。他提到，莆田人的"打金"行当能在全国蓬勃发展，是发达的乡土社会网络使然，这种社会网络以亲缘和地缘关系为特征，背后则隐藏着复杂而热烈的民间信仰体系。在他看来，这种"离土不离乡"的"乡"不是地理空间，而是社会空间。其同乡同业的发展模式，是应对当代社会"乡村空心化"趋势的一剂良药。社会的高速发展以及城镇化进程的不断加快，使得乡村空心化现象越来越突出，由此牵动了无数人心，学者、作家、公益组织，乃至顶层设计者，都在对这一现实深表关切。

我跟吴重庆很早就认识了，他曾经在我主持的《东南学术》发表过长篇大论。每次去广州，他都会到我的住所看望、聊天，一聊就是几个小时。他那副莆田"界外"人的淳朴形象，一直了然我心。他酒量不错，酒后可以狂草一幅"风云际会"以表白心迹，我有时想他会不会也一路清风醉拳，飞檐走壁，出其不意地搞定一些什么东西？这种人其实是很可爱的，有竹林之气，而且容易亲近。当然，他所做的一切，倒不是为了"好给人勘带"，而是以内心的"气象"萧然前行。

吴重庆生在莆田"界外"孙村，他觉得自己有"边缘人"心态。然而正是如此，这种心态既可以感同身受底层社会的情感，又可以抽离，冷静地观察人间世相。说白了，作为"界外人"，他具有一种自我退守的境界。他以自己的目光，"不断看着自己家乡"，由此审视这个世界的一切。一位清华女生问他："是不是你们南方人身上天生自带某种文化优越感呢？"这位女生把孙村和自己日渐凋敝的北方家乡相比，就觉得孙村简直是一个令人神往的乡土所在。

莆田如同国内许多地区一样，是属于乡土的。这也就是吴重庆所说的，莆田有境、有社、有祠堂、有土地庙。这样的乡土传统和民间气息，有社区的共同体意识。"离乡离土"的莆田人并没有让经济活动成为离析本土社会文化资源的毒剂，相反，二者之间正是在相互激荡的动态过程中，构成像孙村那样的"空心化"反向运动的趋向。

所以，无论是否莆田人，我想还是吴重庆道出的那一种情怀实在些："大道朝天，小径依然。循此乡间小径，也许可以走出一方新天地。"

作为莆田人，我写下这则短语，是不是也为了"好给人勘带"呢？

说"扯"

2019.03.06

雪花飞舞，笼罩着克拉科夫市的大街，印象中的奥尔维辛集中营就在不远的地方，——为了访问奥博莱大学，从伦敦飞赴波兰这座第二大城市，这是2018年的12月。在街上某个古老的建筑广场，看到一群中学生正在听一位老师讲解，经陪同的朋友提醒，原来他们是在上历史课。

我听不懂他们的语言，这座建筑物有几个雕塑印在雪中，那些中学生好奇地注视着我，让我感到他们的目光有些意味深长。

这种上课方式肯定让人饶有兴味，至少它不扯。我一直怀有一种"偏见"：我们的教育是不是太"扯"了些？有位大学教授告诉我，现在是正史和野史一起"扯"，否则学生不爱听。历史课变成了"戏说"，差不多就像时下的一些历史剧。"文化大革命"期间，我在中学听老师讲鲁迅的《"友邦惊诧"论》，老师手舞足蹈了半天，我还在懵里懵懂之中。那个时候，全中国只有一个作家名叫鲁迅，鲁迅变成了一个词语。某一日，我在大队部（现在叫村委会）看到上级文化部门赠送的一套鲁迅著作单行本，我把《呐喊》借了回家。当晚就在煤油灯下阅读这些似乎是熟悉其实是陌生的作品。读的第一篇小说就是《狂人日记》。小说开篇就吓我一跳，那个狂人感觉整个世界失常时，鲁迅只用了这样一句话："要不，赵家的狗为何看了我一眼。"

说实在的，当时我没有完全读明白。及至上了大学中文系，才想到，这个鲁迅的确是非常厉害，他只用一句话就让一个人物精神失常了。相反，有些作家描写精神失常，写了几万字，他们笔下的人物仍然很正常。这让我想起了一个字眼："扯"——正如某日在某个厕所里看到一句话：扯卫生纸节制点，又不是献哈达。

"扯"，或许是作家的一种本能；但怎么"扯"，却一定是作家的本事。本能与本事的区别在哪儿呢？作家余华曾经对鲁迅有一个评价："他的叙述在抵达现实时是如此的迅猛，就像子弹穿越了身体，而不是留在了身体里。"话已经说得相当明白，"留在了身体里"——这是本能的"扯"；而"穿越了身体"——才是直抵现实的本事。我读《孔乙己》时，当读到"忽然间听得一个声音，'温一碗酒。'这声音虽然极低，却很耳熟。看时又全没有人。站起来向外一望，那孔乙己便在柜台下对了门坎坐着。"便觉得那个孔乙己似乎就直立在我跟前了。这的确是一种于"隔"中又显得"不隔"的叙述。说白了，就是一种"不扯"的叙述。

作家的"扯"跟创作的字数无关，普鲁斯特的《追忆似水年华》写到了200万字，也不见得"扯"。托尔斯泰的《战争与和平》、罗曼·罗兰的《约翰·克利斯朵夫》、高尔斯华绥的《福尔赛世家》、马丁·杜伽尔的《蒂伯一家》、肖洛霍夫的《静静的顿河》、索尔仁尼琴的《古拉格群岛》，这些令人生畏的大部头，几乎都是一百多万字。我在《三联生活周刊》读到朱伟写刘震云的一篇文章，谈到刘震云写《故乡面和花朵》，四卷200万字，每卷50万字，前两卷是前言，也就是说，用100万字写前言；第三卷是结局，最后一卷才是正文。不管怎么说，我想刘震云大概是中国小说家群体里"扯"得最长的一位了。

作家能"扯"，必有"扯"的理由和路数。普鲁斯特说过：人所占有的时间，在空间里其实微不足道；时间心理学，对应着空间几何学。普鲁斯特是以触觉慢慢感知时间。刘震云呢？朱伟说他是在圆拱空间里，以语言恣肆着他的天马行空。那么，就让我们拭目以待，看他是怎么个"扯"法？

不管怎么说，我还是对在波兰克拉科夫市区遇到的那一场历史课，怀有深深的敬意。

时间的拐弯处

当下

2013.10.28

　　极少看动画片的我,几年前在女儿的怂恿下,观赏了一部风靡全球的好莱坞动画电影《功夫熊猫》。它里面所包含的中国元素,曾经引起了广泛的争议。然而,我清楚地记住龟大师这样告诉熊猫阿宝:"昨天是历史,明日是个谜,而今日是份礼物,所以它被称作当下与馈赠。"把今日当作"馈赠",这种"当下"其实积淀着社会与历史叙述的集体记忆。

　　两年前的一个冬日,我第二次来到巴黎,在一条古旧的拱廊街漫无目的地走过,突然就感觉到了它的钝重和衰老。仿佛是人间依旧,一梦钧天只惘然。那时,我不由想起2008年北京奥运会闭幕式上,伦敦市政府用一辆观光巴士向全世界展示了一个后殖民的多元文化主义景观。从巴黎拱廊街所显影的昨日,到伦敦观光巴士所预示的明天,我确乎对本雅明所说的伟大的19世纪是一个"神童们的养老院",有一种本能的警醒。于是,问题也就随之成形:不断发展的现代性,同时也是不断创造过时或过期的现代性。所以,我们迫切需要记忆。因为有记忆,我们才可能依旧去阐述,依旧去诉说。

　　还记得么?《奥德赛》中的佩涅洛佩曾经做了一个悲伤的梦:二十只鹅被一一射死。释梦者这样对她说,这二十只被射死的鹅,要么代表二十位恼人的求婚者,要么喻示着必须在等待中度过二十年。

佩涅洛佩最终决定"弯弓招亲",开始一场真正意义上的重建。最后,那张只有奥德修斯才能拉开的强弓,便成了重建的标准。面对"当下"多元、复合的文化景观,我们该怎样"在阳光下抖掉我的枝叶和花朵"(叶芝语),拉开一张具有稳固的确定性的"强弓"呢?

秋雨

2013.11.04

终于在深秋季节听到一阵一阵的淅淅沥沥了。秋雨无言地下着，轻轻地落着，耐心地洗刷着这个尘世。

这一场秋雨来得不易，连续了许多天的晴好，仿佛神的微笑，在这座城市持续地滑过一道道清朗的光泽。城市其实是一堆碎片，无论是流动的还是流不动的，一切的生活经验都被销蚀尽了，最后只留下沉静。沉静是一种原始的声音和呼吸，秋雨终于带来这么一种沉静。

喜欢秋雨，因为它带给了我许多回忆。我突然意识到，雨中的世界其实是悄然无声的，有声的是天地间的对话。记得有人说过：细雨宜在剑门，骤雨宜在云梦；春雨宜伴杏花，秋雨宜打梧桐；暮雨宜客舟红烛，夜雨宜阡陌田间；雨珠宜泄蕉叶，雨声宜奏屋瓦。这是雨的大境界，它是如此地滋养着我的心情，以至于我的思绪总是湿的，连我的所有诗句都是湿的。雨中对于童年的回忆竟会是那样的唯美、唯情和唯性。我有时想，童年、少年和青年一过，人生大概就空了。不然，戴望舒笔下那个丁香一般芳馨的姑娘哪里去了？空留下一座悠长而悄无人迹的雨巷。

不过，我以为秋雨是可以听的，因为听雨是一种状态。如同某些音乐，令人期待的诠释总是有的，但只能去聆听，而不能去言说。比如巴哈的赋格，莫扎特的安魂曲，肖邦的夜曲，贝多芬的月光，聆听它们时就需要一种状态，不能轻浮，不能夸张，不能冷血也不能热血。我曾经听过三个版本的肖邦夜曲，总体上说，鲁宾斯坦属于欧洲贵族式的优雅，节奏处理得非常质朴；李云迪的音色相当优美，但节奏控制不如鲁宾斯坦；皮尔斯有一种特有的细腻，这种细腻之中蕴涵着某种大开大合的气势。要是说标准，我还是会选择鲁宾斯坦。所有这些，都是在聆听中感受出来的。听雨和听音乐一样，在许多时候是一种状态，它常常使我恍惚，就像在读着一部远年的回忆录。听力可以练，而状态是不可以练的。

　　作家陈村说过，阅读需要一个凝固的姿势。那么，听听这秋雨，是不是也需要这么一个姿势呢？

光棍节

2013.11.11

今天11月11日,光棍节。一个似乎有些苍凉和伤感的日子。其实,世界哲人和作家中不乏伟大的光棍:柏拉图、叔本华、卡夫卡、梭罗、牛顿、诺贝尔、贝多芬、梵高、伏尔泰、达·芬奇、米开朗基罗,等等。

柏拉图活到81岁,创造了举世闻名的柏拉图式恋情,自己却是终生未娶。还有一个极有意思的伟大的光棍康德。1802年1月,年近80岁的康德突然辞退了伺候他三四十年之久的老仆人马丁·朗普。康德一生独身,他的日常生活离不开这个仆人,连他每天起床后披着睡衣坐在书房里喝两杯淡茶、抽一支烟,这些常年不变的生活习惯都是朗普照应的。晚年的康德却要把他辞掉。是朗普太老了么?曼弗雷德·库恩写的《康德传》引用康德自己的话说:"朗普对我做出了恶事,我耻于说出是什么事。"有人猜测是仆人爱上了主人。而英国的麦克尔·格利高里奥在他的小说《康德的诅咒——纯粹理性杀人事件》里说,朗普长期伺候康德,发生了人格重叠,使他觉得"仿佛他才是康德教授",他是康德"井里的水","如果没有他,就没有康德哲学"。就连朗普的太太也说:"我的丈夫离不开康德,为康德服务是他的需要。"一旦离开了康德,朗普就会消失在所有人的视线之外。康德受不了这样的人格重叠。《康德的诅咒》讲了一件非理性谋杀案,主人公想借助康德的理性来证实他的推断，康德却不相信可以用逻辑来解释这个案件。康德一生都在努力用逻辑的方法定义人类精神和道德的方方面面，却在最后面对那个案件时，他否认了这条重要原则。

　　当然，小说毕竟是小说，它不是哲学。这个故事发生在康德风烛残年之时，而不是在他的思维最活跃的中年。这给了我们一个追问：为什么一代哲人的哲学与他的光棍生活一直是相悖的呢？的确，许多光棍哲人的性格是怪异的。叔本华脾气火爆，曾经有一次因为受不了吵闹，把一个女裁缝推下楼梯，造成她终身残疾，他为此按季度付给她终生补偿。直至女裁缝去世后，他写道："老妇死，重负释。"叔本华的生活因此备受人们诟病。与康德无法承受朗普的人格重叠一样，叔本华也忍受不了女裁缝的吵闹。然而他们仅仅是无法承受或忍受么？其实，这些伟大的光棍，他们有时在生活之内，有时又在生活之外，就像镜子里面的他们和镜子外面的他们。

年轻没错

2013.11.18

2007年4月,来华演出的伦敦交响乐团已经103岁了,首席指挥丹尼尔·哈丁却只有32岁。这位曾经受过乐团的不少气,也被乐评人多次发难的指挥,就是因为他太年轻了,红得太早。

丹尼尔·哈丁17岁时就召集一群同学组成乐团,亲自指挥排演了勋伯格的《月迷彼埃罗》,从而被伯明翰市立交响乐团老牌指挥西蒙·拉特称赞道,"比他一星期前在柏林指挥的还要精确"。后来,不到19岁的丹尼尔·哈丁被西蒙·拉特请去伯明翰执棒。对于哈丁的指挥艺术,用伦敦交响乐团当家人凯瑟琳·麦克道尔的话说,是"想象力异常活跃,色彩感极强"。哈丁因此获得了法国政府颁发的"艺术及文学骑士勋章"。

音乐史上许多大指挥家首演时都很年轻,富特文格勒20岁就首演了,祖宾·梅塔头一回指挥维也纳爱乐乐团时也只有23岁,当年还在伦敦皇家音乐学院读书的西蒙·拉特,19岁就获得约翰普列尔国际指挥大赛第一名。自信的丹尼尔·哈丁用信心和力量席卷了整个乐团,他说:站在一支交响乐团跟前,要是你自己都不相信自己想要的东西,他们就更不可能相信了。音乐是哈丁的无人之境,尽管他意识到人们一直在议论他的年龄,但是他只依靠指挥棒说话。年轻的哈丁有什么错呢?

那一年《南方周末》用这样一个标题赞赏了丹尼尔·哈丁的指挥艺术："伦敦交响，年轻没错"。这个标题令我久久不能释怀。哈丁的指挥自由如风、澎湃如海，常常在乐曲的最后一个音节，将指挥棒潇洒地扔进乐池，年轻的指挥自有年轻的心态。

年轻，的确没有错。

无题江南

2014.01.23

女儿念高中时，有一次，老师布置的一篇作文：读余秋雨的《江南小镇》。记得那天晚上她从我书架上抽走余秋雨的《文化苦旅》，就开始坐在她的书桌前。天亮醒来时，发现女儿的作文已经放在我床头。我连读两遍，嘘了口气，觉得文章写得的确不坏。她为这篇作文改了个题目：无题江南。显然，她不太喜欢《江南小镇》这篇文章。江南在她眼里，"太甜，也太俊了"。我对这句话琢磨、寻思了许久。

《无题江南》被语文老师在两个班上念了。老师的评语中居然有"惊班骇段"四个字，令我感到意外。我想不出该对女儿说些什么。无疑，女儿的思想开始坚硬。我问她："你对江南怎么会有那种感觉？""江南为什么就只能是余秋雨的感觉？"我语塞。

女儿有些早慧却不特别用功。她的文章里会出现这样的句子："我的双手托着一片空白的思路""我甚至愿意站在悬崖边上，聆听狼对月亮的倾诉"。她还这样写道："我如同触摸着金色的阳光，仿佛看到了风的颜色"那样，去感受爱尔兰的音乐；音乐"决不是那种嘈杂不堪的东西，它需要倾听，甚至阅读。因为其中有着太多的内涵，以及只有在人生路上不断成长才能领悟的茫远""那一片属于我们自己的不可探究的净土，便是原始的未经雕琢和凿透的心中的圣地"。

我知道，女儿有她独特的感悟力。于是，我想考她一下："什么样的散文是最好的？"她说："这……我说不清楚，也许是那种叫作感觉的东西。"我似乎不能多说什么。我想尽力保护她的感觉，一种真正属于她自己的感觉。的确，在写作方面，我无法"教"她什么；相反，倒是她"教"给我一种东西，一种她所说的"叫作感觉的东西"。

梦想的意义

2014.01.27

当我们在和蛇年的暮色吻别时，会有什么样的心理和情感倾注呢？仅仅是情感的怀旧，往往容易落入精神的没落。想想当年阿Q在家道中落以后，总是去回顾先前的体面日子，到那美好的记忆中去寻找慰藉。"我们先前——比你阔多了"，村野匹夫的这种以情感的怀旧作平衡的解嘲方式，只能表明一种对于落了架子的生活的怀想，但它终究是不值一提的。当然，这种怀旧心理或许可以让人对生活的真相看得更真切些。所以鲁迅才那样说：有谁从小康之家堕入困顿的么？在这里他可以看到人世的真面目。

马年是个什么样的年头呢？——一个十分诱人的话题劈面而来。在这里，我宁肯使用梦想而不使用"预言"这个字眼。因为预言往往会被证伪，而梦想本身作为一种期待心理，它所产生的无限的精神创造力直接参与了未来的历史，因此，梦想在更多的情形下具有相当的个人化，它所提供的某些未来的情景，常常被用来疏导或转移人们对于现实的焦虑。

作家刘成章的散文《定边》里有个细节，一位瘦弱但却精神饱满的中年人和一位老汉下棋，正欲再开一局时，中年人站起身要走："你们谁先下，我就来。"说着就走了。不一会儿，那边来了辆架子车，车上载着一副棺材。有人问："给谁？""给他自己。""什么什么？""他害癌症了，知道活不了几天了。"那中年人跟着车，走得雄赳赳的。作家这样写道："他自己给自己买棺材。平平静静，乐乐呵呵，甚至也有几分潇洒，他去了，去买棺材，如给自己购置新房。"

这就是乐天的定边，知天的定边，永生如天的定边。定边的中年人没有被病魔所压倒，相反，他以他的生气勃勃的灵魂去疏导和转移了自己的焦虑。从某种意义上说，这位定边的中年人同样有着他自己对于未来生活的梦想，尽管他可能只有几天的生命。梦想的意义，因此可见一斑。

错过的风景

2014.02.23

周末早晨,随手从书架上抽出了一本书,是赵鑫珊的《科学·艺术·哲学断想》,里面还夹着数片已经发脆的树叶。将它们排列一起,端详了半天,才记起来是1986年夏天在北京香山参加一个学术讨论会的间隙采集的树叶。

28年过去了,我却从未拿出来细细欣赏过。我突然意识到,它们其实也是一瞥可爱的风景,也是挺浪漫的诗意,只是被我无端地错过了。我们的确错过了太多的东西。我曾经在厦门念了几年书,却一次也没有去过万石植物园,因为想着反正很近,以后再说。一个"以后再说",一晃30多年过去了,至今仍然是个阙如。

我由此想起一篇小说里的某个人物说的,天空就在我们的头上,月光常常照在我们的窗沿,但是能够享受它们的人还不多呢。是太忙吧?那么,在双休日,我们难道就不能让心情在凝神的片刻,去享受身边的风景的恩赐吗?为什么非得到人头攒动的地方去挤一身臭汗不可?为什么就不能去欣赏一下门前那一条小巷、那一棵古榕,以及阳台上那一片花草?晚年的海德格尔一直待在一座小山上,只是为了倾听落叶的声音。他的那种闲静,带来了对存在意义的一种永恒的思索。海德格尔没有错过自然对于他的一种厚爱,没有错过生命中的风景对于他的一种问候。

二战时一位被囚在集中营的女孩在日记里写道：天空还不曾定量分配，我很快乐。这句话让我想了好久。是啊，我们怎么就错过了天空，错过了看一看天空的机会。在休闲的日子，或者在案牍劳形之后，不妨走到阳台去看一看天。这时我们看到的，也许既不是屈子所问的历史的"天"，也不是荀子所讲的"列星随旋，日月递照"的自然的"天"，而是一种天人感应的刹那、一种生命情感的敞亮、一种遐想的奔驰、一种精神的漫游。

学会休闲，学会欣赏身边的每一种风景，你就不会错过星星和月亮，也不会错过对大自然的每一丝感动。

论文答辩

2014.03.03

这些年主持过不少的博士论文答辩,觉得大部分博士对答辩诚惶诚恐,甚至胆战心惊。这完全是我们的教育体制所造成的。说实在的,有时候我真希望有博士能够当面挑战答辩委员会成员。

我想起历史上有过一次很牛气的论文答辩,就是答辩人一直在挑战答辩委员,直到被问的那些教授们紧张到恍惚以为自己才是答辩的博士。这个答辩人就是经济学家萨缪尔森。他的博士论文答辩结束后,答辩委员会成员之一的熊彼特(20世纪最伟大的经济学家之一)转过头问另一位成员里昂剔夫(诺奖得主):"瓦西里,我们通过了么?"还有一个例子,就是大哲学家维特根斯坦。

维特根斯坦在还没有取得任何学位前,已经是世界著名的剑桥大学学术思想界的领军人物。维特根斯坦的学士论文,其实就是他跟他的老师、具有国际学术影响力的大人物剑桥大学的摩尔教授一起散步时的谈话录。在向剑桥申请学士学位时,因为行文不够规范,而被学校学位委员会拒绝,摩尔教授利用自己的学术地位再三为这个学生跑腿,才让他取得学位。维特根斯坦的博士论文《逻辑哲学导论》是在第一次世界大战时,在战营里写成的,仅数万字。出版时找不到合适的出版社,因为当时没有人能够读懂他的这部天书。出版商找到他的老师罗素,罗素自告奋勇,成为这部书出版的策划人,并且自以为是地为这部书写了洋洋洒洒的序言。书终于出版了，结果遭到维特根斯坦的一顿痛骂，说罗素作为他的老师，根本就没读懂他的论文，在那里瞎写一气。罗素听了没有生气，也不后悔自己的行为，他知道天才的维特根斯坦本来就是那样的个性。

　　维特根斯坦的剑桥博士论文答辩委员会成员是由三个国际学术大师组成的：罗素、摩尔和魏斯曼。三个人在答辩前一直漫无边际地讨论维特根斯坦的博士论文里的问题。时间很长了，还没有哪个人敢开口问维特根斯坦一个学术问题。这时罗素转向摩尔开口了："摩尔教授，你问他几个问题吧。"摩尔摊开双手表示还没有弄懂维特根斯坦的问题。这时维特根斯坦微笑走到摩尔和罗素面前，拍拍他们的肩膀说："不要担心，你们永远都弄不懂这些问题的。"论文答辩就以这样的方式通过并结束了。

　　想想在今天的教育体制之下，我们的博士学位论文答辩，还能遇到如此牛气乃至逆天的博士生么？

44号

2014.03.14

1969年初秋,我进入"文革"复课闹革命后的仙游一所中学读初一。全班五十来号人,我的座位是44号,坐在教室后边靠走廊窗户的位置。第一节语文课,优雅的女老师在黑板上一次写一个字,随机抽出一位同学起身朗读。我心里惴惴不安,生怕被叫到44号,鸵鸟般将头埋在课桌上。"44号同学!"啊,真的是44号!我战战兢兢地站了起来,却对黑板上老师写下的那个字发了半天呆,努力地睁开眼睛,一切像是跟我开了个天大的玩笑。"这个简陋的陋字你不会念么?"我依旧沉默不语。全班同学齐刷刷把目光转向了我,课桌下面怎么就没有个洞让我钻进去呢?我这个小有名气的小学语文尖子,真的就栽到这个该死的"陋"字上面了?我不知道我是怎样捱完那一节课的。45年过去了,"44号"和那一个"陋"字,一直盘桓了我的大半辈子人生。

人活到了中年,才敢于触碰个人的心灵,反思性的自我意识突然萌醒,并且开始"关怀自身"。"水消失在水里"——这一足以让世界处于一种可被朗读的清晰节奏的诗句,让我想起45年前的那一幕:我能消失在哪儿呢?《读书》杂志有篇评论《江南》2011年第5期盛可以那一部与保罗·策兰的诗同名的小说《死亡赋格》,说作品讲述的诗坛三剑客黑春之死、诗歌朗读者杞子之死和天鹅谷之死,说明水在水里消失了，而火在哪里消失了呢？作品描述一群"50后"作家面对自己最重要的成长阶段的精神创伤，充满了一种飘动的"黑"的颜色，在词语之间弥漫和沉淀，最后凝成一种坚硬的固体，崩掉了读者的牙齿。我由此想起45年前那个"44号"，被一个"陋"字埋葬出一种远年的生命焦虑：那就是我的精神创伤。我究竟被一种什么样的东西刺伤了呢？为什么这么多年了，才让自己的身体和思想回到阳光之中。因此，我特别喜欢殷海光说的一句话："我们实在无力去揣摩包含了人类心灵的宇宙是怎样形成和为什么形成的。"

于是，直至今天，我才有勇气触碰自己，揭开当年使我少年心灵极为难堪的那一幕：并非我不认识那一个"陋"字，而完全是因为那个可怕的"44号"，让我坐在了教室的后排。由于先天的近视，我根本就看不清楚黑板上那个"陋"字。

记得那天晚上，我躲在被窝里独自抽泣，心里充满凄楚和悲凉。我从枕头下面抽出那本翻烂了的小说《林海雪原》，不知咋的，心里就涌起那一句土匪黑话："正晌午时说话，谁也没有家。"

"我"和"我们"

2014.03.25

几天前,在微信写了一则关于"44"和"陋"字的短语。其实,"44"并没有什么不好。1925年6月17日,鲁迅在北京阜成门内西三条21号的"老虎尾巴"里,对着院子那两棵"铁似的直刺着奇怪而高的天空"的凄凉和孤傲的枣树,写下了这样的句子:"待我成尘时,你将见我的微笑!"那一年鲁迅正好44岁。他以"我"的名义,以一篇《墓碣文》,想"搅得周天寒彻"。这里的"我",也许是针对"我们"而言。那么,"我"是什么?"我们"又是什么?

记忆中的柏林。一座法国教堂的墓地拐角处,并排着费希特和他的批判者黑格尔的两块墓碑。把两个对立面的墓碑并置,意味着"承认"与"被承认"的两种哲学。费希特说:我是我!黑格尔说:不,我们是我!其实,是"我们"命名着黑格尔,因为他的庞大的哲学体系远远超越了费希特。费希特的"我"是绝对的自我,而在黑格尔看来,"被承认"就是"承认",它是"承认"的一种欲望表达。

多少年后的中国士大夫梁启超,他在北京卧佛寺附近的墓园,妻妾围绕着他的"自我"而列,宁静致远,触目和谐。在这里,你找不到哲学的"颠倒",也找不出所谓的"承认"与"被承认"。所以,梁启超的"我"就是"我们"。

我是我。我们是我。我是我们。这三个命题对于我们来说,都是一种共同的悖论。我突然想起了王小波，一个纯粹的自由主义者。他说过："中国若有真正的自由主义者，当从我辈开始。"王小波一直想做云南那只奋力从安逸的猪圈出走、重回山林的"特立独行的猪"："除了这只猪，还没见过谁敢于如此无视对生活的设置。"但是，王小波最终还是没能摆脱生活的那些设置。正是这样，我在他的作品里找到了关于"我是我、我们是我、我是我们"的三个元素：智慧、性爱、乐趣。

王小波说，智慧是一个人活在世上充分享受人的自尊的基础，它就是"我是我"；性是一切美好的来源，因为性爱是两个人的事，只有在两个人合二为一的美妙情景之下，才可能充分体验到一切美好的源泉，这就是"我们是我"；而趣味是感觉这个世界美好的前提，它由"我"创造，而让所有人共同享受，共同感受到这个世界的 美好，它所表达的就是"我是我们"。

所以，"44"就是"44"，不能拘泥过盛，无论在"我"看来，还是在"我们"看来。

叫你说英文

2014.04.18

我的语言天赋几乎没有。上小学时遇上"文化大革命",堂叔是大学外语系学生,回到老家当逍遥派,整日揣着一本英文版《毛主席语录》死记硬背。他不时看到我四处游荡,便逮住跟他摇头晃脑学了一段,那英文让我怎么念就怎么别扭。从中学到大学,学了几次英语,都一一知难而退了。

粉碎"四人帮"后推荐上大学,县里硬要推我去读外语,我求爷爷告奶奶地金蝉脱壳上了中文系。工作后评职称要考外语,只好硬着头皮读了《许国璋英语》,副高英语过了。正高时突然来劲儿想考日语,花一周时间背了两册日语课本,居然也考上了,打败那狗日的。有时就想,这该死的外语怎么就如此地跟我无缘呢?还好女儿雅思成绩不错,漂洋出去了。这大半辈子过去,外语对我究竟有多少用处呢?不得而知。从大的道理上说,学点外语,一定是有用的。但倘若不是为了用,而是为了某种炫耀,不择场合地满口 English 一通,弄不好还真就误事,甚至"误了卿卿性命"。

季羡林的《清华园日记》记述了一件事:"今天听梁兴义说,颐和园淹死一个燕大学生。他本在昆明湖游泳,但是给水草绊住了脚,于是着了慌,满嘴里大喊'help',中国的普通人哪懂英文,以为他说着鬼子话玩,岂知就真的淹死了。燕大劣根性,叫你说英文。"

其实，就是在今天，这种劣根性还在。听过个别"海龟"说话，汉语说着说着，不时就蹦出个英语单词来，弄得我等挠头抓腮，翘首盯着天花板死看着，那上面就是不飘下什么燕尾服来。只好在心里狠狠骂一句：劣根性，叫你说英文！

将来阔

2014.05.07

鲁迅有一句经典的话:"我们先前 —— 比你阔多了",由此,我想到了"当前阔"。

"当前阔"者看中自己的手头,祖先的"架子"在他眼里是不屑一顾的,他只是为自己感到满足,为自己的财大气粗而多干它两杯,哪怕是吹一声口哨,他也觉得比别人的响。这种感觉也许会让一些人羡慕不已,然而其心态是浮躁的,我总觉得他们太浅薄。

多年前,一位和我在半道认识的同路人,一路上谈锋甚健,使我顿觉少了许多寂寞。慢慢地,我发现他的语言实在是"阔"得惊人,后来竟发展到凡是能往他自己身上扯的,都一一披挂了起来。我问他是哪里人时,他居然回答我乃范仲淹家乡人氏,弄得我满头雾水。当时我确实不知道范仲淹的老家在江苏吴县,只是在心里埋怨这位老兄跟我直说不就得了,还要兜那么一圈子。我突然意识到他拉了范仲淹这面大旗,一点也没有他的范祖先那种"先天下之忧而忧,后天下之乐而乐"的风范,倒有点"先天下之阔而阔"的味道。

在我看来,这种"阔"摆得过于离谱,算得上是一种"迂阔"。某日,跟朋友们聊起此事,便忽发了"将来阔"的奇想。"将来阔"对于我们也许还很有些魅力,那时,兴许我们也能提个什么尤物招摇过市,摆一下我们的"阔"。不过话说回来,"将来阔"毕竟是一种奇想,就像一部国产电影的台词所说的：小鸡长大了变成鹅，鹅长大了变成羊，羊长大了变成牛，牛长大了……谁也不知道将来会是什么。反正，乐观的朋友们说将来是要阔的，是要变的，是要在一张白纸上画出最美最美的图案的。

我想起 40 年前在乡下时，找到一份临时的工作，每天赚八角钱工资。当我第一个月领到 24 元人民币时，突然就有了一种"小阔"的感觉，兴奋得不知该请哪位哥们儿下馆子。女儿长大后，我把这件事告诉她时，她竟然毫无感觉，说我那时候怎么就没有想到现在会好起来。是啊，那时候我怎么就没有一种"将来阔"的想法呢？

其实，现在我们认真地一想，尽管说"将来阔"只是一个目标，或者说只是一种构想，我们为什么就不能把眼光放远一些？涛声可以依旧，情感可以继续停泊在心灵的枫桥边，然而，拿着一张旧船票去登上今天的客船，毕竟是不合时宜的事。但是，"将来阔"对于我们，也许真的就像那首歌所唱的，"不会是一片云烟"，到了那时，我们说不定就会从中"发现彼此的改变"。

"咔嗒"一声

2014.06.10

四月底，福州易安居邀请了韩国一批茶师作一场茶艺表演。其间，由我的老朋友、省古琴文化研究会会长张俊波演奏一曲《流水》。茶道间隙，他和我随意交谈了一番。我说，琴艺精进到一定程度，可能会突然发现自己眼前还有一个曙明未臻的境界。钢琴家施纳贝尔曾经教过一个十四岁的小女孩，说她弹得极好，但她弹的只是她"自以为"听到的。这句话让小女孩领悟了许多年。

杨绛年轻时有一段时间无法辨别平仄声，饱读诗书的父亲这样安慰她："不要紧，到时候自然会懂。"即使饱学如钱穆，在生平最后一篇文章里竟然这样写道："天人合一观，虽是我早年已屡次讲到，唯到最近始彻悟此一观念实是整个中国传统文化思想之归宿处。"这些情景，其实就是诗人多多曾经说的那样：听到"咔嗒"一声轻响。这"咔嗒"，就像钥匙对准了锁孔，轻轻一转的感觉。

明太祖朱元璋之子朱权英勇善战，后来却"避地游隐，终日读书弹琴"，曾编出一册《神奇秘谱》。其曰古琴乃"圣人治世之音，君子养修之物"。我对古琴素有兴趣，每日必聆赏一曲，领略那种"手挥五弦，目送归鸿""操缦清商，游心大象"的境界。俊波君琴艺内敛温润，活力而不失于飘浮，沉稳而不流于黏滞。我曾数次邀集同好来寒舍共赏俊波君之琴韵，亦常念之：其趣如若是，必有道存焉。

母亲节

2015.05.10

　　一年一度的母亲节让不少做了母亲的女人兴奋不已，母性的柔软肯定是一种诗意，无论是骨头还是血液和肌肤，在这个时候都具有了明媚的风度。一位母亲，在这样的日子里，接受的哪怕是子女的一束花、一块巧克力、一支唇膏，抑或是一个轻吻，都可能让母亲感到，爱是一本浩瀚无边的生命之书。

　　似乎是冥冥中的天然凑趣，就在前几日，李克强总理在国务院常务会议上，痛斥了某些政府办事机构："我看到有家媒体报道，一个公民要出国旅游，需要填写'紧急联系人'，他写了他母亲的名字，结果有关部门要求他提供材料，证明'你妈是你妈'！"总理话音刚落，会场顿时笑声一片。总理发问：老百姓办个事咋就这么难？政府为啥要设这么多道"障碍"？"这怎么证明呢？简直是天大的笑话！人家本来是想出去旅游，放松放松，结果呢？"总理说，"这些办事机构到底是出于对老百姓负责的态度，还是在故意给老百姓设置障碍？"总理的严词，对于母亲节无疑是坦率而深情的精神拯救。母亲是天底下最伟大的命运女神，母爱也是最伟大的不朽典仪，那么，"你妈是你妈"这种狗血证明，只能给我们带来什么呢？你妈就是你妈，我妈就是我妈，每个人的出世都是母亲赋予我们命运的一种选中，都是母亲为我们带来的生命景象。在这个母亲节，我忍不住写下这段话，只是为天下母亲的爱而来，为深刻着母性的泪光盈盈的痛而来。我想用一滴微弱的声音，为今后不会再出现什么证明"你妈是你妈"的狗血闹剧，喊出一声轻轻的呼吁。这正如策兰在他的一首诗里写到的："声音／在它面前／你的心退回到母亲的心。"我们需要这样一种声音，需要这样一种"退回到母亲的心"的语言之牖。母爱是无止境的，母亲是我们生命的所有隐喻。

昨日，我看到一位海外游子写的两句诗：在海外／我搬了11次家／国内的母亲最后搬了一次家／我就再也见不到她了。诗以极其平静的力量，让历史的浮尘散落在我们心头，一阵风随时可能把它扬起。因为只要有母亲在，就会有一种意味深长的声音在我们心头扬起。

小柳村

2015.08.17

　　小柳村拆了，又有一条街巷被切除了。说不清在这里的多少个曾经：曾经骑着自行车载着女儿去附近的幼儿园时路过这里，曾经去省画院找画家谋哥聊天时踽踽独行过这里，曾经在夜晚散步时抄近路斜插过这里……曾经，曾经其实就是路过，无论在脚下还是在心里。此时，我突然就闻到昔日的某种气息，令我不由得有点心悸地打量了它一下。这里的一家理发店终于搬走了，不知搬到何处。从20世纪80年代初起，我数不清在这家理发店踟蹰过多少时光。不能说对这里没有感情，街巷的历史顷刻就要擦肩而过，早晨的风不会再让人感受到它的更多的内容。

　　2000年时搬进更靠近它的一座楼居住，从楼上一眼望去，无规则的错落而显得杂乱的民房，从早到晚市声攘攘，不时在深夜会传来一声摔杯子的脆响，或是一两声奇怪的尖叫，时而还有犬吠和母猫叫春的哀号。滚滚红尘，风吹云散，我相信这一带的深巷是有记忆的。这个记忆让我在这座城市的这条街巷迂回了三十多年，它的每一处轮廓都深深刻着一种属于它们的乡愁。的确，不需要太多的历史事件的陈述，我都能触摸到它的某些有意思的局部。比如，我妹妹曾经在这里租住了几个月时间，每一次我去探望她，都会感觉到留存在这里的一些时间的空隙和事件的悬疑。当然，这并不是一个什么神秘地带，而是让人觉得可能存在着某些晦暗不明的东西，如同这个并不古老的街巷，在今天的最后一次负痛的挣扎。

我移居闽江边也将近十年了，那里的深夜常常安静得只能听见自己的呼吸和心跳，于是有时就会回忆并怀念起小柳村的喧闹。如今，这里的一切正在一步步地隐退，它几乎连躯壳都不会留下。至于这里将会矗立起一种什么样的期待，坦率地说，我并没有太多的兴趣。不是因为我已经移居别处，也不是因为还有别的什么原因，而是缘于对这座城中村的历史乃至一条街巷的记忆和气息的追溯和回望。甚至，我会无端地在脑海里闪现出这样一幕：某日阳光灼热，一位高龄老婆婆佝偻着身子，坐在巷口的一张歪斜的石凳子上，呆望着匆匆来去的行人。这或许就是历史的某些黑黝黝的乡愁的节点抑或断点，密集地在我脑海里浮现。

推土机正在亢奋地来回穿梭着，我看着它，看着这里的每一个暗角，想着我的这些小感慨其实是微不足道的。但是，我还是决定动手写下这则短语，记录下这个夏天的这些炽热的动静。

说"福"

2016.01.04

开年的第一篇短语，竟想谈论这个大家都熟悉的"福"字。有这个念头其实很久了，只是找不到咀嚼它的由头。就像我天天在这座城市来来往往，却没有时时意识到他的本名就是"福州"。"有福之州"——一直被他的子民所称羡着，以至于去年的一场国家级运动会在这里举行，"福之州，青之运"这六个大字便烙在了人们心底。

福州是一座安静的容易满足的城市，我曾经在一篇文章里描述道：福州本质上不是一座具有反叛精神的城市，他更像个中年人，微微发福，不温不火，对谁都是笑眯眯。这大概可以说是福州的一种写照。福州是有福的，虽然不是那种富可敌国的流油，倒也落了个安详和自在。尽管，在那些不寻常的历史年份，福州曾经灼灼燃烧了一段不平凡的历史，然而多年以后被擦肩而过的历史并没有为这里的人们所深刻记住。历史其实是不远的，福州人记住的也许不是这些历史，而是历史给他们带来了什么？是一颦一笑，还是万贯家财？虽然近年来那些被尘封的史料被不断挖掘了出来，但是当今有许多人不会去关注那里所呈现出的历史的晦明乃至暗角。"福"字写在福州人的脸上，一个又一个人生图景逐渐明晰起来，甚至可能出现一些有趣的人生局部。

什么是"福"？这是我多年来一直纠结的一个疑问。当寂寞和安详逐渐成为这座城市的文化性格，那段被撕裂的历史就有可能被那条穿城而过的江水所带走，从而隐退到年份的背后。"福"最终是被午后的阳光照耀的，"潮平两岸阔"——福州历史上那些事件内部隐藏的空隙和悬疑，究竟有哪些节点、断点和神秘地带，也许不会时常被满脸写着"福"字的人们所照亮了。

我在这座城市生活了几十年，对于他的历史其实知之甚少，偶尔想起，我可能才会意识到他的大腹便便的福相。所以，我对于这个城市的称谓用了"他"而不是"她"。那么这样就对于那个"福"字有了深刻的了解了么？我自知未必。因为"福"字不是简单的，它不是一座容易迈得动的江山。祈福、纳福、知福、享福、惜福、祝福……一连串的词语，摩挲古今，难道它仅仅是一副历史的躯壳？在我看来，"福"字是有灵性和记忆的，当它经历了历史的那些阵痛之后，依然把一个带"福"的福建和福州给了我们。由此，就在去年，我让我的朋友陈章汉君为我家的玄关书写了一个金色的"福"字，内在地镶嵌在我与某种历史交谈的褐色记忆深处，借以表达我对这一个"福"字的感怀。

情人节絮语

2016.02.14

又是情人节。本来已经没什么话要说的，突然就想起了最近沸沸扬扬的"引力波"。其实，我对于"引力波"只是一知半解。北京时间本月11日深夜，美国激光干涉引力波，天文台执行总监雷茨难掩内心的激动，带着颤音宣布："我们已经探测到了引力波。"整整100年前，爱因斯坦提出的广义相对论预言，终于得到最后的证实。按照爱因斯坦的预言，引力波就是一种以光速传播的时空波动。有个很文艺的说法，引力波是"时空的涟漪"。于是问题来了，这个"波"究竟有多大能量？其实，如同一巴掌拍在澡盆的水面上，旁边的塑料小鸭子忽上忽下的情形一样。当然人是感受不到这个微弱变化的。然而，这阵能量还是来到了地球，你的时间和空间就随之发生畸变抖动，这就是所谓"时空的涟漪"。

带着对"引力波"的好奇，我想情人节无论是接受浪漫还是拒绝浪漫，都是一场"引力波"的角逐。说穿了，情人节本身就是个暧昧的节日，因为"情人"这个符号过于让人微醺、让人晕眩甚至让人感到危险。是谁制造了"情人"这个符号呢？它是街角转弯处那一抹勾人的颦笑，还是花店里那些玫瑰和贺卡微微张开的亮眸？情人节本来是个很有文化的圣瓦伦丁节，现在却被种种"引力波"所深度搅动。"引力波"启动了人的感官、情感、细节和形象，由吸引的力量而荡起的波澜，让人不能自已。我用"引力波"去诠释情人节，是不是显得有些愚蠢或者过于伤神？

有位精通英语的女博士告诉我，英文原来是 gravitational wave，中文被翻译成引力波。是因为有波才有引力，才可能穿越时空的不同维度。这个解释似乎有些道理。这个时候，我不禁又要谈到那位流亡法国的德语诗人保罗·策兰，他对诗的理解就是"诗诞生的时刻乃在晦暗不明之中"。其实，诗跟情人节一样，都需要诗人心理和情感的"引力波"，才可能穿越时空，穿透你的世界。我一直钟情于策兰的那句诗："这个秋天将意味深长"，正是如此，我开始读他的诗。也正是如此，我开始对"引力波"和情人节有了些许有意思的体悟。尽管情人节已经被一万种的理解诠释到几近崩坏，甚至将它视为"情人劫"，我依然郑重地认为，它毕竟是情感和心理"引力波"的产物。哪怕它只是一棵无形的树，也还是如策兰所写的："永远那一棵／白杨树／在思想的边缘。""引力波"无论是阳性还是阴性的，并不意味着被它触碰的情感韵脚或词锋会有怎样的绷断。

也许，情人节是不需要诗学的。但我还是忍不住要援引策兰的几句诗来结束这则短语："我们并不是真的／生活过／一下子就过去了／看不见／一阵风吹过／'在那儿'和'不在那儿'和'时时'之间。"情人节，无论有多少或多大的"引力波"，它不就是这样的一种情形么？

节日

2016.03.21

今天 3 月 21 日，是个很不一般的日子。查了一下资料，发现在这同一天里，居然有六个节日和纪念日："世界睡眠日""国际森林日""世界诗歌日""世界儿歌日""国际消除种族歧视日""世界唐氏综合征日"。

我大概构思了一下，这六个节日是否可以这么安排：早晨起床，到森林里漫步几圈，享受一下"地球之肺"供给侧提供给我们的新的空气和能量，为了节约木材，早餐就少用两张餐巾纸。上班途中，顺便背诵几首中国的唐诗宋词，或艾略特、普希金或策兰的诗，然后喊两声"一二三四五，上山打老虎"，唱几句"蜗牛与黄鹂鸟"，算是对得起"世界儿歌日"。到了单位，打开网络让"度娘"告诉你，1960年 3 月 21 日，南非警察开枪杀害了 69 名参加反对种族隔离"通行证法"和平示威的人。1966 年，联合国大会就宣布 3 月 21 日为国际消除种族歧视日，号召国际社会消除各种形式的种族歧视。再深入地想下去，除了种族歧视，我们的生活中不是还充满了各种歧视么？歧视，让人与人产生隔阂与冲突，而一个没有歧视的世界，才是亲如一家的美好世界。这才是我们共同的梦想。到了中午或下午，到幼儿园接孩子，听到老师正在讲解"唐氏综合征"，才明白这个病症最早叫"蒙古症"，现在称"21—三体综合征"，是常见的严重出生缺陷病之一。大约 1000 个婴儿中就有 1 个可能出现这种病症，它会导致智能障碍和其他并发症。吓坏宝宝了！患病的孩子们何其无辜、可怜！这个纪念日，提醒我们善待那些不幸患病的人们。

牵着孩子回家，想想今天这么多节日，该怎么跟孩子传授呢？老婆发话了，今天扎堆过这么多节，怎么不放假和发过节费呢？竟无言以对。晚上朋友来家喝茶，其中有愤愤不平者曰："还有没有天理了？所有不以放假为目的且不发过节费的节日，都是耍流氓！"罢了罢了，待朋友散去，洗洗澡赶紧驰入被窝，想美美地睡个好觉，因为记起来今天还有一个节日没过"世界睡眠日"。那怎么过这个节呢？刚好一朋友发微聊："今天有个活动叫'多睡一小时'，谁都能参加。今晚早睡一点吧，被窝里的时光多幸福啊！"想着想着，回顾一下今天所过的这么多节日，反而睡不着了。心里狠狠骂了一句：奶奶的，叫你乱过节！

音乐的神性

2016.03.22

两年前，一位做了眼疾手术的老教授因为无法用眼，向我借了几张CD。我挑了一批给他，其中有布鲁克纳的第九交响曲。布氏是一位非常特殊的作曲家，作品多冗长而艰深，每次听来都如云里雾里。他一生创作了十一部交响曲，其中以第四和第九最具可听性。说实在的，我听了多年的布鲁克纳，没有一部从头听到尾，至今也才找到一点感觉。后来看到一本书谈到布鲁克纳，说布鲁克纳需要反复聆听。

过了些日子，老教授把碟片还了回来。我问他布鲁克纳如何，他说，他听得最多的就是布鲁克纳，觉得那里面有神性。"神性"——对于这个词我并不陌生，甚至我还知道布鲁克纳终身信仰上帝，他的每一首乐曲都充满了冗长绵延的祈祷和自言自语。问题是我们怎么去感受布鲁克纳的这种"神性"。德奥作曲家中，巴赫和布鲁克纳是最具神性的两位。巴赫生活在巴洛克时期，一生的服务对象就是教堂，他的神性可谓与生俱来。布鲁克纳身处浪漫派时期，作品却弥漫着神性，既让人觉得难能可贵，又不可思议。其实，布鲁克纳的音乐听久了，就会触摸到一种高妙的意象，大编制的乐队所营造出来的磅礴气势，带来的并不完全是汹涌澎湃，而是一种宁静，一种高蹈之气。我想这大概就是那种"神性"。诠释布鲁克纳的指挥大师很多，我却在年逾八十的切利比达克的指挥棒下得到了直观体验。虽然我只是看了那个录像，切氏坐在椅子上背谱指挥的形象本身就让我着迷。他不时地手按胸口，自由地哼唱，布鲁克纳的神性在他的手腕下徐徐流淌，这不就是"通神"么？

当今社会熙熙攘攘，红尘滚滚，我们需要的"神性"都到哪里去了？人们浮躁的灵魂要到哪里去寻求安静呢？也许听一听布鲁克纳，是会得到一些精神抚慰的。当然，愚笨如我者尽管听了多年的布鲁克纳，却依然不得要领。这确乎需要有一种特别的耐心和静气，慢慢沉入布鲁克纳的世界，以到达神性和安宁的彼岸。保罗·策兰在谈到诗歌时说了一句话："诗诞生的时刻乃在晦暗不明之中"。

同样，在通往音乐语言的通道上，如果真的要往前走，需要的不仅仅是音乐的耳朵，更重要的是一种精神的"摆渡"功夫，才能于"晦暗不明之中"渐渐被音乐的神性和思想所俘获，从而驰入那个灵魂自由、内心震跳的境界。

美女

2016.04.25

　　周末，到物业站交物业费。在小区随便逛逛，迎面走过来一中年男子，手一挥："美女！"扭头一看，我晕，原来跟在我背后的这位是"美女"？就不说她了。把目光移出，发现小区的树绿得有些调皮，至少是姿色满满。没想到背后那女的紧跟着也来了一句："宋仲基！"宋仲基？面前这位看上去跟我差不多的老男人就是宋仲基？我突然觉得自己受辱般地陷入一个"无物之阵"，被严严实实地裹在这一男一女对话的茧壳里。

　　记得纪伯伦《先知园》里有则故事，一只海蚌说："我身子里有一颗东西，很痛。"难道此刻的我也在如此磨损着自己的心灵？眼前这一切，并不是我所欣赏的，那种过度的矫情处处埋伏着忧伤甚至是不安全感。"美女"——本来是个神圣的称号，却被语言假象激发出一种影响的焦虑。女人的颜值，仅仅靠虚构的沉迷就能感觉？阅读女人需要心境，这话说起来容易，但当越是接近女人的真实心理底线时，我想可能就会越害怕。

　　一位老男人被称作"宋仲基"时，竟如此怡然自得，飘飘然乎，这会是好事么？鲁迅笔下那位落了架子的阿Q，最终还不是只能到他那些怀旧的日子里讨生活？这就像《西点揭秘》里的坎贝尔将军，面对女儿被奸杀的案情不断浮出水面，他看到了一个用谎言和所谓的荣耀编织的网，而危险也紧紧地随之而来。女人不是容易读懂的，男人在要求女人的同时，女人其实也在挑剔男人。赵四小姐说：把这些问题研究好了，人也就有了城府。我站在小区的一个路口，呆呆地想着自己这个想法究竟够不够城府？小区里那些绿得有些调皮的树，这会竟纹丝不动，莫非在竖起耳朵听着接下来的故事？故事不会再有了，眼前的"宋仲基"和"美女"已经走散了。

　　我找个石凳子坐了一会儿，似乎感觉全无，借用福雷在写作《永恒的孩子》时说的那句话形容自己，就是："突如其来的空白。"我想我是需要填满一些什么，需要一次"洗脑"，而"洗脑"之后也许又需要再一次"填满"。填入的，是一种记忆，还是一种期待呢？侧目一瞧，小区里的树依然无语，然而却以那种依然有些调皮的绿色伏在我身后，轻轻嘟哝了一声："老兄你看，'宋仲基'和美女又来了。呜呼！"

"尼伯特"玄想

2016.07.10

　　今年第一号强台风"尼伯特"几天前就被预报了，人们一直翘首以盼。追风，或许用在这里有点不够地道，甚至不够人道。当那股台风湿漉漉地爬到太平洋西岸时，海峡那边据说是遭到了类似原子弹般的袭击。这边的人们开始计算着它的行程，各种预警紧急启动。当"尼伯特"旋舞一般慢悠悠踱了三十余个小时，总算挨到了闽南某地。结果是亲吻般轻轻地来又轻轻地走了，带来的却是大面积的水患。我突然就想起作家马原在布拉格《好兵帅克》作者哈谢克墓前说的那一句话："他们都被历史淘汰，而好兵帅克依然站在历史中。""尼伯特"就是"好兵帅克"？我似乎有点明白。

　　台风这个庞然大物本来就只适合飞旋和恣意扫荡，它究竟站在历史的哪一边，我无从探究。"尼伯特"在海上拐了几个直角，速度缓慢，却是依然站在我们的"历史"中的。无论是以退为进，还是无为而治，一定都是典型的东方智慧。所以，我一直觉得台风多少是有点智慧的，它的一路呼啸，可能显得过于招摇。不过从一个更有意思的方面看，也许它正好呼应了人类的一种天性：总希望自己站得更高、看得更远、胸怀也更博大。这么说我大概是过于抬举台风了，但是"尼伯特"却是活生生让我意识到人们似乎有一种"巴望"的特性：担心它来却又巴望它来。

巴望，其实就是人类心理的一个"茧"。这个茧一旦被现实戳破，里面将飞出来的是什么蝶呢？台风来也匆匆，去也匆匆，一溜烟就消失在空气中，人们"巴望"的茧顷刻间也随之破裂。蝶从里面飞了出来——那是一只怅然若失的蝶，还是一只失望殆尽的蝶？台风过后，一片狼藉，百废待兴，谁还有心事去谈论这只蝶呢？有网友不断晒出洪涝的照片，有人趁机搬出几年前的旧照"旧梦重温"一番，都不过是一种"蝶"的效应。"茧破了，蝶如何"——这肯定是人类对于灾难的一种期待和恐惧并存的心理。

一股"尼伯特"，居然让我玄想了这么多。上班族似乎在埋怨去年的"苏迪罗"和今年的"尼伯特"，为什么总是周末赶过来呢？小学生也在幽幽地感叹了一下：为什么要等到放暑假了你才来？这些心底里的事有谁知道呢？人类的心理其实是很脆弱的，一次蝶翅的煽动就可能摧毁人们的任何一个感慨，何况是一股巨大的台风。不过，"什么时候台风还会再来呢？"——这个玄想依然像一只"茧"那样，久久地趴在人们心底，等待着下一场的"化蝶"。

时间的拐弯处

2016.08.07

一位文学博士和一位数学博士,没有经历过什么爱情长跑,很快就结合了。按照常规的说法,他们是在合适的时间里遇到合适的人。这个"时间"有些意思。从哲学意义上说,康德的时间才是真正的"时间"。康德每天下午三点出门散步,风雨无阻,邻居们都拿他来对表。爱情似乎不需要如此的刻意,它需要的是让时间驻足在某个地方。有一首流行歌曲"你知道我在等你吗",表达的就是这种感觉。

还有位数学博士,哈佛、耶鲁和苏格兰都申请到了,结果他去了苏格兰,因为那个学校提供了全额奖学金。这位做数学运算的博士查到伦敦奥运会的奥运村就在他申请的那所学校,就提前做了个提案,帮助他们的国家游泳队做了数学运算,推测在不同条件下游泳选手的表现数据,甚至帮他们计算选手穿什么材质的泳衣在水中的阻力最小等。这个提案打动了苏格兰的学校,不但通过他的博士申请,而且提供了全额奖学金。这位数学博士所做的,仅仅是赶在时间前面么?更重要的是,他多想、多走了一步,找到一个能够充分施展才能的时间节点。这个节点就是"时间的拐弯处"。

有一段时间我很迷勃拉姆斯,把他的D大调小提琴曲听了许多遍,还比较了四位大师的不同版本:梅纽因的温暖,海飞茨的凌厉,米尔斯坦的平和,格罗米欧的纯净。但听来听去,总觉得勃拉姆斯身上有很明显的矛盾性，一方面追求浪漫和闷骚，一方面又十分理性，讲究声部和主题严格的逻辑性。他的这种纠结完全是时间的纠结，直到晚年，他才找到时间的一个节点，把情怀和理性完全融合在一起。翻开他的履历，才明白他的心理纠结，在于年轻时一直爱着他的师母克拉拉，内心冲动却又非常自卑，不敢把这种感情直接流露出来，这种矛盾性真实地体现在他的作品中。时间最终在某个拐弯处停留了，让他在很久以后回到属于他的空间。

时间是一种时时让人纠结的东西。其实，时间是可以拐弯的，这个拐弯处就是我们观察和把握世界的岁月驿站。在那里，时间会"告诉我们世界是什么样的"（康德）。前面提到的文学博士和数学博士的婚姻，其实他们也是在一个时间的拐弯处找到心灵契合的节点。这不是因为数学博士的精于运算，也不是因为文学博士的浪漫多情，而恰恰是一种连他们自己可能都没有意识到的理性——时间理性。是时间理性造就了他们，是他们在时间的拐弯处看到了自己，也认识了对方。

论"葛优躺"

2016.08.08

又到周一。一张来自1993年一部电视剧的照片,毫无预警地继续在网络上蹿红。图片上的主人公瘫躺在舒适松软的大沙发上,谁都知道他就是葛优,他的姿势已经成为著名的"葛优躺",上面甚至还配着"不想上班""不想考试"等文字。

"葛优躺"时常被当作一个负面的颓废形象,或许被理解为快节奏工作状态下,人们对"葛优躺"的羡慕嫉妒恨,因此需要放慢生活的节奏,减小压力。20世纪80年代出现过"垮掉的一代"的说法,与"葛优躺"似乎有某些异曲同工之处。"葛优躺"表达了当代年轻人经历了生存的种种压力,他们愿意接受一个扁平的家庭和就业关系,并且乐意谈论"我"以及"成为我自己",勇于承认自己的不完美和缺陷,而不需要扮演别人心目中的完美形象。他们是这样的一种人:为自己而活,与自己和解。

其实,千百年来已经有无数人这样躺着了,葛优并不是第一个。当然,他们可能躺得更为优雅。比如世界名画中波提切利的《维纳斯与战神》、乔尔乔涅的《沉睡的维纳斯》、约翰·埃弗里特·米莱斯的《奥菲丽娅》、约翰·亨利·富塞利《梦魇》等,都是著名的"躺"的姿势。"躺"有什么不好呢?普鲁斯特写作《追忆似水年华》时,由于哮喘病发作,只好躺着写作。有一次,他下榻在旅途的客栈里,半躺在那里，看着涂成海洋颜色的墙壁，就感受到空气里带有盐味。普鲁斯特的"半躺"式写作被中国一些作家所模仿，孙甘露就说，"我，是一个普鲁斯特的模仿者——不是模仿他的哮喘和艺术，而是像他那样半躺着写作。"王小波的《黄金时代》里也有一篇《似水流年》，他说："普鲁斯特写了一本书，谈到自己身上发生过的事。这些事看起来就如一个人中了邪躺在河底，眼看潺潺流水，粼粼流光、落叶、浮木、空玻璃瓶，一样一样从身上流过去。"半躺着的普鲁斯特创造了一个文学神话，孙甘露说，"在那里，一枚针用净水缝着时间……"的确，如果普鲁斯特身体健康，他写出来的就不是"时间""水""记忆"和"那里"了。"躺"，不仅造就了普鲁斯特的神话，而且造就了中国作家重现普鲁斯特式的缱绻和暧昧。

　　无论是普鲁斯特的"半躺"，还是"葛优躺"，都是对于年华或者逝去的年华的生存美学和心灵密码。生活总是要继续的，周一之后还有周二、周三……我们都存在于时间和记忆里，我们的青少年时光，我们所有的爱情、痛苦、欢乐和寂寞，都在像普鲁斯特那样，借助一块玛德莱娜小甜饼回到过去。只有在这个时候，我们才会在"葛优躺"的姿势里，重新置身过去的岁月，并感受到一种奇特的快感和震颤。因为我们碰对了生存的密码。

　　呜呼，"葛优躺"！

谁在抱"仙人掌"

2016.09.26

时下热播一部电视剧《中国式关系》,讲述一位年近四十的体制内官员马国梁在因缘际会之下离开官场,从零开始经历职场打拼重新找回自我的故事。其中有几场"萝莉追大叔"的搞笑戏码:马国梁在夜店偶然救下了被富二代纠缠的"90后"美女霍瑶瑶,霍是一个鬼马精灵的萝莉,身边不乏追求者。这个狂野女孩内心单纯善良,渴望家庭温暖,在遇上屡次对自己伸出援手的暖心大叔马国梁后,逐渐倾心于马。但马只是把霍当成邻家妹妹,丝毫没有男女之情。

如此编电视剧的,还有《芈月传》里秦老伯(秦王驷)和月儿(芈月)的"桥段"。把芈月心中对大王的感情写成如父如兄,这些无厘头的戏码表面上看起来就像一盏冷雨热茶,实际上如同"仙人掌"般扎人。是的,任何年龄都可能产生爱,只是当不再年轻时,它的出现也就变得不那么清新了。所谓成熟,一定是对爱的一种瓦解。电视剧只能是电视剧,现实中此类版本不会太多的。在真实人生中,许多人可以对着外部世界微笑,内心却不无怀着伤痛。那么,该怎样让自己在充满挫败的生命旅途上体面地活下去?

现实是很骨感的。想起了苏东坡在《寄周安孺茶》里的一句:"乳瓯十分满,人世真局促。"说的是茶盅里的茶汤可以注到十分满,但人生在世就有种种欠缺,不可能如此圆满。倘若把这句诗倒过来理解,那就是正因为人世有太多的缺憾，还有太多的痛苦和无奈，所以就需要茶的圆满，需要茶的舒缓、从容和内心的澄净。那么，霍瑶瑶们和月儿们真的就是这一盏热茶么？

其实，局促的人世并没有完全消解人片刻的安宁和自在。活到一定年限，就会觉得爱有时候就是一种挣扎。作家唐颖在1995年第9期《收获》发表一部小说《红颜》，后来改编成电影《做头》。唐颖说，导演把小说里一段暧昧的难以言说的关系做了简单粗俗的处理。今年，唐颖又在《收获》发表一部长篇《上东城晚宴》。作家说，这次是描写两个成熟的人之间直接的没有幻觉的两性关系，没有关于爱的憧憬，他们从身体开始，并且希望仅仅停留在身体。他们以为可以控制却难以控制，想要遏制的感情悄悄地越过彼此的身体而相互缠绕。于是伤害开始了。他们其实并不想伤害，然而爱的结局就是伤害。这一段虐心的情感旅程，就是过于成熟的心灵对爱的一种瓦解。

刚刚获得2016年美国漫画最高荣誉艾斯纳奖提名的中国女画家郭婧，画了一幅作品：一个咧着嘴笑的小女孩抱着一个仙人掌。她告诉记者，这幅作品反映了情侣、爱人、夫妻之间的一种状态，有的时候互相伤害，但又离不开彼此。这位"80后"画家说，自己到了30岁才想清楚自己想要的是什么，但是谁都抱过"仙人掌"的。这个说法无疑令人震撼。照这个说法，马国梁们和秦王驷们，他们抱的不就是"仙人掌"么？

想到这里，还是静下心来，重温一下苏东坡老爷子的教导，去抱那一盏"乳瓯"吧。人生再局促，茶汤也不必过满。赵州和尚那一声"吃茶去"，千帆过尽，尘埃落定，就会想明白：今生也就剩下这一盏茶了。这叫作"茶禅一味"。

有谁在抱"仙人掌"呢？

本真与"绑架"

2016.11.03

前几日晚上,在福建大剧院观摩了上海音乐学院青少年交响乐团的演出,当拉罗的钢琴三重奏第一乐章演奏不到两分钟,一把小提琴的琴弦"啪"的一声断了。小姑娘琴手轻轻叫了一声,神情自若,踅回后台去了,观众们报以热烈的掌声。演出中的意外是常有的事,对于一个孩子来说,本真是最重要的,无论你有多高的技巧,失去了本真,那些蕴蓄在孩子身上的精彩片断,就不可能那么意味深长了。

须臾,小姑娘返场,照样赢得掌声一片。小姑娘抿嘴笑了笑,节制而精确,就像她手里捏着的那一把音符,即将再度准确地放飞。南方秋燥,夜晚显得有些闷热,但拉罗的钢琴三重奏带给人们的是一场惊人的体验。这位具有西班牙血统的作曲家,乐曲透露出明显的法国浪漫主义色彩,其中有着出色的轻盈和耀眼的背景。然而作曲家的激情,又如同舒曼音乐中那种极端的动荡和情感驱动力。当小姑娘狠狠地拉了一个长弓,将弓举过头顶,我意识到可能有一个什么样的风暴就要袭来。果然,琴弦断了。

这场演出给我一个突出的印象,同样是想象力活跃,色彩感强烈,整个乐团自由如风,澎湃如海。我不由得想起切斯瓦夫·米沃什《告别》里的那句诗:"我们是慷慨激昂的新生代/走吧让火焰般的刀剑/为我们开辟一个新世界。"

最近有部刷屏网络的萌娃电视剧《白蛇传》，所有演员都是不足10岁的孩子，演出的版本是赵雅芝版的《新白娘子传奇》。据说拍摄过程相当曲折困难，十几个孩子争着演白娘子，小演员不断地训练学会一秒钟就哭。为了实现"灵魂附体"的效果，孩子们就像扒了一层皮，甚至崩溃大哭。看到这样的描述，我心里有一种很不适的感觉。让孩子们演《白蛇传》，从创意上说，也许是商业时代一个吸引眼球的事，但认真一想，抛开剧情上是一部山寨戏不说，单把小孩子不自觉地引入一条"塑料化"的歧途，其出发点就是错的。"成功学"不是生生毁掉孩子们的童年，而是要让他们回归童年，回归本真。

艺术教育从孩子做起，是一条常道。那天观看演出前与上海音乐学院附中领导有个短暂的交谈，他们严格按照青少年成长的规律培养孩子，不做拔苗助长、绑架造星的事，因为孩子们终究是要回到他们的世界的。《爸爸去哪儿》热播了数年，目前已明显降温，那些观众们耳熟能详的明星子女也逐渐淡出娱乐圈，回归到他们的日常生活中。艺术教育是一个有巨大诱惑力的圈子，然而不必过早对孩子的童年忧心忡忡，"保卫童真"并非"抵挡"前程。人世匆匆，四处是湍急的河流，谁能区别浪花和深流呢。孩子还只是一片漂流的叶子，它的自由流动将标示着运动的方向。所以，"成功学"不是一种绑架，而是一种牵引。博尔赫斯说过："水消失在水中。"——这，才是本真的自由，它是鱼想听见浪花的声音的渴望。

只是穿过

2016.11.23

  老友欧孟秋去深圳含饴弄孙经年，数日前在深圳遇到他。他告诉我，继《菊潭清响》《梅窗清影》和《兰畹清馨》之后，他的《竹轩清韵》又要出版，嘱我作个序。我不假思索地答应了下来。
  老欧与我相识于20世纪80年代，都执掌理论和学术期刊，也都喜爱文字，乃气味相投耳。深圳交会，他提了瓶酒邀我小聚。其实他不喝酒，我也不善饮，但老友提老酒，醉不醉皆醉。此等浓蜜，惬意自在。
  老欧喜诗文，然为人低调，言行不涉利益，但涉理路，他总能给人一种古道人心的感觉。世态炎凉，他从不做无益烦恼，一切都可以复归平静。落实到他的字里行间，便是屏气敛容，只闻花香。梅兰竹菊，是他书写的一种镜像，其中存活的，既是他的生命之语，也是他对"日常"的观照。他是寻常之人，一心过着寻常的日子，似乎就在生活某处待着。所以，我觉得他更像风，在你耳边厮磨，却听不到他的一路狂号。这让我想起一位诗人在他的一首叫《风》的诗里写道："风好像也在说话了／风／其实没说过话／它从来只是／穿过辽阔／或者／进入缝隙／总是无影无踪／温暖或者寒冷……"日子是寻常的，风也是寻常的，这种状态很容易让人忽视。就在这一瞬间，风开始与人耳语了，这就使得寻常的日子有了诗意、有了憧憬。与老欧见面，我眼前的"镜像"仅仅只是"看见"么？其实，那里面还有我们"看不见"的东西——"穿过"。

"穿过"是老欧在这本书里的一个生命符码。他极其安静、练达，犹如船夫孤舟，蓑衣斗笠，独立江心，一任风雨深深。这无疑是个状态。梅兰竹菊，任凭在他笔下生花。作为他的朋友，我一直觉得他身上有一股浓厚的"文人气"：你可以不认识他，但他的文字会让人用过去所有的美好回忆去理解日常；他也可以不认识你，但你可以在他的文字里寻找到对于生活的美好回忆。即使所有的回忆都用完了，他也会把回忆的残骸化为一阵"穿过"的风，渐行渐远，如同桴浮于海，然后慢慢变老。

我实在是向往此番境界。亚里士多德的幸福论有个著名的观点，就是"活得好"和"做得好"。他说，"如果一个人不去过他自己的生活而是去过别的某种生活，就是很荒唐的事。"老欧是个活得很明白的人，他知道自己的日常，知道自己的内心，即便有时稍显孤寂，他也照样独行。然而，他只是个独行者，而不是独行侠。他身上没有侠气，没有孤傲，只有静静地穿过。世事沧桑，人很容易在内心隐然生出无名的厌倦之感，这种潜在的"厌倦"难免会导引人离开日常，走出生活原有的圈子，不知不觉踏入别途。老欧的明白之处，就是能够在晦暗难明的种种隐约意绪中"清理出一个面目"，而不随波逐流地飘荡而去。

在熙熙攘攘的人间世，老欧安排满满，接送孙女上下学，躲进一隅练字。红尘俗世，他没有太多的在乎。他只在乎静静地、轻轻地"穿过"。或许你找他时，他刚好不在。我以为，"穿过"的境界就是"飘然"的境界。人可以"飘然"，倘若多了个字，走向"飘飘然"，则不可取。老欧绝不是这种人。他依然只是穿过，一种不屑于浮云的穿过：

"故人何时与我还，恐要独自回。"——独守一叶扁舟，独立一江寒秋，老欧只是一个"过客"么？

311

我的村庄

2016.12.23

　　老家来了位已经退役的老村长,他其实就是我的小学同学。一进门,就嚷着要给我"做报告"。这些年,关于家乡的那些长长短短的消息,基本上都是他告诉我的。他每隔数月就会到省城跟我神聊一番,我竖着耳朵听着,觉得那里面有阴有阳、有明暗、有深浅,甚至还有一丝幽昧中的吊诡。

　　村长能说会道,一肚子的故事和家长里短。说到某年春节,他儿子大学毕业数月后被某公司招聘。他兴奋不已,说家门有幸,门口那对大红灯笼可以直挂到乌鲁木齐去,大有"直挂云帆济沧海"的气势。哪知一语成谶,儿子果然被"发配"到乌鲁木齐。那个夜晚,他默默地看着儿子整理行装,不禁悲从中来,暗自忧伤。躺到床上辗转反侧,深夜里踱到厅堂狠狠甩下一句:"不要去了!"儿子从房间跑出来,怔在院子里,被如水的夜的眼照得浑身湿透。

　　我有点被他的"乡村情结"所打动。他至今还在说我小时候时不时手里揣着一本书,他不想靠近我。他爱打架,但从不欺负我。记得有一次在池塘边放牛,我端了本《十万个为什么》。他赤条条往水里一个猛扎,浮上来想拉我下水。我不敢,他也没勉强我。我的眼神定定地望着这片熟悉的土地,望着远远近近不断浮出的炊烟,贫乏的脑袋里轻轻闪过了一个词:我的村庄。

村庄的炊烟一直是令人神往的，可是多少年来我却描述不了它，除了袅袅，我的确觉得词穷。炊烟一定是有生灵的——我只能如此去想象它。它是唯一能够站在天地间守候村庄的秘密的神父，无论怎样漂移，它带走的都是村庄的渐行渐远的故事。记得少年时有一日，我在天井上看到一只鸽子从炊烟中横穿而过，全身被镀满了一层银。鸽子是我养的，它的穿越让我看到这个世界有一种幸福就叫自在。我家灶台就在天井边上，我于是有了一个观看炊烟的方位。灶台站在那里已经整整五十年了，依然那么红润，气势不凡。每次回到老家，我都会静静地蹲在那里，想象火苗，想象炊烟。炊烟始终没有欺骗灶台、欺骗土地、欺骗村庄，它总是那样蜿蜒不绝。我突然想起不知在哪里看到的一句诗："欺骗土地的人／他将颗粒无收。"

如今，村庄还是那个村庄。每年清明，我都会回老家给爷爷奶奶扫墓，村长总会陪着我看看这座"老"还是"不老"的村庄。这是爷爷奶奶的村庄，我会记住的。陈村有篇写得像散文的小说《花狗子嘎利》，结尾处陈村让儿子记住"父亲的村庄"，说："在你走向生命尽头的时候，自然也会有一两个你的村庄。人可能永远需要村庄，人在村庄中是坦然的。"村庄一定是精神的寓所和家园，无论那里是贫困还是丑陋。

离开老家近四十年了。这位老村长带给我许许多多关于老家的故事和消息。我想，再过若干年，或者许多年，我对村庄的欲望会不会逐渐消解了呢？多少年了，村庄还是很纯粹的。我希望它一直纯粹下去。有位作家说过一句话："纯粹没了，爱情会冻死或晒死。"这其实是"我的村庄"的一个"原罪"，无法挣脱，但需要关怀。要不然，也许就真的像叔本华到了七十岁时发出的那一声长叹："我终于没有性欲了。"

我的村庄，我想不会是这样的。

回首那一年

2017.01.30

鸡年初一，就有人说："还有364天就要过年了，回想起上一次过除夕，仿佛就在昨天。拜年要趁早，在这里，提前祝各位2018狗年快乐。"猴年刚过，就如此猴急，着实是忒着急了。明年是狗年，这不搞得大家都要鸡飞狗跳、鸡犬不宁？

相对于巴望和等待，我似乎更热衷于回首。"回首向来萧瑟处，也无风雨也无晴。"即便是不堪回首，也会有值得怀念和流连忘返之处。数日前整理书房，无意中翻开24年前那个匆匆鸡年——1993年的日记，竟不胜唏嘘。

那一年，克林顿宣誓就任第42任美国总统。那一年，马俊仁率领"马家军"在第七届全运会上大显身手，王军霞以29分31秒78的成绩打破10000米世界纪录，将原纪录缩短了41.99秒。那一年，毛宁在春晚开唱《涛声依旧》，打开了多少少男少女的心扉。那一年，《北京人在纽约》和《我爱我家》开播。那一年，贾平凹出版了一部小说，坊间传言他拿到100万元版税——这个消息很快被贾平凹本人辟谣，但还是被媒体广为传播。

那一年的葛优还留着一点头发，那个著名的"葛优躺"姿势，就是那时留下的。那一年，马俊仁做了一个广告，喊出一句嘶哑的广告语——"我们常喝中华鳖精"，此后"太阳神口服液"和"脑白金"相继轰炸而出。

那一年的8月29日，复旦大学与台湾大学的辩论队在新加坡广电局演播厅进入决赛。决赛辩题是"人性本善还是人性本恶"，金庸担任评委。复旦大学抽中的辩题是"人性本恶"，四辩蒋昌建在总结陈词中引用了顾城的诗，撼动不少高考学子："黑夜给了我黑色的眼睛，我却用它去寻找光明。"

直到很久以后，我们才知道，那一年，还在大学教书的马云为了使自己开办的海博翻译社扭亏为盈，正在背着麻袋坐火车去义乌批发小工艺品。那一年，还在读书的马化腾做了一个股票分析软件作为自己的毕业设计，某公司花5万元买下这个软件，这在当时不是个小数目。那一年，马云和马化腾根本就没有想到，24年之后，他们用"五福"和微信红包统治着这个鸡年春节。

我翻开了日记。那一年，家里安装了第一部程控电话。电话是在前两年就申请了的，本以为在猴年马月就会安装好，哪知线路已满，就一直拖到了"鸡鸣"之时。倘若再往下拖一年，那就成了"狗盗"。那一年，居然还写了本奇怪的书《怪梦与预测》，算是我的专著《中国古代梦文化史》的副产品，用了笔名，至今没有几个人知道。那一年，外省一家媒体与我所在单位想合作创办一份《国际市场报》，单位领导有意让我出任老总。省里有关部门将它与《厦门航空》一起申报，但最终获批的是《厦门航空》杂志。

那一年鸡年，"鸡"会很多，机遇看上去很美。可是历史毕竟是历史，究竟还能回去么？我的一位朋友在朋友圈里说："历史是可以回去的，它可不管你蹉跎不蹉跎！"这句话重重击中了我。我是一个守着"蹉跎"而回不去的人，我是一个被历史的精神分析绑架住的家伙。现实很丰满，历史却渐渐变得骨感起来，但我依然沉迷其中而不可自拔。鸡年，从我嗷嗷待哺而妈妈在人民公社食堂也挨饿的1957，到懂事了却没学可上的1969，从成家立业的1981，到经历过难忘岁月后的1993，从迁居闽江之滨的2005，到了真正感觉到蹉跎的2017（今年）……人生何其匆匆，鸡年何其匆匆！

  对于鸡年，还能做什么样的精神分析呢？

"乡愁"的精神分析

2017.02.03

鸡年春节过去了。在空荡的路上行走，虽然有点执迷，却依然不悟。其实，执迷是一种久违的能量，如果私心里有这种力量，我倒希望一切都如此清静。在这座城市里，鸡年我听不到任何一声鸡鸣，只有灰白色的鸽子在清冷的广场上漫步，那样的记忆是令人留恋的。

整个春节都是在安静中消磨而尽。只有那几泡茶，一直在陪伴着我。大年初一的日头透过阳光房的玻璃倾泻下来，把茶汤照得忽明忽暗。"春风解恼诗人鼻"，茶能如此么？我总觉得这个春节既没有诗，也没有远方。春风无论有故还是无故，都在乱翻一堆无用的日历。随手抓起一册明清笔记，无意中看到明末清初的天文学家王锡阐致力于天文研究，一生穷困潦倒，尤其晚年，当友人来访，竟落到"已无粗粝能供客，尚有诗篇可解嘲"的境地。他的世界只有一台浑天仪，孤独即是他的乡愁。这年头，讲乡愁的人多了，倒感觉不到什么是乡愁了。

乡愁不是一味地消费往事，也不是一直要挂在嘴边的东西。任何东西，尤其是观念上的意识，当老是被当作一种念念叨叨的物料时，它本来所具有的价值和亲和力是会被逐渐瓦解了的。时光知味，能留下的终是好的——这个道理大家都明白。大年初三，一老同学带着小孙子来家拜年，看到书架上蹲着一块多年前我在花鸟市场地摊花五块钱买的老石头，脱口就说这东西"看上去很有乡愁感"，不禁令我一阵唏嘘。倘若这样去理解乡愁，乡愁岂不是要被庸俗化了？

春节有不少的禁忌，比如福州人和莆田人大年初二是不能串门的（这个与倭寇有关的故事许多人都知道），还有福州人年初一要吃年夜饭的菜余，说是"年年有余"。问起缘由，也被告知这是"乡愁"。一种惯习一旦被凝固成风俗时，它同时也就成为经典。有人说过，世上本没有经典，装的人多了，也就有了经典。其实，经典之所以是经典，并不是有多少人赞美过它，而是它帮助多少人认识了这个世界。"乡愁"也是如此，它只是让人们知道那些个"昨天"是怎么回事，其中潜藏了什么样的故事和神韵。

如今所谓的"非遗"愈演愈烈，亦有人将它们视为"乡愁"的重要标记。凡有"非遗"之处，必能借此大捞旅游资本。我们的最根本的功夫究竟在哪？福建莆田有许多的"石敢当"，记得20世纪80年代，有位日本的历史学博士做了个博士论文，内容就是莆田的"石敢当"，弄得我们的一堆历史学教授如梦初醒，幡然大悟。人家都把你的"乡愁"死命地做足做深做透，你才想起来那东西原来就是"乡愁"。我一直以为，"乡愁"不是别的什么，它让你认识到我们的生活本来就不是在"别处"，"乡愁"是一种简单的快乐，它始终是你灵魂的最先的也是最后的"故乡"。"乡愁"很简单，就是在原来的地方见到曾经的人、听到原来的故事。王尔德说过一句非常深刻的话："我敬佩简单的快乐，那是复杂的最后避难所。"乡愁简单，过节也简单。每年过春节，深宵守岁，然后岁除一日，觥筹交错，烹茶听琴，在这些"简单的快乐"里面，"乡愁"就深隐其中。

过完春节，我反而变得有些清醒。在这样一个"老年人什么都相信，中年人什么都怀疑，年轻人什么都知道"的年代里，对于"乡愁"，我只能表示一些疑虑。也许这是从我的"迷执"进入到"我执"，但我还得继续"执"下去。我想起有人对于"门槛"发表了这样一个解释:所谓门槛,能力够了就是门,能力不够就是槛。现在,我觉得我还处在"乡愁"的"槛"里边。我想必须对自己继续发问:"我是谁""我从哪里来""我到哪里去"……

"立春"的审美

2017.02.04

昨日23时34分,丁酉年立春。有道是:春风十里,不如你的到来。

无论怎样,立春,年是开了,这个时节应该有诗,有远方。我的朋友萧然曾经以一首《一个人的立春》,隐忍了"立春"以外的"二十三个节气"。他"一刀一刀去还一场宿债",为的是化开那些还没融化的"雪"。他把一生的"隐忍"缓释出来,在于表达一个成熟男人的心灵秩序。"一个人的立春",其实就是"一个人的朝圣",他所面对着的,是属于他自己的宗教。在这里,我看到了一种想象力,看到了对于春天的一种心灵压痕,看到了萧然对于诗歌审美惯性的颠覆,无论是立春还是朝圣,都是他对自己的指引和救赎。

离开诗歌,我们还能对"立春"说点什么呢?从昨日沸沸扬扬关于"立春"的话题,无论是"看来看去",还是"秘密交流",我意识到有一种比人走得更远的"物",不曾消停地在呼啸,一次次撩拨我的运思。这个"物"便是"立春"。有人说,今年不只是"立春","立言"更精彩。还有人说,别《致青春》了,《致立春》吧。我觉得这些都无妨,每个人都有自己对于"立春"的表达方式,关键是这个"立",它的终极目标和想象力究竟在哪儿? 北宋理学家张载的名言:"为天地立心,为生民立命,为往圣继绝学,为万世开太平","立心"和"立命"的价值就在于"立"。鲁迅当年提出"立人",其目标同样是借"立人"以拯救社会。那么，除了"立"字当头，我们还能有什么样的审美表达呢？

这就是如何"立春"的话题。李敬泽有一句令人不可思议的话："古罗马人的地理是想象力的地理。"但认真想下去，就会发现古罗马人的地理不是古罗马"敞亮"的地理，而是古罗马人漆黑的"想象力"的地理——这是古罗马人的审美表达。从这个命题出发，我们对于"立春"的审美就一定不至于一般的"看来看去"，而是从"看来看去"到看到"物比人走得更远"。如果没有这个"更远"，我们对于物象的审美就会止于眼前的现实，就不会有萧然诗歌里那种"一个人在世上"，携带着"整个狼群"行走的灵魂的"历史"。这种审美目的，就在于确立了"不为万里江山，我只为一个人立春"的宗教情怀。

一位老师提问学生："谁来解释下'寒风不识相，无故扰飞雪'？"这时教室角落里传来了一句："雪是好雪，就是风不正经。"这种对于物象的审察显得过于拘泥现实。就像喝茶，牛饮自当别论，多少也得懂点"品"的趣味吧。元朝大画家倪云林一生爱茶，自制了一种叫"清泉白石"的茶，非尊贵者都喝不上。有一客人请求拜见有一个多月了，某日终被允许上门。那客人举止也潇洒，与倪谈得也融洽，倪让书童上了这种茶。客人因为口渴，两口便喝光了。倪放下杯子就起身入内，再也不肯出来，说是"遇见'清泉白石'不慢慢欣赏品味，必定不是高尚之人。"品味也是审美，浅斟慢酌才是品茶的"王道"。由此看"立春"，除了节气的轮回，我们需要的一定还有审美上的趣味。也许很简单，"立春"不是别的什么，它是大地的一场叫魂，是季节的宗教对于人的内心的精神抚慰。

20世纪70年代，我还在读初中时，父亲为我买了本华罗庚的《优选法平话》，至今还记得开篇第一句就很撩人："想泡杯茶喝！"随后很自然引出了取茶叶、洗茶杯、煮茶壶等动作的先后顺序，怎样安排才能优化，以引人入"优"。写到这里，我不由得马上开泡一盏茶，看到青绿色的茶叶在杯里涌动，一展娇蕊芳姿，便觉得有山气晴岚迎面扑来。此时，剪剪清冷，纵有清风明月也总觉浅，唯有"立春"的意味和气息可以清心，可堪回味。茶无止境，茶亦可"立春"，我想有这样的审美状态，也就够了。

情人节不相信玫瑰

2017.02.14

情人节不是一个可以随便触碰的日子。这个时候，无论是圣徒的激情还是智者的思想，一旦介入，就得准备去分担一些生命的内容。那么，究竟谁比谁活得更自在也更真实呢？

或许很容易就想到了玫瑰。我一直觉得，玫瑰如同世界的宁静和美好，但又总是那么脆弱、虚幻，甚至不堪一击。这个日子，人可能极容易被玫瑰牵着脑袋，驮着其他人的感觉，恍惚在某种情感边缘，所有的游荡就剩下两个字：失重。

玫瑰属于人间草木。"Rose"这个简单的词，注定让人听到有人在世间某处哭或笑。不可与人的浪漫，同时也带来了一种残酷。福克纳有个著名的短篇小说《给艾蜜莉的玫瑰》（ *A Rose for Emily* ），通篇没有出现玫瑰。玫瑰究竟在哪儿呢？小说的开头这样写道："艾蜜莉小姐死了，全镇的人都去送葬。男人是出于敬慕之情，因为一个纪念碑倒下了。女人则大多出于好奇心，想看看她的屋子。"几句话勾出了一堆信息：艾蜜莉终生未嫁，到七八十岁死的时候还被称为"小姐"。她出身望族，一生洁身自爱，把自己活成人们期待的纪念碑。其实，最让女人感到好奇的，还是她那个已经有四十年没人进去的房间，那里面的确隐藏了一些秘密。直到艾蜜莉死了以后，好奇的女人才得以进入那个房间。她们看到的一幕竟然是——床上躺了一具死尸，保持着拥抱的姿势，死尸边上有个凹陷的枕头。原来,艾蜜莉为了迎合人们的期待,以及平息内心的狂暴,杀了她的爱人,并与爱人尸体同床共枕,相拥而眠四十多年。

至此我们才明白,小说里的"玫瑰"就是"玫瑰",它不过是艾蜜莉过世后,人们朝她棺材里丢进去的"祝福"。"可怜的艾蜜莉",送给她的"玫瑰"不是祝福,而是逃不了的魔咒:因为她的父亲生前赶走了所有的青年男子,没有给她爱的自由。而她内心的狂暴只能使她无法活得更符合人们的期待,最终只能放弃了她的爱。故事是惨烈的,玫瑰变成带刺的诅咒。反讽的玫瑰,在这里构成了一种类似"人间草木太匆匆"的宿命。

玫瑰幻美如斯,既属于人间,也属于天堂。如同爱一切他人并爱他人的一切,它可以鲜艳如血,也可以枯萎地进入人的期待。情人节,所有的玫瑰都突然"转向"为"神圣之光",在这个时候,有幸福的忧伤,也有热烈的孤寂。玫瑰的意义都变得相当的"严重",借用保罗·策兰的诗歌语言来说,那就是"一个世界疼痛的收获"。情人节,说穿了就是这个世界一种美丽的"疼痛"。在这里,几乎没有谁的去处会更好。在曝光过于强烈的时刻,谁都不会不相信有一种阳光是永远的。

其实,情人节的玫瑰都是"阴性"的,它只是一个隐喻,或者是情感痴迷者某个"睡着了"的词,就像策兰在一首诗里说的:"永远那一棵/白杨树/在思想的边缘。"当满大街的玫瑰都在发疯似地狂奔时,我想到的可能不是什么"永恒"或者"放纵",而是策兰所说的生长在荆棘之上的"无人的玫瑰":"我们并不是真的/生活过/一下子就过去了/看不见/一阵风吹过/'在那儿'和'不在那儿'和'时时'之间"。

情人节不相信玫瑰——但我相信这样一句话:"我们心里全都有一个王国,一个私人的乐园。"

记住,这是泰戈尔老人说的。

老气横"春"

2017.02.26

鸡年匆匆过去了一个月,这意味着岁月老去,我们也老去了一个月。岁月的痕迹是无数片沉入河底又被搅起的落叶,不断翻卷于河床,水面清风造就的不只是河面的微澜,还有那些湍急的深流。活到这般年纪,突然就区别不出浪花和深流了。

只有博尔赫斯能够解释这一切,他说:"水消失在水中。"

偏偏在雨天出门,雨刮器不住地左右横扫着,像在不断地刷新时间。车轮和雨刮器,不同的要素辐辏般地关联在奇妙的速度之中。车窗外的朦朦胧胧竟让我有一种旁顾的从容,我不知道那些辐辏之间是否还有什么时光的裂缝或虚线正在"从头越"?

快到目的地时,陡然就感到行迹与未来已经连成虚幻的一片。岁月就这样老去,人也老去。车轻轻地颠簸了一下,有个词也轻轻地在耳际响起:"老气横秋"。我打开了一本书,里面引用的马克思的一句话令我慨叹莫名:"成人不该在更高的阶段上重现他的真情吗?在每一个时代,它自己天然的纯真性格岂不是活跃在儿童底天性之中吗?为什么人类历史的童年时代,在他发展得最美好的地方,不该作为永不复返的阶段而显示它的永恒的魔力呢?"

我决定把那个耳熟能详的词改为:老气横"春"。

想起有一年在圣彼得堡波罗的海岸边,已经晚上十点多了,对岸芬兰湾的白天还在北欧的夜空挣扎，不肯退入黑暗。很快又将是一个黎明了，一切不过是在"明暗之间"。倘若可以借用人的心态去形容这个情景，我想那一定就是老气横"春"了。时光总是在"明暗之间"彷徨，我们又何尝不是？我们照样是在"明暗之间"彷徨的人，直至终老。用鲁迅的话说，我们不过是个"过客"。

老气为什么就不能横"春"呢？在时间庞大的辐辏面前，我们不是一群夜里在白天奔驰的青年，就是一群白天在夜里游荡的老年。我们生活在"明暗之间"，无论春夏秋冬，终究是一堆时间的影子。用哲学的语言来说，老气是实然的，但"横春"是应然的。达到这个"应然"，就需要有一种力量，一种"横春"的力量。

一位年轻的女博士在校门口迎候我。在这样一个"熬过了冬天，冻死在春天"的日子里，她撑着一把雨伞，站在校门口的岗亭前不住地哆嗦。一股冷气随着她的身影嗖地卷入车内，"好冷"——我知道她已经等了很久了，她非常认真地对我说："时间在你那里原来是逆流而上的，每一次车辆经过仿佛都是你。"我无语。她是属于春天的，但今年的春天特别冷。她的举止不由得让我想起契诃夫《海鸥》里的一句台词——这是一句许多演员都很难处理好的台词："我是一只海鸥！……啊，不！不！我是一个女演员！"这位女博士也许就是那一只海鸥，是这个春天里的一个"女演员"。她被绑架在春天的冷雨的悖论里，"看不见天和水，听不见浪花的声音。"（艾青《鱼化石》）。

一场极其简单的座谈，没有"间离"和"投入"，没有开头和结尾，来的全是年轻的博士。"一棵是枣树，还有一棵也是枣树"——鲁迅当年坐在故居那个老虎尾巴里，看到的情景想必与此相似。冷雨敲窗，雾霭浩瀚，所有的沸点都以冰点的形态存在着。我一团老气地坐在那儿，像一尊无字碑，听着博士们的干云豪气。我想此时我是"横"

在那里了，"横"在一群春天之间。老气横"春"这个词，肯定是在这个时候萌生的。

　　列夫·托尔斯泰说过，人生在世，最重要的就是"弄明白生活的意义"。我的意义大概就是"老气横春"了，在这里，我为"春"这个字眼脱去了引号的外衣，在于留一座我的思想的"坟"。这也就是鲁迅在《坟·题记》里说的："虽然明知道……神魂是无法追蹑的，但总不能那么决绝，还想将糟粕收敛起来，造成一座小小的新坟，一面是埋藏，一面也是留恋。"

记忆中的仪式感

2017.03.03

四十年前的今天，1977年3月3日，我跨入了厦门大学。

新生报到。这是粉碎"四人帮"后招生的最后一届"工农兵学员"，尽管如此，当时眼前依然是一片蒙太奇，人生从此被重新定义。交上录取通知书，坐在那里认真地填写一份表格。抬头一瞧，一位来自闽东的女同学站在我边上，抿嘴一笑，很轻。我按照最通行的规则去解读身边的信息，大概是因为心智还不够成熟。这种解读虽然属于日常，但有点不够文艺，尤其是对于中文系的学生来说。

这是我遇到同班的第一位女同学，一位颇具仪式感的女生。那时候的仪式感就是正统。

当晚，我到一位有数年工龄的同学宿舍串门，刚坐下，一位女同学风一般卷了进来，笑声一串接着一串。这是我报到后遇到的第二位女同学。"一颗波西米亚的灵魂"——我突然觉得我可能有些残缺了。在这里，如果轻易地用"诱惑"两个字，也许过于庸俗，然而一切都挺好，并且有点激动人心。走出那个房间时，我想到必须有什么东西将我"救赎"一下。

这个东西就是仪式感。现在想来，这会不会是个伪命题？

班长大叔是我老乡，睡在我对面，他的上铺是个闽西客家小哥，睡在我上铺的兄弟则是一位诗人。这，大概就是我们两架上下铺的朋友圈了。班长大叔刚从部队退伍不久，许多举止都带着仪式感。"大叔"是女生们送给他的绰号。

当然，四十年前我是绝对想不出"仪式感"这个词的，只不过现在回想起来，那是属于我们的一种远远超越"成年礼"的感觉，然而它并非出于矫情。那个晚上，几乎每个宿舍的人都趴在那里写信。我一个个房间逡巡过去，一张张新鲜的面孔堆满着各种想象和期待。睡在我上铺的兄弟不时把脖子从上面探下来，跟我谈诗，谈我不久前在省报发的一首诗。不过，那个时候也谈不出什么，只是以为诗都是需要押韵的，用现在的话说，也是个仪式感问题。

在大学众多的仪式感里，中文系被称作"一条撒满钓饵的河"。浅滩边，一个教授和一群讲师正在撒网，网住的鱼儿上岸就当助教，然后当屈原、李白的导游，然后再去撒网。中文系的师生是一群"要吃透《野草》《花边文学》的人，把鲁迅存进银行，吃利息。"——这就是中文系的仪式感，其实它更像是"二十二条军规"。

那一夜相安无事。3月3日，就这样被海风浅浅地刮过。整整四十年了，我极力去追忆当时的一些细节，总是惶惑和明朗相互交织。其实，进入大学时代那些原初的激情并没有密密匝匝地展开后来的相应叙事，倒是伴随着渐行渐远的春天的节奏，校园里盛开的凤凰花不断在勾勒着我们笔端的那一抹淡彩。记忆和遗忘，永远是人的历史的"一个间歇，一道词语缺口，一个空格"（保罗·策兰语）。时至今日，我的确是无法准确无误地在脑海里复制那些永不磨灭而又不绝如缕的情绪记忆。

到达厦大的那一天，我就想去建南大礼堂膜拜一番，以满足我的那种仪式感。因为天色已晚，黑漆漆的，估计啥也看不清。次日早晨，我独自去了。当眼前的大海激情恣肆地把浪花一层一层地抛过来时，如同鸿蒙初辟，我享受到了一种从未有过的奇妙快感。我坐在礼堂前的台阶上给家里人写信，第一句就是"我看到了厦大的海"。——这究竟有什么终极意义呢？老实说，至今我也还没有完全解读好。

3月3日，是我人生中的一个节点。四十年了，从当年"行动的生命"进入如今"沉思的生命"，我得到的唯一收获就是：人也许可以自由放逐，但无论走向何方，都必须具有一种"把灵魂留在高处"的仪式感。有了仪式感，人无论是"枯萎地进入真理"，还是颠覆在剩水残山之中，都会有属于自己的去处。那么，在接下来的日子里，我依然会以诗和远方，拥抱我的仪式感，携带着我仅有的可能性记忆，继续走入属于我的世界。在那里，如同保罗·策兰所写的那样："敲掉／光的楔子／漂浮的词语／走进黎明。"

"分享"的祛魅

2017.03.08

一个老男人，跑到"三八节"这里乱弹（谈），看来是有些不合时宜。不过，今天我不专门谈女性，也谈谈男人。"三八节"本来是女性的话题，我为什么就想起了男人。其实，导引这个话语的来由也就两个字：分享。

多年前，张贤亮写过一部小说《男人的一半是女人》，将刻骨铭心的伤痛转化成为普遍的人性体会。那里谈不上太多的分享。章永璘，一位"文化大革命"时期的牺牲者，年轻的岁月几乎是在劳改营中度过的。面对妻子的出轨，羞辱、不甘、自卑……种种情绪在他心中不断纠结，不断扩大，愤怒的情感渐渐酝积成一股大洪流，突然爆发，终于让他成为一个真正的男人，不再是在男女性事上无能的废物。

性、爱情、婚姻，从来就是三个不同的东西。一对恋人或一对情人，最初的分享是一种尝试，然后一起聊天，分享话语；一起散步，分享风景……直至分享晚餐，最后宽衣解带，分享了居室和躯体。所以，男人和女人，最典型的行为就是分享，而最彻底的分享就是对于躯体的沉溺、交付乃至奉献。这个时候，谁还能够交出灵魂呢？

男人为分享躯体而信誓旦旦，女人则希冀更多地分享爱情。有人说，爱情无论如何是一种美好的事物，然而几乎无法描写，如果一定要写出来，往往会写得很糟糕。我想这大概是那种"分享"的感觉难以描述。男人有时候的确是沮丧的，一旦情爱受挫，或者话语不合，他受到当头一棒的首先是所钟情的躯体很快地被"驳回"。情人之间的争吵，听到的一定是女性的那一声尖叫："不要碰我！"于是，爱情退出了，躯体也就收归女性个人所有，女人会毫不犹豫地恢复她的私有观念。这时候就如同卡夫卡所说的，"我触及什么，什么就破碎。"

鲁滨逊一个人待在孤岛上的时候，他想过女人和性么？他只有一个想法：要活下去，就得自己动手，否则就得饿死。他已经没有"躯体"的观念了，或者说，"躯体"在他心目中成为一种不可抵达的奢侈。

"三八节"可以说是女性对于自身尊严的肯认，她们早在数天前就盘算着如何去消费属于自己的那份时髦。这时候，男人们在巴望着什么呢？也许这只是个"神秘"。维特根斯坦说过，某些神秘的东西不可言说。不可言说其实就是男人对他的另一半的"分享"的渴望。所以，男人希望自己有力量，然后以他的力量成就他的魅力；而女人，则以她的魅力作为力量，去俘获男人。这大概就是男人和女人的区别。

一个男人，尤其是一个老派男人，优游在"三八节"的氛围之中，谈谈对于性爱的"分享"，我想不至于到什么可耻的地步。当年齐宣王那么羞愧地告诉孟子：寡人好色，乃是寡人有疾。放到今天，这难道真是病么？我的一位学者朋友说过："见了美女不动心的人才是有毛病的家伙。"在今天这个特殊的日子里，我得把这句富有"文化激素"——这同样是这位学者朋友发明的词语——的话语送给所有的男性朋友。

人间草木

2017.04.05

清明节过去了。几天来朋友圈各种活跃的图文都在告诉我们：先人活在泥土里，活着的人都在草木之间。踏在这片土地上，满眼草木深。吴承恩在《西游记》里写道："人生一世，草木一秋。"清朝周希陶的《增广贤文》则这样说："人生一世，草木一春。"无论春还是秋，人活在草木之间肯定是不变的。一只蝴蝶只能活三天，一棵红杉树可以活三千年，每个人的人生无论长短，也都只有一世。

"人间草木太匆匆"——这是我的朋友、厦门大学周宁教授对苏曼殊和李叔同的精到描述。这两位都遁入佛门，前者活在一个断裂的世界里，时常被内心的焦虑逼迫着、煎熬着；后者却从审美境界转去宗教境界，经历了从痛苦到绝望的心路历程。前者的现实生活像艺术，艺术生活却像现实；后者却是在审美境界里看到现实的虚幻，在宗教境界里看到了水流花开。他们究竟是向活而生还是向死而生呢？其实到最后都无所谓了。周宁教授用一句话就给概括尽了：信仰者"虽存犹殁"。

的确，这两个人，一个在审美境界里赴死，一个在宗教境界中殉道。人间草木无论怎样"太匆匆"，在一个空幻败坏的世界里，殉道者终究是一道彗星，现于残梦。李叔同说自己无非是"去去就来"。结果呢？虽然华枝春满，天心月圆，却依然是悄无声息地黯然离去。他蛰伏在人间的哪一根草木之间呢？

每一个清明节，我们都要以草木之名，为亲人祭献。"伤心人别有怀抱"，除了逝去的人，我们都是这个世界上"生动的在场"，连每一滴忧伤都是"现实"的。至少，在触碰个人心灵内容的时候，我都会想到自己原来就是一根"人间草木"，我们都活在草木之间。

"人生天地间，忽如远行客"，世界总是比我们想象的要突然一些，——我时常在心里记住这句话，就为了看清活在草木之间的"我"和"我们"，进而看清生与死的边界。生而有涯，时间却无涯，死一直被当作人类永恒的敌人，因为它能够击碎所有的意义。所以，不要过多地去琢磨"死"，重要的是怎么去"活"。清明前我认真地泡了一次茶，就为了让这个"在场"的自己能够真正读懂这个"茶"字。"茶"字怎么写？就是"艹"和"木"之间有个"人"。人是茶的饮者也是茶的使者，茶的氤氲就是人在草木之间的"静谧的激情"。我们活着，即便要经历种种的"灵魂转向"，都不只是为了前去的人，而是要在世间找一个可以歇息、蛰居的地方，用一双尘世之上的眼睛，去穿越内心的迷雾，看到心里的那点光亮。

实际上，只要是活在草木之间，哪怕遇到僵硬的呼吸，我们都不会被时光解释到崩坏。因为我们的每一个"草木一春"抑或"草木一秋"，都是意味深长的。想一想庄子的逍遥和超脱，纵然走到死亡边界，也要"鼓盆而歌"，"死去何所道，托体同山阿"。这样，人生最后的那一片剩水残山，就不只是"供一死"，死也就不再是生命不可承受之重了。加缪说过一句很深刻的话："判断生活是否值得过，这本身就是在回答哲学的根本问题。"这个"根本问题"，今天我们遇到了么？

你的儿女

2017.05.04

今天"五四"——女儿杨扬的生日。这种幸运,不知道是否冥冥之中的安排,但出生在这样一个青春的日子里,我想她是高贵的,是充满活力和明朗气息的。我这里所说的高贵,是一种被"伺候"出来的气质,它比美貌更需要用心。

女儿已经做了母亲,在她生日之际,我和她远隔重洋。虽然百感交集,但也无须对她说出更多,因为她始终走不出我的注视,我的目光。尽管日子不断地退后,历史不断地擦肩而过,我依然会在我的语词的每一个沉入之处,触碰到内心湿漉漉的光亮,还有一些临水闪烁的不沉气息——这就是我对于女儿的思念之情。思念女儿肯定是一种心灵的煎熬,今天,我只想借一首纪伯伦的诗《你的儿女其实不是你的儿女》,以缓释我内心的牵挂:"你的儿女/其实不是你的儿女/他们是生命对于自身渴望而诞生的孩子/他们借助你来到这世界/却非因你而来/他们在你身旁/却并不属于你/你可以给予他们的是你的爱,却不是你的想法/因为他们有自己的思想/你可以庇护的是他们的身体/却不是他们的灵魂/因为他们的灵魂属于明天,属于你做梦也无法到达的明天。"

从女儿的生日,想到即将来临的父亲节。作为父亲,我希望自己能够不忘初心,始终记得自己说过的一句话:"对于子女,你可以去指点,但不要去指指点点。"

去找一个贺涵吧

2017.08.07

受年轻朋友的怂恿,看了热播剧《我的前半生》。从鲁迅的《伤逝》到亦舒的《我的前半生》,再到根据亦舒同名小说改编的电视剧,三个"子君",跨度超过70年。1923年,鲁迅从易卜生的《玩偶之家》看到现代女性宣告独立所遇到的重重问题,提出了"娜拉出走后会怎样"的历史性追问。今天,我们对于女性的认识,进步了么?

亦舒的原著改写了鲁迅笔下子君的悲剧,提出一个不变的精神内核:什么都不可靠,只有靠自己争取回来的,才是真正属于自己的。亦舒的小说不同于琼瑶对于爱情的甜腻的梦境般的书写,她面对的是生活在物质都市的新女性。亦舒构筑的是一个丛林童话故事,因为故事的背后就是丛林法则的现实主义:"丈夫要我笨,我只好笨。"子君"理想地结束了自己的前半生",在于亦舒为她打开了隐形的"金手指",让子君无意中找到了自己的天赋,有了自己的事业。

到了电视剧那里,子君的这种好运来源移到一位"霸道总裁"贺涵那里。贺涵是电视剧新增的角色,子君的所有难题都靠贺涵语录来解决。这种被男人(贺涵)成就的独立,其实也就是既耽于情爱又被迫为强,最终还是依靠男性成功的"玛丽苏"。

应该说说贺涵了。鲁迅当年提出的"娜拉出走后会怎样"的质问,到了电视剧《我的前半生》,给出的答案无疑就是:去找一个贺涵吧。贺涵这个角色一出就被众女性所热捧。一位女性朋友在微信朋友圈发了一堆贺涵的剧照,我问她:你喜欢上贺公子了?她说:谁不喜欢呀!年薪五百万,典型的高富帅。贺涵的确是调教女性的高手,先是一手调教了女友唐晶,让她变成"贺涵第二";与唐晶分手后,又在子君的感情和职场的蜕变中充当了教父式的角色。他的每一句台词都在教别人如何做人。我一直在想,这究竟是个什么角色呢?原来,他就是皮格马利翁的"养成式"设定。这个设定无可避免地,将子君原本应有的自立自强涂上了"贺涵式"被驯化的底色。

贺涵在电视剧里的意义,除了是"霸道总裁",更是缝补了女性焦虑的各种难题。一些女性看了电视剧之后,说贺涵这样的人物在现实生活中不可能遇到,因为他最终还是如同"亦舒女郎"那样,只是一种幻觉,一个虚无。借助这个"霸道总裁",主妇们再怎么逆袭,也不过是一种想象的解决途径。

实际上,现代女性在生存压力的逼迫下,犯错的成本急剧上升。如果她们一直把人生寄托在贺涵们身上,就有可能在激烈的生活震荡中难以翻身。波伏娃说过这样的一句话:"女人的不幸则在于被几乎不可抗拒的诱惑包围着,她不被要求奋发向上,只是被鼓励滑下去到达极乐。当她发现自己被海市蜃楼愚弄时通常为时过晚,她的力量在失败的冒险中已被耗尽。"

贺涵是一个神话;去找一个贺涵吧,也几乎是一缕飘散。茨威格的长篇小说《心灵的焦灼》里有个良心医生康多尔,他不惜以婚姻的形式补偿了克拉拉无法重现的光明,然而穿透这场同情的道德迷雾,我们还是看出其背后的空虚。同情本身就是弥足珍贵的,因为无法去到爱的地方,就只能保留同情的纯粹了。贺涵能够带给所有女性以所有的爱么?显然是个天方夜谭!那些所谓的"贺涵语录",无疑将被过度地诠释和运用。生活哲学是相当诡异的,把现代女性焦虑的各种话题,都缝合在"贺涵式"的拯救中,那将是对于生活哲学的彻底背叛和实质性亵渎。

所以,不要相信人世间有什么贺涵,也不要祈求能够找到一个贺涵。这种人不同于爱,要么有,要么没有;也不同于爱这种能力,"要么生下来就会,要么永远都不会"(马尔克斯:《霍乱时期的爱情》)。说到底,贺涵就是丛林童话里的神父、阿訇,仅此而已。

"00后"的话语权

2017.12.05

电视剧《我的体育老师》热播,张嘉译主演的中年大叔马克在离婚后遇到了"90后"王小米,马克的女儿、"00后"的马莉性格叛逆,却认同"70后"的爸爸找王小米当小后妈。王小米一直以来的梦想是当公主,以为嫁了和自己母亲一样大的大叔就能实现被宠爱的梦想,结果没想到享受了大叔的成熟和稳定,就要接着承受他性格中既定无法磨合的部分,包括要面临大叔15岁的女儿马莉和5岁的儿子马瑙,以及和自己奶奶年纪相仿的婆婆,还有那个想要和前夫重修旧好的前妻。这位"90后"的小后妈要想得到自己想要的爱情,必须逐个搞定这些七七八八的障碍,让这些"二手亲人"爱上自己,自己也要发自内心地爱上他们。

这里想就"00后"的马莉们说几句话。马莉才15岁,由"70后"的父母养大,她的语言犀利,表达能力超强。这一批"00后",他们天生触网,见识非"70后"和"80后"可比。他们不愿意陪同中年人甚至"80后"追看神剧、用中年人下载的App,他们具有更加多元化的选择。怎么去看待这一批人呢?有资本人士认为,像这样的"00后"是成长红利和科技红利的宠儿,他们具有更强的个人意识和精神追求,兴趣爱好和消费能力是前一两代人难以企及的。

由此想到"00后"的话语权问题。进入2017年,最早的一批"00后"迎来了成年礼。我在国内一份报纸看到,今年7月中旬,2007年出生的何晓鹿在各个微信群和QQ群打听:哪里能买到Bilibili Macro Link 2017(以下简称BML 2017)的现场门票?这个"BML 2017"是什么呢?她的"70后"父母对此全然不知。看了报纸的介绍,我才得知,BML 2017是国内视频弹幕网站哔哩哔哩(简称B站)推出的一个线下现场直播活动,活动对象以"95后"和"00后"为主,门票异常紧俏。今年7月放票,1.8万张门票几乎是"秒光",在各大群里炒到了2000元一张。

虽然我对此有些好奇,但随之就看不下去了。据说,别提我们这一代,就是让"85后"甚至是"90后"去这样一场线下派对,估计连半小时都待不住。为什么呢?首先是听不懂:"小确肥"(微小而确实的肥胖,是无论如何都不会掉的体重);"连麦开黑"(打开语音玩游戏,"开黑"指组队打游戏)。其次是看不懂:当"UP主"(视频网站、论坛、UP站点上传视频音频文件的人)表演节目时,数万观众自发跟随音乐节奏呼喊,挥动荧光棒与台上互动,这些场面在那些30岁以上人群眼里,很难找到什么兴奋点的。

这就是"00后"的语境和话语权。有专家分析道,在这样一个网络世界里,"00后"比"90后"更有主见,但也比"90后"更难取悦。通俗地说,"00后"就如入无人之境,他们自我感觉良好,黏性特别高,一会儿就能拉动周围的一批人加入进来。所以,要想与"00后"同频共振,需要有点新思路。专业人士认为,目前适合"00后"的App是一片蓝海,内容的过剩、新的意识、文化的形成,都需要我们重新理解、定义这一代人。

这一则短语的信息来源虽然源于媒体的消息,但是我依然写得很累。因为我的确是听不懂也看不懂"00后"究竟在玩什么,为了和

"00后"有"共振",网络上那些"80后"主管和"90后"码农也是拼了。尽管如此,"00后"最终会不会认可"80后"和"90后"为他们设定的这些新玩法,还需要时间的检验。然而,紧接着一个问题跟着来了:等"00后"马莉们适应了这些玩法之后,"10后"又想玩什么呢?

不懂。还是不懂。

一言不合

2017.12.10

有一句被评为2016年网络十大流行语之一的话："一言不合就……"这一两年快被玩"坏"了。

"一言不合"火起来，据说源自"一言不合就飙车"这个梗，最早它出现在贴吧，一群人聊着聊着，突然有人发出图片，冒出一句："一言不合就飙车"，然后又有人说："一言不合就上天"，"你咋不上天呢？""说上咱就上！"

于是，"一言不合就发自拍"之类就应运而生。好好说话，发什么自拍呀？原来，就是为了发自拍才说话的。还有一些一言不合，是道理讲不通时，采取以柔克刚的攻势：卖萌——一言不合就卖萌。

面对这么多的一言不合，我的脑洞似乎也跟着大开了。记得今年六月份，梅姑娘一直在南方开挂，一言不合就暴雨倾盆，一言不合就山体滑坡，一言不合就橙色预警……其实，看习惯了，也就无所谓，觉得一言不合还是蛮有意思的。当你心情不好时，一言不合是一道开胃菜。

法国哲学家吉勒·利波维茨基有一本著作《轻文明》指出，现代社会的一个悖论：我们在行动上轻盈了许多，但我们的内心却更沉重了。这本著作分析道，我们所处的这个时代，乐观主义者说，这是最好的时代，物质极大丰富，暴力活动减少；悲观主义者会说，这是最坏的时代，人的精神贫瘠、堕落。利波维茨基用一个字定义了这个时代：轻。他概括了飞翔之轻、流动之轻、娱乐之轻、肤浅之轻、风流之轻和智慧之轻。

怎么理解这些"之轻"呢？比如风流之轻表现为朝三暮四、唐璜主义、情爱冒险、不忠、艳遇；智慧之轻指的是要求哲学以治愈人类、为灵魂减压、卸掉痛苦的重负为唯一的目标。

这确乎是一个"轻"大获全胜的时代。在轻文明中，几乎所有人都渴望精神的流动。"一言不合"实际上就是这种轻文明的表现，与其说它只是随口一说，不如说是现代人卸除所有思想重压和所有意义厚度的消费性发挥。

然而，这就意味着社会进步了么？轻是一种进步，但利波维茨基还说："轻文明意味着一切，唯独不代表轻松的生活。诚然社会上的种种规约都日渐轻松，可生活本身却更加沉重。"的确，"一言不合"一说出口无疑充满了快意甚至快感，然而在"一言不合"的背后，我们要承受多少的内心沉重！所以说，推崇轻是一种进步，但相应地也带来了一些不良后果。

"一言不合"，一直很喜欢苏童的小说。不说长篇，就是那些短篇小说，语言之好令人击节，构思的柳暗花明也常常令人会心。他写了30年小说，居然还在青春期。有人评论说，苏童在短篇小说里追求一种类似福克纳的调子。2001年他写了《伞》，开头便是"一把花雨伞害了锦红"。小女孩锦红有一把美丽的伞，伞被吹到青春期的春耕手里，无意的口角、争夺，竟导致了强奸。春耕被送进了少教所，锦红的雨伞被母亲踩断了。20年后，母亲将锦红嫁给了一位建筑工人，她拒绝房事，觉得自己已经给了春耕。她去找春耕，"有一点虫咬的悲伤"，但春耕没有选择她。最终，她嫁给了一个快50岁，还有病的男人。

一把伞，一言不合就害了锦红，这是苏童的叙事策略：被美改变了的命运。2004年他写《桥上的疯妈妈》，道具变成旗袍了，照样是一言不合被猥亵导致精神病，那位疯妈妈"蜷缩成一团，整个身体都剧烈颤抖着"。在苏童的笔下，所有对美的伤害都是在"一言不合"中完成的。

当然，举苏童小说为例，并不是说在轻文明社会里，所有的"一言不合"都表现为一种"轻"的进步；恰恰相反，这种"轻"并没有为生活带来更多的快乐，"与快感有关的局部轻正在蔓延，而由喜悦产生的整体的轻最好的情况也仅仅是停滞不前"。所以，一言不合的"轻"最终不是我们所追求的，"轻"的过度膨胀会扼杀我们生活中其他重要的维度。我们需要的，"不是在沉湎于轻佻的快感时，而是在对抗现代世界的躁动与狂热中，我们才能变得轻。轻依赖于自由的精神"（《轻文明》）。

说了半天，其实还就是那句老话："生活中不能承受之轻"。

说说 18 岁

2017.12.29

近些天来，满屏都在说 18，都在发自己 18 岁时的照片。28 岁刷 18，38 岁刷 18，48 岁刷 18，58 岁刷 18，68 岁也在刷 18……我想，大概是因为 2018 年眼看就要到了。

一位医生朋友引用并改装了村上春树《且听风吟》里的一句话："18 岁，曾以为走不出的日子，现在都回不去了。"不免有些伤感。还有一位朋友在朋友圈里作了这样的解释：18 岁的梗是因为 2017 年 12 月 31 日，最后一批"90 后"（生于 1999 年 12 月 31 日）度过了他们 18 岁的生日。这意味着：从法律上说，"90 后"一代已经全部成年，集体告别了少年时代。"00 后"开始粉墨登场了！有位朋友则干脆揶揄道，别再发 18 岁时的照片了，我找到你们一万八千年前的照片，万变不离其宗，你们不就是那一群猿猴么？

不管怎么说，18 岁的成年，对于每个人都是极为重要的，告别了童年和少年，迈入的是一座未来的大山。成年礼的最大标志，就是开始走向成熟。一个经过成年礼的人，他所遇到的也许是一个别样的世界。曾经看到过一句话："这个世界变了，女人的事业线从掌心移到了胸前。"而一位刚刚成年的女孩则这样说："果然我是个认真的人，连失眠这件事都干得这么漂亮！"1939 年，张爱玲在香港大学写的《天才梦》结尾里有句话："生命是一袭华美的袍，爬满了虱子。"那年张爱玲刚满 19 岁，居然就有了这份创伤性的人生体验。她后来的人生印证了这个一语成谶。一切就像是隐喻，在不断遭遇"咬噬性的烦恼"之后，1952 年 7 月的一个早晨，她不施粉黛，很"易卜生"地走出了一扇门，离家去国了。

一直以来，我们都认为自己已经很成熟了。其实，有一种成熟，就是在成熟之外。——这是多年前我在一篇散文中写过的一句话。无论男孩还是女孩，他们的经历和心智，完全是被生活逼出来的。一个孩子的成年礼，不是被时间所追逐，而是完全有可能走在时间前面的。

如果说一位成年女孩的事业线可以从掌心移到胸前，那么男人的事业线呢？事业肯定是男人所要追求的，也可能造就男人的优势。我以为，一个标准的成年男人，至少必须学会两样东西：一是经历痛苦；二是会提问题。20 世纪 20 年代，维特根斯坦放弃哲学研究到奥地利的一所乡村小学去教书，就是想以教学的痛苦克服他思考哲学的痛苦。有人认为他的成功乃是"因为他的痛苦"。痛苦造就一个男人的所有能力，这是一方面。另一方面，男人学会提问题，则是有智慧的表现。一个犹太的家长，每天都会这样问放学回来的孩子："你今天问了什么问题？"可是，我们的家长却总是这样问孩子："你今天学了什么？"这就是差距。富有问题意识，善于提问题，的确会让男人找到智慧的喷发口。所以，当我看到满屏在说 18 岁时，心里就划过一道问题：一位成年男人的事业线最终要移到哪里去呢？

写完这则短语时，我看到一位教授在朋友圈里说："18 岁，在田野，谷子挑起百八十斤；18 岁，在山岗，渔樵耕牧汗襟衫；18 岁，也迷茫，蓦然回首却不堪！"不觉心有戚戚焉。不过，我真想对这位教授说这么一句话：

愿你出走半生，归来仍是少年。

谁在"席地而坐"

2018.02.25

戊戌年正月,我深深记着三件事:一、大年初一,央视综合频道《经典咏流传》首播,把300多年前的一首诗"复活"了。二、陈道明等一批影视界大腕的家宴,有两个视频被放到微博上,第一个片段是大年初一的家宴上,陈道明弹钢琴,许久不见的民歌手张燕演唱《绒花》;另外一个片段是苗苗光着脚,在陈道明的伴奏下跳了一支舞。三、名不见经传的导演胡迁自杀后四个月,由其执导的电影《大象席地而坐》斩获柏林电影节费比西国际影评人奖。把这三件事连在一起,不免令人嘘唏。

清代诗人袁枚的一首小诗《苔》:"白日不到处,青春恰自来。苔花如米小,也学牡丹开。"这首诗作由乡村老师梁俊与一群大山里的孩子共同唱出,清澈而纯净,成了央视《经典咏流传》首播最动人的一幕。

陈道明春节家宴视频在微博上发酵了,演艺圈的事,毕竟多倚赖于个人的能力与魅力。陈道明看着狷介,朋友却不少,而且都爱哄着他,大概也是倚重他的个人魅力。

相对于陈道明圈子的欢乐天地,胡迁的命运多舛就显得更加凄凉和惨淡了。他执导的《大象席地而坐》,之前就只能"席地而坐"了。在那部电影里,四个生活困顿的主角一起上路,只为寻找传说中满洲里一只整天坐着的大象。胡迁学生时代就怀着电影梦,考入电影学院后拍的一堆作业，不是被导师否决，就是被同学排挤，就因为他对电影的想法总是天马行空、与众不同。理想的乌托邦，并没有成就胡迁的电影梦，反而让他陷入彻底的迷惘。

2016年，胡迁完成了自己的电影处女作《金羊毛》(即《大象席地而坐》)剧本，参加了FIRST青年影展的创投单元，签约冬春影业。在电影制作后期，胡迁把时长剪辑为四个小时，制片方十分不满，要求他删减到两个小时。胡迁不愿妥协，仅仅删减了十分钟。对方勃然大怒，说那个"长版本很糟很烂"，"关于你的混乱，真的建议你去医生那看看"。最后，制片方剥夺了胡迁的导演署名权，甚至要他拿出350万元来买自己电影的版权。

本来是到了希望的曙光，结果却成为压死骆驼的最后一根稻草。胡迁卡里最后剩下三千多块钱，"穷"就像悬在头上的一把刀，缓缓逼近这个死咬理想的年轻人。无谓的挣扎和怒吼，终于一点都救不了他。2017年10月12日凌晨，这个才华横溢的年轻人，在楼道间里用一根绳子套住脖子，结束了生命。

在他去世后四个月，2018年2月16日晚上，第68届柏林国际电影节的一间放映厅里座无虚席，《大象席地而坐》在全球范围内第一次公映。早上8点开票，十几分钟内被哄抢一空。柏林电影节把荣誉颁给这个年轻导演，评委组的评价是："大师级的叙事"，观众纷纷折服于他的大胆和深刻。但这一切都太迟了，胡迁永远看不到了。

也许对于胡迁来说，理想就是这头并不存在的大象，散发着奇妙的吸引力。他为此拼得头破血流，最终却只是一场空。胡迁死于黎明前的黑暗，在一个逐利的社会里，没有真金白银，没有权势，纵然你是一头大象，也只能"席地而坐"，只能低贱到尘埃里。人们不禁要问：难道，这个世界真的笑贫不笑娼？

我在朋友圈看到一位医生朋友颇有见地的评论:"也许是趋炎附势的时代,也许是笑贫不笑娼的时代,多少人正在怀才不遇的路上,有几人能不仰人鼻息。对世界永怀善意,拿出'苔花如米小,也学牡丹开'的入世精神,不断自我和解,与世界握手言和,温柔地向世界妥协,如此则苟可活也。"

世界之大,人世攘攘,有谁还在"席地而坐",永远是站不起来了?无论是苔花还是大象,都是命运中的一枚棋子,受制于社会的方方面面。我们每天都在高喊宽容、高喊理解,但有多少人却在这些口号之下,犹如拼死逐日的夸父,跨过险滩湍流,爬过崇山峻岭,却在疲惫的最后一公里轰然倒下,真正席地而"死"了。

狗年,但愿此类鸡鸣狗盗之事少之又少。

7601，春天的邀约

2018.03.24

  7601，是厦门大学中文系76级的呼号。作为最后一届工农兵学员，我有幸忝列其中。这是忧伤的一代，也是幸运的一代。我们于1977年3月入学，经历了1978年改革开放的春天。走过四十年，这一批大学生现在基本上都"靠岸"了，但他们依然有尊严地生活在这个难忘的时代，就像荒原里的野草，哪里有风，哪里就有逆风而生的绿。

  匆匆那年，绿皮车载着这一批大学生进入厦门站，每个人的瞳孔都死死盯着太阳。即使闭上眼，那一滴由于入校的喜悦而洒下的眼泪也会被太阳灼伤。那是什么？那是光，也是我们。

  7601，这是我们引以为傲的呼号。每天课后，我们可敬的蒋同学都会去打开7601信箱，为每一位同学带来异乡和亲人的寄语。偌大的校园，到处有我们匆匆而过的身影，每天，我都在寻找一双属于我的眼睛。有同学告诉我，她在北方，不在这里。其实，是我不想撕裂那一种希冀；其实，她就在南方，就在这座校园里。

  睡在我上铺的兄弟是一位诗人，每天睡前，他都会伸出脖子探下头来，跟我谈论诗。那时我们不知道除了诗，还有远方。但我承认，他在为一位心仪的女同学寻找远方的每一寸诗心。夜深了，诗里的太阳突然变得虚无了。他怅然若失，最后还是把一行《望断》交给那位女同学：你是白天，我是黑夜。今天，他已经不再疯狂，只在那片

"我爱你，再见"的涂鸦墙边与她旧梦重温。

我的室友张同学绝对是株"班草"，他的玉照被一位女同学生生缴获。据室友"揭发"，每晚熄灯，她都蜷缩在被窝里，打着手电筒一遍又一遍地端详着，时而泪流满面，时而不由自主地破涕为笑。只要是爱，永远都在。明天，"班草"会以什么样的笑容迎接她呢？她总是带着这种期待进入梦乡。

都说中文系的学生最浪漫，其实，最浪漫的事无异于在爱情门槛外面观赏"红梅无限意"。中文系绝对是座爱情大观园。可能在厦大历史上都是数一数二的，7601一个班级居然最后有六对成婚。当时班上同学都慌了，我该找哪一个呢？只好一边匆匆把祝福送上，一边四处狩猎下一个目标。

突然想起《红楼梦》里的妙玉，她一心把宝玉的生日记在心上，派人送来一张粉色拜帖："槛外人妙玉恭肃遥叩芳辰"。宝玉一时不解，后来经邢岫烟指点，他才明白"槛外人"的机锋出自宋代范成大的诗句：纵有千年铁门槛，终须一个土馒头。于是，宝玉就写了个"槛内人宝玉熏沐谨拜"的回帖。在宝玉心目中，妙玉只是个美妙的佛教符号，清高而玄远。如果说黛玉是一首诗，那么妙玉就是远方了。中文系，就是这么一座"大观园"。

中文系有类似大观园"望春风"的无限春意，也有"山河入梦来"的壮士豪情，——这也许就是"诗与远方"。短短几年的大学生涯，文学邀约了我们，我们在鹭岛左岸祝城，一座属于我们的文学之城。文学的世界古老着，我们是不是一群不合时宜的人呢？时间是最好的证明，文学，最终让我们明白了一个世界。

2018年3月23日，7601聚首厦大，为了一个恒久的邀约，为了一个春天的期许。离开校园38年了，一切都充满了新鲜感。这些年来，每年我都数度往来厦大，但这一次与同学再度漫步校园，让我有一股被7601长风般撕裂的疼痛。我在这里遇到了什么？芙蓉二雄风犹在，芙蓉湖依然芳草萋萋，黑天鹅用红色的喙缭乱了一湖春水。尽管颂恩楼用诧异的目光注视着我们，但我仍然执着地以为这是在目送，目送着一群远年的莘莘学子。我闭上眼，想象着离校之后经历过的日子，那都是阳光灿烂的日子么？当然不是。在春天这个季节，我像一只离开了荒原的麋鹿，面对着人生的下一个转身。转身有多重，怀念就有多深。

我的7601，永远是我生命里一个呼号，永远是我的生命之重。

"奇点"在前

2018.04.30

这个"五一"过得很轻松,喝喝茶,看看书,写几行不知所云的文字。在别人旅游或"劳动"的日子里,进入所谓的"佛系",表面上是风轻云淡了一下,其实说得不好听点,就是荒废了一把自己。

无意中,看到一位文艺学博士在朋友圈发了张照片,特意将著名文史学家王利器教授(1912—1998)所著《盐铁论校注》前言的时间放大了出来。王利器先后从1956年、1979年到1989年,分别三次修订了这本著作,历时三十三年之久,而且都是在五一国际劳动节完成的。这个时间节点让我沉思了许久。对于一位长于校勘之学的大家来说,他应该有更多的时间自由度,却连续三次在"五一"这个节点上完成他的校注工作。用谷歌工程总监雷·库兹韦尔的话说,这就是个"奇点"。"奇点"是当代人工智能与生物科技正在上演的伟大剧目,借用这个概念,我回溯到王利器的那些个年代,也就是他的三个"五一"。

王利器一生著述宏富,逾两千万言,号称"两千万富翁"。他以潜心治学的人生,静穆地在生命册上从容刻下他的激荡的名字。三个"五一",这是大学者的节日,也是他们的"奇点"。在奔往"奇点"的征途中,他们会遇到什么呢?用另一位大文学史家唐弢的话说,就是"火湖"在前。1926年,唐弢在课堂上被他的英国老师勃朗夫人叫起来分析圣经上的一个词：火湖。年轻的唐弢用很不纯粹的英语答非所问地说："这是灵魂受审时的规则：若有人名字没记在生命册上，他就被扔在火湖里。现在，火湖就在眼前，我们的名字题在生命册上了吗？"无论王利器还是唐弢，他们的名字已经深深镌刻在生命册上了，"火湖"却仍然出现在作为生者的我们的面前。

一位大学问家说过，当他踏在欧洲的土地，就会想起脚下踩着的，都是一个个科学的灵魂。必须承认，在"五一"写下这则短语时我的确有些心虚。"火湖"不是梁园，不能久恋，只能前往。在这个生命册上，我究竟能够刻下什么？更不要说那个神奇的"奇点"了。严复说过："一言之立，数月踟蹰"，至今被当作学人之"利器"。王利器用三十三年时间磨出一剑，最后在他的生命册上留下一种"明暗"、一柄"利器"、一个"奇点"。在时间的湍流中，他把生命化入那个时代的宽阔水体，而不祈求什么浪花。可以想见，王利器的每一个节日，都能够印证博尔赫斯的那个名句："水消失在水中。"

"五一"，照样是一个具有鲜明的明暗的日子，我们也都是一群匆匆奔驰在明暗之间的人。勤奋、努力或者拼搏，也许是一堆扎眼的词语，我想我们需要的是沉静、理性和认真。只有沉静，才能听见渴望自由的声音。唐弢晚年十分喜爱艾青的那首诗《鱼化石》："你绝对静止／对外界毫无反应／看不见天和水／听不见浪花的声音。"人的生命无论在此处还是在别处，都可以有许多的节点和拐点，但举世滔滔，奔走相竞；"奇点"在前，灯火阑珊。就连唐弢这样的大学问家，晚年还一再忏悔自己做得太少，也太贫乏。他说，如果灵魂必须受审，我便是自己灵魂的审判者，"火湖"在前，我将毫不迟疑地纵身跳下去，而将一块干净的白地留给后人。他的弟子汪晖曾经在唐弢逝世后发出如此的感慨：倘若我为失去导师而痛惜，他一定会说：走自己的路，

"问什么荆棘塞途的老路，寻什么乌烟瘴气的鸟导师！"

一明一暗一日，"一葛一裘经岁"（辛弃疾）。生命到了一个严重的时刻，有谁还在世间某处踯躅？无论生活在何处，还是漫漫漂泊自有怀抱，我想做一个有隐痛深于内心的人，就不至于过快"枯萎地进入真理"。"奇点"在前，追索可待，重要的是把握住生命册上的每一个"节点"，为"灵魂转向"留一注属于我们自己的去处。这就好。

汶川，十年

2018.05.12

十年前的今天——2008年5月12日，汶川震惊了世界。今天，汶川已经从地狱边缘颤抖地走来，但汶川的幸存者没有颤抖。他们忍受着巨大的人道情感的冲击，重建被颠覆的家园，彼此温暖，彼此鼓励，坚信的只有一句话：我们永远在一起！

国家存在的意义就在于生活其间的人，而不是抽象的概念；现代文明的准则也在于证明所有的人间"大爱"是行动，而不是空泛的激情。四川作家阿来在震后说：人们比往日懂事。我想心理冲击是必然的，然而中国人的骨子里有一种内在的顽强和仁爱风范。阿来在他的小说《尘埃落定》中写过地震——有一年发生了地震，麦其土司家的罂粟却获得了大丰收。阿来说写地震并不是什么巧合，也不是由于他对地震的印象深刻，而是小说情节发展所使然。阿来在接受记者采访后很坦然地说：我个人最担心的就是妹妹，我已经准备好了，随时出发，寻找妹妹。这就是阿来，这就是四川人，这就是中国人！

寻找妹妹，寻找所有的亲人，寻找所有在地狱边上没有颤抖的人们！——这就是十年前的最强音！今天，我再一次遥寄汶川，对地狱边上没有颤抖的人们表示深深的敬意和问候！好好活着，就是对死者最好的纪念。我们永远记住：生命，是可以继续绽放的！

地震过后，我想到了一个问题：大地为何怒吼？"灾难"——这个地震的关键词,在现代传媒的裹挟之下,不断地包围着痛苦的人们。十年前的那些日子,中国只有一个表情,只有一个电视频道。"汶川""映秀"等一个个原本美丽的名字,刹那间变成了忧伤的代名词。九歌响起,国殇鬼雄。在灾难面前,所有的人学会了得体,并且比过去任何时候都懂事。曾几何时,富于冒险精神的两位西方地震迷马里奥·萨尔瓦多里和马休斯·李维,开始对里斯本、关东和旧金山等地震灾害的寻震之旅,并留下了这样的字句:"海洋沸腾,坚实地表在脚下如液体般浮动。大地像莲花在火中绽放,人类被卷入燃烧漩流。"看到这些文字,我首先想到的就是"毁灭"二字。汶川地震过去整整十年了,中华民族世代相传永不泯灭的坚硬脊梁和善良本性,足以令西方人惊叹不已。汶川没有死去,汶川仍然活着。对于汶川来说,对于整个灾区来说,灾难都是他们的历史和现实的另一面。见证毁灭的意义也许在于更好地见证创造。

大地何以怒吼?这肯定是一个揪心的发问。在人世与地狱的缝隙里,在大自然疯狂袭击人类划出的"死亡之弧"里,释放出来的一则又一则锥心的故事,成为灾难中的绝唱。太阳浴血,就连目睹灾难和直面死亡也变成一种创伤。记得当时,一大串与地震有关的关键词不停地在我脑海里闪烁:"天堂""炼狱""废墟""救援""教室""志愿者""眼泪""感动""哀悼日"等。甚至像"如果"这个词语,一直被高频度地使用着:"如果天堂有教室,如果长路能抵达"……那时,我突然模糊了"阵痛"和"震痛"这两个词的区别。只有墨子说的"兼爱",只有那一句"老吾老以及人之老,幼吾幼以及人之幼"的经典古训,在告诉我们普天之下都是自己的亲人,所有的中国人都在以救难去超越受难,都在浴火中重生。

也许多少年以后,我们回首十年前的"5·12",就像回首42年前的唐山大地震，又将有多少被掩埋了几十年的秘密破土而出。直到如今，我仍然想象不出大地为什么怒吼。究竟是血脉贲张，还是醉卧惊醒？我不由得抬了抬眼睛，眼前曾经浮现的那些残垣断壁，仿佛在告诉我：本来沉默的大地，终也有不沉默的时候。

远看你比近看更好看

2018.10.01

第一次在澳洲过中国国庆节，心里有诸多感慨。一早，送外孙女去幼儿园之后，决意与女儿去市区走走，看一下澳洲华人如何为祖国庆生。

我们每个人的什么东西是会被擦亮的？一个是自己的名字，另一个就是祖国。借用吴宓当年所坚信的那个"内心生活之真理"，它就是故土带给我们的声音以及力量。爱祖国本质上是一种内心之学，即便作为一名海外游子，无论是否能够色彩斑斓地返回故土，都需要在任何的思念和寂寞中返回内心。人的生命中最柔软的心性，就是内心世界的丰满和充盈。我想起北宋理学家邵雍（邵康节）的一首诗："天听寂无音，苍苍何处寻；非高亦非远，都只在人心。"

一个人内心最美好的地方，是他第一次走出来的那片土地。十多年前，我在布拉格的伏尔塔瓦河边瞻仰德沃夏克雕像时，耳边隐隐响起他的《第九交响曲》的"念故乡"一节，它总让我想起一去不复返的少年时光，也想起亲爱的祖国。当年，米兰·昆德拉离开家乡布拉格去巴黎时，他付出的痛苦和悲伤便成为他的心灵的祭坛。昆德拉的小说是一部怀旧的史诗，为了发现人类存在的隐秘之处，他的内心不断地在流亡。然而往昔已然逝去，重返不再可能，被遗忘遮蔽的世界，将是心灵返乡的起点。四十年前，我就读的厦门大学中文系一位教外国文学的老师出境定居，写了一首诗，其中有一句令我至今难以忘怀："祖国啊祖国，远看你比近看更好看！"

此刻，我就在澳洲看祖国。其实我的心情比女儿还要复杂，她离开祖国已有十余年了，基本上融入了当地社会，虽然没有满心的不舍，但我可以察觉她的内心依然有着那些故国情思。我想无论身在何处，故国情怀一定是一种有缘的接引，不说累为柔肠，却是有所牵挂。有人曾经描述过日本福冈的一位老太婆，她费力地从路边拣起一片红叶谛视许久，觉得懵懂多年，方始憬悟，也许在那一刻，她要珍藏的就是抚弄落叶时所体悟到的情怀和禅意。由此我想到了"忍看"二字，对于祖国，"忍看"是人与世界之间的唯一纽带。"从心到心有多远，天地之间"，也许正因为这样，对祖国的一切会看得更真切些。所以说，"远看你比近看更好看"——这一定也是我此时的心情。

江山无限，岁月长天！——这是我每年国庆节都要写下来的祝福语。现实永远很骨感，只有真情是丰满的。巴金曾经对冰心说："有你在，灯亮着。"今天，山在，水在，树在，星星在，还有您在，一切都将是静好的。祝您节日快乐！

回望西餐厅

2018.12.05

20世纪80年代,在我所居住的这座城市里有一家"上海西餐厅",成为招待客人的高雅之地,后来不知啥时候就关门了。至今路过那个地方,不时还会回望一下。

历史的回旋往往能敲击出一道难忘的内心回声,这座城市每日都在兴致勃勃地发生着变化,我却不断地重返历史,寻找那一条时常被牵挂的精神脐带。"上海西餐厅"已经销声匿迹,这座城市却冒出了号称"一头牛仅供六客"的"王品牛排",我去体验了两次。说实在的,每一次都没有吃完。量是有点多,至于口味,愚钝如我者,也没吃出什么特别的感觉来。我一直努力地校正对于"王品"的想象,这种校正甚至是无形的。

我想,我的这种"校正"可能导致诞生出一种"王品的辩证法",比如"王品之辩"或"王品之变"之类的话题,这无疑是一个微妙的缠绕,因为它的确渗入我的某种人生体验。西餐厅的一道菜就是牛排,当初还用不惯刀叉,总是把一块牛肉切得鸡零狗碎的。其实牛排是不变的,变化的只是名称,从一般的牛排变成"王品"了。

在报端看到一个真实的故事:20世纪80年代末,上海某单位领导交代某位文宣人员为一家西餐馆设计广告灯箱,有"菲力牛排"和"西冷牛排"两个菜品的字样。设计者自作主张地认为,这应该是"菲利普牛排"和"西泠牛排"吧，因为菲利普亲王爱吃牛排，用名人为一道菜加持在欧洲是有传统的；至于西泠牛排，则因为杭州有个西泠印社，西泠牛排也许是为迎合中国人喜好而发明的吧。直到三四年后，设计者才在一本食品杂志里得知，菲力和西冷原来是特指牛身上的某个部位，跟亲王和印社没有半毛钱关系。这家西餐馆坐落在南京西路，时有老顾客光顾，却一直没有人看出问题来，设计者只好卷起一本杂志狠狠抽了一下自己。

笑话归笑话，人们一直没有对"菲利普牛排"和"西泠牛排"产生质疑，大概也是符合了人的某些并非颠倒的心理。倒是有些本属于正常的语言表现，反而遭到排斥，甚至产生某种过度诠释。20世纪90年代初，一群作家赴某服装企业采风，当事者请在场的每位作家们为该品牌服装写句广告语。我写的是："风流有才子，才子更风流"，获得大多数人的赞同。没想老板一个劲儿地摇头：不行不行，这"风流"太那个了……我只好咋舌。记得上世纪郑州亚细亚商场开张，一位移居香港的朋友写了一句广告语，一下流传开了："中原之行哪里去？郑州亚细亚！"简洁明了而有力度。话说回来，"王品牛排"那些诸如"四大消费主力军，他们只吃西餐不吃饭"，"一头牛仅供六客"的广告语，都不如餐桌上的那一句："只款待心中最重要的人"，这句话让人刻骨铭心。

在左拉、莫泊桑、屠格涅夫、托尔斯泰的小说里，经常出现一种叫"覆盆子"的浆果，与桑葚相似，红艳艳的玲珑剔透。俄罗斯有种深红色的"覆盆子酒"，叫作"生长在盆子底下"的果酒，它往往出现在女主人公迷茫或者忧伤的场景里。这就是诗意。当然，有些诗意看起来与事实不符，却也颇有意味，比如上面所说的"菲利普牛排"和"西泠牛排"，也不见得有什么不好。

回望西餐厅已成回望了。由此想到的那些广告语，无论怎样，都会给我们带来文化的美妙。其实偶尔的走神，就像亚美尼亚的少女将一小撮盐撒在手背上，将盐快速吸入口中，然后把一杯云雀牌伏特加一饮而尽，让酒液在口腔里含一会儿后再慢慢咽下。盐是咸的，但与酒精的融合，所引渡的肾上腺素飙升，这种美妙的感觉，我想是任何回望都无法企及的。

　　在这座城市，每一次路过那个熟悉的地方，我都会回望一下曾经的西餐厅，因为它已经渗入并触动我的人生体验，无论这种体验是感性的还是理性的，都将绵长地打开我的另一面视野。

贤谋画石

2019.01.09

多年前，我写过一篇《贤谋玩水》。其实，有许多画家我是不敢触碰的，因为他们太过于"正"。而对于曾贤谋，我却有些忍不住。贤谋很早就对我说：画画属于雅玩。在雅玩之中蕴含一些生命的内容，无论花草，还是鸟兽，无论水，还是石头。——这，就是贤谋的绘画之道。

这就说到石头了。仁者乐山，智者乐水——这句话一直被人津津乐道。石头是宁静的，但又是令人敬畏的，它表达了世界的一种感动。在我的感觉里，画家钟情于石头，必定有灵性上的相互映照：因为恒定，因为稳重，更是因为某种意义而来。生命存在的意义是"严重"的，石头存在的意义也是"严重"的。画家就是这个"严重"世界的"特别的在场"，他们所有经验生命的方式，就是在物象世界里寄寓了"自己的思想"。这样，即使是一块沉寂的石头，它也是最热烈的，借用一句话来说，就是"静谧的激情"。

中国历代画石的画家大有人在，从徐渭、黄宾虹到潘天寿，都是画石的高手。石头在花鸟画中的出现，一方面起到了稳定画面的作用，另一方面调节了画面的墨色，使画面的节奏感和韵律感有一种飞跃的律动。潘天寿以石头为基础构建他的画面，就是充分利用石头的空间造型，形成独特的语言形式，从而被誉为"潘公石"——我想，这是属于潘天寿的美学形式。

贤谋呢？"绘画是快乐的游戏"——这是贤谋所向往的一种"玩石"的境界，我想这样可能更符合他的本意。贤谋"玩石"目的不在于别的，而在于某种诗境和意义区域。置身他的石头画作品面前，我深感骇异——无论是危岩奇崛，还是枯石奔突，无论是行走的笔势，还是率性的泼墨，那些石头都以一种惊人的活跃告诉人们，石头之形一定包含了某种强烈的表述欲望。

从作品的实际来看，写意花鸟画与山水画中石头的画法可能有所不同。前者可以作为一个独立的存在，所占的分量有时很重；而后者往往作为单元局部出现，去配合画面的整体感觉。古代画家讲"石分三面"，在于为了表现石头的总体实感。或以浓墨勾皴，绘出大形，甚至可以将石头根部虚写；或以大笔蘸墨，顺势皴擦，显露石头的质感；或在转折处点苔，使得笔墨有些变化。

贤谋以往的花鸟画也配以石头，但基本上出于烘托画面的整体气氛和稳重感。近来他独以石头入画，其中一部分为太湖石，着力表现太湖石"瘦""漏""透"和"皱"的质感特点。在技法上焦墨与泼墨并用，中锋与侧锋互渗，皴擦与点苔结合，将太湖石的洞窍性特征点染了出来。

从绘画的本源性看，贤谋画石并无过于强烈的技艺上的变轨，其画面结构依然是勾画凝重、顿挫分明的，然而令人感兴趣的还是跃动。跃动与书法腾挪一样，都是形式感的表现，这种形式感是如何进入贤谋画石的感觉世界呢？在我看来，贤谋对于笔势的一再追求，如同春山里那些正在萌发绿意的苔石那样，蕴涵着变化无尽的生命消息，其最终要诉诸的，还是墨韵的一种意象赋形。贤谋的艺术策略就在于，他只凭借自己的艺术感觉，依然以"玩水"不羁的技法优势，将皴擦氤氲出一种强烈的隐喻效果。

贤谋画石不属于"非理性"的即兴表演，他的奇崛之处，在于穿刺般地攫取自然界石头的内在秘密。无论是大幅泼墨，还是皴擦笔意，他在对石头外形线条的渲染中，都以一种具象的"墨象"落下笔触的轨迹。我们无须去追寻这些轨迹的来龙去脉，便可以感受到那种丰富的墨韵在画面上舞蹈的感觉。妙手偶得也好，回归原型也罢，对此，我都愿意以一种属于贤谋的意义区域去猜想。在这里，我可能过多地从哲学层面上去阐释贤谋画石的空间意义，但我必须从这个类似"幽深的渊薮"，负责地重返一个重要的问题——石头的意象。无论如何，石头的原型是埋藏在日常经验里的东西，而在贤谋眼里，它们就是千山万水，就是自然的风暴。毋庸置疑，贤谋已经在自身的意义区域里，形成了自己对于石头的感悟世界。在那里，石头有可能是一片流水潺潺，也有可能如同修竹丰腴多姿，甚至有可能充满混沌妖魅……如此丰富的笔墨意象，其奇诡的精神魅力，似乎已经颠覆了我们对于石头的一如既往的想象方式。

所以，倘若简单地以"象征""想象"等概念，去表述贤谋笔下那些石头墨象，估计难以泅渡到美学意义的彼岸。贤谋画石，满纸奔走的岂止是千头万绪和欲说还休？我以为更重要的是，它表征了一位画家独特的审美观，以及某种逆行的象征性姿态。中国画的精神魅力在于有一种水墨感悟，无论用墨还是用水，画家都必须将笔墨意象转化为天姿卓绝，同时需要有灵动甚至诡异。贤谋笔下的石头多具无穷的变幻方向，但绝非那种一般性的形而上学冲动，造型的无羁，可能是贤谋画石的强烈的主体意识。所有石头的造型都可能在他笔下出没，无论浓淡枯润，都尽力显示出某种异趣。因此，我似乎更愿意如此想象：贤谋画石的那些以种种墨韵造就的幻象，随时可能涌动出他与石头对话的姿态。这样，他笔下的石头就不仅仅是自然意义的石头了，或许是高天滚滚的一声惊雷，或许是奔流到海的一片漩涡。庄子说，道无所不在。一位纵横恣意的画家给予我们的，一定是不同寻常的独特气场。贤谋并不离经叛道，他依然匍匐在中国画的原点，以一双充满艺术自觉的眼睛，进入他的石头画的感觉世界。

可以肯定，贤谋画石是一种寄存于内心的艺术，无始无终，却有大山般的恒定。

拉古迪亚拷问

2019.01.14

时下"拷问"这个词不断被提出来,在于人们已经感觉到,我们这个时代还有一些未被认清的部分。

对于这个问题的认识,多半由于我们看待这个世界和社会的态度。最近有一部长篇小说《应物兄》(《收获》秋季卷和冬季卷首发)引起了广泛的注意,在于它提出了一个深度的"拷问":历史和知识在变形之后,是如何进入当代人的想象?在一个密闭的空间里,一扇门被打开了,一种自言自语开始了,一整个世界也涌入进来。应物兄,一个似真似假的名字,由他串联起的30多年来知识分子在文化漂移中的群体生活经历和精神轨迹,是一幅既深植传统又新鲜灵动的知识分子群像,由此完成了对时代和时代精神的双重塑形。

小说拷问的终究还是人性。人性这个东西,我们说了多少年,它最终的落脚点究竟在哪里呢?借用作者李洱在他的另一部长篇《花腔》里说的那个"真实"的概念,其实"就像是洋葱的核","一层层剥下去,你什么也找不到……洋葱的中心是空的,但这并不影响它的味道,那层层包裹起来的葱片,都有着同样的辛辣。"现实,就是这样的辛辣。

在"辛辣"的现实中,我们每个人还能够逃离这种洋葱般的祸与福么?——这个"拷问"对于我们来说也许过于残酷,但它无所不在。

由此，我想到了一个著名的"拉古迪亚拷问"。

1935年的一天，时任美国纽约市长的拉古迪亚，在法庭旁听了一桩面包偷窃案的庭审。被指控的是一位老太太，当法官问她是否认罪时，她说："我那两个小孙子饿了两天了，这面包是用来喂养他们的。"法官秉公执法地裁决："你是选择10美元罚款，还是10天拘役？"无奈的老太太只得"选择"拘役，因为要是拿得出10美元，何至于去偷几美分的面包呢？

审判一结束，人们还没散去，拉古迪亚市长从旁听席上站起，脱下自己的礼帽，往里面放进了10美元，然后向在场的人大声地说："现在，请各位每人都交出50美分的罚金，这是为我们的冷漠所支付的费用，以惩戒我们这个要老祖母去偷面包来喂养孙子的社会。"话音一落，法庭上一片肃静，在场的每一位，包括法官在内都默不作声地捐出了50美分。

这就是著名的"拉古迪亚拷问"：究竟谁有罪呢？一个人为钱犯罪，是这个人有罪；一个人为面包犯罪，是这个社会有罪。

我是在《盛世中的蝼蚁》一文中读到这则故事的，不由受到深深的震撼。社会给这个群体人格和尊严的估值，真的只值一块面包么？人来到这个世界，敬其所来，知其所往，社会给予人的究竟是尊严还是冷漠？这无疑成为一个"严重的拷问"。

鹿鸣的长篇小说《草原之鹰》(人民文学出版社2018年10月版)，故事开篇就写到人与自然界其他生物的关系。济尔嘎朗看到一只受伤的小雀鹰，想要帮助它时，幼鸟张开锋利的脚爪，眼神凶狠而充满警惕。它为什么抗拒人接近它？为什么害怕一个想要帮助它的孩子？小说指出，想必它是经历过曾经相似的伤害才会如此惧怕。这就告诉我们：每一个生命都有存在的意义与价值，众生平等，不只是人与人之间的平等，而是一切生命的平等。

这早已经是一个不容忽视的话题，为什么到了今天却变成"严重的拷问"？问题其实很简单，它就是我们的精神取向中缺少了什么？——缺少的正是生命的同等意义。

这个世界，谁的去处会更好呢？人最珍贵的还是人。作为人，即便有多少隐痛深于内心，最终都会成为葱茏的"人间草木"。然而，只要活着，只要是一个正常的人，都有着"自身的关怀"，都有着"生命的意义"。

"拉古迪亚拷问"告诉我们，在这个世界上，我们每个人经验生命的方式，都必须得到尊重。这就是列夫·托尔斯泰所说的，人生在世，最重要的就是"弄明白生活的意义"。

论花甲

2019.01.27

六十为一甲子,这是天干地支的纪年。人到了六十,在孔子那里称作"耳顺",后来又被誉为"花甲"。唐代赵牧有诗《对酒》云:"手挼六十花甲子,循环落落如弄珠。"

花甲是个重要的年头,蜿蜒起伏了六十年,按照常规,体制内单位的人基本上要退休或退居二线。而在高校和科研机构,部分专家学者可能会继续留下做教学和研究。六十年的人生,往往是几经修葺,甚至几经折磨,也算是有相当的经历了。不过在现在的生存条件下,也容易萌发一些"不服老"的念头。这个念头总是让人有了些许异样的感觉——退休的种种景象仿佛还只浮动在远处。

数天前单位召开了一次会议,研究2019年节假日值班和慰问离退休老干部之事。发下来的值班表特地注明:"×××年龄超过六十岁,不安排值班。"看到这一句,一开始就感到组织的关怀,一股暖流顿时涌出,但还没流及全身,仅仅五秒钟过后,心里不由得咯噔一下:我这就老了,被"照顾"了?回到办公室,对着那张值班表发愣了半天,心里不免有惴惴之感。三十而立,六十耳顺,天经地义。听人说过,一个姑娘家过了三十而未嫁,则被列入另外一个范畴。而一个年过六十的老头儿,是不是也如此被归入另一个范畴呢?

走出办公室,阳光依旧,同事依旧,就连楼下值班的保安也依旧,仿佛一切都按部就班。这时，在走廊上遇到一位同事，点头之际，他冷不丁冒出一句：单位去慰问你了么？那声音有些冷又有些发烫，就像夜深人静时背后的一声嘀咕，背脊顿感冷飕飕。我不知该如何应对。我突然意识到，年龄这个词原来是如此敏感而脆弱，我们需要的究竟是与它相互纠结还是互相遗忘？

记得上次与两位年轻女同事从太原机场飞回福州，办理登机牌时，我问值机人员：有没有靠近安全门的位置？他说有。随后他看了一眼我的身份证，说：先生您过了六十岁，按规定不能坐在那个位置。我悻悻然，只能叹一口气。

其实我不想掩饰什么，比如年龄。尽管有那么一丝不安，然而随即一想，人这一辈子无非是在人生的这一条河流来回打转，到头来如果再靠不上码头，难道还要一次又一次地退回到河流中央？这肯定是不现实的。有一句"心灵鸡汤"好像是这么说的："你想知道一个人内心缺少什么，不看别的，就看他炫耀什么；你想知道一个人自卑什么，不看别的，就看他掩饰什么。"

年龄这症候对我们这代人来说，有时的确是有些不自然。生活和时间无情地把我们从现实中连根拔起，再也回不到原先的逻辑轨道上去。这个时候，我们所能做到的事情仅仅是——你必须去面对。

早几年前，一次乘坐公交车，有位红领巾立马从座位上腾起，说：爷爷您坐。我轻轻地摸了一下他的小脑袋，心里不免有些不自然。那个被称呼为"小杨"的年代就这样一去不复返了？我的一位年已七旬的教授朋友，数年前有一次与太太一起乘坐公交车，太太指着那个"孕妇老人专座"，想让他去坐，他摆摆手不敢去，太太说，你都快七十了，可以坐。我想那个座位对他来说，一定是生活之外的陌生世界。因为他也"不服老"。

"不服老"其实也没什么不好。人活着就依靠一个"气场",这个"气场"无论湿润还是干枯,都必须是矗立的。岁月不饶人——这把刀已经毫无疑问地将那些固执的不合时宜的"雄心壮志"无情地削去。不久前,我在伦敦远郊的牛津大学附近的一个小镇,感受到了现代化那些高耸的大楼,在这里已经不再扩张了。那么作为人,在一辈子气力即将耗尽的关头,为什么就不能去细细品味一下日月盈昃、辰宿列张,云腾致雨、露结为霜的心思简朴的日子呢?

昨晚一位当了博导的教授来家喝茶,他告诉我一件事:有一年重阳节,他给他年过七旬的博导老师打了个电话,问候节日。老师感到诧异:今天什么日子?他说是重阳节。老师迟疑了一下,快快道:教师节打个电话就行了,重阳节打来是什么意思?弄得他至今懊悔不已。"水流心不竞,云在意俱迟",人啊人,有时就是如此无法释怀。

写这则短语我一直迟疑不决,担心触动了自己内心那块最柔软的东西。然而,云聚云散,落花流水,一切都将是自然贴切的。我们将和另一种节奏相遇,不是今天,就是明天。

我想,我们现在需要的是渐渐地平静,甚至大彻大悟。到了这时,人的确必须"关怀自身",触碰一下"个人心灵的内容"。

想起木心说过的一句话:岁月不饶人,我亦未曾饶过岁月。

猪年祝词

2019.02.04

　　猪年到了，从狗跳到猪，还有什么别的说法么？"猪狗不如"——对这句俚语人们耳熟能详。多年前有个段子，说猪和狗都是动物王国的狱卒，某日逮到了一个叫"短信"的不速之客，将其囚禁。次日，短信越狱，监狱长查究，狗委屈地说：昨天俺休息，看短信的是猪。如今到了微信时代，整天看微信的又何止是猪？

　　猪年伊始，想来大家的愿望一定是活得像猪那样膀大腰圆、肥得流油、知足常乐、摇头晃脑、自在逍遥。所以，不要轻易地去贬低猪。猪是谁？天蓬元帅也！在十二生肖中，猪具有最大的正能量：首先，猪从不挑剔或批评环境，无论泥坑水洼，都能坦然自若，安然入睡；其次，猪从不思考哲学问题和猪生大事，吃饱喝足就是猪生的最高目标；最后，猪从不反抗命运，即使同类遇难之时也不会有什么情绪波动，永远岁月静好。有谁见过猪的烦恼么？所以，猪值得人们信赖和尊敬。在猪面前，人们也许会感受到猪的快乐。钱锺书说过：猪是否能快乐得像人，我们不知道；但是人容易满足得像猪，我们是常看见的。

　　有时，我们也会听到用"猪脑子"来形容人脑袋的不灵光。其实，猪脑子没有什么不好，猪也有它的聪明之处。古龙说，猪八戒真的愚蠢吗？在猪的眼中，世上最愚蠢的动物也许是人。古龙这话虽然有些重，但如果真的听到有人骂你"猪脑子"的时候，你千万不要生气，就当作那是在夸你呢。

所以，在猪年必须好好向猪学习。高兴时，学学猪八戒背媳妇，抱着老婆高唱一曲《有猪才有家》，彰显"猪"联璧合之亲热；累了时，学着猪在泥坑中摸爬滚打，随遇而安，睡出一片猪天地。受到表扬时，不要人怕出名猪怕壮，保持积极向前拱的闯劲；接受批评时，要有死猪不怕开水烫的精神，勇敢面对，做一只特立独行的猪。

我们终究是人，然而人又何如？即便你有时虚掷光阴，心痛得无法呼吸，也不要懊悔或悲伤，记住你本来就这猪样。第二天醒来后，新的一天又开始了，一切照旧。这时，你就具有了猪一般的乐观心态。

生活不是一场简单的"火到猪头烂"的过程，其中的煎熬不同于"猪八戒吃人参果，全不知滋味"。猪向前拱，鸡往后刨——各有各的门道。如同王朔说的：像猪而生，活着就是你最大的成就；吃喝拉撒，简单就好。所以，对待老公，不能总是投以"男人靠得住，母猪也上树"的老眼光；老婆也许旧了，也不要随便吐槽："生活就像一个光秃秃的母猪架子。"孩子长大了，偶尔贪玩一下，动辄指责"养子不读书，不如养头猪"，那是猪八戒吃猪蹄——自残骨肉。寺庙旁边的猪都会念经，大人的言行举止必定影响到孩子。在这个"90后"都在喊老的年代里，我们所能做的，就是为孩子创造一种踏踏实实过好猪一样快乐生活的氛围。

在这个世界上，有几个猪朋狗友是完全正常的。行运猪年，人生匆匆，爱人是路，朋友是猪；人生只有一条路，路上会有好多猪，有钱的时候别走错路，缺钱的时候别卖猪，幸福的时候别迷路，休息的时候陪你的儿孙们多看看《小猪佩奇》。

祝我的猪年以及猪们永远快乐！

为了相遇的告别

2019.02.10

己亥年春节到了尾声。当然,还有个元宵节正在向我们招手。春节对我来说并没有过多的乐趣,蜗居在私人领地里,从除夕到初六,除了被朋友拉出去拜见另一位朋友外,我都没下过楼。我觉得我的生活正在慢慢退回到室内,退回到内心。

春节让我恐惧了什么?

什么都不恐惧。握着手机,每天都有拜年的画面喷涌而出。我一度设想给那些话语制造个什么噱头,后来发现我的语词无法跟上。胡诌了一则"猪年祝词",却捻断我的几多鬓发。不过,今年春节倒是异常的安静,听了几张古典音乐,接待几拨过来泡茶的朋友,我确乎能够静下心来思考一些问题。

其实我不是什么"宅男",我不过是暂时"告别"了节日,也"告别"了朋友。春节是时间之轴的一个必经的焦点,大概没有人会想去否定它。当我在书房里左顾右盼、踟蹰不前时,目睹着书架上那些诱人的热闹,我不知道该抽出哪一本?一只面对着稻草而不知所措的驴子,难道仅仅出现在寓言里?

现实要么是骨感的,要么是一堆坚硬的稀粥,唯有书籍才是抚慰人心的东西——这个理由也许不太充分。为什么就不想出去走走呢?因为我能想到的,只有"闭关"两个字。

"闭关"毕竟有些沉重。在整个"闭关"过程中，我想到了一句话：为了相遇的告别。告别一个节日，告别一场筵席，告别一些朋友，甚至告别单身，都是人生经历中的一场仪式。学会告别，是为了下一场更好的相遇。

下一场相遇会是在哪里呢？无论是一种节奏，还是一种途径，相遇都是时间留给我们生命的驻足。有些相遇渴望尽量延长，比如性爱；有些相遇希望尽快结束，比如"寡人有疾"。如果不是简单的"苟且"，哪怕是一瞬的"销魂"，都是一场美好的相遇。

得知春节期间放映了一部电影《流浪地球》，数亿观众潮一般涌向电影院，迫不及待地体验一场虚拟的、盛大的灾难和流亡，据说有人几乎从头哭到尾。可惜我没有去看。我仿佛鲁迅《药》里的那位华老栓，"也向那边看，却只见一堆人的后背"。鲁迅大概也没料想到，100年过去了，我们依然如此。不过话说回来，一部电影，就是为观众提供一场壮丽的仪式，它也是电影与人、人与人之间的一场相遇。

春节不仅仅是一场"娱乐至死"，也不仅仅是后现代的"娱乐大爆炸"。春节充其量就是一场享乐主义"运动"，速度与激情大显其手。"运动"之后，我们该"告别"了吧？节日不在于节日本身，而在于享受节日的方式。我躲在书房里，觉得身体里住着一个小男孩，就像姜文的电影《一步之遥》里马走日对完颜英说的："我还是个孩子，孩子不分大小"。只不过在这部电影里，那位55岁的男人心里的小男孩的内心深处，还藏着一个女神。这个女神可以像一个真正的男人一样去复仇，去驱赶男人内心的恐惧。但到了最后，这个女神只能告别，不能拥有，也不能再相遇。

所以，为了将来更美好的相遇，我们就要告别这个即将过去的春节。不要动辄把节日看得如何如何的神圣，它不过是个仪式而已；同样，我们的生命也是一种生存感的仪式。黄仁宇在《万历十五年》里写道："富有诗意的哲学家说，生命不过是一种想象，这样的想象可以穿越人世间的任何阻隔。"正因如此，人的情感世界也往往是被想象出来的。不久前不知在哪一部电视剧里听到一句台词："有些情感是藏在心里的，可能一辈子都不会流露出来。"——这，其实就是情感在生命里的相遇。

　　为了相遇的告别，就像一朵真正的玫瑰那样，不管时代如何，它的尊严和美就在那里，不多，也不少。说实话，这个春节过得有些孤独，但思来想去，"吾道不孤"。一切的一切，如同卡尔维诺在他的《树上的男爵》说的："谁想看清尘世就应同它保持必要的距离。"

　　不知道这样的感觉该属于哲学，还是属于美学？

说说"找人"

2019.03.09

此处的"找人"非"寻人启事"也,乃指"相亲"之事。"三八节"过后,读到陈丹青的文章《婚姻与女性》,其中有段话说:"江苏台《非诚勿扰》,多好啊。全民相亲潮,当然好啊,我受不了中国的教育制度,考试制度把人生全部弄混了,几千年来,年轻人的头等大事,就是赶紧找人啊。"

"找人"有那么容易么?

时下年轻人是怎么谈恋爱的?对于我们这代人来说,的确是知之甚少。有个同时代人问我:现在年轻人还写情书么?我无言以对,不知道该怎么回答。如今自媒体、融媒体这么发达,一个微信大概可以招来一群红男绿女。但我始终觉得,没有想象力会发生爱情么?

自古以来,所有的情书都是想象,甚至比所谓的文学创作还要强大。反过来又想,眼下年轻人的"找人"实际上没有太多的想象力,因为他们便捷到可以不修一纸情书,不需要太多的想象。有车有房就是想象力。

爱情的想象力因人而异,因时代的不同而有所差别,这本无可厚非。问题是如何发挥这种"想象力"?20世纪70年代,有位姑娘积极向上,入了团,人家给她介绍个对象。第一次约会,她就问男方:"什么是爱情观?"结果把那男的当场吓跑了。这是最没有想象力的

"约会"，因为它烙上那个时代的印记。

从恋爱到结婚，往往是爱情的想象力发挥得最好的一段。阿城有一篇很短的小说，描写两位年轻时被错划为右派的书生，熬到四五十岁，都还单身，"文革"后平反了，经大家撮合，结了婚。不过一星期后，两人就决定散伙，理由很简单：独自过惯了，太多积习改不了，也不想改，包括上床时拖鞋朝什么方向摆放之类。如此，突然在一屋子里过，显得实在别扭，就离了，各过各的倒更自在。这个小说很真实也很深刻，没有爱情想象力的婚姻注定不可能长久，由此我相信小说里的那对男女结婚时很幸福，离婚时也很幸福。

"找人"是一个"严重"的问题。找什么样的人，怎么找，说起来好像很"哲学"，而在某些爱情行为里，却又是一种一熔即化的感觉。前几年讨论"萝莉"，"萝莉"其实是纳博科夫笔下的那位"洛丽塔"。如果是一位中年人对年轻女孩有所向往甚至有些倾情，便被认为具有"萝莉"情结。而女孩呢？她们是什么情结？有位年轻女演员爱上了一位中年演员大叔，她说："那时候爱上他不是因为他有房有车，而是那天下午阳光很好，他穿了一件白衬衣。"这是矫情么？我认为不是。这是一种美好的感觉。两情相悦，有时就出于某种类似灵感一般的感觉，这种感觉就是那句禅机深蕴的话："红炉一点雪。"一片雪花落在火红的炉子上，顷刻便熔为虚无，但它留下了一种感觉，一滴存在过的痕迹。爱情，在某种情形里的确就缘于那么一瞬。

爱情本来无所谓意义，是向往"意义"的那颗心让芸芸男女的爱情变得有意义。陈丹青说，有一位朋友告诉他：某日在清华南门口，一位"90后"姑娘凝着一泡泪水对着她的男友大吼："好吧！去找你的（19）89年出生的老女人吧！"1989年都已经是"老女人"了——这一句"找人"，究竟是时间的僭佞，还是意义的缺失？

这是一个讲求实际但也需要讲求某些"意义"的时代，没有任何"意义"的作为，呈现出来的只能是那种紧张的甚至僵硬的表情。无论有多少庸常的日子在等着我们，"找人"还是需要有向往"意义"那种想象力的。

有趣的王小波

2019.03.17

王小波去世快 22 年了。他的意外离世，跟他的人一样很不寻常。他是一个人静悄悄地走的，而深爱他的妻子李银河，当时正在剑桥大学做访问学者。

提到王小波，就绕不过李银河。李不久前说过："这 22 年间，王小波从一个作家变成一种现象，这是大家有目共睹的事实。"王小波曾经对李银河写过一句话："你要是愿意，我就永远爱你；你要是不愿意，我就永远相思。"王小波把给李银河的情书直接写在了五线谱上。他对李说："五线谱是偶然来的，你也是偶然来的。但愿我和你，是一支唱不完的歌。"在王小波所有的文字里，写得最好的还是他写给李银河的情书。他的情诗一直被读者当作灵魂爱情的范本，李银河直接称他是"世间一本最美好、最有趣、最好看的书。"

其实，任何形式都是次要的，重要的是如何做到王小波那般"神一样的存在"（高晓松语）。在一个看脸的时代里，靠颜值吃饭的人实在太多，有趣的灵魂太少了。第一次见到王小波，李银河失望至极，他的确长得太难看。但王小波对她却是一见钟情，没聊两句就直接问道："你有没有谈朋友？"李银河摇了摇头。他单刀直入："你看我怎么样？"李银河为他的大胆吃了一惊。王小波却说："我要去爬虫馆和那些爬虫比一比，看看我是不是真有那么难看？"一下子就把李银河给逗乐了。从此二人确立了恋爱关系。李银河后来回忆说："他的长相实在是种障碍，差一点就分手了。我起初怀疑，一对不美的人的恋爱能是美的吗？后来的事实证明，两颗相爱的心在一起可以是美的。"王小波怎么说呢？他说："不管我多么平庸，可我总觉得对你的爱很美。在见不到你的日子里，我就难过得像旗杆上吊死的猫。"

用今天的话说，王小波绝对是撩妹高手。就那一句"单单你的名字就够我爱一生了"，难道不比当下的撩妹"套路"高出很多？所以说，这个社会"有用"的人太多，有趣的人太少。王小波的有趣，全在于他的特立独行。"文革"时，他偷偷看金庸和古龙，修炼天山童姥的上天下地唯我独尊功。为了一个"仇家"，悄悄地在家里对着椅背练铁砂掌，小指骨折，痛了三天才去医院检查。甚至在无聊的时候，他就做《吉米多维奇习题集》。据说这是国外数学家编制的一套有4462道题的习题集，让多少数学系的学子闻风丧胆。在电脑都还没普及的年代，他是国内最早一批资深程序员。当时的汉字输入法有缺陷，他就自己编了一套，打汉字速度快到堪比英文盲打。

喜欢王小波的人都喜欢他的有趣，就如他自己所说的："我看到一个无趣的世界，但是有趣在混沌中存在，我要做的就是把它讲出来。"话说回来，我们天天都在说一句耳熟能详的话："诗意的栖居"。究竟什么是真正的"诗意"呢？是写几行诗么，是带着心爱的人四处游荡或直接私奔么，是讲几个看似有趣实则无聊的段子么？都不是。"诗意的栖居"全在于有一个"有趣的灵魂"，在沉闷的现实中找寻着有趣的生活。

人这一辈子，活得有意思或者有趣绝对要比活成标配重要得多。知世故而不世故，历经磨难而怀有一份赤子之心——这就是王小波。他说："我对自己的要求很低，我活在世上，无非想要明白些道理，遇见些有趣的事。倘能如我愿，我的一生就算成功。"王小波去世后，李银河找了许多墓地，横平竖直，她都不满意，后来好不容易埋在了佛山灵园里的一个天然大石头下面。这块石头自由而自然，恰似王小波的性情。

当代中国涌出了那么多作家，究竟有几位能像王小波那样让人刻骨铭心呢？所以，王小波绝对是中国当代文学的一个异数。世间有两种人，一种是生前显赫，死后无名；另一种是生前寂寞，死后流芳。王小波就属于这后一种。王小波所处的时代，未必就比我们的更好，但在那个时代产生出了王小波这样的奇人或者说是异数，这个铁的事实证明：人的一生无论怎样特立独行，只要是活得"通透"，活得"刚刚好"，活得"有趣"，即便是屌丝也会有斑斓的生活。

水流元在海

2019.04.04

又到清明。一个感悟生死、体察悲喜的日子，一个严重的时刻，让人心有戚戚焉。有生来就有死别，有相聚就有别离，有登台就有谢幕，人生天地间，无论活得认真，还是活得糊涂，都如白驹过隙，不过"忽然而已"。"来日方长"这个词意味着什么？其实就是迟早要抵达那一面光秃秃的墙壁。

《白鹿原》的作者陈忠实去世后，贾平凹用了唐代清尚《哭僧》里的一句诗"水流元在海，月落不离天"，就给概括尽了。一堆篝火已经熄灭，水依然流入大海。在一个娱乐至死、就连稀粥也坚硬的年代，宏大的叙事以及历史往事都成为遥远的想象，四处游荡着的皆是虚浮的影子。有哪一个去处会更好呢？也许只有剩水残山。

这个念头可能过于悲观。但的确必须看到：无论人的心灵如何强大，灵魂如何转向，最终都是"枯萎地进入真理"。美国电影《大国民》导演奥森·威尔斯说过："我们生时孤单、活时孤单、死时孤单，只是透过爱和友情来营造一个不太孤单的假象。"假象也是生命的内容，孤单也罢，薄情也罢，个人心灵的内容都会被触碰到。"水流元在海"，说远了，是一种意义；说近了，就是"关怀自身"。

清明的举动以及话语总是充满着温情。为亲人扫一下墓，作一次祭拜，都是一种灵魂的相望，一种对于生命意义的"看重"。站在墓地里，犹如置身阴影中，就看见了光明。周宁兄在《人间草木》一书里说："死亡给我们一双尘世之上的眼睛，让我们看清生活。"出世者思考如何生，入世者思考如何死——生死事大。那么，有多少人是为了意义而生呢？

这就涉及人的本性。"水流元在海"，人性这东西寄在人心里，就像无始无终的阳光，它的照耀是永远的。一直觉得在清明节，我们面对的是让人消失的力量。我的整个少年时代几乎是在乡村度过的，曾经在夜间扛了两小捆柴薪下山，看见荒废的墓穴闪烁着幼小的火花，经大人指点，才知道那是自燃的磷火。那时便闪出一个念头：这是谁的眼睛？

每次站在祖父祖母和母亲合葬的墓地，我都会想到那座墓碑就是一种洞穿生命的力量。墓碑是有眼睛的，它会对后人说出"水流元在海"的永恒。因此，有诗人才会那样写道："为想象的欲望树碑吧。"这个"想象的欲望"说穿了，就是人性。

为什么要在清明节谈论人性呢？这个问题多少显得有些尖锐。世间某些人一定比另一些人活得更真实，因为他们遵循着人性。已经有学者深刻指出：人性是经不住考验的。在任何时候，都不能站在道德的制高点上俯瞰别人。

丹麦著名医学家、诺贝尔医学奖得主芬森晚年时，想培养一个接班人，在众多候选者里选中一位叫哈里的年轻医生。但芬森又担心这个年轻人无法坚持枯燥的医学研究，他的助理乔治提了一个建议：让芬森的一个朋友假意出高薪聘请哈里，看他是否动心。芬森拒绝了乔治的建议。他说："不要站在道德的制高点上俯瞰别人，也永远别去考验人性。哈里出身于贫民窟，怎么会不对金钱有所渴望呢？如果我们一定要设置难题考验他，一方面要给他一个轻松的高薪工作，另一方面希望他选择拒绝，这就要求他必须是一个圣人……"最终，哈里成了芬森的弟子。若干年后，已经成为著名医学家的哈里听说芬森当年拒绝考验自己人性的事，老泪纵横地说："假如当年恩师用巨大的利益做诱饵，来评估我的人格，我肯定会掉进那个陷阱。因为当时我母亲患病在床需要医治，而我的弟妹们也等着我供他们上学，如果那样，我就没有现在的成就了……"

"水流元在海"——也是对于"人性经不住考验"的一个注释。休谟早就在《人性论》中指出：人类天生就有无法磨灭的"天使"本性，也有着与生俱来的"恶魔"基因——这使得人会自私、贪婪、嫉妒、喜新厌旧……人性如此矛盾而复杂的本性，以至于我们不得不承认：人性亘古不变，人性不可算计，更不可改造。

清明时节，记住"水流元在海"这句话，也许多少会让我们变得"清明"一些。

巴黎烧了吗?

2019.04.17

　　1944年8月14日,希特勒对巴黎城防司令肖尔铁茨发出第一道密令:"毁坏或完全瘫痪巴黎所有的工业设施!"

　　8月15日,希特勒发出第二道命令:"我下令对巴黎进行瘫痪性破坏!"

　　8月23日,肖尔铁茨第三次接到希特勒密令:"巴黎绝不能沦于敌人之手,万一发生,他在那里找到的只能是一片废墟。"

　　8月25日中午,希特勒收到盟军进入巴黎的消息,怒火中烧,砸着桌子大喊:"巴黎烧了吗?就在现在,巴黎烧了吗?"

　　巴黎烧了吗——这个特大的"问号"对于1944年的德国来说,显得至关重要。巴黎如果被攻克,下一站就是柏林。对于一个为第三帝国效忠了十三年、守卫着已经征服了四年巴黎的高级军官来说,肖尔铁茨一直被认为是"一个以铁腕恢复纪律的人,毫不迟疑扑灭暴动的人",是"一个从来不问命令是多么严酷,总是坚决执行的军官"。他是第一个攻进荷兰的德国军官,早在1940年5月14日,他一声令下,荷兰一下死亡了718人,伤78000人,炮火直接轰毁了鹿特丹市中心。他的朋友问他进攻一个没有宣战的国家是否感到良心不安?他的回答却是一个疑问:"为什么?"

　　炸掉巴黎,把这个被称为"欧洲奇迹"的城市从地图上抹去。就在"他只需要按下按钮"的这一刻，肖尔铁茨动摇了。美军第 4 步兵师和法国第 2 装甲师沿着肖尔铁茨拒绝炸毁的桥梁到达巴黎时，他还在酣然大睡。

当年，肖尔铁茨在派去巴黎的路上，西线总司令就告诉他："这恐怕是一个不愉快的任务，它有一种葬身之地的气氛。"他沉默了一会儿，答道："至少，这将是一次头等葬礼。"他两次见过希特勒，第一次见面的情形让他非常吃惊：这是一个毫无笑容的人，一幅巴伐利亚农民的吃相，那种粗俗里有一种无所顾忌的意志，以及那种随时可能由于失败而爆发的歇斯底里。

结果，在肖尔铁茨的默契配合下，法兰西共和国临时政府总理戴高乐率领法军第一时间冲入巴黎，肖尔铁茨宣告投降，巴黎躲过了一次灭顶之灾。二战结束，肖尔铁茨因在保护巴黎时做出了重大贡献，于 1947 年获得释放。一念成佛，一念成魔，改变人生命运的，往往是关键时刻那个关键的决定。肖尔铁茨的儿子铁莫后来在接受法国电视台采访时说，"我父亲是一个军人，不是纳粹。"

当时真正促使肖尔铁茨改变想法的有两个人，一个是当时的巴黎市长，一个是瑞典驻巴黎的领事。巴黎市长拉着肖尔铁茨看了一圈儿巴黎风景，对他说："将来有一天战争结束了，您如果作为游客来到这里，还可以再一次欣赏到这些美丽的建筑。"肖尔铁茨虽然是个刻板的军人，但他再怎么冷酷无情，也不忍心将这座美轮美奂的城市付之一炬。相比巴黎市长的"美丽诱惑"，瑞典驻巴黎领事的劝告则显得简单而粗暴。他告诉肖尔铁茨："如果烧毁了巴黎，你将永远成为历史的罪人。"肖尔铁茨作为一个军人，或许并不畏惧死亡。但如果要将他的名字永远铭刻在历史的耻辱柱上，即使他再勇敢无畏，也会感到恐惧。

这段史实来自美国科林斯和法国拉皮埃尔合著的《巴黎烧了吗》

一书（译林出版社）。今天重提这段历史，源于2019年4月15日巴黎时间18时50分许，一场突如其来的大火让举世闻名的巴黎圣母院遭到重创。火灾致使教堂塔尖倒塌，全世界都为这场灾难感到痛心。几十年前，巴黎圣母院就面临过一次被烧毁的危险，当时不仅仅是巴黎圣母院，连整个巴黎都差点被付之一炬。当时决定巴黎命运的这个人就是肖尔铁茨。

巴黎圣母院原本只是一栋默默无闻的塔楼。如果不是雨果看到圣母院墙上镌刻的那个希腊单词——"宿命"，他就不会写出那部讲述命运的世界名著，法国人也就可能不会对这座拥有800年历史的古建筑有如此深厚感情。加西莫多的故事让它变成了全人类的瑰宝，以至于无数人去了欧洲就要去巴黎，到了巴黎就一定要去观看巴黎圣母院。

无论今天人们对巴黎圣母院和当年圆明园的大火有什么样的评论，人类对自由、和平、正义的追求，以及那种不分西东的悲悯之心，依然是我们共同的底线。当年，连硬汉肖尔铁茨都能被巴黎文明所折服，今天我们为什么就不能完成一次对人类文明"从看见，到看懂，甚至看透"的认知提升？所以，我们迫切需要破解的，也还是现代文明在中国屡屡迟到的斯克芬斯之谜。

轻轻摔碎

2019.04.22

客人离去,照样把茶具清洗一遍。"哐当"一声,一只杯子摔在了水池里,裂成几块。那情景有些惊心动魄:先是从我手里滑落,居然向上抛出,然后白光一闪,拉了一条弧线,再缓缓坠在池里,像花朵一般,轻盈地绽放和飘零。

眼前立马就展现出几道优美的伤口,我仿佛看到了一次花谢。这时突然想起史铁生的《命若琴弦》,那个老瞎子因为他的师傅的一个虚假的承诺——他的琴槽里藏着一张据说能使他重见天日的药方,但是他要弹断一千根琴弦才能灵验。结果,老瞎子最终发现那张保存了五十年的复明药方,不过是一张白纸。老瞎子并不甘心,他找到小瞎子,对他说:"是我记错了,是一千二百根。"他们就这样把生命寄托在脆弱的琴弦上。一个并不高明的谎言,让生命破碎出一种感悟:任何的悟,结果终将归于虚无。

这种感悟多少显得有些荒谬。然而加缪说过,荒谬是人与世界之间唯一的纽带。它是不可能被消除的,人只能带着裂痕生活,但是人必须超越荒谬。茶杯不小心摔碎了,这究竟是常理还是荒谬?我一直认为茶杯也是有生命的,它陪我喝了这么些年的茶,已经保存并领悟了我的许许多多生命的信息。它的遽然破碎直至离去,却留给我关于它的生命的交代。这不是宿命,而是一种生存哲学。余华说:"活着就是为了活着。"我总觉得它的破碎就是活的，仿佛一泓透明的水。

轻轻摔碎，一定是哲学在场。它就如同高天上的落雨，有时只是轻轻飘下，碎在地上。那种碎会带来一连串的碎，留下的是一堆沉默的造型语言。多少年来，每一次泡茶，我都会把所有的杯子轻轻地摩挲一遍，觉得那里面有一种轻微的剥啄之声。那就是杯子的生命语言，就活在那里，活在热烈与薄凉之间，仿佛人的一生一世。

前不久的一个夜晚，在南京，一位研究古诗词的博士后带着我们去秦淮河李香君的故居。墙壁上的桃花扇噙着李香君的血，我想那也是一种破碎，就像面对一枝缘分之外的玫瑰，手指拂过去，一花一世界顷刻间便纷然四散。作为秦淮八艳之首，李香君带给我们的，不过是一场花开花谢的宿命。我伫立在她的香闺里沉思良久，不为她的什么吉日良辰和销魂荡魄之事，而在想着她的人生为什么也会如此残破？我像是在黄昏里聆听一把二胡在嘶哑着，纵横着一派忧伤。史铁生笔下的老瞎子在弹断一千根琴弦之后，他的生命不也终结在无梦无诗的颓丧之中么？

有一天突然发现，办公室里的一个茶杯出现了裂缝。原先那么滋润的器物，有一种优雅的坚韧，一洗尘世里素有的凡近之气。我想一定是某一种轻轻的不小心，就让它裂出一条游丝，仿佛绳在细处的断裂，又如花瓣一般优美的伤口。茶汤在那里面晃动着，与游丝同声同调，彼此俯仰，藏着一股令人心疼的诗意。人间有味是清欢，这种残缺不全也许会为"清欢"倾注人的一些小心思，或者是一种小感觉，我想也无妨。

轻轻摔碎，偏偏就在人间四月天里，这就带有某种命定的忧伤。原来杯子的寓意，只能是一抔陶土；而作为一只杯子的累，远不止是被人捧着啜着饮着。摔碎了，就落为虚无；不过，我却从那里看到了一种"淡"。张曼玉演的那一部电影《花样年华》，其中的一棵树，最后不就是几乎淡到没有？那一晚，我极其细心地把那只茶杯的碎片轻轻地拢到了一块，正如轻轻地摔碎，我想为它举行一个庄重的典仪。我甚至觉得它依然是完整无缺的，就像策兰在一首诗里说："永远那一棵／白杨树／在思想的边缘。"

我想，今天我们还有心情谈论这一只杯子，还有责任谈论未来，甚至还有时间回忆一下杯子从那些掌纹上轻轻滑过——那一定是我看见有一种意义如何逼拢上来，有一个声音在空无里开花。

轻轻摔碎，我突然感到手的颤抖，心被紧紧揪住。那是我的一个世界的疼痛，也是那个疼痛世界里的收获。

有梦的家乡

2019.04.23

老家福建省仙游县要出一册《中国梦文化之乡——福建仙游九鲤湖》，嘱我写个序，大概是因为我写过一本《中国古代梦文化史》。其实，我研究的是中国文化的一个侧面，与九鲤湖的梦象并没有多大的联系。

我是在很晚的时候才去了九鲤湖，一直觉得那是个神奇的存在。所以，我对九鲤湖的认识也是很晚的。20世纪80年代，我两度去过九鲤湖。奇怪的是，在这里即便是初游，也有旧梦重温的感觉。这并不全是因了九鲤湖可以赐梦给你的缘故，况且我还没有向她祈求过什么梦呢。我只是感到，这一汪湖水，甚至是那一窝一窝传说是仙人的脚印的石臼般凹下去的水坑，都沉浸着某种象征性的文化意义。

有一次是陪着我的老师许怀中教授前往九鲤湖的。记得当时已是枯水，不见了瀑布，便更觉得这里安静得像梦境。许老师祖上就住在这九鲤湖边上，想过去他大概是沾了九鲤湖的不少气息。他一进九鲤湖湖区竟然像换了个人似，持续地兴奋不已。那一刻，我意识到在我们的人格结构中，可能就缺少一种这样的近乎调皮的情绪张力，因而常常把我们自己弄得太逼仄，颠簸得过于认真。多一些爽朗和快意有什么不好？无论是纵身一跃，还是登高一呼，都是一种潇洒，都是一种轻松的活法。就像来到九鲤湖，无须去作过多的物化转换，只是凭着你自身的感觉，凭着你情感的流程，发散出生命意识的层层涟漪。

这就很美。

这就是境界。

人要达到如此的境界是并不容易的。人，往往贮积了太多的期望，于是变得没有期望；往往汇聚了太多的想象，于是也就失去了想象。匆匆来到九鲤湖，祈梦是来不及了，那就抽支签吧。开始时都挺单纯，心想抽一支便算数。结果，抽了第一支，便想再抽第二支，于是第三支、第四支……我不知道这算不算一种亵渎。就像那宁静的湖面，本来可以照出你的容颜，你却偏偏又去抚弄了一回，荡起的水波便立即使你变形，留下的是一堆支离破碎的幻影。

我的脑子里立刻闪现出"随缘"二字。随缘之难，就难在"随"字上。随是一种主体意识，是一种极其抽象然而又是极其现实的人格力量，是一种大彻大悟。

于是，我想到西子湖畔曾经站出来的那个林和靖。这位以"疏影横斜水清浅，暗香浮动月黄昏"来咏梅而成为千古绝唱的隐士，仅凭着梅花、白鹤和诗句，就把隐士做得那样地道、那样漂亮。这看起来似乎并不难，但作为中国文人的一种自古而然的情趣——自得，我想多少是要下点功夫的。有了这个自得，它就使得人站在一个也许不算太机智的立场上，让一个小小的顿悟维持了内心的平衡，于是就有了一个自以为体味到了快活、体味到了轻松、体味到了潇洒——当然最终也就体味到了随缘的心满意足。

九鲤湖毕竟是一个有故事和历史传说的地方，一个有梦的家乡。梦境的造化，历经了多少代人的传承，如今成为一种拂逆不去的文化符号，也承载了许许多多的历史内容。然而，如同其他历史文化一样，九鲤湖的梦文化也是要远行的。它的每一次远行，几乎都向着它的古老家园和历史记忆的再度返回。所以，仙游县对九鲤湖梦文化所做的宣传和重塑，意味着九鲤湖梦文化格局的重新确立和重新定位，是对于仙游历史文化记忆的复活，体现了一种文化意识的觉醒，一种文化良心的觉醒，一种文化记忆的觉醒。对于每一位关注仙游历史和九鲤湖梦文化的人来说，九鲤湖的独特魅力决不是我们这几代人能够消费得了的，它为我们留下了一座无可泯灭的梦文化的记忆，我们也将把这种文化记忆留给后人。

历史对我们的设计，有许多并不是留在历史学家的著作中，而是留在我们的记忆里。文化的兴亡，从来都是从唤醒或毁灭记忆开始的。唤醒一种记忆，也就唤醒了一种文化；而毁灭一种记忆，也就毁灭了一种文化。法国作家雨果在1835年写了《向拆房子者宣战》，当时他看到一座钟楼被拆，感到非常愤怒，认为这是把城市的记忆给拆除了。法国为什么对城市文化、对文化建筑保护得那么好？因为有一大批具有其前瞻性知识分子，这一群体所具有的历史眼光，使得他们不仅站在现在看过去，而且站在过去看现在。仙游的一些有识之士，对于九鲤湖梦文化的憧憬，同样是在复活一段有生命和有记忆的历史存在。这种存在无疑是恒久的。

在九鲤湖，我不知不觉地掉进了一个古风蕴藉、文气沛然的深潭，说不清这水的摩挲是不是已经沉浸着一种人与美的奇异的造化，也说不清古人常说的"古池好水"是不是在这里留下一脉遗音残响。水汽冉冉，梦境依旧，我感到中国历史文化的一种情怀，仿佛就在这里裸裎。我想唯有在这里，唯有在这个时刻，人的梦境和情思，才会从混沌未凿中抽出，重新凝入心底，并蔚成一种超拔的生命方圆。假如生命也是这样的一座湖泊或者一座梦境，我们该在那里留下一脉怎样的精神气息？

那么，就让许多对九鲤湖梦文化感兴趣的人，与它相遇吧。

走过来走过去

私奔

2013.09.23

我一直想就私奔这个话题说点什么，但总是欲言又止。

多年前的一个夜晚，海德格尔与他的女弟子准备私奔，然而就在从家门口到马车的距离之间，在这即将展开的浪漫时刻，海氏私奔的念头立即被一种犹疑的独白解构了，他想到私奔意味着否定现有的一切，包括他的哲学。肉体本是已经拥有过的东西，再要为它而私奔，付出更大的代价，那就没有任何价值，私奔也就变得毫无意义了。在这种犹疑的羁绊下，海氏的脚步越来越慢，终于停在马车前不动了。他做了个优雅的姿势，搀扶着女弟子上了马车，让她随着辚辚的车辂辘声消逝在视线之外。

其实，私奔的目标远不止于感情。当年托尔斯泰的私奔，他所寻觅的也是一种新的生命状态。而施特劳斯携歌手私奔未成，一直徘徊在多瑙河之滨，才有了那首著名的《蓝色多瑙河》。所以，私奔不是一个简单的话题，它是一道富于文化内涵和生命意味的人生风景线。在生命的终极意义上，私奔不能被看作两个私人之间的事。

人类有一种本能的"弹性心理结构"，这种心理结构常常使人产生某种特殊的心境：太平静了，一个人就往往无法靠近另一个人；而太冲动了，却又无法读懂人的内心。私奔的情形有时就是如此，当你下了决心准备付诸行动的时候，你突然会改变主意，而选择另外一条道路。也许，人类常常就是这样捉弄自己。

夜里戴草帽的人

2013.12.24

　　数年前，因一个学术会议和朋友同坐火车去上海。朋友一路上给我讲故事，故事其实并不重要，重要的是夜行的列车没有把我吞没，我在远行中感受到行进和过程的快乐。

　　列车潜入夜色，呼啸的是影子。车窗外的风有些冷峭，将我们的影子摇曳得飘忽不定。我突然意识到生命如此脆弱，命运始终在影子的世界里飘摇。那么，思想会走出影子最后的摇曳么？我一直以为，摇曳是思想的一种大美，生命的意义在于能感受到栖居在思想里那些不朽的灵魂，以及那一片呼啸的摇曳的影子。所以，永远不要说影子是虚无的，影子是思想成熟的一张真实然而无声的名片。

　　我曾经写过这样一段话："夜里，一个追赶太阳的人。行色并不匆匆，却匆匆向沉醉的夜投去如水的一瞥。月朦胧，山朦胧，一切的朦胧都被阻隔在透明之外；夜在疾驰，太阳在脚下奔跑。这时，爱因斯坦还有相对论么？为什么远行？因为无论白天还是黑夜，远行总是人们的一个期待，一种感觉的飘移。人生本来就是一场飘移的梦，你可以在梦里，也可以在梦之外。我的朋友写过一篇散文《夜里戴草帽的人》，草帽是这个人的梦，是他的一个永远的情结，他是一个追赶太阳、追赶希望的人。阅读夜晚是夜行人永远的隐喻，夜行人永远在路上，因为太阳就在远方。"那一夜奔赴上海的火车让我想了一路。时间，一点一点地流逝。是时间攫住我了么?

多年来,我一直对"子在川上曰"这几个字怀有莫名的冲动。人,是什么时候有了那种流失感呢?"逝者如斯夫"固然是一句老话,庄子的"忽然而已"也已了然于心。但是,多少个明天又如影子般涌来,压迫着我们。于是我想起《等待戈多》在上海演出时一张海报上写的:"没有正确的等待,只有等待是正确的。"其实,我们都是在一种影子似的等待中期许生活,甚至挣扎。那么伴随我们的,除了时间的流失感还有什么呢?是不是那种如潮水般涌来的影子所撞击出来的明天的晕眩?

落日

2013.12.31

  2013年就要落下帷幕了。昨天黄昏，我站在我来到的这座小城边缘的高处，看到那一丸老太阳在天与地的掌心跳荡着。我想起历史上的三个人物：拿破仑、希特勒和尼采。

  那一日，拿破仑在流放地看到天边的夕阳，喃喃自语："法兰西就要进入茫茫黑夜了，但它将会有一个更好的早晨。"这位伟大的失败者用他最后的信念在为落日鼓掌，没有丝毫的英雄迟暮的沮丧。当时作为下士的希特勒把落日视为气息奄奄的欧罗巴，挥起军刀刺向落日，大喊一声："杀！"然后把军刀刺向欧洲地图，那双嗜血般的鹰眼盯住英伦三岛，冷笑道："哼，什么'日不落'！"这就是希魔的野心。而那个自诩为"太阳"的疯狂的"超人"尼采，则把落日视为转入黑暗的巨轮，将以一种宁静的目光照亮那些孤寒的心灵。这是一位日神的狂热拥护者，尽管是落日，他也把它看作是哲学的强光。因而，他把自己的哲学当作太阳的宝典，能够君临一切。

  不久前，我重读吴方为追想弘一法师写的文章《夕阳山外山》，文章在最后引用了一段话："要知道，真正的美除了静默之外，不可能有别的效果……每当你看到落日的灿烂景色时，你可曾想到过鼓掌？"对于弘一，的确没有比静默更能确切地描述出他的境界了。在即将踏上2014年的黎明的阶墀的时刻，我真的要为2013年的落日鼓掌。这个时候，我们需要热情，也需要理性。1899年12月19日，其时正流亡日本的梁启超启程赴美，船在太平洋上跨过了19世纪，他激动地写下了传诵一时的《二十世纪太平洋歌》："蓦然忽想今夕何夕地何地／乃是新旧二世纪之界线／东西两半球之中央／不自我先不我后／置身世界第一关键之津梁／胸中万千块垒突兀起／斗酒倾尽荡气回中肠／独饮独语苦无赖／曼声浩歌我二十世纪太平洋。"当时，晚清另一位著名新学之士郑孝胥刚好也在长江的船上，他只是在日记中平静地写下了"凌晨，渡江"四个字，以一种极为坦然和平静的姿态迎接20世纪的到来。我想，今天我们迎接2014年的到来，同样需要这样的两种态度。

为什么远行

2014.01.15

多年以前，我对"远行"这个词怀有极大的兴趣。远行是什么？远行就是出发。人的出发并没有太多的理由，或许只是些原先就有的隐秘的逃逸行为。不过，人类常常就在这时迷失了，迷失往往令人无可自拔地陷入一种孤独的魔阵。尽管你可以在列车的不断鸣响中踏上孤寂神秘的旅程，然而，几乎是同时，一个同样是神秘的追问出现了：为什么远行？

对于这种追问，我可能不会有太明确的答案，但我依然有一种不易消弭的追问意识。我曾经在朋友黎晗的散文《夜里戴草帽的人》中悟到，人，往往有一种本能的追问意识。黎晗在追问他自己，同时也在追问着这个世界：为什么远行？这确乎是人类的一个并非古老的命题，它驾驭了许许多多的梦幻，并且具有了某种象征性的意味。

列车在远行，车窗外的青山绿水究竟守望了多少个季节？车窗内那一张张陌生的面孔都似曾相识，这里面的确有着那些比"我"陷得更深的孤独的人。因此，"我们"都在一种"遗忘"中迅速调整各自的目光，就连那位对着全车厢的耳朵，说他在寻找一生中丢失的七分钟的老头儿，他的那个比"我"还要老四十年的梦，也许就要在这一次远行中被追回。于是，这又成了一种可能的远行，它在提供无数种可能的速度之中，牵引着多少欲望。

风永远比你更快吗?作为远行中的"我",在醉心于异乡的抵达的同时,也醉心于它之于"我"的生命瞬间的心灵皱褶。风,毕竟远去了。"我"依然关注着列车的速度,因为"我"必须向着那个不确定的"那里"奔去,因为"我"需要品尝不断离开"这里"的神奇,因为"我"需要远行。这,大概就是一个远行人对于"为什么远行"这个命题的回答。

女人漂亮

2014.04.28

2000年秋天的一个下午,我在巴黎一个酒吧里踯躅时光,一位中国留法女学生就坐在我邻桌。她看我只是要了一杯咖啡,就对我说:"法餐的精髓其实在于甜点心。"我愣了一下。那姑娘冲我笑了笑:我帮你点两个法式甜点心吧?我说可以。她帮我要了纯正法式蛋白小甜饼和提拉米苏。她告诉我:提拉米苏到处都有,做得好的其实很少。像我这样在法国待过几年的,不算吃过最正宗的,但至少肉桂粉和酒味,以及底部的蛋糕屑多少都是评判标准吧。我惊讶她对这些有如此熟悉而肯定的描述。

2011年底,我再度来到巴黎,专门去了一家咖啡馆。我要了一份巧克力朗姆球,这个点心外层是巧克力米,里面是朗姆酒味道的蓉状馅,还混有葡萄干。口味比较重,很甜,有着非常浓郁的酒香。太甜的味道让我感到有些腻人。巴黎其实不是一个甜腻的城市,她在本质上是浪漫的。

我想起多年前,在从哥本哈根开往瑞典的火车上,我的朋友,一位年轻的中国博士汪邂逅了一位漂亮的波兰姑娘莫尼卡。他们不断地谈论克尔凯郭尔和易卜生。最后,汪问这位姑娘:你喜欢哥本哈根吗?哥本哈根太甜了。姑娘说着,眼睛里闪出一片如同北欧的天空那般的澄澈。汪轻轻地震了一下。是的,哥本哈根有着闻名北欧的啤酒街，满街喷发着令人未饮先醉的酒香，来这里求醉的游客站在那些犹如古堡的大啤酒桶前，早已经"梦里不知身是客"了。不过，哥本哈根的"甜"还在于那种少有的浪漫。当莫尼卡在寂静而昏暗的车厢接头处紧紧拥抱住汪，并用手拍拍汪的肩膀时，汪对于莫尼卡那种甜甜的姿态一直无法忘怀。

不喜欢"甜"的哥本哈根的莫尼卡与喜欢"甜"的汪，在审美趣味上是一种永远的悖论，然而在感情上，他们的心已经开始温暖。汪说，莫尼卡的眼睛里有一种不属于这个"甜"的世界的东西。这实际上是一次短暂的邂逅。一位移居国外的中国学者目睹了这一情景，写下了这样的感慨：可惜未婚的汪没有抓住这位漂亮而聪慧的姑娘，短暂相逢之后就让她远走了，而且从此恐怕难再相逢。汪后来也不无遗憾地追忆着：我记得失去联系后的我是如何在朋友面前掩饰我的失落，我还记得我是怎样地在斯德哥尔摩火车站前徘徊，期望侥幸能与她重逢，再次淹没在她那澄澈得如同北欧的天空一般的目光中。

人生瞬息的失落像一片久久不散的云，悬挂在汪的梦魇的暗处，留下了永恒的心灵孤独。尽管，汪后来又有机会到过哥本哈根，但莫尼卡隐藏在人群中，已经无缘相见。汪只能觉得自己时时就在她身边了。后来，我据此写了篇散文《女人漂亮》。

莆仙方言

2014.12.31

身为福建仙游人，操的是莆仙方言。在省城生活了三十多年，平时普通话说惯了，对这个方言已经有点陌生。不过，我这普通话语音一出，就被人家识破。别人总拿莆仙的"普通话"开玩笑，最近还出了不少的网络视频，特地用莆仙方言配音，让人忍俊不禁。

记得某一次，一位老乡学长添了个外孙，满月了来我家送红蛋。路遇我的一位邻居朋友，就顺手给了他两粒。边给边说："给你连个（两个）混蛋（红蛋）。"弄得我那邻居一直不敢伸手接。"红蛋"到了莆仙人嘴里就成了"混蛋"，实在觉得境界全出。某年和一老乡朋友去莆田参加一个会议，此君莆仙口音浓重，晚上跟我同居一室，聊天时说了一句："额（我）虽然不致（是）一条轮（龙），但至早（少）也不致（是）一条蠢（虫）。"有时我自己说话也会感到无趣，于是就努力地挽回某些尴尬的局面。

作为一位从大学中文系毕业的人，我曾经想描述一下莆仙人究竟是怎么发音的，研究了许多年，却始终没研究出什么名堂来。直到2011年我的母校厦门大学中文系九十周年系庆，出了本系友撰写的纪念集，我才在1986级一位学弟的文章里找到了答案。他描写道：阿平来自莆田，说话时发音奇特，字不是从舌尖发出来的，仿佛都先酝酿好了，挤在舌头两侧，然后一起冲出来。时有一些老乡来找他，一堆莆田人，男女都有，围在一起，热闹非凡，像一群外星人聚会。

1988年汉城奥运会开幕时，韩国总统卢泰愚致辞，阿平像发现了新大陆，说卢泰愚的讲话跟莆田话很像，很多话他能听得懂。我大吃一惊并信以为真，就此判断韩国人也许是莆田人漂洋过海播下的种子。这时有同学提醒我，"你可不敢这么讲，韩国人要找你拼命的"。这一段描写还真是让我觉得过瘾，尽管多多少少显得有些损人。

我的年轻朋友罗西也是仙游人，有一次他在北京街头用莆仙方言打手机，就被路人当作韩国人。莆仙人一直被称作"东方的犹太"，我想这方言大概也算是一种语言的"犹太"吧，因为它的分布区域实在是太小了。然而不管怎样，我觉得作为莆仙的一员，完全不必妄自菲薄。越是属于地域自身的文化，就越容易走向世界。各说各话，莆仙人自然说莆仙话，尽管口音奇特，却极有可能成为将来的世界"非遗"。莆仙的各位"阿骚"们，你们就等着吧。

在澳洲过端午节

2016.06.16

端午节那天，和女儿女婿外孙女从悉尼飞赴墨尔本。登机前，女儿说家里还藏着一些粽叶，可以包粽子。我有些兴奋，心想在异国他乡能够吃到粽子，一定是不一样的感觉。结果，到了墨尔本女儿家里，她竟只字不提粽叶了，我也不闻不问。后来才明白，她其实不会包粽子，松松垮垮像一团散兵游勇，只好作罢。于是，我呆坐在那里，极力想象着祖国伟大粽子的味道。

那天晚上，女儿女婿为我做了一顿还算丰盛的晚餐，有三文鱼、雪花牛排等。顷刻间，对于粽子的那种欲望便烟消云散了。人其实是很容易满足的，尤其是味蕾，说覆盖就被覆盖了。在异乡过端午节，当然还想到了我的朋友们，于是在朋友圈发了几句祝语："青蒲端阳，黄酒驱阴；九歌在楚，天问在心。"上大学时，听着古代文学教授摇头晃脑地朗读《楚辞》，其中不断地有"兮"字出现，抑扬顿挫，也觉得好玩。《楚辞·九歌·云中君》有云："浴兰汤兮沐芳。"原来，端午节的习俗，除了赛龙舟、包粽子，还有"兰汤沐浴"，今天却被遗忘了。郭沫若说过，端午节也被日本人传播了去，"蒲剑兰汤"形式上是差不多的。据有人考证，当时所谓"兰汤"，非今日大家所养殖之兰花，而是《本草》记载过今天医家仍在用的中草药佩兰。佩兰有醒脾、祛湿、消暑、辟浊之功效，古代夏历五月初五，阳气和疫气皆盛，古人除了悬蒲剑、插艾草、佩香囊之外，兰汤沐浴亦是防疫之一法。这些物事说起来就是所谓的"乡愁"，予虽鲁钝，多少也懂得一点。那天在飞机上，一位空姐从身边飘过去时，我仿佛闻到了一股熟悉的味道，后来才想起来是淡淡的兰香。闻香识女人，可以是这种感觉么？

当晚饭毕，女婿端起茶具，泡了一壶茶，顿觉浑身通透、口舌生津。端午既然没有包粽子，也没有沐浴兰汤，那就呷一口好茶，也是很美好的。抱起小外孙女，她居然也握了一盅，咕噜两下就下肚了。不知道那晚她喝了多少杯，直觉一个澳洲小茶迷就这样出道了。

日子过得似乎很平常，这就是"日常"。就像风在海上漫步，可以很急，也可以很舒缓。记得两天前傍晚在悉尼，他们拉我去街边擦皮鞋，那个黄头发的高鼻梁小生擦了不到五分钟，就赚了八澳币。天呀，这在国内大概可以擦满一个单位的皮鞋。我女儿在边上跟他聊天，我才知道，这家伙说，这是他漫长的一天，我是他的第三个顾客。我不由得对他肃然起敬。日常，原来也可以如此的无常。我想，人生在世，有些日子不会老，有些日子是很容易老的。就像有的人，一认识就觉得他老了，因为我实在是不想再见到他；而有的人，七老八十了，每每见到他，都会让人觉得他好像跟我是出生在同一年。人不可能一辈子都轰轰烈烈，孤独、寂寞是常有的，因为它们也是我们生命中的一种"日常"。正是在这个意义上，里尔克才会对青年诗人说："你要爱你的寂寞。"

我的墨尔本

2016.06.17

墨尔本是一座古典和现代相得益彰的城市，她的历史并不悠久，却具有深厚的历史积淀，因而被誉为"澳洲的伦敦"。这座城市连续五次蝉联全球宜居城市排行榜榜首，我想女儿女婿他们选择在这里居住，可能就是这个原因吧。

墨尔本对我是陌生的，但我仍然没有作"国家地理"式的描述的想法。那天，女儿女婿径直把我拉到建于1854年的维多利亚州立图书馆前，大概仍然当我是"蛀书虫"吧。门外的草坪上有两摊国际象棋。我走过去抓拍了其中的两位弈者，一位正装，一位短打，都在蹙眉沉思中。当时我想，无论馆里还是馆外，萦绕的一定都是这种沉静。人类进化到现在，的确是够喧闹了，我们需要沉静。就连活动在深海里的白鲸，都已经对人类各种海洋活动不堪其扰，"你们太吵，我们听不见啦"——它们再也不能清晰地听到互相之间发出的信息了，因听不到妈妈呼唤而失散的幼鲸饿死的悲剧也频频发生。

草坪毕竟是喧闹的，那些海鸥不住叫唤着飞到人们身边觅食，但它们并没有打破弈者心里的宁静。当一枚棋子被挪动了个位置，弈者的眼神也只是轻轻闪动了下，一切依然归于安静。这个场景让我寻思了很久。

进入馆内，上电梯，噔噔噔冲上六层回廊。那个巨大的穹顶之下，八卦阵排列的阅览桌，让我顿时感受到一种书籍的强力场，一种美丽的生活方式。我意识到自己不过是一位观者，或许就是一位过客，因而莫名地在心底泛起了一丝紧张。在这里，每个人都在为自身的知识场扮演着属于他们自己的角色，只有流连，没有任何的眷顾。每一位读者的好奇心，就是最独特的"雾中舞蹈的隐形幽灵"——这是一座叫作"虚无艺术博物馆"里的一幅画的名字。

出了图书馆，来到汇集着未来主义色彩的联邦广场，那里有澳洲最古老的弗林德斯街车站，哥特式建筑厚重雄浑。与图书馆相比，这里明显地有了喧闹。喧闹肯定是人类不可或缺的存在方式，它有理由吸附历史的颤音和现实的尘埃。侧目而视，两辆豪华婚车就泊在街头，一对新人正在广场拍婚纱照。所有这一切在我眼里，几乎就是人类的一幅图腾，它让我内省。

这是我此行澳洲的最后一日，女儿突然一记勾拳般地搂住我的脖子，那番亲热劲丝毫没有让我惊诧，相反地感到有些奢侈。女儿现在跟我远隔重洋，我们的确是没有太多可以互相厮磨的时光了。然而就在这里，在墨尔本，我有了一种"陌上花开，可缓缓归矣"的守望。这其实就是一场宽大的寂寞，里面藏着一丛一丛深深浅浅的往事，不断地浮出我内心的隐秘之处。

我的十二门徒

2016.06.22

抵墨尔本次日，女儿女婿带我沿着大洋路驱车300多公里，抵达一处沉船海岸。这里因为岩石密布，曾经有700艘船只在此撞岩沉没。几万年前的石灰石、砂石和化石被海水冲刷，海风侵蚀，悬浮海上，形成十二个形态各异的岩石，酷似耶稣的十二门徒，成为澳洲最著名的自然景观。

可是任我怎么数，也没有十二个，只有七个。经年的风雨和浪潮，十二门徒岩逐渐被侵蚀而慢慢倒塌。2005年7月3日，其中一块高达45米的巨大岩石，在众多游客面前，数秒钟之内轰然崩塌，2009年9月25日又坍塌一块。无法预料，这些岩石会在某一日彻底消失。于是，我开始在心里撬动一块石头，一块原始造物的石头。这个世界，到处充斥着人造，令人麻木和不安，为什么源于自然的这些东西就会逐渐消失了呢？

那天天气并不好，一下车就是一阵豪雨，还有些冷，我只好撑伞前行。其实，我心里充满着一股对于自然造化的无比的虔诚。站在断崖前瞻仰十二门徒时，雨停了，我突然意识到有点君临的感觉。我想挪动它们，用一种宗教性去挪动，因为它们终究是宗教的信徒。而我的挪动只是心里的一个典仪、一种意义。

可是它们依然会风化，会崩塌；就像我依然会衰老、会老去。我跟它们不同的是，我明白意义的存在。所以，我不知不觉地警告自己：无论如何，你得好好活着。我的人生已经出现了许多错别字，就因为我没有认真地校对自己。许多本应属于我的灵感被我无端地划掉了，这就是自我风化、自我蚀骨。

这是我的十二门徒。我只关注它们的风化以及我的风化。风化是必然的，它只回到大海，回到这个世界。这不过是在赶赴彼岸的一个途中。记得在悉尼时，我女儿女婿的一位忘年交朋友来看他们，他绘声绘色地向我描述了位于澳洲中部荒原上那块号称世界最大的埃利斯岩，说开车绕它一圈要三个小时。我女婿笑着告诉我，石头周围根本就没有车道，那是走路的时间。荒原不只是大地的事，还有大海的事。十二门徒岩和埃利斯岩都是大自然的杰作，石头能回答大海，也一定能回答荒原的。

在从十二门徒岩回墨尔本的途中，我把心里的一块石头，轻轻地撬动了下。

我的歌剧院

2016.06.23

悉尼歌剧院绝对是一个奇观,被公认为20世纪最杰出的建筑设计之一。1973年,歌剧院历经14年建成,有人说像贝壳,有人说像帆船。其实并没有那么复杂,据说当初的设计灵感,是来自剥了一半皮的橙子。

我们时常把简单的事情想得复杂了。就像"敖包",本来只是一个路标,因为有《敖包相会》这首歌的传播,那些原本简单而粗放的敖包就被人们添上种种浪漫的色彩。敖包如同大洋路的十二门徒岩似的,容易被风化、剥蚀。打马草原,响鞭处处,粗粝的敖包能够消解草原人的苦与痛、泪与恨。那么,悉尼歌剧院给我带来什么呢?

那天歌剧院关闭,无法入内参观,只好用眼神触摸了它的外围。外围是开放的、浩荡的,甚至带有点野性。为什么一定要入内呢?我从小在乡野长大,看惯了青山绿水,看惯了自由飞翔的鸟群。歌剧院与大海的空旷,正好契合了我的心绪。女儿为我拍了张照片,头顶有海鸥翱翔,让我看到时光的明暗原来是可以穿越的,任何一个角度的进入都可能是一次意外的赴约。记得我九岁时来到福州,父亲单位组织去西河游泳,第一次看到一群红男绿女共浴江河,觉得有趣,回来写了篇作文《在西河游泳》。记得其中有一句写得有点意思:"那耀眼的白花花一大片,亮了一条江。"这是一位乡下少年的开放性记忆,也是我最早扔出去的一个明与暗的记录。

当晚，女儿带我登上游艇，环游歌剧院及悉尼大桥。灯光下的歌剧院有一种特别的心性，就像老庄笔下"恣纵而不傥"的气韵。那几片剥了皮的橙子，此时正是自适其适，"什么都不法，就法了自然。"在一个特别的角度上，悉尼大桥恰到好处地映衬了歌剧院。女儿告诉我这些天是悉尼的灯光节，灯影婆娑，把歌剧院照射得明暗绰约。我不善于描述这时的情景，我只是想到，无论是大自然的造化，还是人类的杰作，只要合乎人的心性，无须移步换景，便是先秦文章，有"正"亦有"变"。孔子有言："质胜文则野，文胜质则史，文质彬彬，然后君子。"歌剧院矗立海中，看似气势太野，过于霸气，其实是"野"中藏"正"、"正"中有"变"、明暗有度，同样属于"文质彬彬"。倘若我们的心性也能够如此，在"变"与"不变"中适度地显露出明与暗，这个世界一定会可爱许多。

歌剧院当然属于悉尼。但是，我心中有一座歌剧院，一直在重复的，还是那种明暗。也许，生活在明暗之间，就是个影子，就是个旧影。我记起鲁迅说过的："我不过一个影，要别你而沉没在黑暗里了。然而黑暗又会吞并我，然而光明又会使我消失。"

我的大洋路

2016.06.25

　　大洋路是一条让我全身心裹挟在维多利亚州的森林和南太平洋的波涛之间的路。这条路位于墨尔本西南部海岸，是前往十二门徒岩的必经之道，全长 276 公里，由 5 万名第一次世界大战后从英国归来的参战老兵所建，1919 年动工，1932 年全线贯通。

　　女婿驾车技术不赖，一路腾挪飞车，不时停下来让我驻足与大海和森林呢喃几句。漂移在那里，我已经有点失语了，因为矗立在海上以及悬挂在山崖的每一块岩柱随时都在向我追问。海天一色，在这里不是什么传奇了，重要的是它们的自由和奔放，一直让我想象着亚当和夏娃在天上的花园。当年徐志摩不屑于"反仆着搂抱大地的温软"，就为了全身心"仰卧着看天空的行云"。此时，云彩就在我身边，像一片摆脱不开的白色的影子在追逼着我。女婿提醒我，前方有个美丽的海边小镇。小镇果然是安静的，没有一丝的焦躁，能看见风悄悄地爬上岸。我在小镇停留了片刻，于是想要做点什么，但终究还是杵在那里，因为在我身体的周围，渐渐地出现了许多清晰如画的影子。影子是自由的，一如横穿这个小镇的大洋路，跟着大海和森林飘荡着。

　　自由是无限的，无限在这里肯定是大海和森林的事。一路狂奔，我意识到这是一场自由的挪动。挪动是自由的一种呼吸，因为它一直在路上，在途中。途中就是一个世界。我从这个世界中来，又回到这个世界。侧头望去，突然看见车窗外一大片森林大火后的废墟，烧焦的枯树依然没有倒下，瘦骨嶙峋地站立在那里，不免心有戚戚焉。自由是需要代价的，就像这场曾经的大火，划掉了一张旧明信片，划掉了一片生态。这种破坏性的"杰作"，从一个意义之有，回到了无意义之无。回首这一段大海，颜色果然如此沉重。

大洋路上有许多观景台和栈桥。我跨上一座栈桥，极目海天，感到从未有过的轻松。我能找回我心绪的自由么？此时还没到达十二门徒岩，我就想在心里撬动或挪动一点什么。栈桥是我的一个期待或者一个过渡，在那里也许可以有一处合适的望断。一条鱼倏地从海里跃出，这是鱼的跳动。鱼的出离即使是瞬间的，但它的终极行为就是从世界中出来，又回到世界之中。它在空中那个漂亮的弧线写满了两个字：自由。我因此牢记了"海阔凭鱼跃"这句话的分量。

这是我的大洋路。在悉尼，类似剥开了的橙子的歌剧院有节制地张开，它获得了一种有节制的野性。而在大洋路，我获得了一种宁静的漂泊感，一种完全的无拘无束的自由。人其实是可以自我诗化的，在任何一处审美感性空间里，无论失重、放纵还是落空，都是一种幻美。当我冒着霏霏细雨在栈桥上抱起外孙女时，她那一声对外公特别的呼唤："嘎嘎"，终于让我没有被大海的激情和山林的机智继续折磨着。我在大洋路的空旷和漫漶中醒来，天也放晴了。

我的悉尼塔

2016.06.26

　　悉尼塔是悉尼最高的地标，但它的高度只有 260 米，比不上上海的东方明珠（468 米），也比不上台北的 101 大厦（509 米），更比不上广州的小蛮腰（600 米）。跟世界第一塔迪拜塔（828 米）比起来，简直就是个小弟弟。

　　其实，我并不在乎什么高度，高度充其量是一座城市的"显摆"。君临一切，城市是永远不会"低到尘埃里"的，就是打肿脸充胖子也要整出一个鹤立鸡群的"地标"来。上海市把姚明和刘翔作为城市代言人，前者代表上海的高度，后者代表上海的速度——这是上海的自信。悉尼作为国际大都市，就这么一个地标，即使那个有点野性有点张扬的歌剧院，也只不过让人感觉是偶尔露出头来探望一下大海而已。悉尼是自由、缓慢甚至散漫的，它的节奏不疾不徐，类似一位微微发福的中年男子（我曾经以此比喻我的居住地福州市），手摇一把蒲扇，踱着八方步，在这座城市里悠来荡去。

　　无论迪拜塔，还是小蛮腰、东方明珠，都是邻水而坐。我曾经下榻在开罗的希尔顿酒店，也是傍在尼罗河边上的。悉尼塔倒是深埋在悉尼中央商务区，要站在海德公园才能望得到它。女儿女婿带着我转了好几个地方，终于找到它的电梯口。上到最高处，原来是一座旋转餐厅，自助餐基本上是海鲜。依偎在落地玻璃窗前，俯瞰悉尼夜景，倒是赏心悦目。就这样把一座城市尽收眼底，这种高度也就够了，何必一定要高耸入云！

我写过一首诗《树》：

楼下站着一排树，

我在楼上俯视它们。

其实，我并不习惯于俯视。

在悉尼塔上俯视这座城市，我想我是"被"仰望的，同样感到不习惯。而这种俯视，最终只能是我的望断。数年前，我登上埃菲尔铁塔，俯瞰巴黎全城，脚下的塞纳河碧波荡漾，我突然就找不到自己的影子了。此时，我一边享用自助餐一边细细打量着夜幕下的悉尼，歌剧院俨然成为一片小豆瓣。塔，缔造了空间奇迹，也点化了一座城市。然而，这种缔造的目的是什么呢？阿·拉普波特说，"缔造空间的意图最终是为了组织和缔造交流。"这种交流其实就是"看"与"被看"。在鲁迅小说里，"看"与"被看"是反复出现的一个场面，是对小说人物关系的一种比喻性描述。在这里，我"看"着悉尼，我也"被看"着，我究竟被谁"看"呢？这是个哲学悖论。

夜晚在悉尼塔的光影里挣扎，迟迟不肯入睡。澳洲已经进入冬季，我知道离曙明还有很长的时间，所有的宁静都在照拂着明暗之间的人们。虽然我身在塔顶，居于明处，但是那一大片灯影下的影子，难道只是暗处，难道不是我们的影子么？引颈望去，我突然地有了一些悬想。也许，任何处在明暗之间的人，都不过就是些影子吧。

女儿问我为什么一脸的严峻，我这才从某个"明暗之间"缓过神来。"看"与"被看"肯定存在于世界的每一个角落，不管你是习惯还是不习惯。此刻的悉尼塔已经成为我的"悉尼塔",因为悉尼塔下的自由和宽容正在入侵我的存在,从而"划掉"了我的一些心迹。被搂在女儿怀抱里的外孙女递了一张餐巾纸给我,我下意识地把眼镜擦拭了一下。她又递过来一张,我不知道该拿这张纸做点什么?原来,我已经被外孙女"看"了,成为一个"被看"的对象。我抱起外孙女,在她腮帮上轻轻亲了一口,然后,我也深情款款地"看"了她一眼。我想,此时在我的"悉尼塔"上,我的眼神一定是高贵的。

这一个家庭

2016.07.28

不久前去西安出席一个学术会议，不期被一朋友带到西北大学文学院教授、博士生导师周燕芬博士家里做客。周教授乃地道的"米脂婆姨"，其夫贺先生为典型的榆林汉子。席间，他们端出三十周年珍珠婚纪念影集"流光三十载，砂依蚌成珠"。我相信这一对具有高贵气质的陕北中年夫妇这辈子没有落叶的季节，所有的心灵植被都是绿意葱茏。高贵不是别的什么，高贵是一种被伺候出来的气质，比美貌更需要用心。谁都知道人生极其短暂，滚滚红尘，乡关何处，历史可以擦肩而过，亦可以流连忘返，但不管怎样，午后的阳光总会携着更多的情感内容照临这样的家庭。

我在这本影集里嗅到了一些气息，一个令人艳羡的目标随之扑面而来。风流倜傥的榆林汉子和气质优雅的米脂婆姨，把这个家庭构成一种宽厚的文化性格。多年来，我一直对"文化性格"这个词深表敬畏。这本影集透射了某些炽热的年代印迹以及阳光下的平静日子，历史一步一步地退隐而去，这里留下的不仅仅是一副岁月的躯壳，而是一种典型的"文化性格"。对于一个家庭来说，历史很远也很近，我来不及与主人公长谈，但我可以意识到这里一定有许多雅致的片断。我只好稍稍放纵一下想象，把这个家庭的轮廓作了简单的扫描，那里面肯定有不少的空隙和有趣的局部。

我注意到其中的一张照片，父子俩在桌上品酒，孙子在桌子下面端起酒瓶亦作饮酒状。这个场景击中了我。相对于许多历史景观，这个家庭里的局部和细节让我如此感动。"文化性格"不是一个家庭的"多动症"，而是一种活力的交谈、一种时间的潜行。艾略特有一首《普鲁弗洛克的情歌》，描写一位男子不敢向心爱的女人表白爱意的故事，他用爱的表白"搅乱那个宇宙"。而我所注目的这个家庭，一张照片就足以"搅乱那个宇宙"，因为这个图景充满许多的文化记忆，以及许多种想象的可能。酒，牵引了三代人的情感世界，这是一个巨大的触动。我似乎无须跟他们交谈更多，就已经意识到这一场"酒事"所撞击出来的涟漪，将构筑起人生的无数可能。

我跟这个家庭的相遇完全是一场不期而遇，短暂的停留让我轻易穿透了三十年的时光，穿透了一个又一个人生图景。他们"搅乱"的是我的"宇宙"。我想，每个家庭都有他们的文化性格，都有他们的纯真年代，都有他们的生存密码。这一则短语，尽管有一些无法衔接的断点，但我依然决定对其进行一次"揭秘"。

平遥之殇

2017.07.27

在山西大学晋商学研究所与该所所长、博导刘建生教授及其弟子张宇丰博士聊了一阵之后，我决意去平遥古城看看。

平遥这些年火了起来，当然源于古城的诱惑。一到那里，我就直扑西大街上大名鼎鼎的票号——"日昇昌"旧址。一二百年过去了，毕竟显得有些苍老，却没有过气，风骨犹在。这是中国第一家专营异地汇兑和存放款业务的票号，仁厚、务实而淳朴的平遥商人有自己一套严密的"号规"，他们的业务往来都建立在一个强健的人格基础上。正因如此，山西才能成为当时中国最富有的省份。

平遥西大街上有好几家票号，还有名震一时的镖局。站在那里，我想到山西商人致富的秘诀，没有祖先留下的什么财产，也没有大自然的恩赐。平遥其实是很贫穷的，万历《汾州府志》载："平遥县地瘠薄，气刚劲，人多耕织少。"但平遥人的"气刚劲"在于超越自然环境、超越家世的严酷搏斗，他们"走西口"，历练的是一场义无反顾的出发。没有所谓的诗与远方，他们出发得坦然而悲壮，一路洒下的，除了血汗，就是属于平遥人的那种"刚劲"之气。

我登上了平遥南门的古城，放眼望去，一片片灰瓦鳞次栉比，尽收眼底。城墙历经了几百年的风风雨雨，剥蚀却不破败，处处刻下了历史的印记。据说城墙上有三千个垛口，寓意孔圣人有三千个弟子。

平遥的朋友告诉我，当时的平遥人极其希望能考出个状元什么的，才在城墙上刻意留下三千个垛口的，结果是多少年过去了，连一个状元的影子都没捞着。究其原因，平遥人是被"穷"给穷怕了，他们无心培养孩子们读书，而是让孩子从小就学会经商挣钱，他们的目标是创造一个龚自珍所说的"海内最富"的神话。

我在山西大学晋商学研究所看到了一批研究山西票号的成果，看到的是一群平遥人走进了历史，结果又从历史中消失了。在"日昇昌"票号旧址里，围着一堆游客，趴在那里看着一页页票号的账本和收据，我感到有些木然。虽然那里还精心收藏着一张浮有"日昇昌记"水印的空白支票，我却想到这一页历史究竟是意态平静还是山高水远呢？

善于经商的平遥人为历史留下了辉煌的一页。翻开这一部历史，甚至去翻开黄鉴晖所著的《山西票号史》，或者那部洋洋120万言的《山西票号史料》，我们能够看到的，依然是清代平遥的世纪性繁华，以及那一班商人的发迹史。当然，平遥在20世纪初的整体性败落，乃是由于政府银行的组建和国际商业的渗透，还有沿海市场的急剧膨胀。根据余秋雨在《抱愧山西》里的分析，是"上世纪中叶以来连续不断的激进主义的暴力冲撞，一次次阻断了中国经济自然演进的路程，最终摧毁了山西商人"。从太平天国运动到辛亥革命，以平遥为主体的山西商人依然对政府抱有幻想，最终却是走投无路，企业纷纷倒闭，"彼巍巍灿烂之华屋，无不铁扉双锁，黯淡无色"。

一代财雄们的穷途末路，让我在一阵唏嘘之后，想到的还是平遥那个曾经贫穷的事实。平遥之殇的另一个深层的原因，就在于他们缺少一种强大的文化之基，终究让他们走到了与时代相悖和落伍的境地。据说晋商有"学而优则商"的传统，这不可避免地为"文化晋商"留下一个天大的历史性遗漏。平遥古城城墙上那三千个垛口，最终留下的也只能是一声沉重的叹息。

　　我还来不及把我的这个想法告诉刘建生教授和他的博士们，平遥之殇是一个巨大的历史伤口，它为"走西口"画上了一个凄楚的句号。由此及彼，此刻我想到的是，这照样很难抹去清代山西商人的整体之殇。从平遥回到太原的那个晚上，我把刘建生教授送我的他那本《山西典商研究》粗略翻阅了一遍，看到的似乎还是那一张从清晰渐渐变得模糊的平遥之殇的脸。

乔家之气

2017.07.28

从平遥出来，不远处就是祁县的乔家大院。不用说同名的《乔家大院》是在这里拍摄，老谋子导演的那部《大红灯笼高高挂》也是以此为背景的。许多人来到这里，寻访的究竟是乔家逝去的辉煌还是晋商的风采呢？

乔家大院原名"在中堂"，呈双喜字形，建筑面积4175平方米，六个大院里分布着20个小院，共313间房屋。这些数据披露的不过是一种钟鸣鼎食的繁华，其实人们更期待的似乎还是它的诡秘和深邃。站在"在中堂"下面，我徜徉了片刻，倒是生出一种从容不迫的心态。这里的每一个角落，无不透露出一股远年的风采。我突然感觉到，《大红灯笼高高挂》远不如这个真实的境地来得明朗和开阔。说来也怪，我在这里第一目光就看到了那些大红灯笼，却并没有什么特别的感觉。

我注意到乔家历史上的一个细节：1736年，清乾隆元年，十几岁的乔贵发踏上走西口之路。奋斗了近20年后衣锦还乡，娶了个带着两个男孩的寡妇为妻，实现了他人生中最重要的道德价值和内心情感：贫时不丧失尊严，富时不丢掉情义。这也就是乔家发家致富的秘诀，进而成为后来晋商的一个共同准则：以义取利。

其实，乔贵发出走西口最初的原因不仅仅因为贫穷，而是幼年失怙的他被寄养在东观的舅舅家，势利的舅母对其冷眼看待，十分苛刻。

缺吃少穿的贵发从小饱尝了世态炎凉,受到族人奚落,还嘲笑他光棍一条。这深深刺伤了贵发的心,一气之下走出口外。这一气,待他从关外返回家乡之后,一下子颠覆了所有族人的心气。尽管人们对他开始刮目相看,但是他已经把过去的那些不快和不平,化作了一股逆袭之气,把生意做到了包头,接连开办了复盛公、复盛全、复盛西等19家商铺,成为包头城最为响亮的商号,至今包头城还流传着这样一句口头禅:"先有复盛公,后有包头城"。按照如今的话说,就是穷屌丝逆袭。

乔贵发的孙子乔致庸后来成为了乔家第三代传人,一生追寻"汇通天下",号称"亮财主"。乔致庸的名字以"中庸"为道,取其不偏不倚、执两用中之意,所以定宅名为"在中堂"。"在中堂"是不带任何势利的,它的所有目标,都在于以义为上,先义后利,以义制利。在乔家还没涉及票号生意时,平遥已经有了"日昇昌"。乔致庸看准了这一机遇,一气开了两个票号"大德通"和"大德丰"。

又是一个"一气"!乔家之气,不是意气用事之"气",也不是气焰嚣张之"气",而是一种不排他的厚实,从而被世人称为"大商人心态"。从乔贵发一气之下走西口,到乔致庸一气之下开票号,乔家为中国经济思想史重新描画了历时千年的"义利之辩"的新格局。

乔家大院所有的二层都只有一座楼梯能够上去,全层贯通。按照中国的风水学原理,大概是取其一梯登楼、一步登天之意。乔家大院建筑以双喜字形的中庸结构构成,按理可以设置多座楼梯。结果只有一梯独领,这不在于它一领山西商人之风骚,而在于以一座楼梯藏风聚气。说到底,乔家大院是讲究"气"和"气韵"的,正是有了这个"气",山西商人的面影才能如此生动,如此让人难以忘却。

我在去乔家大院的一条宽阔的甬道上,看到一座慈禧的铜像。1900

年八国联军攻陷北京，慈禧太后逃到了山西，正遇缺钱。山西官员在太原召集各商号"借钱"，却没人敢答应。此时乔家"大德丰"票号一个跑街的业务员贾继英当场答应，同样是"一气之下"借给朝廷银10万两。贾虽是个跑街的，权力却很大，他的理由很简单：国家要是灭亡了我们也会灭亡，要是国家还在，钱还能要回来。太后为此很高兴，此后给山西商人的人情，就是各省督府解缴中央的款项，以及庚子赔款的连本带息，悉数交由山西票号来经营。

  乔家之气虽然集中在那样一座宅院里，那里所隐藏的，除了富贵气，更为重要的是"汇通天下"的豪迈之气。虽然乔家后来跟平遥的"日昇昌"一样衰落了，但他们留下的精神之气一直在涵泳着后人。我在乔家大院的一口水缸前逗留了一会儿，里面的倒影映射出一片飞檐，似乎就要飞向云天。我意识到这里有一股"气"还在潜行，一如那些大红灯笼里面的"跳动的火焰"。行意暖，火微明，乔家之气，原来是如此造就了山西商人。

一任阶前

2017.11.29

若干天前，出差下榻赣南某宾馆。一早去用餐，大堂与餐厅有一道门，猛然推开，门下竟是三级台阶。不经意间一脚踩空，霎时跳将起来，居然没摔趴在地上。马照跑，饭照吃，起先也没觉得有多少碍事。饭毕，再上那三级台阶，却不觉心生凉意，倒抽了三口气。

麻烦还是来了。整个上午愈加疼痛难忍，及至中午，好不容易深一脚浅一脚捱到动车站，悻悻然而归。想起两天前写了首《赣州俯仰》，第一句就是："我是深一脚浅一脚登上这古城墙"，没想到竟成了"预言"。

幸好，回来去医院一检查，乃脚踝急挫伤。但从此对于台阶，不由地多了一层警觉。

早年读过宋末元初蒋捷的《虞美人·听雨》，对其中"少年听雨歌楼上""壮年听雨客舟中""而今听雨僧庐下"印象尤为深刻；最后一句"一任阶前，点滴到天明"，则一直萦绕于心。"一任阶前"……命运如此无情，阶前有如此之多的故国之思、黍离之悲、铜驼荆棘之感。

阶前还真的不能随意地"一任"。由于"一任"，就差点摔坏腿脚。平生修炼不够，看来是不足以放开"一任"的。想必敢于"一任"者，一定是心中无牵无挂、不惧束缚、不拘小节的率先而行之人。《红楼梦》第22回中，贾母给薛宝钗过生日，宝钗所点的戏文《鲁智深醉闹五台山》里有这样几句唱词："漫揾英雄泪，相离处士家……赤条条来去无牵挂。那里讨烟蓑雨笠卷单行？一任俺芒鞋破钵随缘化。""赤条条"是鲁智深的本事：他可以"赤条条地"躲进销金帐里，假扮新娘，一任周通黑灯瞎火摸进来，一把摸到自己的大肚皮上，结果是揪住周通"骑翻大王在床面前打"。金圣叹评点此处"骑翻大王"乃"四字奇文"。

无论是蒋捷的"一任阶前"，还是鲁智深的"一任俺芒鞋破钵"，都是一种境界。有此境界之人，才可以不敧侧不倾覆。无此功夫，即便你活得再岁月弥远，也不可能化腐朽为神奇。金圣叹评点《西厢记》作者是"闲闲然先写残春，然后闲闲然写有隔花之一人，然后闲闲然写到前后酬韵之事"。这"闲闲然"就是一种极度从容的心态。活了大半辈子，方才明白这"一任阶前"，原来是要有一番大境界和从容心态的，才能够翛然以游，活出异彩来。

"一任阶前"，当然也不是孤傲啸洁，自行其是。人可以活得峭拔，但不要过于兀立寡淡或一意孤行。什么叫放任自流？就是鲍勃·迪伦在《像一块滚石》里说的："我正驾驭着这些改变。"铅华洗去，峥嵘销尽，所向往的自然就是骨重风高的境界了。

居家静养数日，"闲闲然"地想了一些事。脚伤既愈，却依旧不敢贸然"一任阶前"，越雷池半步。踩上踩下，处处小心，步履有如端人佩玉，亦步亦趋。想想活到这把年纪，平生一直无"一任"之野，只要活出一种日常，尽力沿着孙过庭论书时所说的避免"龙蛇云露""龟鹤花英"之失范，这就够了。

"一任阶前"，四个字很轻，但我觉得脚依然有些重。深一脚浅一脚的经历，无异于在午夜的幽暗中醒来，回想那些残梦，便有着深于内心的隐痛。这世间，某些人比另一些人活得更真实，也有某些人比另一些人活得更深沉。生活就在那里，有谁的去处会更好呢？天知道。

炼狱的废墟

2017.12.25

圣诞节来到塔斯马尼亚岛，女儿女婿提议去塔斯曼半岛看看。那里除了著名的棋盘石道、喷水洞、塔斯马尼亚拱门和魔鬼厨房外，还有一个著名的亚瑟港监狱。

圣诞节过来参观监狱？不免心里有些惴惴。

这究竟是天堂还是地狱？置身其处，才明白它肯定是一个任何人永远都不想去，却一直都很好奇的地方，它的美貌令人惊讶不已。蓝得炫目的海湾，优雅的英式花园，衬托的是维多利亚式的残垣断壁。很难想象，这里曾是令人闻风丧胆的监狱所在地。在这里，我不禁想起历史书上的巴士底狱、古拉格群岛和电影《肖申克的救赎》……

然而，据说来过这里的人惊呼："我愿意一辈子关在这里"。

亚瑟港位于塔斯曼半岛南端。1830年，英国少校亚瑟被派往此地，负责把这里的木材运往外地，由此建立了亚瑟港。这里三面环水，时有鲨鱼出没，只有一条名叫鹰脖峡的水上通道，天然屏障最终被作为了监狱。1833—1877年，这里关押过12700名英国和爱尔兰重囚犯，是当时南半球最大的监狱。1895年和1897年的两场大火，毁坏了监狱的许多建筑，但那些断垣残壁依然可以看出当时牢房的森严壁垒。如今经过修葺，已经被列入澳大利亚的世界文化遗产名录，是澳洲保存最完好的监狱古迹。

监狱肯定是个和美丽大相径庭的词语,然而到了塔斯曼半岛,就不得不消除我的一些悬想。面对这一片监狱废墟,我寻访的似乎是一段遥不可及的历史。依山傍海、绿树成荫的风光,随手一拍都让人赏心悦目,让人早把当年"魔鬼的炼狱"抛到脑后。您或许无法想象那些流放的囚犯们,是怎样在这里度日如年,但是美丽的南太平洋风光可能让他们坚硬地存活下来。所以,在这个"地狱之洞"里,开放出来的岂止是"恶之花"。

走出亚瑟港,我能感受到的是,阴森与苦难、煎熬与忍受,无论怎样掀过一段难忘的历史,然而,美丽的依然美丽,废墟承载的一定是过往的炼狱。炼狱并不如烟,那些流放犯参与开发澳洲的历史,依然留存在数十代人的记忆里。

许多来到塔斯马尼亚岛的人,都在亚瑟港监狱废墟上若有所思,沉静凝望。我的不满三岁的外孙女举着她妈妈的手机,不停地对着风景乱拍一气。她当然不知道面前的这座炼狱曾经发生过什么,但我相信,她对绚烂的南太平洋风光一定有着童真的视觉和天生的感受力。今天,我们站在这座炼狱废墟前,不可能在原来的地方见到曾经的人,但能够听到各种原来的故事。参观亚瑟港监狱购票时,每个人都会拿到一张扑克牌。参观室内有个存放罪犯档案的柜子。游客可以用自己手里的牌去查看对应的盒子,里面是一名罪犯的真实资料。有位游客拿到的是方块J,那是一名入室盗窃羊肉的18岁小孩,被判终身监禁。可见当时的刑罚有多重!

这一张扑克牌揣在手里,每个人的心情都是沉重的。炼狱究竟是什么?除了惩罚,一定还有那些"不能承受的生命之重"。人生的每一件事情发展到最后,都要归结于人的精神炼狱、归结于人的重生。这其实不算什么,因为人类一旦认识到苦难,认识到罪恶感,就是走向一种命定的"存在",就是要在这种"存在"里承受精神炼狱,承受生命之重。一旦从这个炼狱里出来,人最先感受到的一定是"简单的快乐"。这也就是王尔德说过的那一句非常深刻的话:"我敬佩简单的快乐,那是复杂的最后避难所。"然而,我们能够做到么?

在澳洲过的这一个圣诞节,我感受最深的就是西方文化中的"罪感"意识。"罪感"让人们从废墟里看到了最初的炼狱,而不是最后的天堂。

海滩的"乡愁"

2018.01.02

塔斯马尼亚是南半球最南边的一块陆地，被称为"世界的尽头"。虽然距南极洲还有 2500 公里，但是它是南极科考的必经之地，而且在每年 6 月到 9 月夜间，不时有绚烂的极光出现。此次我和女儿一家在那里逛荡了一周多时间，从塔斯曼半岛、亚瑟港到布鲁尼岛，从酒杯湾到火焰湾，一路与海做伴，留下最深的印象就是——海滩。

海滩对于我这位外乡人来说，其实并不陌生；然而身在异乡，"海滩"这个词就变得别有一番意味，它是不容易触碰的，因为那里面深含着太多的生命内容。塔斯马尼亚的海滩有着足够的美丽，每到一处，双脚都不忍心踩下去，生怕惊醒了什么。

在布鲁尼岛，作为女儿的"御用摄影师"，我站在一处高地，俯视着正在海滩弄沙的女婿和外孙女。就在眼皮底下，我意识到海滩丽影已经变成大海的女儿，一种莫名的乡愁随着海风扑面而来。在我看来，乡愁不是别的什么，它说到底就是怀乡情感的一种荣耀。

记得那年在布拉格的伏尔塔瓦河畔，耳边一遍又一遍响起 19 世纪捷克大作曲家德沃夏克第九交响曲《自新大陆》(又名《新世界交响曲》)第二乐章的主旋律"念故乡"，这个思乡的主题在整部交响曲中最为动听。《自新大陆》是德沃夏克旅居美国时的巅峰之作，反映了一个捷克人对美国"新大陆"产生的种种印象与感受，表现出他对祖国的深刻思念之情。管乐器的阴郁和弦和英国管的如泣如诉，将身在异乡为异客的德沃夏克怀念伏尔塔瓦河畔故乡的情结展露无遗。

我们又何尝不是如此。在布鲁尼美丽的海滩，我的思乡情感一次次地被撩起。我的故乡一样有沙滩和海滩，但是此时此地，我不得不把所有对于异乡的未知和未明，悄悄地笼罩在一种大海般广阔的消逝和疑问中。

莫迪亚诺的小说《夜巡》里有一句对于巴黎的描述，一直触动着我："她是我的故乡。我的地狱。我年迈而脂粉满面的情妇。"我相信，几乎每一位具有思乡情结的游子，无论多么坚韧，都将受雇于一个伟大的民族记忆和原乡记忆。所以，原乡情结往往始于一个记忆的谜，而结束于另一个守候的谜。怀乡，就这样成为热切的记忆、期待和守候。尽管来到塔斯马尼亚才数天时间，我却时时在拣回那些无法忘却的记忆碎片。那是属于我的"达达的马蹄"，是属于我的"美丽的错误"。

那天在火焰湾海滩，洁白耀眼的海沙细如面粉，幼滑得从手指缝里轻易漏出。而在我的感觉里，海沙成为思绪的一种延宕以及情感的一种闪烁。我想，无论追忆还是探寻，任何一种"乡愁"都在说明人与历史正在发生一种巨大的延宕甚至断裂。其实，这一切也就像莫迪亚诺在他的另一部小说《暗店街》里说的，我们都是"海滩人"，"沙子把我们的脚印只能保留几秒钟"。我也是个"海滩人"，只能在这里简单地回溯几个脚印。

有多少"乡愁"可以重来呢？这大概就是我的一点可怜的想象。马克·吐温说过："历史不会重复自己，但会押着同样的韵脚。"在塔斯马尼亚，我的韵脚该押在哪里呢？

走过来走过去

2019.02.17

《新京报》"书评周刊"有一篇文章《走着走着，我们就没了情趣，没了思想》，引起许多人的注意。走路——这个日常行动似乎离我们越来越远，城市空间以及各种代步工具，让走路逐渐变成了一项纯粹的物理运动，几乎只剩下一批暴走族和老人健身团。在后现代思想中，过去那种沉思式的迟缓的散步，让人们发现"身体美学"，已经不再依靠走路的方式而获得了。

那么，有谁还在走过来走过去呢？

1991年，巴黎举行了一场"两足行走起源"学术讨论会。科学家们承认，当人们在思考中选择习惯性散步或踱来踱去的时候，的确有助于他们在不经意间获得灵感。

古罗马时期，演说家们喜欢走来走去，借此寻找一些方位来提示记忆长篇的演讲稿。苏格拉底经常在雅典闲逛，边走路边找人辩论并惹怒对方。他的学生亚里士多德更是将边走路边思考当作哲学习惯。受这种习惯影响，古希腊的许多建筑都兼具"散步"功能，例如整列的柱廊就醒目地站在那里，象征着哲学家和市民们一边走路，一边谈论哲学。亚里士多德在演讲和教学时也喜欢来回走动——这在后来导致该学校诞生的思想家被人们称为"逍遥学派"。人类的思想，就是这样一步步"走"向成熟。

一位作家说，走过来走过去，剩下的都属于你。为什么要选择"走过来走过去"呢？我想除了在走路过程中获得"灵感"之外，还有一个重要的因素，就是走路意味着封闭空间的破裂，行路者可以在人和大地的关系间，思考某些具有叛逆意味的行为。卢梭十五岁时当了学徒，某个夜晚因为回城太晚而被拒之门外，他毅然放弃自己的故乡，徒步离开瑞士，前往法国。之后，他又不断地更换工作和雇主，"自由漫步"成为他的一个人生梦想。他的一部重要著作《一个孤独的散步者的梦》，至今被人津津乐道。他说，"我只有在徒步旅行的时刻，才想得这么多，活得如此鲜活，体验如此丰富，能尽情地做回自己"，"走路似乎有什么魔力，可以刺激和活化思想。当我停留在一处时，几乎不能思考；我的身体必须保持活动，心灵才能启动"。卢梭的"走过来走过去"，目的在于亲近自然，这导致他在《论人类不平等的起源和基础中》，幻想着"没有工业、没有演讲、毋需定居、没有战争、没有任何联系，对伙伴没有需要，也没有加害他们的必要"的社会，这个几乎难以想象的社会，与卢梭作为一个旅行者的生活履历气质完全相同，他只能四处游荡，没有落点。

与卢梭不同，克尔凯郭尔的行走不是为了亲近大自然，而是为了用双足靠近那些形而上的问题，为此，他不惜将自己步行的目的地设置得极为嘈杂，甚至"反文艺"："很奇怪，当我一个人坐在人群中，当四周的混乱和噪音需要毅力的克制才能维持思绪于不坠时，我的想象力反而特别丰富"。美国的丽贝卡·索尔尼在《走路的历史》这本书中，称克尔凯郭尔很有可能是"真正的步行者"。

走路的文人实在是太多了。然而，在历史的每一个时刻，文人都能按照自己的意愿正常地"走过来走过去"么？文人说到底是一个独行者，他"既存在于周遭的世界，也不属于这个世界"（克尔凯郭尔语）。文人"走过来走过去",只是一种对形而上世界疏离感的缓和:一个哲学家在走路,他思考的是形而上世界的问题。而诗人就不一样,华兹华斯一辈子走了十八万英里,他在走路中得到的是最优异的书写。

但在特殊历史时期,无论哲学家还是诗人,都不可能那样自如地借助走路思考问题以及获得创作灵感。滑铁卢兵败时,传令官请示撤退序列,拿破仑口谕:让伤兵在前,文化人和驴子走在中间,士兵断后!那时随军的有文化人,当然也有负重的驴队。这一则轶闻传诸后世,颇有了几分幽默。让文化人"走在中间",属于对文化人的关照。因为文人既不能冲锋,又难以断后,当然需要照顾,只是被拿破仑无意中安排和驴子一个序列,这才让后世人在回味中忍俊不禁。

作为当代文人,我们究竟是"走过来走过去",希望沿途依旧有故人,还是置酒下榻,留一夜微醺呢?都是我们可能做到的。苍茫大地,只要能安放灵魂,就都是进入自我的好去处。其余的就让它随风而去吧。

想起了朱光潜

2019.04.03

前几日去北大造访两条"长江"陈平原教授和陈晓明教授，路过未名湖时，不期然就想起了朱光潜先生。朱先生与未名湖有着不解之缘，源于他每天都在湖边散步。

1978年，28岁的张曼菱以云南省文科第一名考入北京大学中文系，1982年又以"文科论文第一名"毕业。某一日，张曼菱在未名湖畔捧读朱光潜先生的《文艺心理学》，从"晨气中过来"了一位老者，不以为然地对她摇摇头："这本书里没有多少他自己的东西，你最好直接看英文原本。"说完径自走了，张曼菱怔在那里。随后就听到前面有人迎着老者叫"朱先生好"时，她才得知这就是大名鼎鼎的朱光潜先生，不禁震惊，大叫一声："唯我北大朱先生也！"

未名湖是个古老而年轻的湖，多少年来，湖边游荡着一批中国最具权威的学术灵魂。朱光潜就是其中的一位。上大学时，曾经把朱老先生翻译的《歌德谈话录》翻了好几遍，总觉得译笔平实而隽永，意犹未尽。其中印象最深的还是歌德说的一句话，"在最近这两个破烂的世纪里，生活本身已经变得多么孱弱呀，我们哪里还能碰到一个纯真的，有独创性的人呢？哪里还有足够的力量能做一个诚实人，本来是什么样就显出什么样呢？"

一直觉得朱光潜是个教科书式的人物，他的学生回忆第一次见他时说,"他专注地注视,甚至逼视着你,你似乎感到自己大脑里的每一个皱褶处都被他看透了,说实话,开始并不感到舒服自在。"然而,朱光潜绝对是个传播美并实践美的美学大师。

听说很多北大人,都看到过这样一个场景:晚年的朱光潜坐在他寓所门前的石头上,身边放着一堆玫瑰花,给路人每人奉送一枝。其时朱先生目力已经很差,很难辨认出眼前走过的人,他只是在传递一种美意,把心中的美感传导给路人。朱光潜是个活得精致而又敏感的人,学生到他家中,想要帮他打扫庭院里的落叶,他一把拦住:"我好不容易才积到这么厚,可以听到雨声"。其实他没有颓废和感伤的浪漫主义之病,而是喜欢人生的一切趣味。

在北大校园里,恍惚间迎面扑来的是一个个不息的卓越的灵魂,他们是一片永不消失的力量。我们无论怎样傲慢,都无法征服比我们自己更高的山峰,比我们自己更远的道路。我们这些肤浅的痛苦、人生和浮躁的生活,怎能跟那些伟大的灵魂相比呢?

这个世界"大师"真多,但在更多的时候,真正的大师只是狠命揪住我们耳朵的那一只手。他让我们专注地聆听这个世界所有最好的声音,最真实的课程。耳提面命有时候不需要直接的指引,只需要领悟。指引只是那种让我们脚下的道路成为现实,而领悟则是在道路崎岖甚至变形时,有限度地修改方向,让我们不偏离正轨。

所以,大师和大家一定是我们获得世界的重要的经验方式,就像在文火中慢慢熬炼出一种精神特权。在北大中文系主任陈晓明教授的办公室,我问陈平原教授,可以加你微信么?他说,你如果觉得需要,就加吧。声音很轻,分量却很重。当然,我和陈平原教授是加了微信的。为什么要加上他的微信呢?因为我想追随一个有思想容量和力度的脑袋前行。过去我们走着走着,渐渐就没了情趣,没了思想。所以,现在我们别无选择，只能追随，只能靠近，只能把那些将要迷失在我们前方的力量捡拾回来。

离开北大的那一刻，我觉得我的内心充满了坚实，那个曾经想进入北大中文系读书的企图虽然被推翻过，但我对北大的欲望始终没有停止。岁月已经拂去太多的东西，剩下的只是此时此刻的现在以及对现在的欲望。时光带走了本来想达到的目标，梦想却依然标识出了目的地。就像当我们匆匆宣布一个时代结束时，其实也是在宣告一个遥远的时代就寄存于那个还没有开始的时间里。

当我把这个欲望扔进未名湖时，溅起的究竟是一种逝去的激情，还是一种对前人对大师的"敬畏"呢？

力量感与双排扣

2019.05.05

　　福州地铁二号线已经正式开通,记得开放试乘时,我乘了几趟。后来我在一首诗里写道:"地铁二号线为什么比一号线多了一号",结果有位教授提出了个疑问:"多一号,多了什么呢?"我无言以对。

　　其实,它也就极为平常的一句诗。岳云鹏有首歌就唱道:"啊,五环,你比四环多一环。"我无非是借用了它一下。我只是觉得,这一句歌词有一种力量在。

　　这种力量就是力量感。

　　所有的道路都是以直线的方式向前延伸的,直线本身就是力量。有物理学老师问学生:"圆形和三角形,哪种让人感觉更有力量?"结果,90%以上的同学凭第一感觉都选择了三角形。因为大多数人觉得,直线比曲线更具有力量感。直线,尤其是上下垂直的直线,让人感受到的力量十分强大,有心理学家称为"垂直原理"。

　　这个原理导致人们在选择服装和首饰时,基本上是以"垂直原理"作为标准的。男士的西服、领带、长袖衬衫等,都是以直线为基础线条设计的。同样,根据"垂直原理",外套和裤子或裙子的皱褶笔直,颜色相同,就会让女性看上去很挺拔,更像一名职业女性。

　　这,被人称作"有用的聪明"。

　　垂直所产生的力量感是无所抗拒的。一条地铁,列车沿着笔直的轨道呼啸而来，它对人的视觉冲击力是无形的。一座大楼里，电梯肯定是垂直的，它缓缓地行驶在楼宇的腹腔，有一种"上上下下的选择"的便利和乐趣。电梯抵达楼上，让人觉得就比楼下高出一层，如果再度引用那首歌，就是"八楼比七楼高了一层楼"之类。在电梯里，时常会遇到英俊的男子或者穿着吊带裙的女人，这个时候，各种微妙的眼神较量就开始了：无论是男人贪婪的目光，还是女人呛人的香水味，都会灼痛某些感官，甚至透不过气来。相遇在电梯里的人们，已经完全将电梯的某种潜在的危险排除在外。我有时想，这个方寸之地所产生的"垂直原理"，无形之中已经将某种"力量感"弥漫开来。约莫十来年前某一日，电梯下到中间倏地停了，门一打开，进来一个小女孩和她的母亲，小女孩冲我喊了一声："爷爷好！"面对这种问候，我无法和她的笑靥直接对视，只好脸朝上，轻轻"嗯"了一下。小女孩的母亲立马对小女孩纠正道："什么爷爷，应该叫叔叔。"小女孩很不好意思，十分腼腆地叫了声"叔叔"。我只能苦笑。

多年前，听一位领导跟我说了一件真实的事。某日在办公楼电梯里，两位领导碰面了。甲领导穿了一套笔挺的双排扣西服，问乙领导：我这西装怎么样？乙领导看了甲领导一眼，冷不防冒出了一句：母猪才是双排扣。气得甲领导眼冒金星，在电梯里又不便发作，据说一整天甲领导都不理乙领导。第二天，甲领导照样穿着新西装上班，可是胸前的那一排纽扣已经被他摘掉了。

虽然不能说乙领导不解甲领导的风情，但这句玩笑多少是伤了甲领导的心。我一直觉得这多少有点喜剧美学的意味，后来转念一想，换成是我，我也许会说：双排扣就是比单排扣多了一排。因为同样是垂直排列，双排扣就是比单排扣更具有"力量感"。

经常在幽暗的门厅里等待电梯，不知道电梯抵达之后门打开会是怎样的一幕，有时就会有一种无言的紧张。自从听了那个"双排扣"的故事之后，无论在街上行走，还是在电梯里，我都会正眼或用眼角的余光打量一下穿正装的男士。的确，现在双排扣西装几乎是消失了，那种"双排扣比单排扣多了一排"的"力量感"哪里去了？

　　这个疑问可能是意味深长的。尽管它悄没声息地消失了，但并没有栖居在"思想的边缘"（策兰语）；相反，它曾经产生的"力量感"如同地铁的延伸一样，是一种"走远"了的诗与远方。至此，我想用策兰的几句诗来结束这则短语：

　　　　我们并不是真的
　　　　生活过，
　　　　一下子就过去了
　　　　看不见，
　　　　一阵风吹过
　　　　"在哪儿"和"不在哪儿"和"时时"之间。

守诗如玉

风景与人

1993.11.11

读楚楚《行走的风景》时,我总是提问自己:这该是一片什么样的风景呢?

于是,我从谢冕和刘登翰分别为这本书所作的序中,读到了一种默契——

谢冕说,《行走的风景》改变了我们欣赏的习惯。过去,我们走向风景;现在风景走向我们。

刘登翰说,楚楚写"行走的风景",把自己也写成了一种风景。

于是,我想起了这一个并不新鲜的题目:风景与人。

看风景,在中国文学传统中,大多数作品都局限于流连山水之间。到了李白的《独坐敬亭山》:"众鸟高飞尽,孤云独去闲。相看两不厌,只有敬亭山。"才从人看风景,推进到风景也在看人。然而,能够将风景与人的这种默契和融合,深化到相互倾慕、咏叹的层次,那便是后来辛稼轩在《贺新郎》里唱的:"我见青山多妩媚,料青山见我应如是,情与貌,略相似。"似乎比李白更有意味。

其实,最让人忘不了的,还是当代诗人卞之琳《断章》里的那四句:"你站在桥上看风景 / 看风景人在楼上看你 / 明月装饰了你的窗子 / 你装饰了别人的梦。"我不知道卞之琳当时是怎么写下这四句诗的,只记得他说过,这是一种"相对",李健吾又把这种"相对"称为"相成之美"。我由此想到，世间一切现象，无不可以作风景之观；风景与人，无不可以构成一种相互介入、相互转换的"相成之美"。

楚楚写的是风景，倾诉的是心的真纯。

不仅仅是女性特有的柔情，也不仅仅是诗人特有的浪漫，楚楚的灵性，在于能够以飘逸与凝重相融、灵动与宁静相间的独特文体，展示一幅现代与古典、永恒与瞬间、投入与逸出的心灵的风景。这种风景即便是独白，即便是私语，即便是一段心情，抑或是一抹淡淡的忧伤，也有那一片超越自己的视野。有时，我真担心楚楚会过分沉湎于那一种飘落、那一种禅寂，甚至那一种哀愁和期待。及至读完全书，我觉得其中有些篇章多少能让我释然，因为楚楚并不是一个长不大的女孩，毕竟还有那另一面体味人生风景的深层感触。人生有许多情怀，也有许多困惑，它留给人们却是那许多"野生的记忆"。这些记忆便是你心灵空间里那部分忽明忽暗的风景，你不能逃脱它们，你也无法逃脱它们，就像台灯只照出桌前的那一块，房间里的其余部分虽然留在半明半暗之中，却依然是一片拂逆不去的并不使你感到陌生的风景。楚楚多少悟到了这一面，所以她会说："总嫌风景太挤，再牵一座山过来。"所以她会想以"一花一世界"的情怀，注视着"一种内在生命的完成"。

内心越深邃，生命的风景就越广阔。风景与人，原本就是一场身外与身内的精神的和鸣，在不经意间流露，也在不经意间成长。

这本书或许就这么告诉我们：一切都在风景之外，一切原在风景之内。

21 世纪独白

1999.12.26

21 世纪平静而热烈地撩开了它的神秘的面纱。就在前几天，我反复听到"这是本世纪最后一个平安夜"这句话。"最后"——这的确是本世纪最后的意味，它不由得让我心头重重地一震。是的，20 世纪终于落幕了。

时间毕竟是无情的。孔夫子一句"逝者如斯夫"，引发了多少代人的喟叹。我想起了阿根廷诗人博尔赫斯，这是一位对于时间极为敏感的作家，他宣称自己除了时间问题外，对任何哲学问题都没有得出结论。他在《循环的夜》这首诗中写道：

不知道我是否会在下一个循环里
归来
像循环小数那样归来
但我知道有一个晦暗的毕达哥拉斯轮回
一夜夜总把我留在世上的某处

诗的确很美，富于流动感和音乐感。在 21 世纪到来的时候，我把这些诗句掺进我的内心独白。独白是我的一种语言方式和入思方式，或者说是我作为一个思想漂泊者的沉思。当我把我未完成的思想带入

21世纪的时候，我想到只有在新世纪的人文精神话语背景下，才能够体现出我对于这个世纪的思考和独白的意义。

于是，我开始了我的思想的行走。

说实在的，在21世纪中，我没有什么特别辉煌的梦想。我只是在寻找我的一个道口，或者叫作出路，思想的出路。在求知的路上我匆匆而行，梳理我的所有认知的理性。是的，我们毕竟比鲁迅先生幸运多了。鲁迅当年没有这样的机会，他在"无物之阵"的裹挟冲刷之中挣扎，一生都绝望于没有出路，同时又在反抗这种绝望。这个印象留给中国人实在是太深刻了。21世纪已经在我们脚下，作为中国人，我似乎有一种特别的幽思。

1999年，作家张承志提出了"在中国信仰"这个观念，并且认为这是一件"需要勇敢的行为"，因为"在中国，它不仅是以人道对抗权力的表现，更是坚持文化批判的行为"。我想，我在21世纪所要做的事情中，就可能有"文化批判"行为，这是对于过去世纪的一种"文化批判"。批判是为了寻找我们思想的道口或者出路，是期望和同道们一起为贫血的中国文化注入新的人文气息。

因此，我希望21世纪中国的笑容是真实的。这确乎就是我的世纪独白。

等待澄明和虚静

2010.10.19

李德辉究竟写了多少诗，我不得而知。当我把他的诗集匆匆读了一遍，对这位17岁起就与缪斯结缘的诗人有了一种刮目相看的感觉。可以肯定，虔诚和执着，成了他对诗歌的坚定的信仰。信仰本身是一种力量，正如他自己所说："命运的磨砺和生活的清贫苍白了我的容颜，却没能磨蚀我的心。"我想，这就够了。

德辉的诗在写法上可以归入浪漫主义一路，偏向华丽，追求唯美。他的诗的心灵趋于温暖，然而似乎并不十分沉寂。这里有德辉式的"如果"："如果时间可以枯萎/如果爱情可以预言/我不会翻开泛黄的日记/泪流满面"，这种"如果"表达了心灵的可能性空间：无法枯萎的时间和无法预言的爱情，最终会把那本泛黄的日记消解殆尽，所以无须打开就会让你泪流满面。诗人的心显然十分敏感。

其实，敏感的还是那种领悟。尽管主体显得有些娇吟，然而终极性的意义或许就在于，一种情感的湿度被挖掘了出来："我愿意放下我的枯笔/如果你能听见我呼唤的名字/我愿意摧毁平生的诗稿/如果你能来到我静寞的身边"。

还是那个"如果"。这种铺排的句式最适合于浪漫主义和爱情的表达。诗人的心灵滴露了，溅洒在诗的某一个角落，碎裂为具象化的厮磨。这种厮磨是澄明的，不过，我觉得诗人还需要一种内心的虚静。

只有虚静,才能彻底地聆听到月光或许是鹅卵石的清音。

事实上,我一直在等待着诗人的一种"顿悟"。"顿悟"究竟是宣示还是如禅意般流淌出来的呢?在我看来,任何的超越性和终极性意义,只有扑面而来的才有真正的诗意。德辉做到了么?也许,现在对他做出如此结论性的回答还为时过早。不过,我确乎可以在他的诗里捕捉到这样的情景,比如《黄昏即景》:

> 晚霞倒映的寺庙
> 一个老和尚和一个小和尚
> 老和尚云中念经
> 小和尚雾里敲钟

很简单的意象,内隐有一丝静寂和隐秘。尘世的背景从哪里隐去了呢?只有若无,只有清幽的梵音能够为漂泊的心灵找到一丝安宁。在这里,我可以说,主体的所有吟咏都可能被空寂解构。由此,诗人是那样地为女歌手陈琳的死深深感叹:"情飘了/玫瑰临窗/爱谢了/红颜依旧/你的绝情/我永远不懂"。

陈琳的绝情也许只是身寄尘世的"悲欣交集",她具有真正的般若智慧么?已经无从解释。然而她的瞬间出离,同样是使人"永远不懂"的。对于这类诗句,大概无须去做过多的理智上的诠释,因为一切都如同云动山隐那样自然而然地发生了。带着这样的精神考量,诗人还能够为我们提供怎样的参悟呢?终于,我在他的《月光的隐忍》里看到了这一点:

当生命只剩下空架

月光的隐忍

也不过昙花一现

稍瞬即逝

陡留满地忧伤

月光能够隐忍么？肯定是一种禅意在消解原始的感知。隐忍其实就是月光的语言，尘世的任何喧嚣对于月光来说，都是一声声木鱼的静寂的敲击。云可以呼喊孤独，风可以呼叫寒冷，这个时候，只有月光在隐忍着，在敲击着那段不变的节奏。

这样说，德辉到了生命体验的真正极限了么？我以为他在诗的世界里还需要一种隐忍，一种虚静的击打，以及一种内心澄明的体验。唯有如此，他的诗的想象力才可能更加强大，心灵的观照也才可能更加练达。写诗是对生命的一种煎熬，诗的灵魂外化了，那种形而上的气息的至上境界才可能构成诗的"隐忍"，因为任何的悄声细语都可能撕碎它的宁静。

对于德辉，我不可能说得更多。在他的诗的背后，我等待属于他的澄明和虚静，等待他的新的艺术冒险。

一个世界疼痛的收获

2013.09.21

2011年年底,在法国访学二十来天,其中在巴黎待了有一半的时间。那天傍晚时分,暗红的夕阳在塞纳河上奔流,我独自走上米拉波桥。当时我还不知道那个20世纪德语诗歌代表人物保罗·策兰就是从这座桥上跳下去的。米拉波桥头的一块蓝得像巴黎的天空的铜铭上,刻着法国另一位诗人阿波里奈尔的一句诗:"塞纳河在米拉波桥下扬波/我们的爱情/应当回忆么?"

回国后,我一直在寻找保罗·策兰的诗集。最近,上海的朋友不二能和黄小萌夫妇终于在华东师大出版社买到了孟明的这个译本《一个世界疼痛的收获》,令我兴奋莫名。

策兰说:诗是阴性的,她有指甲,有手上的风。他还说,这个秋天将意味深长。策兰是一位流亡法国的德语诗人,没有祖国使他生活在他的母语里。策兰的诗其实是很艰涩的,然而却有那么多的研究者,包括伽达默尔、波格勒、德里达等一批哲学家。这不是什么普通的学问兴趣,而是因为策兰是我们这个时代最具人格力量的诗人。他不仅以犀利的诗歌之刃剖开离我们不远的一个时代出现的最暴力、最残酷的事件,而且以他独特的方式创造了最优美的德语诗。策兰是无止境的,他的诗是从黑暗的时间里浮出来的"呼吸的结晶"。阅读策兰也是无止境的,对我无异于一种精神历险。

蓝色

2013.10.19

我夫人的一幅作品,画面上的蓝色攫住了我。蓝色是忧郁和孤独的猎手,然而只有孤独是从不退场的,它徜徉于一片静谧的深蓝之海。蓝色也许是这一个秋天的全部真实,带着梦的温度和声响,带着无法逃离的救赎。就像寂寞的爱,承受着生命的轻盈。

里尔克说得多好:要居于寂寞。寂寞所绵延的,也许并不都是孤独和忧郁。当多数事物在我们童年记忆般的寂寞中无声地飘去,我们也许就拥有了那些少数的珍贵和美好。因为里尔克还说:"在少数的事物里绵延着我们所爱的永恒和我们轻轻分担着的寂寞。"蓝色,最终能够被我们轻易地忽略了么?对于蓝色拂逆不去的情怀,就像一个人喜欢海洋那样,因为大海是蓝色的。对于这种关系,我一直将其悬浮于某种现实之上。我甚至觉得这是一种异质精神在画面上跳跃,继而在这块土地上激烈地燃烧。

什么是异质精神呢?阿根廷作家胡利奥·科塔萨尔的小说《跳房子》中,描述奥利维拉在巴黎生活时,曾尾随一位女艺人,在雨中将其送回住所。女艺人自我癫狂,充满神经质,甚至厮打着奥利维拉。就因为奥氏是南美人,她一定要用最欧洲的方式,鞭挞着拉美的心灵。女艺人的所作所为,象征着欧洲价值的衰落。而奥氏的行为则表明了一种拉美的异质精神在燃烧,在发生着某种陡峭般的力量。这两个人的一举一动，显示了穿透异乡的一种道德抽搐，因为他们是两个互相寻找慰藉的人。如今，当我用一种奔放的眼神，注视着这个画面的蓝色时，我一直在想我还能够穿透那种属于亚洲气质的情感氛围么？

其实，蓝色在我眼里，也许毫无命运，而只有情感的向度和慰藉，只有一种经典式的精神支撑。画面永远是一块最有张力的土地，当那些蓝色不住地包围着它拍打着它时，一种无法抽离的蓝色诉说，一种跃动的陡峭的异质精神，无疑使得眼前这个现实显得膨胀然而充实，颠覆然而流畅，复杂然而简约，丰富然而单纯。这样的蓝色，还会是忧郁、寂寞和孤独么？还会是这个秋天的最后的救赎么？

成熟

2013.12.03

初冬夜晚9点，寒意袭人。一个小女孩站在树底下，静悄悄地盯着不远处的报亭。一位年轻人从这里走过，小女孩递给他一枚硬币，请他帮买一份报纸。年轻人问她为什么不自己去买呢？小女孩摇了摇头。当年轻人把报纸送到她手里时，小女孩告诉他："报亭里那位是我妈妈，她只剩一份报纸还没卖出去，我在等她回家。"说完，她把报纸塞给年轻人："你自己看吧。"就一溜烟跑了。小女孩的举动让这位年轻人十分惊讶，他紧紧攥住那份报纸，站在那里愣了许久。

我是在一份杂志上看到这则故事的，当时我的心情极为复杂。曾经读过一位国外小女孩写的一首诗《为什么我爱妈妈》，其中有一句写道："我爱你，妈妈！因为，我是你繁忙日子里的最重要的部分。"极其平实的一句话，照亮的何止一个母爱的世界！一直以来，我们都认为自己已经很成熟了，其实，"有一种成熟，是在成熟之外。"这是多年前我在一篇散文中写过的一句话。

在前不久的一则短语里，我还写过这么一句：成熟，不在于年龄，而在于经历。那位小女孩的心智，完全是被生活逼出来的。它表明了一个孩子的成年礼，不是被时间所追逐的，而是完全有可能走在时间前面的。

草根诗人

2015.01.16

在《文汇报》上读到，上海宝山区顾村镇栖居着千余位"草根诗人"。他们有的甚至蹲在出租屋里写诗，用一种隐秘的坚持去"为自己建一座诗的小屋，然后，在里面居住到死"。这些"草根诗人"告诉人们，生活因诗歌而美好。每周一下午，他们都会请上海的作家、诗人、评论家来上课。

一次，老师放了个杨丽萍孔雀舞的投影，问：杨丽萍的舞蹈美在什么地方？"草根诗人"用诗的语言回答："当她的手伸向前方的时候，她的心在前方。"这还会是"草根"么？

多年来，我一直对"草根"感兴趣，因为我小时候就是草根。草根有草根的怀想，草根有草根的乡愁。他们诗歌里的乡愁："离家久了／躺下／大脑总被家乡的夜／挤满""我知道／我／无法用夜的羽毛／拎出家乡的远山、林子／土地和村庄／拎出／亲人的眼神和呼唤""只好／让家乡的夜／在梦中停泊"。在"草根诗人"眼里，"顾村地块以稿纸的方式／铺开／小区在方格子填字""旧镇田垅／被填进新词／近看是古镇／远看是明清／依旧温柔清丽"。

不久前，北京文艺网国际华文诗歌奖颁奖，农民工诗人郭金牛在"第一部诗集奖"获奖作品《纸上还乡》里写道："祖国／给我办了一张暂住证／祖国／接纳我缴交的暂住费"，读了不禁令人唏嘘。一个农民工，只有缴费才被"祖国"获准"暂住"。某一日，突击检查暂住证，"北方的李妹／一个人站在南方睡衣不整／北方的李妹／抱着一朵破碎的菊花／北方的李妹，挂在一棵榕树下／轻轻地／仿佛／骨肉无斤两。"两亿农民工，日夜在自己的"祖国"茫然流亡，骨肉斤两全无，这是如何庞大的"人"之孤独，存在的孤独！当代中国难道只是一个诗的国度？难道一定要让那些草根发出无声的呼号么？

2014年国庆日，在富士康工作的年仅24岁的农民工诗人许立志跳楼自杀。生前，他写过《车间，我的青春在此搁浅》《我就那样站着入睡》《我想我还能坚持下去》。终于，他坚持不住了："终点已到／时辰亦到／此刻他们正把我的棺柩吊进墓穴／母亲啊／我就要回到你的子宫。"10月1日，一个诗人，一个草根诗人，就这样向他的"祖国"停缴了暂住费。草根，创造了一部历史；农民工，也浓缩了一部历史。想一想，这究竟是草根诗人的自觉，还是暂住在"祖国"的一种悲凉和残忍？

伤口

2015.03.18

有一诗歌群朋友在鼓捣一个关于"伤口"的同题诗,觉得有些意思。我却一直没有写出来。不是因为我没有过伤口,而是在诗歌里,我始终认为海子就是中国诗歌20多年来不曾愈合的最大的伤口。他时时在刺痛我。海子生于3月24日,死于3月26日,一切似乎是冥冥之中已经安排好了的,海子的生死都选择在"春暖花开"的三月。这可能是海子的"祛魅",也是海子的隐喻。

进入海子诗歌世界的方式可以有许多种,但我认为,从"伤口"进入海子,一定是一扇具有高度象征意味的门。海子的世界是迷人的,也是危险的。因此,轻易去触碰这个"伤口"有可能不够神圣。海子的诗歌不止于"面对大海,春暖花开",更为揪心的痛则是在于他所描述的:"就像房屋上挂着的门扇一样沉重"。诗人都是"伤口"的舞者,他们的表达方式则因各自不同的人生遭际,而展现出全然不同的语言方式。例如海子与德国诗人保罗·策兰,海子是中国诗歌的"未完成者",是中国诗歌最大的"伤口";策兰则是以诗的"阴性"去表达"这个秋天将意味深长"。海子把那个"伤口"狠狠地刻入一种明暗,一种充满咬噬的归宿;策兰则是让诗在记忆中流寓和摸索,就像海德格尔对他的一个评价:这个人"已经远远走在了最前面,却总是自己悄悄站在最后面"。海子可以用平静的语言制造诗歌意象,越是平静,他的"伤口"就越难以愈合。策兰总是避开旧的词汇而找到冷语,在不同语境里流淌着玄奥的意象。这种情形很像卡夫卡描述自己的语言那样:"我写的与我说的不同,我说的与我想的不同,我想的与我应该想的不同,如此这般,陷入最黑暗之中。"然而卡夫卡还说:语言只能"属于死者和未出生者。占有语言必须小心谨慎"。因此,策兰诗歌才会出现如此的句子:"在哪儿"和"不在哪儿"和"时时"之间。

无论海子还是策兰,诗歌是无止境的,语言也是无止境的,就是他们所触碰的那个诗歌的"伤口"更是无止境的。在每一个黑暗的时间里,诗人的"伤口"都是一个令人感到双手颤抖的语词流亡。在我有限的阅读经验里,大概所有的诗人都可以描述"伤口",却并不是所有的诗人都可以把"伤口"写得像海子那样深痛,或像策兰那样如同劫难之后的冷痛。诗歌的"伤口",永远在思想的边缘。然而它的符号形式,可以被阐释到如同策兰说的那样的"崩坏"。这才是"伤口"的真正意义。

毒舌功夫

2015.03.24

几天前看过一个报道，诗人余秀华在北大读者见面会上的毒舌功夫，令所有在场记者的战斗力都变成了渣。

有记者问余：为什么有人拿你的诗来励志？余答道：我励志个屁！我什么时候励志了？本来就不是我的想法，所以我很反对。又有一记者问：你喜欢"调戏"记者吗？余回应：我一见面就想调戏你，这个心理无法压抑怎么办啊！男性我会具体看，有没有被调戏的资本。仅仅第一则，大概可以把当今一大批所谓的"励志"书籍扔进太平洋。什么"励志"？"励志"难道是靠读一两本书、读几首余秀华的诗就可以做到么？余秀华的《穿过大半个中国去睡你》，难道也只是搅动了一堆人的春心？

在见面会上，有一小姑娘问余：我因为《穿过》这首诗才来到这个活动现场。余说：你来睡我？我是很乐意的。余进一步说明：情欲，它本身如果不脏，写出来就不脏。我希望诗歌作得纯粹一点。从我本身来说，《穿过》这首诗并没有写好。余秀华就是余秀华，坦然而犀利。我一直觉得这是一个时时与自己作对的诗人，浑身充满着过度的力量，不断啃噬自己的心灵。她甚至不要胜利，而去尊重痛苦。这使我想起米开朗基罗，他也是一个与自己作对的天才。母亲怀孕时曾经从惊马上摔落，导致他出生直至长大后具有缺少安全感、多疑犹豫、孤僻脆弱、迷惘狂乱的坏脾气。但是他的作品举世闻名。她从13岁拿起画笔开始，就不曾享受过一天真正的生活，而是成为匍匐在艺术脚下的苦行僧。余秀华的诗歌无论是受到热捧还是遭到非议，她的天才依然存在，她的任性也依然存在。这些天才的疯狂，源自他们一直在持续不断的疯狂中生活。

  我们当然不能把余秀华和米开朗基罗去做简单的类比，他们甚至没有可比性。然而，他们有一个共同点就是"疯狂"，在"疯狂"中他们比许多人更能看清这个世界。这也就是罗曼·罗兰在《米开朗基罗传》的序言中所说的："这种疯狂的激发存在于一个过于柔弱的躯体和心灵中无法控制它的可怕的生命。"

诗若安好，便是存在

2015.03.27

　　昨日，是海子的忌日。在微博和微信里，充满着对他的怀念。数日前，我在一则短语里写道：海子是中国诗歌20多年来未曾愈合的最大的伤口。这仿佛就是昨日。1989年3月26日，海子选择了秦皇岛的龙家营跳下铁轨。自杀时他身边带了四本书：《新旧约全书》、梭罗的《瓦尔登湖》、海雅达尔的《孤筏重洋》和《康拉得小说选》。他的《弥赛亚》早就为他的远行埋下了伏笔："太阳／让我把生命铺在你的脚下／为一切阳光开路。"至今，那块让人伤感的路桩还在，那个开满鲜花的小岛上的"海子石"还在。当年的海子是寂寞的，当年的海子没有朋友圈，只有少数的几位诗人跟他一起"把在黑暗中跳舞的心脏叫作月亮"（海子：《亚洲铜》）。海子的价值完全是在他离世后才被人们所追认。落落寡欢的海子终于还是离我们远去了，他走得很寂寞，就像他活得很寂寞，不带走天上的一片云彩和大海的一朵浪花。但是今天，文学不拒绝寂寞，诗歌也不拒绝寂寞，海子依然被诗歌簇拥着。那么，诗歌是诗人的墓地么？

　　我一直觉得诗人是更容易自杀的：1925年12月28日，叶赛宁自杀；1930年4月14日，马雅可夫斯基开枪自杀；1933年3月，中国诗人朱湘在南京采石矶自沉长江；1963年，美国诗人西尔维娅·普拉斯自杀；1970年4月20日，保罗·策兰在巴黎跳下塞纳河自杀；

1991年9月24日,有北大"校园诗人"之称的戈麦自沉北京西郊万泉河;1993年10月8日,顾城在新西兰因婚变用斧头砍伤妻子谢烨后,自缢于一棵大树之下……回顾这些,大概会觉得诗人就是疯子,就是一群堆满伤感的伤口。

的确,诗人的心性是柔软的,然而又极其脆弱,经不起折断。当海子乘坐火车经过离北京很远的德令哈时,他想起了姐姐。他说:"姐姐,今夜我不关心人类,我只想你。"这首《日记》一直是我最喜欢的海子的诗。那一刻在德令哈,海子拥有的是一座寂寞而空旷的城,那里深藏着诗人内心的所有索寞。终于,海子向往的"面朝大海,春暖花开"离他远去了,那个"从明天起,做一个幸福的人"的梦想也离他远去了。海子最后说:"在春天,野蛮而悲伤的海子,就剩下这一个,最后一个,这是一个黑夜的海子,沉浸于冬天,倾心死亡,不能自拔,热爱着空虚而寒冷的村庄。"(海子:《春天:十个海子》)这就是海子与我们诀别时留下的最后的"祛魅"。

今天,我们纪念海子,不仅仅纪念他的短暂的生命,更重要的是纪念他的并不短暂的诗的生命。诗人死了,诗歌不死。所以,我想重复一下我曾经写过的一句话:"诗若安好,便是存在。"

一抹绿色

2015.04.10

"叶如飞凰之羽，花若丹凤之冠"，母校厦门大学的凤凰木，多年来一直给我纯粹和澄明的感觉。它的花灿烂得令人不忍用眼睛去触碰，可我常常就忍不住。有时就想，福柯所说的"生存美学"，不就如在目前么？除了花季，它即便落红了，那满树的绿叶照样给人带来热烈的感动。那是灵魂相望的感动。

我对于绿色有一种天生的敏感，少时在乡下，任你拐入哪一个角落，都是龙眼树的影子，满目葱茏。绿色在我内心的旅行，是我的感觉世界的"生动的在场"，无论我从任何一个午夜中醒来，我都会去想念那种绿色的透亮。

多少年了，我一直在家里种植着一种叫堇花槐的树，它也称富贵树。虽然已经更换了几次，但是每一棵都带给我情感上一片无声的降临。我相信只有这种绿色，会让我看到生命的存在，看到生命的阳光是永远的、无始无终的。如果说我们心里有一个私人的乐园，那么在我心目中，这种绿色的神圣之光一定是我与他者、与诗的最终的生命内容。树比任何人都要真实，所以我以仰望的姿势去凝视它。除了把风留住、把绿色留住，重要的还希望那些绿叶的舞蹈时时微醺着我。

坐在客厅里我一边品茶一边望着它，甚至有些激动，因为它并不要求你施舍什么，它只需要水。当二楼窗户的阳光透射进来时，它的笑靥令人惊讶。春光正好，它也长得正好。正好就有一次，风纹丝不动，周边平静得不行，我看见树上有几片叶子轻轻颤动了一下，像一个泛音弹入我的耳际。我觉得这就是状态了。这时，我看到绿色的遮蔽，也看到灵魂的牵引。在它面前，我似乎觉得必须把灵魂交出。我想起法国电影《爱丽莎的情人》中有一句刻在木板上的话："交出灵魂，可以。但给谁？"

这一定是我读到的最伤感也最沧桑的一句台词。树是有信仰的，它的热烈往往是孤寂的，它的孤寂往往又是热烈的。这种几近宗教的草根传奇，让我感觉到人终究是一段脆弱的乐谱，任何一个绿色的音符都可能击中我。

世间万物的审美，都可分为物象审美和心智审美。对于这样的一棵树，我钟情于它的绿色，钟情于它的造型，我还必须钟情它给我带来的对于生活的某些关怀和记忆。人到中年，开始"关怀自身"，开始在树的落叶中萌醒。这时，我突然意识到树的绿意原来是常常被我忽略的，就像"生活在别处"或者"思想在外面"那样。

每天晚上，我端起茶盅张望着它的那一刻，它是安静的，安静得我都不觉得它的存在。其实，这时它可能就是醒着的，它的尘世之上的眼睛可能就是睁开着的，它可能就在默默地驮着我的莫名的忧伤。然而就在这时，我无端地忽视了它的美丽，无端地把它给伤害了，或者，我在心里把它无端地给错过了。这时，我耳边就会想起泰戈尔的那句话：如果我们错过了太阳，就不要再错过月亮和星辰。面对这一抹绿色，我想，它还能不相信伤害么？它还能不相信可以从我的目光里走出么？

和自己说话

2015.04.20

昨日在朋友圈发了首诗《周日，我和自己说话》，今天周一，我该跟谁说话呢？想来想去，还是跟我的"短语"说话吧。

一个人有时候是不堪一击的。除了"人是一根会思想的苇草"这句话外，史铁生的《命若琴弦》，照样是大家所熟悉的。"莫谈江湖险，汝心即江湖"，我们每个人的心灵都是一座隐秘的江湖，都是一座观察者的幻象。比如流逝的水、枯萎的花、飘散的云、融化的雪，等等，随时可能成为追忆。当这些已经逝去的幻象逼近我们的记忆时，时光和经验就成为一种无法忘却的倾听。任何回忆都是可以倾听的，而且常常是某种早已为意识所忘却了的事情，更能够唤起我们倾听的回忆。华兹华斯有首诗写道："真理并没落空……然而那撕破沉寂氛围的一声呼喊／或光阴那难以想象的轻触／竟使他不堪忍受。"

今天是个什么日子？凌晨一阵惊雷，过早地把这座城市吵醒。雷雨唤起我的回忆，匆匆几十年就这么过去了，世事苍茫，人事悠悠，踏入江湖却常常不知江湖险恶，到老了才看清原来自己的内心也是一座江湖。所以，我经常会去聆听一种黑暗中的声音，那其实就是你内心的语言。昨日，我和自己说话，我随意地、漫不经心地玩弄语言、玩弄回忆，我在"寻找一个想象的中心"（布朗肖）。在昨日的诗歌里，我只用一个叫"词"的词，去和自己说话。我的那条可爱的吉娃娃跑进光里喊我，我觉得我的所有的词语一下子都弯了。于是，"我像一个刺青者，背上扎满丢失的词"。我的"想象的中心"就是："星期天／是说话的好时光／语言像空气那样无遮无拦／一周的话都说完了／下周／就让风替我说吧"。

　　下周，肯定还会有许多个"下周"。"下周"就是我观察的幻象，就是我的回忆的聆听。为什么我要在昨日写了这么一首诗呢？因为只有诗，能够对抗我的历史和我的遗忘，只有诗，能够在今天这个"浓缩了我的年期回忆"（策兰）的日子里，完成一回和自己的对话。人生说白了，就是一场持续耗尽词义的搏杀，当然，也是不断创造新的语境的起源。正是如此，人在表达那些已经沉寂的声音时，也看清了自己的江湖。今天，永远是我的另一个时间，不管它是否意味深长，我都会走上前去，看见一个声音在我的灵魂里摆渡，在我的手心开出一朵空无的掌纹。

寂寞而伟大

2015.06.16

　　谢冕评论福建的四位女诗人冰心、林徽因、郑敏和舒婷，末了引用了林徽因的诗句："菩提树下清荫则是去年"，有其深意。我一直琢磨着这一句诗，终于明白什么叫作"寂寞而伟大"，这注定是中国现代诗歌史的一种面相。余英时曾经说过，胡适生逢其时，"在胡适归国前后，中国思想界有一段空白而恰好被他填上了。"我时常在中国文化究竟哪一段是属于轴心时代这个问题上犯困。这个问题太大了，我的确说不清楚。我想到的只能是这样一个词："尖峰时刻"。这个词现在多用来比喻上下班的车水马龙，我或许可以用它来比喻现在的诗坛。诗的"尖峰时刻"来临了么？

　　当代诗坛似乎就是一场变形记，词语的尸骨和感性的妖魅正在不断地撕裂诗歌的文本，甚至我们都来不及躲避它那闪电一般的眩目。我读诗，也读诗人，却总是无法忍受诗人生命的脆弱。在海子离世了二十五年之后，一位原本比他还要年长的诗人，怀着中年的荒寒与悲凉，在彻悟中飞跃向黑暗的一刻。他就是陈超。他在当代诗歌的"尖峰时刻"远离了诗，远离了诗歌的精神现象学，从而成为一个敏感而无解的话题。再一次捧读陈超的《我看见转世的桃花五种》，我突然意识到他的修辞是那样精准和完美，如同他的那些刀锋般精准的诗学评论。"桃花刚刚整理好衣冠 / 就面临了死亡 / 四月的歌手，血液如此浅淡／但桃花的骨骸比泥沙高一些／它死过之后／就不会再死／古老东方的隐喻／这是意料之中的事。"只要读一读这几句，大概就可以看出生命中那种血的悲怆，正绽放在时光与历史的黑暗与恍惚之中。陈超以他的诗句，宿命般验证了不可躲避的悲剧意味，以及谶语一样不可思议的先验性。

诗歌其实是很残酷的语言游戏，它可以残酷地让情感的伤口在闪电中飞翔，然后纵身下落；它可以在风和日丽的林间小溪狠狠剜下一刀，然后冻结隐喻；它还可以让深秋退回阳春，让泥土跃上枝头，完成生命的一次轮回。我始终敬畏诗歌，敬畏诗人，敬畏诗是如何听从死亡与黑暗、创痛与伤悼的魔一般的吸力。但无论如何，诗还是诗，它不会失忆，不会以一块简单的灵魂拼图的七巧板形式锁住诗人的想象力。菩提树下的清荫尽管已经成为去年、成为昨天，却依然是诗人精神历险的完成式。"尖峰时刻"——我们这个时代诗歌的精神肖像，既有从前诗人的热爱，也有当代诗人的欢愉。我们只要凭着一些词语，就可以将诗与生活的手握紧。

天凉

2015.09.02

　　八月的福州，居然出奇地凉爽。即便有台风肆虐或擦肩，使这座城市变得有些弯曲，但还是令人想起辛弃疾那一句"天凉好个秋"。

　　今年的六月和七月暑气更盛，有些像犹太教徒科恩于1974年写的那首《谁罹于火》："谁罹于火？谁罹于水？谁在阳光下？谁在暗夜里？……"一种远方的沉思和静默悄然袭来。那把土耳其乌得琴，如同吉他般的声响，以飞翔、曼妙的姿势哼出了这首歌，显示出民谣世界亘古如斯的暗夜。

　　那年科恩40岁，他修过禅，其歌词里信仰与怀疑相互撞击。其实，他是个悲观主义者，总是担心着暴风雨就要来临，而他却早已被暴雨淋透。这个夏天台风一过，心里似乎就不设防，双脚似乎就再也迈不动江山，似乎就坐等虫声寂寥，随后就觉得语言都不再奔腾如初了。什么都变得游移，或左或右，将命定的一个"我"抛到九霄云外，茫然而不可知。这都是未名或不可名状么？一直觉得"未名"是一个极好的词，北大的"未名湖"的确是非常好的名称。谢冕先生曾经给当时主政的北大校长写过信，提及："那天席间你还说到北大的校训，也是至今没有（北大这学校真怪，没有校歌，也没有校训，连湖也始终是未名）……"这也许就是北大的"独立之学术"和"自由之精神"，与其为"未名湖"起个什么名称，倒不如还是永远的"未名"。

我们在许多时候，一定要给某某东西冠个名、戴个号，一番煞有介事，却未必让人深刻于心。校训之类，倘若不具个性不具特点，则完全可以不要。那些所谓"求实""创新"的不相关的陈词，硬要搬来作为校训，只能是拉大旗作虎皮之讥。鲁迅说过，世上本没有路，走的人多了，就有了路。这句话多年来总是被人们不断地引用，变得耳熟能详。鲁迅当年说"北大是常为新的"，说的就是北大所走过的路。"常为新"比起那句几近泛滥的"创新"，的确是要创新出许多的。就像"未名湖"，一直闪烁在人们的记忆里。

昨日，看到我的年轻朋友罗西兄在微信里发的文章"世界上本没有乳沟"，有人按照鲁迅的口吻调侃了一句："世上本没有乳沟，摸的人多了，就有了沟。"这些语言都是不设防的，才会如此奔腾。大概是气候凉爽了许多，也就有了这许多凉歪歪的语言冒出。何惧瞿火？何惧瞿水？只要"天凉好个秋"，便是什么鸟都可以飞出。近日秋季开学，马路狂堵。某日，有一女博士开车路上折腾一个多小时才赶到单位，遂在微信里模仿鲁迅写了句："世上本来有路，走的人多了，反而没路。"呜呼，这难道就是"未名"的鲁迅么？

我有一壶酒

2016.03.28

  玩微信也有两三年时间了，好像又显得特别孤陋寡闻，最近我才知道"网红"这个词。微信里有个常用的句子：重要的事说三遍。这"说三遍"原来指的是，在"豆瓣网"说一遍，在"饭否网"说一遍，再在朋友圈说一遍。可是有几次，我在群里就把三遍都给说了。

  数日前，有朋友问我："你'一壶酒'了没？"我这才想起前一阵，"我有一壶酒，足以慰风尘"，被一位作家不经意发起了一场"续写运动"，不到一周，阅读量达到2507万人次。韦应物的这句五言古诗，悄然变成人人皆知的"网红"。苏东坡说，"清绝如韦郎"。如今韦郎被"穿越"了，难道我们的国人真的就到了"诗心未泯"的地步？

  中国是诗的国度，当然有中国诗学的奥秘，比如《诗经》里就有许多以他人成句起兴的诗。在宋代，从乐府与《古诗十九首》的名句中起兴的诗词亦非罕见。如宋人晁补之的《拟古》六首，就直接以《古诗十九首》中"西北有高楼""东城高且长""庭前有奇树"等六句作为首句。此外，宋代冯时行、洪适、杨冠卿等人也有类似之作。"我有一壶酒，足以慰风尘"，在微信里被频频续貂，韦郎若是真的有灵，怕是也会不住地点赞。微信的点击率和阅读量正在与日俱增，一不小心有可能一夜之间就成了"网红"。

  我的朋友萧然的诗《一个人的立春》，点击量超过五万次，被称为

"完爆《穿过大半个中国去睡你》的力作"。我曾经在我的一则短语里说过，《一个人的立春》是萧然用一生的隐忍缓释出来的一种情感"宿债"，它并非一个俄狄浦斯式的古典悲剧，而是一个成熟男人的心灵秩序。一个人有一个人的命运，无论是逃离还是隐忍，它们都是一种宗教，甚至都是一种拯救。海德格尔说过，危机出现在哪里，拯救就出现在哪里。萧然的这种宗教般的心灵秩序，有可能就是他成为"网红"的一个指引。一个诗人的诗性空间是什么？其实就是两极：一极走向外在，一极走向内心。"网红"不是诗人的最终目的，它只是为这个世界留下的一种"擦肩而过"，而不是久滞不前。

前天，是诗人海子的祭日。他的"面朝大海，春暖花开"同样成了"网红"，然而毕竟，那个"从明天起，做一个幸福的人"的梦想已经离他远去了。诗人死了，诗歌不死——这是诗的宗教和救赎。"诗若安好，便是存在"——这是我对于当代诗歌的一种期待。"我有一壶酒，足以慰风尘"，说起来似乎有某种从众之虞，但我宁可相信，这是一种美好的精神"颜值"。有人说，从众者，有圣人引领时，他们不一定会是圣人；但当魔鬼带路时，他们皆是魔鬼。对此，我有另外的一种解释：无论圣人还是魔鬼，只要是诗的，只要是诗性牵引的，一定就是诗人里尔克所说的"走向我"的心灵秩序，它也是萧然所认定的那个目标："不是去向是归途。"

再说南夫

2016.04.18

　　写过一回南夫。南夫狂野、任性，且有些贪杯。有句熟悉的广告语："劲酒虽好，不要贪杯。"酒到了南夫嘴里，广告语似乎就可以改为："劲酒再好，不如贪杯。"《水浒传》第二十九回里，蒋门神的酒店挂着个"河阳风月"的酒望子，门前那两把销金旗写道："醉里乾坤大，壶中日月长。"想来，南夫的"小神洞"是不是也该挂个"莆阳风月"的酒望子才算够"酒"？

　　南夫像不像诗人先不说，像个酒徒是很容易被人看出来的。他有时更像一粒泡椒，颇耐咀嚼。泡椒的尖头放入水里浸泡，便有了辣味，但还不是辣到如同含了一口火那般，因为大部分辣味都淌到水里去了。南夫写诗，尤其写美女，有些泡椒的小辣劲，耐人寻味。这就又有些像步行者队的保罗·乔治，他不是NBA的超一流球员，有些场次打得相当漂亮，出其不意，令人咋舌，有些场次却又成绩平平。南夫写美女，越是熟悉的他写得越拘谨，半生不熟的他反而摩挲得更有意味。勇士队的库里的打法就是这样，他的远射在NBA里是惊人的，被称为"变态准"。南夫的"远射"也是很准的。

　　南夫其实是个"多面人"，喝得高兴时如痴如癫，一路清风醉拳，略显沙哑的声腔时断时续，回到家里抱着马桶，一嗓子秦腔就吼道："狗日的爱情"。喝得闷骚时眼神里就只透出几分蛮气，七窍不生烟，一脸无辜，面无表情，嘴巴不住嘟哝着："房东又生了五条小狗。"如今这年头，"情怀"早已成了烂大街的营销手段。南夫大半辈子的经历，营营役役，就像《我是歌手》第四季"歌王之战"中那些摇滚老炮儿，主唱抢拍，结果纷纷唱错歌词，状况不断，破音背后充斥着现实的苍凉骨感。"剩最后一杯，我们分了喝吧"——纪念摇滚贝斯手张炬的专辑《礼物》里的这一句，正好被南夫生生吞咽下，结果"分"给了他的五个子女和十个孙子。世界原来改变了很多东西，也沉淀了他的许多永恒的回忆。

麦克阿瑟说，回忆是奇美的，因为有微笑的抚慰，也有泪水的滋润。南夫说，"还有明天"，明天可以无数次地放倒自己，乃至放倒所有，明天会有更多美女在等待他的"酒后狂言"。酒制造了南夫的匪气，他给自己起了个网名"南门狼"，看起来匪气十足，实际上，在那种匪气的外表之下，藏着的是一颗忧郁然而温暖和善良的心，所以南夫的匪气是很讨人喜欢的。除了酒气和匪气，南夫还有一股迷蒙的英气，有英气的男人是很能消解自己的烦恼的。南夫是一个"看见太阳照耀就会快乐"的人，他可以一下子就把"苦"字掰成"若"。有几次，我看到他牵着一个小孙子入席文友们的聚会，那只粗犷的手一触摸到小孙子的发际，会有一阵轻微的颤抖，就像平静的窗帘轻轻抖动了一下。

"小神洞"是南夫醉意的洞天，那里面藏着他对于过往的断简残篇，拼凑成对于将来的一片期许。南夫珍惜眼前的所有珍稀之物，包括朋友，包括美女，包括杯底里仅存的那几滴酒。所以说，南夫的样子像不像诗人真的不重要，重要的是他的诗里还有那些粗犷的记忆。记忆是他的最沉重的行囊，那里面半是忧伤，半是希望。这表明了他就是一个凡夫俗子，就是一位到了"梦还剩一个"，也要喝酒，也要把莆阳那一干美女放在他的酒坛里浸泡的汉子。南夫离我们很近，近得似乎感觉不到他；南夫离我们又很远，远到不可触及的一种粗粝的美。写到这里，不禁又想起《礼物》中的那一句："时间留下了美丽和一片狼藉，庆幸我们还有运气唱歌。"把这句歌词送给南夫，他应该会接受吧。

关于"莆系诗歌"

2016.05.09

几天来，因为魏则西事件，"莆系"这个词渐渐被析出。在我的理解中，门属于系，系属于派。福建有闽派，莆系出自闽派亦属自然。此处所论，与魏无关，因为我的话语与这一个外部世界是中断的。我在这里仅仅谈论诗歌。当代诗歌现实虽然是嘈杂的、喧闹的、汹涌的，甚至鱼龙混杂、泥沙俱下，但我不得不承认，我看到一种有趣的紧张和有意味的焦虑。

闽派诗歌可以按地域划分出几个谱系，其中我必须提到"莆系"。"莆系诗歌"是莆田诗人萧然向我提出的，他的信心十足让我意识到这个诗歌谱系开始走向成熟。在如同一条蛇完成了一次痛苦的蜕皮之后，莆系诗人制造的那些诗歌语言潮汐，就像罗兰·巴特说的那样，"一个潘多拉的盒子，从中可以飞出语言潜在的一切可能性"。其实，这是一种可能的历险。当然，在这里轻易地认定莆系诗歌的风格与定位可能为时过早，然而由于地域和方言的关系，莆系诗人以特有的语言边缘取胜，是我感兴趣的。他们的诗蕴含着南方的、柔美的灵气，然而在语言的拓展与抒情的灵性空间里颇具雄浑和大气。奥·帕斯说过，"诗人只是语言中的一个时刻。"所以，词与词之间、词与事物之间、词与情绪之间的关联，对于诗人的智商一定是个严峻的考验。我始终认为，真正具有谱系特征的诗，并非一定去描述其地域空间，而是以它的平静的内力克服地域性局限，抵达精神的异乡。保罗·策兰是流亡法国的德语诗人，他的所有内力就在于：当任何一个词睡着了，他都能感觉到"这个秋天将意味深长"。

可以肯定，莆系诗人具有如此的内力。萧然是一位走向一种特别语言通道的莆系诗人。他的《一个人的立春》在网上的点击量几近十万次，这还能说已经有太多人远离诗了么？他的诗的语言被锁定在可能性意义区域里，"一刀一刀"地缓释出来。"不为万里江山，我只为一个人立春""我为剩下的二十三个节气，准备了一百场战事"……语言的大气磅礴，就像他心里携带的"整个狼群"，用时间和空间的交替互动，带出了诗的"一种不安的力量"。这是充满神性的。最近获得柔刚诗歌奖主奖的年微漾，他的获奖作品《九百里韩江昼夜流淌》，奇崛的语言屡屡撞击了他对于异乡的感觉碎片，从而以哪怕是片刻的惊魂去展开新的语言梦幻。诗是痛切的，然而纵横捭阖。他的发现与形式奠定了莆系诗歌的一个主调：诗的语言完全可以因为移位或错位而变得超脱和充满神性。这其实是莆系诗歌的一个重要特点。年微漾的另一首诗中的两句："蛙声压倒了稻田，并借此抬高村庄"，文字看起来平常，造句却依然奇崛。诗的母语可以被阐释到"崩塌"，但是隐喻和变幻之间，依然有着诗人呼吸或透气的空隙。萧然和年微漾在抵达生活的某个深处或底部时，他们对于诗性语言的经营依然保持了及与未及、化与未化的策略。这同样表明了莆系诗歌的语言内力：在对于任何一个意象目标的追击上，诗的奇崛而险怪的"毒性"已经超越了所有的生活掣肘。还可以举出莆系诗歌的另一位重要诗人郑重，他的"禅思和妙悟"遵从其"内心的召唤"，于一次次"唤醒"中"极度自由"地抵达"幽深的渊薮"，所有递呈表面的物象感官都因此产生位移。"到漠北去／以一粒沙的名义／叩击大漠的胸膛／追逐戈壁的浩瀚"——这是一种雄浑;"风打开翅膀／一只雀／把檐角抓得更紧／如披着风衣的词／翻开了方向"——这是低吟之美;"能把一只鸟说成鸟的人／一定能长出一片／树林般的羽翼"——这是纯粹的哲思。郑重的奇崛是以"孤绝"的姿态抵达的,因此具有"安静的品质",并且显得柔软。

莆系人文和语言的特质,决定了莆系诗歌的表达将呈现着母土记忆中的一切——所有及与未及、化与未化,遗忘或未被遗忘的,都将意味深长。

由麦芒《二位》想到的

2016.05.24

莆田女诗人麦芒写了一组诗《二位》，为莆阳诗人造像，我深感骇异。对于诗人的描述，一刀一刀地以惊人的活跃奔走在词语的电闪雷鸣之间："才华与相貌在凡间相遇／女人与女人各执一词""有人吟一句诗骂一声娘／无为的腰身靠近不了大地圆滑的弧度""你们是在激辩或争吵／关于一个词语的方向""岛更接近凌空而语／海翻腾过内心／只有它自己懂""当冰川不再为严寒沉重／轻盈的羽衣掠过三月／所有故事不再言语／只需一口懂她的盘子"……我必须承认，在我对麦芒诗作的阅读图谱中，这组诗犹如插入了一个陌生物。它的招数，有点像金庸笔下的侠，全在"隔"与"不隔"之间。麦芒的想象方式充满了曲线，然而笔触始终是简洁的，这种简洁带来了描述的某种奇崛感。

麦芒是一位有奇思妙想的诗人。她读策兰，一读再读，读得上下通气。策兰不好读，因为策兰是奇崛的。麦芒从策兰那里获取了诗的"话语之栅"，从一道门槛跨入了另一道门槛，那里有"暗蚀"，有"光明之迫"，有"棉线太阳"，还有"时间山园"……这些都是策兰的意象。麦芒《二位》中的奇崛感，如同抚琴弦断，难道不是从那里出海的么？

欧阳江河在一首题赠柏桦的小诗中写道："他太尖锐，有着针在痛中的速度。"我在麦芒的诗里看到了这种简洁而准确的"速度"。毕飞宇评说海明威的小说《杀手》，其中就提到海明威的简洁。简洁就是力量。毕飞宇说，如果有人杀你，你问他为什么要杀？他如果给你解释了两个小时，他还有震慑力么？没有了。反过来，他只给你两个字："闭嘴！"那就吓人了。如果他连"闭嘴"都不说，只瞪你一眼，那就更吓人了。判断一个小说家的功力，是否简洁是一个最好的入口，因为小说的简洁带来的是叙事的压迫感。那么诗呢？诗的简洁带来的不是压迫感，而是奇崛感。麦芒写道："如同一个已被季风削弱的女人／她被高高举起"——诗在任何一个时候，都更能展现出奇崛。

小说家是一部语言编码的机器，这一个句子不去讲究，下一个句子就一定要去讲究。诗不一样，必须每一个句子都得讲究，都要有奇崛感。有奇崛感的诗才能展开异常的想象。年微漾获得柔刚诗歌奖主奖的《九百里韩江昼夜流淌》，每一个句子所绵延的，看起来都是对于异乡的感觉碎片，却是处处奇崛，哪怕是片刻的惊魂，都可以展开无尽的语言梦幻。"九百里韩江昼夜流淌／不可以太急／太急就会骤变成行军／士兵背起了南宋／壮烈地沉入元朝／亦不能太缓／祭文一日未抵／鳄鱼就继续趴在头盖骨上／啃食艳阳……它应像织布机舒缓地流／有节奏地流／带着木头的关节／在流／也暗藏金属的质地在流／它不止流向反叛和抵抗／也流向回归与顺从／它把雨季织成一段一段的江面／把过客认作满脸泪水的义子""我曾在江边／入住的三个昼夜／令人记忆深刻／令我拒绝更多的人／把此间当成故乡。"年微漾善于调遣词性，搬运灵魂，借用奥·帕斯的话，他触到了词与词之间、词与事物之间的辉煌关联，并且在世俗与不朽、平静与热烈、精致和奔放的互渗中建立起自己的隐喻。

同样，我在萧然的《春天的嫁衣》里，看到的是另一种奇崛："我要让富甲天下的春天／只做她一个人的伴娘"——萧然是明白自己的意义区域的，他的诗无论大开大合，还是冷静隐忍，都在自己的区域里转捩着属于他的奇崛，这种奇崛是回肠荡气的。我为什么一再重返萧然？就在于他的诗歌区域是稳定的，甚至不需要过度阐释。因为任何的过度阐释都是影响的焦虑，都会削弱对于诗的感受力。对于萧然，我还是引用奥·帕斯的那句话，诗歌的形式"永远是一个持久的意志"。他坚守了他的意志。

奇崛不是某种简单的错位，而是情绪的流淌。诗人其实就是时间的流淌者，他既可以跟时间同步，也可以跟时间错位。无论同步还是流淌，好的诗都具有内在的奇崛感。评论家敬文东说过一句话：一个诗人可以提前结束一个时代，如卡夫卡；一个诗人也可以延迟结束一个时代，如博尔赫斯——我想，他们都是具有奇崛感的。

评论诗人有时是危险的。本雅明说过，如果歌德错误地判断了荷尔德林，那不是因为他的判断力患了感冒，而是他的道德感出现了倾斜。我在这里不用"道德感"，而是用了"奇崛感"。这不是我躲闪了道德，而是照顾了诗的时间，照顾了诗人的情绪流淌。时间造就了诗人的奇崛感。谁都不能忘记这样一个事实：任何诗人都只能是语言中的一个时刻。所以，我坚定地把诗人放入时间的长河，因为我在他们的时刻里。

立春的人

2018.02.04

诗人萧然有一首诗《一个人的立春》："不为万里江山／我只为一个人立春／爱一个人／就把她给爱了吧／就像骑马抢了别人的公主／或者王后／我为剩下的二十三个节气／准备了一百场战事。"诗人在这里"隐忍"了其余的"二十三个节气"，为的是去化开那些还没融化的"雪"。

我曾经在萧然诗集的序言里提到，诗人的情感之门不是呼啸而出的，而是用他一生的"隐忍"缓释出来，然后"一刀一刀去还一场宿债"。在诗人看来，情感的"宿债"如同"一场战争正在进行／枪林弹雨／血在流着／没有人／可以在尘世的战场／幸免"。《一个人的立春》并非一个俄狄浦斯式的古典悲剧，但它确乎是一个成熟男人的心灵秩序。一个人，为什么是一个人呢？我对此一直怀有一种莫名的好奇。"布克文学奖"的入围小说《一个人的朝圣》，英国剧作家蕾秋·乔伊斯所作。小说描写了一个曾经"被阉割"而难以成长为父亲的哈罗德·弗莱，他失败、懦弱、犬儒，最终成为一个偏执狂。这个"无法成长的男人"的故事，与萧然所刻画的"一个人在世上行走"，心里携带着"整个狼群"是完全不同的，虽然他们同样都有"一种不安的力量"在支配着。小说描述的是一种无法改变的历史和逃离，诗人表达的是不断成熟的存在空间。

我无意将萧然的《一个人的立春》与乔伊斯的《一个人的朝圣》进

行简单的类比，我只是试图说明这样一个理由：一个人有一个人的命运，无论是逃离还是隐忍，都是一种宗教，甚至都是一种拯救。海德格尔说过，危机出现在哪里，拯救就出现在哪里。一个人，无论是立春还是朝圣，都是对自己的指引和救赎。虽然可能在某一天，诗人转过脸来突然发现，他所"容忍"的一切已经离得很远了，变成了"一块石头"，但是，这"一个人"，他可以创造出他的全部历史，这就是他的"心灵秩序"，就是他的灵魂中的"历史"。

就在今日，我对我的朋友说了这么一句话："人生两条路：一条用来实践，一条用来遗憾。"人活在这个世界上，路有千万条，但最重要的也许就是这么两条。无论是"昨夜闲潭"，抑或是"花落无声"，在人生旅程上，随时都可能"偶因风雨惊花落"，这是遗憾；然而也有可能"再起楼台待月明"，这是实践。岁月可以咬噬人的肉体，但未能磨灭人的灵魂和记忆。"一个人的立春"，其实也就是"一个人的朝圣"，它要面对着的，依然是属于他自己的宗教。

现代汉诗的精神取向（三题）

2018.11.15

一　哲学在场的诗歌实验

我写诗纯属拐弯，无论学术研究，还是诗歌实验，都处于一种"哲学在场"。

1. 哲学在场是一种"私人语言"。这是后期维特根斯坦的一个著名说法。就是说人使用的语词只指涉他自己直接的、私有的感觉，因此，只有他自己能够觉知，别人无法理解。这就是所谓的"私人语言"。维特根斯坦认为，这种语言实际上是不可能的。他对此做出了论证，就是一般所谓的"私人语言"或"私人语言论证"，其实质恰恰是"反私人语言"或"反私人语言论证"。

2. 哲学在场是一种"精神分析"。诗一定是触及灵魂的，只有触及灵魂的诗才是好诗。我写诗追求的就是触及灵魂，是哲学在场。既然是哲学在场，就离不开精神分析。哲学和我的文学是一个硬币的两面。

3. 哲学在场是一种"语言张力"。艾青说过：诗是语言的艺术。一首好诗有时只需要一两个好词，就激活了全部。"一路瘦到南方"——这是福建青年诗人年微漾的诗句，对词语的运用臻于极致。语言张力需要想象力，甚至需要一些冒险精神。比如，年微漾的另一句描写乡村的诗，充满了极度的想象力："蛙声压倒了稻田／并借此抬高村庄"。

二　守"诗"如玉

"守'诗'如玉"这个词肯定是我的杜撰。策兰说，诗是被阴性照亮的世界："我看见你了，姐姐，站在那光芒中。"由此我想到海子那首诗《姐姐，今夜我在德令哈》。"姐姐"不过是个"远方"的意象。"诗与远方"，是一种"思想的边缘"么？我们多数的生活就是眼前的苟且，就是一地鸡毛。也许只有经历过苟且的生活，才能体会"诗和远方"的价值。

某诗歌微信公众号有句广告语："其实诗歌距离你很近，只有一个枕头的距离。"于是，就出现了所谓"睡前读诗"的"日常"。我一直以为，诗肯定是小众化和边缘的。"全民读诗"时代来临了么？有媒体称：我们正在经历的不单是一个"全民读诗"的时代，更是个"全民写诗"的时代。我不屑于这种"乐观"。如果真的是这样的情形，那就很可能沦为"大跃进"时代的那些"口水"："远看大姑娘，近看姑娘大；还是大姑娘，还是姑娘大。"诗是什么？诗是"一个世界疼痛的收获"（策兰）。"诗"为什么与"远方"息息相关？因为诗歌还在边缘，还没有完全进入我们的生活。生活就在眼前，诗歌却在远方。我们的努力就是要拉近诗与现实的距离。

英国艾略特诗歌奖得主肖恩·奥布莱恩得到这样的评价："他对英格兰东北方的素描，在乡愁中注入社会批判的思考。"然而奥布莱恩承认，诗歌与公众的关系依然处在危机中。在他看来，自从浪漫主义丧失活力以后，公众就没有跟上诗歌的节奏，就像麋鹿改变不了身上的斑点。当有人说能在他的诗里"听到雨声"，他纠正说："你听到的不是雨声，你只能听到诗歌里的雨。""如果你写一首桌子的诗，你能说诗歌像桌子吗？"作为英国文坛最活跃的诗人，奥布莱恩坚持相信诗歌是对现实世界的一种"翻译行为""是一种修辞,当它模拟世界的时候,并不进入世界"。诗就是诗。奥布莱恩关注的是诗歌语言本身,认为只有诗歌才能挣脱日常语言使用的功利性,从而回归到语词源头的强大力量。这,就是诗的"远方"。

"诗"与"远方",与我们的生活究竟还有多少距离呢?诗歌对于生活是不具有野心的,诗的"多语症"决定了它如同"一只手的轻拍声和雨水的失败/干涸的星星们噼啪爆裂声/星星被分娩/反常和非此即彼"(奥布莱恩《听觉》)。所以,诗歌带给我们的,是那些已经被我们自觉或不自觉丢掉的东西:纯粹的精神、宁静的心境、自由的呼吸和韵致的生活。

维也纳地铁站内墙壁上,贴满各种各样大小不一的纸片,那不是什么留言的条子,而是写满或长或短的诗句。一些诗人和诗歌爱好者,写了诗无处发表,就贴到这里,有的还留了手机号,让读诗的人与其交流。这样的"地铁诗人"不需要什么诗学,但它创造了对于生活状态的一种"赋格"。策兰的诗是我床头的必读书,是我的精神"赋格"。它是晦涩的,然而又是令人惊异的。它的词语的多义性和意象的反复性常常让我在那个"疼痛的世界"里久久折磨着。但是,如同他那句让人吟咏不绝的"这个秋天将意味深长"一样,我觉得只有"意味深长"的诗,才能近乎母性之手接近我们的命运。

正是如此,我们才守"诗"如玉。

三 我的诗观

1.几十年来,我断断续续地写诗,其中有近二十年几乎没写过什么诗。但是诗歌陪伴了我这几十年,没有诗歌的日子是思维受伤的日子，是感觉疲软的日子，是精神委顿的日子。我坚信我这一生将守"诗"如玉，我坚信"我是一条诗的小狗"，吠着一汪自由的混沌，还有目光的碎语。

2. 柏拉图在《飨宴篇》说了一个神话，他说每个灵魂本来都是完整的个体，降生为人则一分为二，因此每个人都在世上寻找灵魂的半身。我觉得我来到这个世界，我灵魂的另一半就是诗歌。正如"一个笑就击败了一辈子，一滴泪就还清了一个人"——一句诗同样可以抗拒一种欲望、一种延宕。所以，诗人拥有世界的全部记忆，尽管每位诗人的感受力和表达方式有所不同，然而他们一定都是现实生活的"呼喊和细雨"。

3. 诗是一种语言的飞翔，一堆词语扑腾出鸟的回声，额前那些欲望的雨滴，都属于我的生和我的活。秋天来了，每天早晨，我把一杯没有喝完的水，全部赶进我的诗行，然后对自己说：趁着秋凉，把所有的诗都冻结吧，仅留下一行漂浮着——

诗若安好，便是存在。

风未止

父亲者说

2019.07.02

今年,是鲁迅著名的杂文《我们现在怎样做父亲》发表 100 周年。1919 年,鲁迅 38 岁写这篇文章时,他的儿子还没出生。1929 年,鲁迅 48 岁才有了唯一的儿子周海婴,也算是老来得子。这个儿子是计划之外的,他和许广平的"初心",就是不想要孩子。

所以,鲁迅的这篇文章显然不是什么以一个父亲的姿势,去自我反省和自我告诫;而是发发牢骚,至多是一个不打算做爸爸的男人对父权的批判。

38 岁的鲁迅,对于自己父亲的严厉和不近情理,一直留有深重的心理阴影。文章直截了当地说:中国的"圣人之徒""以为父对于子,有绝对的权力和威严;若是老子说话,当然无所不可,儿子有话,却在未说之前早已错了。"

1926 年,鲁迅 45 岁,写了一篇回忆童年的散文《五猖会》,其中记述了这样一件事:他 7 岁时,有天欢天喜地正要跟随母亲及家里佣人一起坐船去外地看庙会(五猖会):"昨夜预定好的三道明瓦窗的大船,已经泊在河埠头,船椅、饭菜、茶炊、点心盒子,都在陆续搬下去了。我笑着跳着,催他们要搬得快。忽然,工人的脸色很谨肃了,我知道有些蹊跷,四面一看,父亲就站在我背后。"

父亲一本正经地叫住鲁迅,让他学习儿童启蒙读物《鉴略》里的一段话。两句一行，大约读了二三十行罢，父亲严厉地说："给我读熟。背不出，就不准去看会。""母亲、工人、长妈妈即阿长，都无法营救，只默默地静候着我读熟，而且背出来。"连母亲也敢怒不敢言。终于，7岁的鲁迅总算硬生生地把刚刚学习的两三百字给背了下来，大家这才可以出发去看会，而鲁迅本人已经不觉得那庙会有啥意思了。"我至今一想起，还诧异我的父亲何以要在那时候叫我来背书。"时隔了38年，鲁迅在《五猖会》里仍充满着对父亲的耿耿于怀。

在我小时候，总觉得父亲是威严的、不可冒犯的。九岁时，我在福州跟父亲住了一段日子。有天父亲单位组织员工去西河游泳，我是第一次看到一群男男女女混在一条江里，感到有些好奇。回来后，父亲命我写一篇作文《在西河游泳》，我写了一句："那耀眼的白花花一大片，亮了一条江。"父亲得意得不行，拿给他的同事看，结果我获得一个"小封建"的绰号。那个时候，尽管父亲是用"望子成龙"的目光望着我，但我依然能感觉到他的严厉。其实，望子却未必成龙——尽管如今我都到了当外公的年龄。

高中毕业，我回到乡下，在大队部（现在叫村委会）里看到县文化馆赠送的一批鲁迅著作单行本，就借了几本回家读起来。有一天读到鲁迅《而已集·小杂感》里的一段话："一见短袖子，立刻想到白臂膊，立刻想到全裸体，立刻想到生殖器，立刻想到性交，立刻想到杂交，立刻想到私生子。"觉得有些意外。后来上了大学，比较系统地接触了鲁迅，也读到了周海婴的一本回忆录。

据周海婴回忆，鲁迅曾与许广平故意在儿子面前裸体相处，"父母洗浴时，和我共浴室赤裸进出，可以不相回避"，为的就是打破孩子对人体、异性的神秘感和禁忌，培养孩子健康的心理。说实在的，当时我只能意识到鲁迅心理的某种开放性。而现在想来，鲁迅的确是为

"我们现在怎样做父亲"提出了一个活生生的样板。当年我写《在西河游泳》习作时，根本就不知道鲁迅说过的这句话，否则说不定还可以描述得更细致入微一些。

今年高考一结束，我就问一位朋友，你儿子究竟考得怎样？他说，儿子闷声不响，一问三不知，好像我是他儿子似的。其实，他儿子对于高考成绩多少是心里有数的，我也能理解这位父亲的心情。这是个"打虎亲兄弟、上阵父子兵"的年代，鲁迅当年提到的父亲的严厉和威严哪里去了？我甚至怀疑，"我们现在怎样做父亲"——这个命题现在还有用么？

西班牙电影《伊莉莎与玛瑟拉》里有一句父亲对女儿说的台词：女儿，读书不要读太多，够用就好。——我相信，这个父亲一定是全天下最好的父亲。十几年前，我就对面临高考的女儿说：考不上清华北大，其他大学也行。高考前两天晚上，我还拉她一起看电视，为的是放松一下她的紧张心理。我对女儿说的一句"经典名言"就是："杨家有女'粗'长成"。呼啦！

的确，父亲完全没有必要在孩子面前高高竖立一座所谓"威严"的屏障。在此，我依然要重复我在每一年父亲节说过的一句话：作为父亲，对于子女，可以去指点，但不要去指指点点。

听外孙女弹钢琴

2019.07.08

来澳洲第三天，恰逢周末，女儿女婿告诉我，一起带外孙女去钢琴老师家学琴。冒着霏霏冷雨，去了一个我完全陌生的区域。女老师的年龄看上去跟我女儿差不多，让我觉得有点亲近。

老师比较和颜悦色，外孙女情绪放松。一坐上去，那些小指头便漫天飞舞了起来。我自认听觉还不错，毕竟是玩过音响的人，虽然有某只耳朵不太听使唤。外孙女对着五线谱，弹了一曲《欢乐颂》，节奏虽然有些潦草，但并不贫乏。在我到了澳洲，这首曲子外孙女就给我灌输了多遍，而此时它却久久盘踞在我的意识之中。

老师教学用的钢琴是日本的"卡哇伊"，我给外孙女买的是中国出口澳洲的"珠江"。两者毕竟有些差距，但我依然觉得外孙女弹出来的一定是最悦耳最好听的。钢琴这玩意儿不是像我这样的老家伙能玩得动的乐器，所以就支棱着耳朵听外孙女在那里掰扯。我清楚地记得诗人欧阳江河有一首诗《一夜肖邦》："只听一支曲子／只为这支曲子保留耳朵／一个肖邦对世界已经足够／谁在这样的钢琴之夜徘徊？"对于诗人来说，音乐之于他的，可以将已经弹过或听过的曲子，一遍又一遍地弹上一夜。"可以／死于一夜肖邦／然后慢慢地、用整整一生的时间活过来。"

我大概就是以这样的心情听外孙女弹着《欢乐颂》，我甚至可以在那些旋律中只听出空心的和弦，只听出某个"经过句"以及弱音。外孙女有时候也会弹错，但我觉得那可能是远行的月亮正在穿越一小块黑暗，那种感觉将使得我把整个夏天的烈日忘掉。

郎朗最近火了起来，就因为他娶了一位德韩混血的美娇娘。记得我买的郎朗第一张碟子就是柴可夫斯基的"第一钢琴协奏曲"，当时确乎让我惊动了一把。郎朗毕竟是天才的特例，他的名字似乎就是在大脑某一个皱褶处震出来的。我和女儿女婿并没有奢望外孙女能有如此的天赋异禀，无非是想让她有些艺术的滋养，而不至于像我这样有时会突然陷入精神的塌方。欧阳江河"可以把肖邦弹奏得好像没有肖邦"，我倒是希望外孙女这一代人，甚至包括我女儿女婿这一代，都能够让《欢乐颂》陪伴他们的一生。

在昨日爱奇艺平台《乐队的夏天》节目中，面孔乐队请来了"中国摇滚第一女声"罗琦。他们用尽全身气力把自己改编的《欢乐颂》，唱得又躁又疼。坐在台下的老狼望着昔日好友，再也无法控制自己的情绪，泪水夺眶而出。无情的岁月让他想到自己的青春时代。1990年深秋，高晓松与女友"红"相识并相恋。之后，他们俩在厦门大学附近一个小渔村租了一间民房。一天清晨，高晓松为红梳头，寂静之中他突然大喊一声"有了"，只见他迅速放下梳子，来不及找纸，就在一本书的封底上，记下了瞬间的想法。这段突如其来的文字，就是歌曲《同桌的你》的初稿。1993年，高晓松终于完成了整首歌的创作，他点名让老狼来唱这首歌。那次老狼首次开演唱会，就遇到了停电。他从牛仔裤的口袋里掏出一只打火机，打着火唱《同桌的你》。后来，全场都把打火机点了起来，漆黑的体育馆点点闪烁。那时人们对老狼还不太熟悉，只觉得不过是个少年民谣歌手。

"谁娶了多愁善感的你／谁安慰爱哭的你／谁把你的长发盘起／

谁给你做的嫁衣？"老狼年轻的温暖的嗓音一遍又一遍地问着。高晓松听了之后，无比感慨地说了一句："别人是唱歌，老狼是歌唱。"

去年底去了一趟波兰，在华沙街头，到处摆放着一张张约莫50厘米高的石板桌，上面有数个按键，蹲在那里，轻轻一按播放键，肖邦的钢琴曲就响了起来。我似乎回到了那个思乡的、怀旧的、英雄城堡的时代，肖邦的钢琴曲并没有太多的强音，它甚至有些微弱，但在那些温柔轻慢的"夜曲"里，可以让我们的手指触到空气和泪水，触到震撼灵魂的狂风暴雨。——这才是真正的肖邦。

后来，我在一座教堂的廊柱上，看到镌刻着的一段文字，那里埋藏着肖邦的心脏。肖邦在华沙的一次演出中，法西斯突然侵入，他决然中断演出，只身赴了巴黎。肖邦39岁时因肺结核病逝于巴黎，在巴黎最后的日子里，他交代妹妹一定要把他的心脏取出，送回波兰安葬。

肖邦绝对是一位令人难忘的钢琴诗人，他的音乐是柔软的、摇曳多姿的，但他的心灵是强大的，至今仍然具有坚硬的质感。当外孙女纹丝不动地坐在钢琴前面，我希望她的心灵也显得富有质感，不断地强大。也许，在不久的将来，会有一段属于她自己的钢琴诗意，风尘仆仆地踏入我们的生活。

什么是明白？

2019.07.11

明白——这两个字一直是我长期以来尖锐的愿望。多年前有首歌叫作《明明白白我的心》，其实，只要"明白"两个字就够了。

可是，我时常做不到。

不久前在一部电视剧里听到一句台词："做一个把书读明白的人。"我至少也读了几十年的书，愣是没有读明白，如同一个四处突围的士兵。某个周末，宅在家里听霍洛维茨的钢琴演奏，听到入迷。这个老头子尽管其貌不扬，脸上的笔画和轮廓却如同他的演奏，极其节制，没有多余的动作和表情，也没有任何的花哨与噱头，乐音素简，似乎是从手指的某一个缝隙里飘荡出来的。我曾经对朋友说，如果你喜欢钢琴，一个是肖邦，另一个就是霍洛维茨了。老霍的节制和明了，能让你对中国道家的"大道至简"有更深刻的理解。

一直觉得，人生的某些局部一定存在着一些死角，如果一辈子就在一条弯曲的胡同里绕来绕去，最终抵达的，可能就是一面光秃秃的墙壁。所以，那些伟大的人物就喜欢极简的生活，极简主义造就了他们开朗的智慧。九百多年前，苏轼被贬黄州，与友人刘倩叔共游南山。刘以蓼菜、新笋等相待，苏轼品尝后举箸大赞："人间有味是清欢。"乔布斯家里，只摆放一张爱因斯坦的照片，一盏蒂芙尼（Tiffang）桌灯，一把椅子和一张床。1845年，梭罗只带了一把斧头，在瓦尔登湖边建造一间小木屋,独居了两年零两个月,写出著名的《瓦尔登湖》:"我们每一天努力忙碌、用力生活,却总在不知不觉间遗失了什么。面对不断膨胀的物欲,我们需要的是一颗能静下来的心。多余的财富只能够购买多余的东西,人的灵魂必需的东西,是不需要花钱购买的。"

1975年,我在乡下的一座果林场劳动了一段时间,晚上时常与一位老农在山脚下一间破屋子里看场。那时我随身带着鲁迅著作单行本《三闲集》《二心集》《而已集》《华盖集》等。某一夜,在昏黄的煤油灯下读到《华盖集》里的一段,鲁迅在1925年12月31日写道:"现在是一年的尽头的深夜,深得这夜将尽了,我的生命,至少是一部分的生命,已经耗费在写这些无聊的东西中,而我所获得的,乃是我自己的灵魂的荒凉和粗糙。但是我并不惧惮这些,也不想遮盖这些,而且实在有些爱他们了,因为这是我转辗而生活于风沙中的瘢痕。凡有自己也觉得在风沙中转辗而生活着的,会知道这意思。"读到这里,我在想鲁迅为什么要把生命耗费在写作"这些无聊的东西"上面呢?他的灵魂为什么会继续走向"荒凉和粗糙",直至陷入无垠的虚无?

直至上了大学,继续读鲁迅,才对鲁迅的"无聊"有了些许的了悟:这大概就是一种心智的成熟。后来,又读到汪晖的《反抗绝望》,对鲁迅的空虚与绝望,以及空虚之后的热情、绝望之后的慈悲,更有了一些生命的体验。鲁迅活得明白,在于他把世事看得明白。"世事洞明皆学问",学问之道,仍然要回到我前面提到的那一句台词:"把书读明白"。今天,我们为什么要继续读鲁迅?就在于鲁迅能够让我们穿透那些迷惘,让我们"明白"。鲁迅活到极致,一定不是什么精致,而是那些带着粗糙或粗粝的生活。因为它们具有最大的力量。鲁迅其实不只是一座高山,而更是一道深渊。这道深渊至今依然横陈在我们面前,它既是入口,也是归宿。就像张文江描述《金刚经》时说的,"它适用于所有人，你理解到什么程度，它就相应到什么程度，不但可以作为入门，还可以作为归宿"。

这才叫作"明白"。

管理学大师彼得·德鲁克活到 96 岁，有人问他长寿的秘诀，他说："读书。我每五年把《莎士比亚全集》从头到尾重读一遍。"每一次读到这句话时，我几乎就没有什么想法了，也许是我还没有真正地"明白"。后来慢慢地想，终于留下了一声叹息——许多时候，没有想法就是最好的想法。叹息是无声的。我这辈子的确是有许多没有弄明白的事——书没读明白，事也没做明白，现在看来有些是来不及纠正了。

唯一还来得及纠正的是，或许我想争取每五年把鲁迅也重读一遍——这算是"明白"了么？嗟夫！

日光灯下的草帽

2019.07.17

  草帽的迷人在于它是一种简单的美丽，戴草帽肯定是极具个性的装扮，尤其对于年轻女性而言。在墨尔本维多利亚女皇市场，我看到形形色色的草帽，有引进版的、艺术型的、土著的，各显其采。我随手抓了一顶直接盖在女儿头上，看上去十分雅致。

  多年前有一部日本影片《人证》，描述女主人公八杉恭子与她的黑人儿子焦尼之间哀婉动人的故事，其中令人难忘的还有那首插曲《草帽歌》。为什么偏偏是草帽呢？草帽是妈妈的心，最终却离开了，被狂风卷走。"妈妈，你可曾记得你送给我那草帽？"——这句歌词多年来一直盘旋在我耳际。

  在艺术作品里，草帽其实就是个意象。而在现实生活中，草帽的功能则无所不包。那么，草帽除了遮阳功能之外，还有其他的哪些作用呢？有时想，一个优雅的女人似乎必须是如此装扮：譬如一条围巾，外加一顶草帽。这样，她们在男人堆里的一颦一笑，都会产生不小的骚动。

  我的朋友黎晗写过一篇散文《夜里戴草帽的人》，他说夜里还戴着草帽的人们，大多是那些白天进城、天黑还无法回家的乡下人；而另外一些在夜晚戴草帽的人们，对待草帽的态度与天黑滞留城中的人刚好相反，他们是那些在下半夜从村庄出发进城赶早市的乡下人。"没有人注意到夜里戴草帽人们的面孔，夜晚忽视了赶路人。但是赶路人和草帽并没有忽视夜晚，因为在他们看来，有时夜晚远比白天重要。"一位作家如此郑重其事地描述"夜里戴草帽的人"，他想告诉我们的是：那些平凡无奇的日子里，乡村草帽的夜晚生活就像它的主人一样简单安静。

这是乡村的忧郁。那么，城市会有忧郁么？相对来说，栖居在城市里的男男女女，男人多数比女人更容易忧郁。在某些年轻女性眼里，忧郁的男人如同戴草帽的女孩子，具有一种特殊的迷人气质。虽然这种男人胸腔里有一颗特别易于遭受伤害的"玻璃心"，但他们不出声的叹息，透过楚楚可怜的眼神，会让人觉得特别智慧。忧郁是男人的智慧的象征——这句话并非危言耸听，也并非把这些男人远远地隔离于真正的生活之外；相反，他们的内在气质就像女孩头上的草帽突然被抛开，一条漂亮的抛物线正是对准了现实生活中某个重要的焦距。

有位年轻的大学教师，刚刚获得英国一所大学攻读博士学位的入学通知书。其上司告诉我，某个夜晚在教师办公室，她看到明晃晃的日光灯下，这位年轻教师居然戴着一顶草帽。问其何故？女教师说：日光灯也会有辐射。这个细节多少让人觉得意外，但认真一想，我们的生活中，似乎都会有某些看起来不合情理然而也没有什么不对劲的地方。女孩子在日光灯下戴着草帽，自有她的理由，这种理由多数不需要解释，如同一个人认真地将自己的故事回想了一遍，最终还是没有发现什么。

这可能又是城市的另一种忧郁——一个年轻女性的生存哲学和策略。对于智慧和美貌的双重需求，没有理由不让人不知不觉地产生将这种人搂在怀中的冲动。的确，颜值有时仅仅是一顶草帽的魅力就可以显现的。这里没有什么概念的颠簸，忧郁——同样是城市年轻女性的颜值的象征——我觉得完全可以如此大胆地设定。

两年前的一个夜晚,我在厦门环岛路边的一间咖啡屋,与一位男博士和一位女博士谈论某个哲学问题。咖啡慢慢地喝完了,我们仨对于哲学问题的争辩似乎并没有结束。将近午夜时分,我们走出咖啡屋,我突然想到,咖啡和哲学究竟会在哪一个隐秘的小径或交叉路口相遇呢?我想起我曾经写过的一篇散文《阅读咖啡》里的一句话:"咖啡,思想的一种颗粒。"这时,迎面飘过来一位戴着草帽的女孩子,笑容可掬,步履优雅,让人觉得特别的舒服。这位既是在夜里又是在路灯下戴草帽的姑娘,她确乎是把乡村的忧郁和城市的忧郁综合成为一种迷人的气质。一顶草帽,在我的感觉里,可以是"红炉一点雪"。一片雪花飘落在火炉上,顷刻便化为虚无,但它留下了一种感觉,一种存在过的痕迹。

这叫作"俯仰自得"。

一位年轻女性说:"那时候爱上他不是因为他有房有车,而是那天下午阳光很好,他穿了一件白衬衣。"这种感觉可爱至极。同样,一顶草帽,无论在白天还是夜晚,无论是太阳底下还是日光灯下,只要能给人带来一种刻骨铭心的感觉,那就是这个世界浮出来的"呼吸的结晶"和"疼痛的收获"。

女人四十

2019.07.24

那天在墨尔本，女儿开车带我去市区逛。路上她突然叹了口气：哎，我都快奔四了。我说：急啥，还差好几岁哩。

女儿对奔四的敏感，我想也是大多数中国年轻女性的困惑。奔四，对于女人来说也许是一次人生换挡，借用过去常说的那四个字，就是"中年危机"。

1980年，女作家谌容在中篇小说《人到中年》里描述了42岁的眼科女大夫陆文婷的力不从心。做了18年业务骨干的她，拿56块半的工资，挤12平方米的蜗居，上要供养父母，下要照顾丈夫儿女。时至今日，陆文婷们依然存在，但似乎已经不再对三四十岁女性的境遇具有概括性意义了。

当今的这些女性究竟是怎样的呢？一位过了35岁的刚离过婚的女人给追求她的男人发了条微信："如果每个人都有死穴，我的死穴可能就是爱情吧。"一位40岁的离婚女人则对她的新恋人说："爱情是我最不勇敢的事，我可以暗恋一个人很久很久就是不告诉他，还会不停地计算：他是好人吗？"一个女人，从20岁到40岁，就觉得红颜开始褪去，青春不再，自己能够把握的东西越来越少。其实，爱情不只是这些女人的死穴，它几乎是所有女人的死穴。那么，为什么说女人四十会是一个尴尬的年龄段位呢？

认识了一些女博士，有的已经奔四或正在奔四。有位女博士说了一句这样的话：女人四十哪有"容易"二字？如果说有，那就是——容易胖，容易有皱纹。的确，她们每每摆 pose（姿势）照相时，几乎都要把脸侧过去 15 度左右，这样就不会显得"壮阔"。在决定社会优势的因素中，美貌对女性来说远比男性重要。男性到了中年可以享受权力和地位提升带来的社会影响力，女性则觉得皱纹把她们拉回相反的方向。米兰·昆德拉的小说《玩笑》，写了一个美女到了中年之后，突然发现海滩上迎面走过的男人不再看她了，这是过去岁月里从未有过的事。有位播音主持专业出身的公司创始人，在四十岁那年读到这个小说，一下子心里就慌了："我看到这段，整个后背都发冷，那一天正是衰老的到来。我也不知道那一天会有多大的恐惧。我是谁？我要去哪儿？我怎么去？这几件事中，外表是参与其中的。有那么一天，外表不能参与其中了，怎么办？"这也许说的是女人外形的形式美学，那么，女人四十的内在修为及做事能力，该怎么去看呢？

一般来说，这个年龄段的成熟的女人，她们可以把世界上的事分为两种：一种像麻，一种像水。前一种看起来很乱，但需要花功夫一点一点慢慢去厘清；而后面一种呢——一盆水如果很浑，该怎么办呢？能把水洗干净么？不能。那么只能等，时间一长，杂质一沉淀，水自然就清了。正所谓"清水自清"。这两个都是真实世界里的难题。所以，女人四十至少得具备这样两种能力：一是理清乱麻的能力；二是捕捉水会变清的那一刻的感受力。同时，还要有更为重要的第三种能力：分清上面两种情况的判断力。

这三种能力也许对任何男女都是一样的，但尤其在女人四十这个敏感的年龄段，它们就显得更加必要。因为这些女人需要一种耐力和活力，一种淡定和从容，甚至需要一种精神图腾。十来年前，我买了

《狼图腾》《藏獒》《狼界》这几本小说，妻子很快就看完了。记得当时我写过一则短语《每个人都应该有一匹狼》，中间提到："狼，怀有野性般绝望无言的美，它几乎是不能被揭示的；就像玉，是可以被人戴活的，但不能被揭示，至多在你的记忆里留下一道美丽的擦痕。《狼界》告诉我们，每个人的身体里，都应该有一匹狼。"在四十岁左右的女人那里，狼的形象容易被她们盯住，甚至暗恋。狼表达了一种异质的力量，那一首《我是一只来自北方的狼》，对于那些向往精神图腾的四十岁左右的女人来说，犹如枕靠在最沉稳的心灵彼岸。大概没有哪个这一年龄段的女人，内心里不需要这样一座野性的狼的图腾和狼的城堡。

人生就像抛物线，40岁到60岁的中年就是抛物线的顶端部分，这是人生中第一次面临上坡和下坡并存的阶段。所以话说回来，女人四十，也才是人生抛物线走向顶端的开始。这个时候是女人的中年转折期，同时也是女人"自我重启"的时机。

北京大学中文系教授戴锦华对当代中年女性有个精妙的比喻："花木兰困境"——当家国需要时，"万里赴戎机，关山度若飞"，她可以和男性一样披挂上阵；而当使命完成，"脱我战时袍，著我旧时裳"，又得重归家庭生活。所以，中国当代女性——尤其是"女人四十"——她们的换挡和重启能力，说起来就是一曲无伴奏圣歌。

女人四十，一定会有岁月沉淀的味道，绵柔而淳厚。她们一边控制着身体的美丽，一边突破着人生的傲骨之战，那些山顶上的风光，依然在等待着她们。

你脱轨了么？

2019.08.04

为我做"闽海风雅"公众号的编辑告诉我，我的诗比我的短语阅读量和点击量要少很多。我的一位诗友也告诉我："现在诗坛混乱，诗歌读者少。"我顿觉惴惴不安。

短语和诗都是我的"业余"。我不希望把短语写成"鸡汤"，我写诗也纯属锻炼一下形象思维。有位法学教授逗趣说，什么是诗？就是多敲几个回车键，把文字多分几行。想想似乎也是。我不断地敲回车键，写出来究竟是诗还是其他什么，连我自己都没有太多的自信。那么，就自顾自地写吧。

我是从学术研究半路脱轨出来，写短语和诗的，其实我的本行依然在。在一些人看来，如今学术似乎不吃香了，"稻粱谋"问题一旦解决，就可以变轨甚至脱轨，说得好听点，叫作"华丽转身"。

读到一篇文章，说五年前有一位法学博士突然做出决定，放弃学术，做一名诗人。我想，这位法学博士在人们还在故作郑重地一遍又一遍地问着滥俗的"你选择月亮还是六便士"时，果断地选择了作诗，他一定是仰望了夜空许久许久。

这位在学院里是"最受欢迎的老师"之一的经济学学士、法学硕士、法学博士，以"轩昂不羁、才华横溢"闻名于河北大学法学院，又以"爱好文学，不按常理出牌"的潇洒个性，成为河大的头号神秘人物。

他叫郭绍敏。

似乎没有多少人知道他这些年来在干什么，更遑论明白他经历了怎样的心灵蜕变。他的学术专著《大一统的史诗：三国新解》出来后，才让大家有了一些答案。用他的话说，就是"陆陆续续写了很多文字——像牛一样，没日没夜。"他还说，《三国》只是第一本，还有三部诗集将在今年陆续面世。

据介绍，郭老师以"三国"为题，其实是一场交融了人生与艺术的狂醉。《三国新解》全书分为三辑，既有轻巧如燕、谐趣幽默的小短篇，也有恢宏壮阔、气象万千的大长文。郭老师把三国故事狠狠刷新了一把，与其说他是"解读"，毋宁说是"把玩"。在他的笔下，三国中那些为人乐道的人物与兵戎战事，已不复是"旧日容貌"了。它们在郭老师的想象力驱使之下，满载哲思，在无垠的时空中起舞，碰撞出艺术与美的火花。

对于美女貂蝉，郭老师大开脑洞，把她和《战争与和平》里的娜塔莎作比较。他说："相比于貂蝉，娜塔莎任性、自我、自主。对她犯的错，恨不起来。貂蝉只是男人世界的从属物、牺牲品，简直是一个仁义的女夫子。……她的自我牺牲，让人感觉太虚伪。"《三国》传统的忠义叙事，在这里似乎发生了变轨，但是在揭露各色人物的本性方面，郭老师无疑跟易中天一样为自己立了一说。

郭老师的"好玩"是不露声色的。他甚至怀疑徐庶可能是个"柠檬精"，明明知道有个"卧龙先生"，却非要拖到走的时候才给刘备联系方式。这虽然没有什么确凿的证据，但也是"我常以小人之心度君子之腹"而已。至于关羽这等人物，郭老师似乎是耳语般悄悄地说："香港警察祭拜绿袍关公，黑社会祭拜红袍关公。关公，成了自上而下的信仰，简直黑白通吃。"

郭老师的个性和"好玩"，在于打通了古今的"任督二脉"，超然地看待现实问题。比如"士别三日"的典故，人人都熟稔不过，却不一定人人都能完全理解。借吕蒙的故事，郭老师说："不少人文社科方面的学者，最具原创性的研究成果竟是自己的博士论文——毕竟是几年沉思的结晶。博士学位到手后，忙于开会应酬、推杯换盏、职称晋升。心里放不下一张安静的书桌，再也写不出更优秀的论著。悲乎哉！康德、黑格尔、福楼拜、巴尔扎克，皆是'劳动模范'。"如此去评说当代学者，多少也表达了郭老师对生命的一种看法。

说实在的，当代学者变轨甚至脱轨的并不在少数。学者的个性，不是为了张扬；而学者的"好玩"，也不仅仅为了消遣。学术的智慧与诗歌的超逸，对于一位具有强大的思辨力和想象力、敢于变轨甚至脱轨的学者来说，他无非是以自己的身躯，去做那种迎战虚无的努力。当一个人一直在悬崖峭壁上攀援时，他是个学者还是个诗人又有什么区别呢？作为学者，他可以如鹰眼一般具有凌厉的智慧；而作为诗人，他可以把心灵的自我分散到一个又一个的字句语词之中，哪怕是多敲了几个回车键，哪怕是或骄狂，或悲抑，或者是流淌出一丝丝对于人生无边的茫茫醉意，我想都是好的。

对于一些学者，不知道敢不敢问一句：你脱轨了么？

我的十二时辰

2019.08.10

《长安十二时辰》沸沸扬扬地播出，惹出了一堆故事。毛尖先生说他正看到只剩下最后两集了，准备写写这个"十二时辰"，次日一起身，说好的25集变成了48集，就像郭敬明突然有了姚明的身高。

其实我也就看了个开头。心想倘若是如此这般，那就差不多像那个德军将领保卢斯的哀号："原来以为一个星期可以拿下斯大林格勒！"

不过，我对《长安十二时辰》开场还是充满好感的。也许导演出身于摄影的缘故，几个长镜头猎猎地扫出整个长安，我想这也许可以为构筑《长安十二时辰》的口碑先打下一个伏笔。故事其实并不复杂，死囚张小敬以守护长安的名义，被靖安司司丞李必从监狱里提出来，两人准备联手在十二时辰里破获一起毁灭长安的恐怖行为。

似乎是颇具传奇色彩的作品，就连原著编剧马伯庸自己都说，这只是一部"传奇作品"，不建议大家把它当成"真正还原的历史剧"。于是，《长安十二时辰》不断旁逸斜出，一个时辰接着一个时辰地把故事拖到了据说是具有"终点暧昧"的戏份。毛尖一针见血地指出，往好里说这是长安的抖音状态，而往深里看，谁都看得出来这是一部因为终点暧昧导致视角混乱、剪辑混乱、价值观混乱的剧。

因为只看了个开头，便不敢妄加评论。什么是"终点暧昧"？为什么会有这个"终点暧昧"？借毛尖先生的话说，为长安人民奔波的李必和张小敬，终于分头要去救檀棋，因为世上"只有一个檀棋"。为此，李必去求太子，不惜说出了全剧最硬核的一句台词："愿终生供太子驱使。"

这就开始注水了。剧本可以越编越自由，故事也可以越玩越离奇，甚至女主可以在井底待十集也没事。个中情景，不禁让人想起1991年5月18日，苏联宇航员克里卡列夫再次飞向太空，然而让他做梦也没想到的是，他在太空期间，自己的国家却没了。1991年12月26日，强大一时的苏联解体，分裂成15个国家，各国乱成一团，忙着分苏联家产，大家竟然都忘了太空中还飘着一个宇航员——克里卡列夫。不幸中的万幸是，克里卡列夫并非孤悬于太空，还有一个于10月份来太空站准备接替克里卡列夫的沃尔科夫，两人于是成了一对"苦命鸳鸯"，一起在太空里抱团取暖，默默等待。后来，多亏了美国宇航局向他们运送基本物资，两人才没有被饿死和渴死。一直到了1992年3月，俄罗斯才想起来太空还飘着两个宇航员，这才派飞船将他们接回来。克里卡列夫这一回在太空里飘荡了整整311天。

纵然历史都是可以搞笑的，而作为文艺作品也就不足为怪了。据说在《长安》里，前十集都是李必一直在靖安司跑进跑出，各色差役口吐各款大唐名词来来回回叉手唱诺。李必在编剧笔下多少显得有些官僚气，盛世长安原来如此地具有了"官僚美感"，我煌煌大唐原来也只是一盆羊肉泡馍。

于是，我也突发了一个奇想：我的十二时辰呢？比如在今天的十二时辰里，我究竟做了些什么？今天是周末，上午我睡到了九点才一骨碌地起床，不慌不忙地用完早膳，然后正襟危坐在电脑前，不知道是该写些什么呢还是写些什么？猛然间抬头一看，书架上摆放着一只空酒瓶。

这就让我觉得有些"长安"的暧昧了。殊不知这是不是哪个妙龄女子某一回跟我"举杯邀明月"时留下的一种"空惆怅"？抑或是某位血性男儿跟我豪赌究竟是"对影成三人"还是"成二人、四人"时的虚无。1991年，复旦大学中文系系报《锺文》上有篇文章这样写道："只有书架上的酒瓶没有遗憾。《庄子》曰：醉者神全。被《列子》抄袭了，被刘伶实践了，被渊明带入桃源，从15号楼吐到3号楼。"这是当时的这所大学中文系学生的十二时辰。

那么，今天我的"十二时辰"呢？说实话，在今天的前面一大段时辰里，我的确是碌碌无为了，在网络上胡乱翻了几下，就把电脑关了。终于到了傍晚时分，我才想起来应该写一则短语，说说《长安十二时辰》以及"我的十二时辰"。《长安十二时辰》已经注水，我的十二时辰却是无端地浪费。影像作品的官僚气和我的懒人做派，也许真可以说是相得益彰。

《长安十二时辰》再怎么说，也属于"宏大叙事"；"我的十二时辰"不过是个人的一种微弱的和静谧的"触碰"。触碰个人心灵的内容，一直是我不敢去做的。历史影像的某些时刻，也许比历史本身更具有真实性和残酷性；正如人生的某种时刻，一定会比其他时刻更加真实。无论在什么时辰，都是经验历史、经验生命的方式，只不过有些是"思想在别处"或"生活在别处"罢了。

写到这里，接到朋友信息，说今晚要来我家泡茶。那么，这则短语到这里也该打住了。在今天"我的十二时辰"里，终于有了一个属于我也属于别人的"快乐时光"。

"泡茶等花开"——不知怎的，我就想起了这句话。

那个年代的纯粹

2019.08.24

台风来临之际,天空蓝得纯粹,云飘得纯粹,就连滴在窗玻璃的日头线,也走得纯粹。我一直在想,在这纯粹之后,会有什么将把天地搅得浑彻?

纯粹究竟是什么?在《红楼梦》里,宝钗算是一位"纯粹"的人物了,大概没有人会不喜欢她。湘云是如此地对黛玉说:有本事你挑宝姐姐的错,就服你。而在贾宝玉眼里,宝钗那一截雪白的臂膊,一下子让他成了"呆雁"——这是宝玉的"纯粹"。

纯粹说起来是一种真,一种完美,但深谙人性复杂的人,有时候就不太容易相信这样的真以及完美。英国作家德·昆西就说过:真的东西,总是有棱角有裂纹的。有人就说了,"金钏之死"就是宝钗的一个"裂纹"。金钏自杀,宝钗为了安抚王夫人,一会儿说是失足,一会儿又说即使跳井寻死,也是属于糊涂之举,赏点银子便可。宝钗的冷酷和撒谎的本事,由此可见一斑。

"纯粹"是每个人眼里的"世界",在更多时候是由人自我构造出来的,你觉得纯粹的东西,在别人眼里可能就是暗藏了玄机。世界上所谓的"现实",其实就是自己对世界的理解。所以,尼采早就下了这么一个结论:根本没有事实,只有解释。

人活在现实中,现实是什么样子,人也就活成什么样子——这是福柯的理论。然而《红楼梦》毕竟是小说,"是要以尽可能的方法,写出生命中无可比拟的事物。"(本雅明语)我们活在这个世界,对于生活总有一种"遗忘"意识。所以,就有小说这种形式去反抗这种"存在的被遗忘",让生活的世界置于一个永恒的光芒之下(昆德拉语)。《红楼梦》就是这样一部作品。

那么,现实生活中的"纯粹"又是怎样的呢?1988年《红高粱》摘奖后,有人说它的成功在于内涵意义深刻,有人说是艺术形式新颖。但都忽略了两个重要的字:年轻。

那一年,巩俐22岁,姜文24岁,莫言32岁,张艺谋37岁。四个人里,姜文资历最老,一个是第一次演,一个是第一次拍,还有一个刚引起文坛注意。拿副导演杨凤良的话说:"当时想怎么干就怎么干,没有任何顾忌。"为什么会没有顾忌呢?还是两个字:纯粹。

张艺谋承认,当时拍《红高粱》的时候,就是想拍,就是要表达,没有任何杂念,唯一的目的,就是想把压抑多年的情感喷出来。对此,杨凤良又来了一句总结:干净得一塌糊涂!

有了"纯粹",就有了每个人的专注和投入。巩俐一进组,张艺谋就让她穿上大棉袄、骑驴、挑水,还要改变走路姿势。一开始巩俐只能挑空桶,张艺谋说那样拍不出晃悠的感觉。于是一点一点往木桶里加水,挑得巩俐肩都肿了,只能用毛巾垫住。为了表现高密人的豪放和狂野,设置了"颠轿"和"酿酒"两场戏,谁也不知道当年真实的颠轿是啥样的,戏怎么演,怎么拍,全靠姜文和张艺谋两人的瞎聊。

这就是艺术的"纯粹"。就连那一句"妹妹你大胆地往前走,莫回呀头"的歌词,也一直让人觉得是如此的"纯粹"。1988年夏天,我带领的一批大学毕业生去某个贫困县扶贫支教任务结束,在回省城的长途汽车上,大伙提着四喇叭录音机放声高歌"妹妹你大胆地往前走"，引起全车乘客的喝彩。那个时候，我也觉得他们的"纯粹"：张扬、野蛮的生命力，正是那个年代年轻人的缩影。

那是一个什么样的年代呢？那时候，一本萨特的《存在与虚无》，可以卖到50万册；那个时候，一个小伙子手上拎着一本弗洛伊德，就谈成了恋爱；那个时候，有一个年轻人，戛纳播放他的电影时，侯孝贤看着看着就睡着了。年轻人有点懊丧，散会后，一个叫徐枫的女士找到他："我看了你的电影，非常喜欢，我手里有个剧本，希望由你来拍。"5年后，这位年轻人再次杀回戛纳，摘下金棕榈奖。那部电影叫作《霸王别姬》，这位导演就是陈凯歌。

那个时候——1990年3月，崔健在四川省体育场唱了一首《从头再来》。为了给亚运会集资100万，崔健开始了《新长征路上的摇滚》全国巡演。他从北京、郑州、武汉、西安一路唱到了成都，所到之处场场爆满。在西安，有个叫闫凯艳的女大学生，喊得嗓子哑了一个星期，回去之后把学退了，不当会计改学表演，后来改了个名叫闫妮。

当然，那个时候的"纯粹"有的是需要付出代价的。2001年，中断了许多年的人民文学奖再次启动评选，获得诗歌奖的有两位诗人：海子和食指。然而，那个结果让人欲哭无泪，海子已经在12年前去世，而食指则常年住在精神病院。当代最杰出的诗人一死一疯，人们不禁问道：诗歌还有未来吗？我们还有纯粹吗？

那个年代的"纯粹"的确是值得怀念的。如今，我们还能从崔健《从头再来》里感受到那一切么——

    那烟盒中的云彩，

    那酒杯中的大海，

    统统装进我空空的胸怀……

"可怕"的文化

2019.08.29

都八月底了，阳光依然很辣。某个中午，被五位女博士请去小聚。那情景，像是一下进了女儿国，每一寸眼神都是一记勾拳。这时大抵可以"不关心人类"，只关心一种"话语"。

开始时还谈笑风生，吃到四五分饱了，说着说着话题就谈丢了，陡然觉得话风开始逆转。她们居然不谈衣着打扮，不谈生儿育女，不谈风花雪月，也不谈柴米油盐，而是谈《美国工厂》，谈乡村宗教，谈孝道，还谈生死。这些本该抛洒"粉拳"的女博士，却是如此地"利剑"封喉，生生地把赤脚站在沙滩上的我给揪了过去。我顿时哑然，这"话语"是我可以随便关心的么？

本想奉陪着搭讪几句，没料想我是一句也说不出。一直觉得这些都是狂野而湍急的话题，尤其从这些女博士口中说出，我的小周天估计是架不住了。过去是缺什么谈什么，现在年纪大了，反而是谈什么怕什么。罢了罢了。

想起某个晚上有对夫妇朋友来家听音乐，刚放了一曲交响乐。那位先生说，莫扎特呀！我说：这是拉赫玛尼诺夫的第一号交响曲。他夫人重重地敲了他一下。

鉴于此，我想我也不能随便插嘴。至少，《美国工厂》这个纪录片我没看过，至于乡村宗教、孝道和生死，我要是说偏了，岂不笑话。

所以，就自顾自夹菜，先把嘴巴的另一个重要功能发挥出来，图个七分饱。其时，我像个孤臣逆子，任由她们海阔天空，侃侃而谈。

其实我不是什么"世故"，也没有什么"城府"。"世故"这东西，有时还真是难为。鲁迅就说过："人世间真是难处的地方，说一个人'不通世故'，固然不是好话，但说他'深于世故'也不是好话。"那该怎么办呢？有人说，知世故而不世故，历圆滑而弥天真，才是真正成熟的人。这个的确是很难。

这顿饭虽然吃得过于沉重了，心想我这一颗虽然有些老却还留着些许诗意的心，就这样被女博士们的高大上话题给击碎了？话题其实并不遥远，但似乎不属于我，我只能做我的土鳖。

听着她们谈生死，我能够想到的：左边是人的生，是脐带和啼哭；右边是人的死，是闭眼与灰烬。我望了一眼外面的苍狗白云，就想起有人曾经分析过海子自杀的死因：诗人必须绝望，在无边的黑暗里锻打自己的荒凉。

女博士们越谈越兴奋，以至于都忘了吃菜。我想我是不是该趁此构思一则段子呢？端起手机，看到了一则"有文化更可怕"：

> 儿子写日记："夜深了，妈妈在打麻将，爸爸在上网。"爸爸检查时，很不满意地说："日记源于生活，但要高于生活。"孩子马上修改为："夜深了，妈妈在赌钱，爸爸在网恋。"
>
> 爸爸更不满了，愤怒地说："一定要提倡正能量，以正面为主！"孩子再修改为："夜深了，妈妈在研究经济，爸爸在研究互联网＋生活。"
>
> 爸爸看后说，这还差不多，但深度不够，还要再深化。以后你成了硕士，你就知道应该这么写："妈妈在研究信息不

对称状态下的动态博弈，爸爸在研究人工智能与情感供给侧的新兴组合。"

爸爸接着说，要是你打算成为博士，得这样写："妈妈在研究复杂群体中多因素干扰及信息不对称状态下的新型'囚徒困境'博弈；爸爸研究的是大数据视角下的六度空间理论在情感供给侧匹配中的创新与实践。"

看完这一则段子，心里立马有了一种惴惴感：没文化很可怕，有文化更可怕！

当然，这些女博士都是高学历高智商之辈，非我这老衲之流所能望其项背的。听着她们的高谈阔论，我除了继续夹菜，只能在那里敷衍着傻笑。

突然有一个念头冒出：她们才是我的祖宗，额的神！

把筷子一扔，抹了抹嘴。手机响了，家里保姆来了个电话：喂，今晚吃啥呀？

抱歉，我的敬爱的女博士们，你们继续。我还是决定先去"柴米油盐"一下。各位看官别笑，柴米油盐原来也是一种文化与修行。

我没有说错吧？

附录
微信写作：另一种文学样式
——评《健民短语》

刘小新　陈舒劼

阅读杨健民先生的《健民短语》，有一种令人神清气爽、智性摇荡的体验，这些精心淬炼的短语的诞生也可能进一步动摇专业人士对当下散文文体的判断，它们应该算是随笔，有几分小品的味道，也不乏读书笔记色彩，同时说它属于当下时兴的移动文学同样很有道理。这些篇幅长不过千余、短则刚满两百的文字究竟该放在哪个文体队列中？《健民短语》兼具议论和抒情、感悟与推理，其行文达意又恰如雪夜访戴，乘兴而起、兴尽而止。然而，描绘《健民短语》带来的文体疑惑，并非只是出于文学讨论的专业惯性，它关系到《健民短语》所处的文学生产的语境、条件以及文学观念的时代表述。

移动终端媒体的发展及其与传统数字媒体的功能融合，已经赋予文学表达更多的自由空间，这是数字时代区别于过往的独特之处。自由意味着形式的解放、接受的多元和主体特征的凸显，数字时代对文学表达的宽容更加重了创作者对作品质量所应负的责任。如果考虑到散文自身所包含的反文类倾向，那么数字时代散文"表达了什么"的重量就更超过了散文"是什么"。伴随着数字空间的自由扩张和文字的疯狂繁殖，这个时代的文学常常鱼龙混杂、泥沙俱下。一些缺乏独特思想、感性、情怀和风骨乃至平庸粗劣的文字窃据了纸质载体和网络新媒体的空间，呆头笨脑的记事、矫揉造作的抒情、空洞无物的感悟、恶俗油滑的逗趣如野草蔓生。

　　《健民短语》所呈现的，显然是另一种文字，是一种性情和诚意的文字。《健民短语》"表达了什么"？至少可以列出一串彼此可能相距甚远的杂拌儿主题：道德、哲学、文人政治、花语、佛学、音乐、醉酒、足球、开会、爱情、宽恕，等等。这些涉及面颇广的文字或诞生于旅途之中、会议之后，或起因于一段音乐、某次邂逅。令人联想到厨川白村对于"随笔"概念的经典描绘："如果是冬天，便坐在暖炉旁边的安乐椅子上，倘在夏天，则披浴衣，啜苦茗，随随便便，和好友任心闲话，将这些话照样地移在纸上的东西，就是 essay。兴之所至，也说些不至于头痛为度的道理罢。也有冷嘲，也有警句罢。既有 humor（滑稽），也有 pathos（感愤）。所谈的题目，天下国家的大事不待言，还有市井的琐事，书籍的批评，相识者的消息，以及自己过去的追怀，想到什么就纵谈什么，而托于即兴之笔者，是这一类的文章。"（厨川白村《苦闷的象征》）《健民短语》所关涉的主题虽繁，但大多与读书有关，兴之所至，情之所动，围"圈"（朋友微信圈）而"谈"，邀友人分享阅读经验和日常生活中的所知所感所悟，不晦涩、不矫情、不做作，明白畅达，率性自然。思之所至，偶然所得，托于即兴之笔，《健民短语》淋漓尽致地展示了浓郁的书卷气息和属于作者个体独异的感性趣味，与数年前出版的《健民读书》保持了相似的文体风格，从这个意义上说《健民短语》与《健民读书》恰如姊妹篇。围绕着读书所产生的知识、思想、体验、感悟，构成了《健民短语》的主导内涵。现今流行的许多书话类文字，往往存在着趣胜于情、悟多于思的问题，而《健民短语》的写作恰恰拒绝了平庸的思想滑行和机械的知识复印。有意义的读书意味着阅读主体生命宽度的延展，饱含着阅读者对生存意义的深入思考，《健民短语》所力图呈现的，正是作者生存经验与读书体验之间的深度对话。在谈及刘亮程散文的乡村哲学时，《健民短语》没有仅仅停留在对乡村哲学所记录的生存焦虑和苦难记忆上，而是在此基础上进一步讨论了哲学与生活态度的内在关联性："哲学解释到最后，主要的不是关于哲学体系的内容，而是对哲学的态度。哲学在和生活态度相近的时候，生活态度本身也就更能清晰地对哲学做出解释。"（2013年9月26日短语）在解读传统的秋日审美心态时，"健民短语"从"伤春悲秋"谈到审美满足，再谈到悲剧内涵的深刻性以及对诗性的呵护，《红楼梦》与海德格尔之间的潜在对读构成了这次思想散步的开阔远景。

不难看出，《健民短语》往往从阅读感受和文化现象入手，自觉地追问这种阅读感受和文化现象得以产生的缘由或机制，此时，思考成为打通书本与生活的动力之源，而长期阅读形成的知识积累则是其思想掘进的可靠保障，思想撞击现实而产生的灵性感悟如同缤纷的火花。许多乐趣由此而生，许多体验也由此而来，思想、知识、感悟、体验在《健民短语》中形成了一个相互关联、相互生产、相互诠释的体系。这种特性将《健民短语》区隔于目下时兴的散文写作风格：譬如对历史知识嬉皮笑脸的通俗乃至戏说演绎，或者对文化典故长篇累牍的剪贴和堆积。在作者看来，思想、知识、感悟、体验之间的相互关联与生产，将有效引领读书人通向富有深度和广度的文化精神和人间情怀，这就是读书的"无用之用"，而《健民短语》所努力践行的目的正在于此。

对终极意义的询问，是《健民短语》表现其文化精神和人间情怀的典型面相。20世纪80年代后期，同一性的思想共同体已经难以为继，知识分子必须面对社会转型带来的价值迷惘和身份失落。时至今日，技术主义和消费主义的文化思潮仍然澎湃汹涌，许多文学叙述已经兴高采烈地宣称，自己乐于沉溺于声色犬马的温柔乡中。询问终极意义未必能保障文学叙述的纯熟或精致，但毫无疑问的是，真诚地询问终极意义始终是这个时代可贵的思想品质。或借他人之语，或出于自我笔端，《健民短语》反复表达了作者对个人生存终极意义的关注："人生在世，最重要的就是弄明白生活的意义。"（2013年10月7日短语）"一个人，无论是伟大还是渺小，都有属于他自己的生命的意义，不管这种意义是向外寻取还是向内建立，都应该由精神去实现，都应该由我们主动去提出。"（2013年11月2日短语）"我们每个人都是命若琴弦，不过是活着，为了那种更有意义地活着。生命的进程注定必须充满着种种的不可预测和偶然，然而，人们总是执拗地找寻生命的必然，苦苦拷问生命存在的意义，挣扎出一条心灵和肉体的活路。"（2013年12月13日短语）肯定终极意义的存在，肯定"询问"这一姿态的价值，体现出《健民短语》的知识分子人文精神立场。《健民短语》指出："疾病是人的隐喻，灾难是人类的隐喻"，缺憾是人生无法摆脱的必然性存在。在此前提之下询问终极意义，不是为了企望寻找到没有缺憾的桃花源，也不是意图将缺憾划入否定性的价值序列，更不是悬挂出某个神性的理念以供公众膜拜，而是强调从必然性的缺憾中去感知、思索、体验人生的价值，选择自我的人生路径。"世间所有的选择，到最后其实就是五个字——你想要什么？"（2015年4月17日短语）这实在是不能再简要明白的表述了，然而这五个字的追问却有着直指人心的犀利。面对这样的询问，《健民短语》给出了自己的选择："人无论活多久走多远，内心深处有一种阳光是无限的。这就是'静谧的激情'。"歌德的悖论式短语，是杨健民先生在当下文化语境中对自我价值和生命状态的一种温暖描述，是对人文知识分子面在喧嚣时代如何进行自我定位的一种思考，也是作者诗性灵魂穿越时空朝向异国先哲的遥远致意。

《健民短语》所应引起重视的，还有其文体形式所包含的文化意味。《健民短语》是网络数字时代的产物，这并非仅指"短语"的思想内容，同时也是指它的产生途径和传播方式。据作者自述，《健民短语》是微信写作的产物："我用微信参与了我的思想的诞生。借助微信，对于人生、事物和现象的极度感觉，成为了我的语言抵达我的内心的表达形式之一。于是，我的短语出现了。"（2013年12月12日短语）显然，《健民短语》是当代知识分子写作主动适应和介入网络数字时代的具体表现。在通常的刻板印象中，网络文学往往与大众消费和通俗文化联系在一起，玄幻、穿越、修真、言情、灵异、仙侠、耽美、青春是网络文学的主要表现形态，启蒙或批判之类稍显严肃的词汇似乎未曾得到网络空间的宠爱。当然，这也许是一种文化错觉。倚炉夜话、负暄闲谈、缓行漫步以及指尖接触数字设备，其实都可能是一种发言的姿态，一种思的姿势，稀见并不是缺席的理由，启蒙或批判理应以更灵活的姿态进入网络的公共文化空间。《健民短语》之中，既有对林宥嘉的歌词和电视剧《武媚娘传奇》的"切胸剪辑"的反讽，也有启蒙意识或者说批判理念的追问和质疑，这种质疑和追问或发自于史，却对当下有着独到的启发。谈到甲午惨败之痛，史家往往着眼于追究人物、制度、军备、文化、地理等方面的原因，而《健民短语》看到的却是文人政治家热衷于清谈、疏于事务操办的政治性格；论及梭罗的《瓦尔登湖》，文艺青年每每将其捧为生态文学的圣经，而《健民短语》则通过揭示梭罗的矫情看到了坚持启蒙理性和思想勇气的重要性："瓦尔登湖是一个神话，一个具有理想意义的神话；梭罗是另一个神话，一个故作姿态的孤独者的神话。无论如何，它们将启示我们在读书中保持一种由书及人的警惕心理。"在讨论《文汇报》刊登"草根诗人"现象时,读者还可以感受到某种启蒙意识的旺盛血气:"两亿农民工,日夜在茫然流亡,骨肉斤两全无,这是如何庞大的'人'之孤独,存在的孤独!当代中国难道只是一个诗的国度?难道一定要让那些草根发出无声的呼号吗?"这些反问,以及对描写友人时的调侃等一道勾勒出了《健民短语》丰富生动的文化性格。

某种意义上,《健民短语》是本开放性的书,处境之思,语短韵长。它的品性、它的特征、它的体例都是有力的保证。借用《健民短语》曾盛赞的钱镠的"陌上花开,可缓缓归",读者自然也"可慢慢读",慢慢感受,慢慢思想。

(刘小新,文学博士,福建社会科学院副院长、研究员;陈舒劼,文学博士,福建社会科学院文学研究所副所长、研究员。)

《健民短语》后记

《健民短语》就要出版了，我把校样重新看了一遍，觉得有话要说，却又不知从何说起。两年多来，不知不觉在手机里写下了十几万字的短语，连我自己都有点不大相信。短语其实不短，都是我的生命经验以及个人记忆。几乎是每天晚上靠在床上，捧着几本书或杂志，随意翻翻，便有些许念头闪出，用手机记录下来。我读书很杂，时常被书牵着脑袋，驮着一丛又一丛的理念，恍惚前行，时而遇到激烈的争辩，时而撞见温柔的呢喃。无论如何，这些都是思想和灵魂的相望，或者是望断。微信写作的便捷性，就像即时与朋友们聊天或对话，有一种"静谧的激情"不断地从心底悄然释出。

《健民短语》完全是心灵的产物，它碰出了一些人生感悟。凡是触碰个人心灵内容的东西都是不好写的，但是我常常就忍不住。生命的意义其实是很"严重"的，因为一旦弄不明白就庸俗了。所以，我一直不大赞成所谓"心灵鸡汤"式的东西，因为它只是对于人生的一种简单的调味，而不是解构。解构生命和灵魂需要走进内心，走进思想深处，需要个人想象和知识。我自知肤浅，甚至有些人生问题是始终弄不明白的，然而还是试图去探索它们。你见或不见，生活就在那里。所以，带着这一部手机，带着我的母语四处流浪。觉得只有这样，离灵感的归宿才会更近些。这些短语不是真理的拐杖，它不过是借助语言，给予思想一个恰当的表达方式。记得流亡法国的德语诗人保罗·策兰有一句诗写道："你也说，／最后一个说，／说出你的话。"策兰的诗是"一个世界疼痛的收获",这个过程是很残酷的。我会有什么样的"收获"呢?想了想,只能在短语里说出我的话了。

微信写作不是一种密封式的写作,所以,我尽量不使得意义在那里绷紧,同时不希望它们穿越一种狭窄之境。我试图让朋友圈的阅读成为一次心事相通的精神遭遇,而不是胁迫或杀戮母语。词语也许可以变化甚至"破碎",然而意义不能断裂。意义一旦断裂,母语就将陷入内伤。——这是我时时警告自己的。

短语谈不上什么宏大叙事,它只是思想的一种适宜的望断,因为任何精神的闪光都是要断的。然而,它只是"断",而不是断裂。断,是内在意蕴的一种深海浮光,它可能会有些震颤,最终还是归于默然无言。就像一把利刃眼看着在向我们逼拢而来,其实它是一个在空无里开花的声音。那么,你就耐着性子读下去吧,如果它们能在你的手心里刻下一道不太深的掌纹,我就很满足。

感谢刘小新和陈舒劼为短语写的评论,他们理解了短语,也理解了我。我的女儿杨扬写的序,血脉和情意相通,她毕竟是最了解我的。我的同事郑珊珊博士为短语设计了"闽海风雅"公众号,并认真整理了这部书稿。这些都是无始无终的阳光,照亮写作短语的那些午夜,让我从午夜的幽深中醒来。

杨健民

2015年11月29日午夜于福州

《健民短语》增订版后记

　　这个增订版不是偶然凑泊的结果，而是以一种微弱之光投入日常、书籍、哲学的思考之"场"。那里其实是一座陌生之海，既有逐渐成形的问题，也有尚在悠游的"闻道"；那里有我自己建构出来的一种无意识的"哲学在场"框架。

　　一梦钧天，原来就想把所有的文字镶嵌在生命的框架里；在框架外，没有人生也没有世界。我打开的也许不是一道思想的窄门，然而"微我无酒，以敖以游"（《国风·邶风·柏舟》）——这大概就是我写作短语的精神写照。至于要在那里面说出或参透什么道理来，我只能说是某种苦心孤诣、愚钝不化或是如同黑森林内的彷徨，熬到"枯萎而进入真理"（叶芝语），再轻轻地让难以承受的生命之重都飞去热带岛屿吧。在现今的语境中，到处是世界的光，我却喜欢独自在思想的暗夜中走。

　　龚定盦有诗云："剑气箫心一例消"，活到这把年纪，对于人生和世事有了一些自我认识和理解，随之也就有了些许的消沉：究竟这一生是活得精致还是活得自然？想来想去似乎都不是，"严霜烈日俱经过"，不过是一场"知无知"的执念罢了。在阳光下，还能轻松地抖掉那些枝叶和花朵么？我想任何的浮沉对我都已经不重要了，只要还留下一丝微弱之光，都会给我带来心旌的摇曳，然后就去等待下一场的"次第春风到草庐"了。

　　人生就是黑塞所说的"玻璃球游戏"，那是一场"以我们全部文化的内容与价值为对象的游戏"，它"意味着一种追求和谐完美的最上乘的象征形式"。于是，我看到一幅在黑夜里戴着草帽的"希望图像"正在绽出。

写这则后记时，我正在英国著名传记作家艾萨克·沃尔顿的《高明的垂钓者》一书里遨游，这本列入"沉思者思想译丛"的对话体散文经典，借钓鱼者、放鹰者和狩猎者三人之口，谈到垂钓者的乐趣以及垂钓中体现出来的做人和生活的境界——简单、忍耐、淡泊和知足。书中带来的那些"空气、露水和阳光"，正如作者所说的："垂钓或许最似数学，无法尽习，至少不那么彻底，总会有更多的经验，留待后人去尝试"。我想，我可能就是思想的岸边的一位垂钓者，无论钓到什么，都将是属于我的"沉思"。一位西班牙贤人说过："河流及水中的众生，是智者沉思的对象，傻瓜才会过而不见。"我不敢忝列于智者之列，但我确乎是一位忠实的垂钓者，可以把我的所思所想从那一层层水里钓起来，虽然有时所得寥寥，但毕竟是出自自家之胸臆。

本书之后，或许我还将继续写下去，继续将这一袭微弱之光像"玻璃球游戏"那般投射下去，让我从午夜的幽深中再度醒来。一直在路上——这一定是我的"遭遇"，也是我接近"哲学在场"和话语矩阵的最终可能。除此之外，就是波格涅斯所指出的那样："还有什么可说的呢？"

感谢您与本书相遇。

杨健民

2019 年 9 月 5 日于福州

补记

收到本书清样之后数日,11月22日凌晨,爱妻刘敏拖了七年之病,不幸走完了她并不长的人生旅途。书中每个章节题图均为她的画作,谨以此书告慰她美丽的灵魂。她一个人随风飘去,留下我——"一个人的风",在这个世界上继续游荡了。

杨健民

2019年12月15日泣记